Vladimir Colin (geb. 1921), einer der Redakteure der rumänischen Literaturzeitschrift *Viata românească,* schrieb Gedichte, Theaterstücke und Kindermärchen, für die er einen rumänischen Staatspreis erhielt. Seine SF-Erzählung »Die letzte Verwandlung des Tristan« erschien in der Anthologie »Die Ratte im Labyrinth« (Insel Verlag 1971).

Gérard Klein (geb. 1937) gilt als einer der begabtesten französischen SF-Autoren, insbesondere als beachtlicher Stilist. Er ist auch Herausgeber der bedeutendsten französischen SF-Reihe, »Ailleurs et Demain« bei Robert Laffont.

Kurd Laßwitz (1848-1910) ist ein deutscher Vorläufer der Science Fiction, der in seinen Büchern bereits Weltraumstationen und Raumfahrt vorwegnahm; besonders »Auf zwei Planeten« (1897) wird noch heute gern gelesen und ist sowohl in Deutschland wie in den USA als Taschenbuch erhältlich.

Stanisław Lem (geb. 1921) ist – mit rund 120 Übersetzungen – der meistübersetzte Autor der polnischen Gegenwartsliteratur; sein gesamtes bislang noch nicht übersetztes Werk erscheint bei Insel und Suhrkamp. Als Futurologe, Kulturkritiker und Literaturtheoretiker ist er weit mehr als ein bloßer SF-Autor.

Fitz-James O'Brien (1828-1862) ist einer der Begründer der amerikanischen short story; am bekanntesten sind »The Diamond Lens« (1858) und »What Was It?« (1859), zwei phantastische Erzählungen.

Robert Plank, ein gebürtiger Österreicher, lebt als ›social worker‹ in Cleveland; er veröffentlichte zahlreiche Essays über psychologische Aspekte der Literatur in amerikanischen und deutschen Publikationen und ist der Autor des Buches »The Emotional Significance of Imaginary Beings« (1968).

Franz Rottensteiner, ein Österreicher von Beruf, ist Herausgeber der »Science Fiction der Welt« im Insel Verlag und der Sammelbände »Insel Almanach auf das Jahr 1972« und »Die Ratte im Labyrinth«. Außerdem ist er Mitglied des Redaktionsbeirats der amerikanischen Zeitschriften »Extrapolation« (The College of Wooster, Ohio) und »Science Fiction Studies« (Indiana State University).

Małgorzata Szpakowska ist eine junge polnische Philosophin; sie lebt in Warschau.

»Warum ›Polaris‹? Weil wir glauben, etwas zu präsentieren, was andere SF-Taschenbücher nicht bieten. Weil es notwendig ist, den Dschungel der Science Fiction kritisch zu sichten . . . Der Leser begegnet hier Namen, die in den landläufigen SF-Reihen, die ihre Atzung meist aus dem angloamerikanischen Bereich beziehen, kaum anzutreffen sind. Polaris wird sich besonders der europäischen Science Fiction annehmen und auch Vergessenes, soweit es mehr ist als bloß Kurioses, ausgraben.« *Franz Rottensteiner*

insel taschenbuch 30
Polaris 1

POLARIS 1

Ein Science Fiction Almanach

Herausgegeben von Franz Rottensteiner

Mit Illustrationen von

Hans Ulrich & Ute Osterwalder, Helmut Wenske

H. J. Piatkowski, András Karakas

Insel Verlag

insel taschenbuch 30
11.-18. Tausend 1974

Insel Verlag Frankfurt am Main 1973
Vertrieb durch den
Suhrkamp Taschenbuch Verlag
Umschlag nach Entwürfen von Willy Fleckhaus.
Satz: Georg Wagner, Nördlingen.
Druck: Ebner, Ulm. Printed in Germany

Vorwort

Das Gedränge auf dem Gebiet der Science Fiction nimmt im deutschen Sprachraum beängstigende Ausmaße an. Mehr und mehr Verlage beackern das an Auszehrung leidende Feld. Warum also ein weiteres, neues Science-Fiction-Periodikum, die Almanach-Reihe *Polaris*? Weil wir glauben, etwas zu präsentieren, was die vielen sonstigen SF-Taschenbücher nicht bieten, und weil es notwendig ist, den Dschungel der Science Fiction kritisch zu sichten. Wie der ›Insel Almanach auf das Jahr 1972‹ enthält ›Polaris 1‹ eine vielleicht etwas bunte, aber hoffentlich vielseitige Mischung; und wie in der gebundenen Reihe »Phantastische Wirklichkeit, Science Fiction der Welt« begegnet der Leser hier Namen, die in den landläufigen SF-Reihen, die ihre Atzung zumeist ausschließlich aus dem angloamerikanischen Bereich beziehen, kaum anzutreffen sind: Stanisław Lem (Polen), Vladimir Colin (Rumänien) oder Gérard Klein (Frankreich). ›Polaris‹ wird sich speziell der europäischen Science Fiction annehmen und auch Vergessenes, soweit es mehr ist als bloß Kurioses, ausgraben: in diesem Band etwa Kurd Laßwitz. Freilich ist das durchschnittliche Niveau der europäischen Science Fiction auch nicht höher als das der amerikanischen, die Dichte des Vorkommens sogar noch weit geringer. Doch gibt es genügend Werke, die der besten englischsprachigen Science Fiction gleichkommen oder sie übertreffen: bei Lem und den Brüdern Strugatzki ist dies zweifelsfrei der Fall. Gewiß aber ist es allemal einfacher, sich auf die in der Publikumsgunst erprobte Science Fiction des englischen Sprachraums zu beschränken, schon aus Gründen der Sprache. Dann wirft man vielleicht neue »Hugo«- und »Nebula«-Preisträger auf den Markt, diese von der Vereinigung der amerikanischen SF-Autoren, jene von den Lesern als »jahresbeste« ausgezeichnete Science Fiction. Phantasie und Auswahl sind dazu nicht nötig. In Wahrheit sind jene ausgezeichneten Werke in der Mehrzahl fast eine negative Auslese, während es um viel interessantere Werke weit weniger Werbegeschrei gibt. Gerade solche weniger bekannten Erzählungen wollen wir vorstellen. *Franz Rottensteiner*

Stanisław Lem
Science Fiction: Ein hoffnungsloser Fall – mit Ausnahmen[1]

1. Als ich die Bücher Damon Knights (›In Search of Wonder‹) und James Blishs (›The Issue at Hand‹) las, kamen mir so manche Fragen in den Sinn, auf die man nirgends eine Antwort finden kann. Etwa: Man hört im Fandom, daß die SF mit den Jahren immer besser wird. Wenn dem so ist, warum bleibt dann die durchschnittliche Produktion, dieser Löwenanteil aller Neuerscheinungen, so miserabel? Oder: Es mangelt uns nicht an Definitionen des Genres. Vergeblich aber würde man nach einer Erklärung dafür suchen, warum es keine theoretische, verallgemeinernde Kritik dieser Gattung gibt und warum die schwachen Ansätze einer solchen Kritik nur in ›Fanzines‹ aufzufinden sind, also in Amateurzeitschriften von winziger Auflage und von winzigem (wenn nicht keinem) Einfluß auf die Autoren und die Verlagspolitik. Und weiter: Blish und Knight sind sich darüber einig, daß die SF-Leserschaft unfähig ist, einen hochwertigen Roman von einem mittelmäßigen zu unterscheiden. Wenn diese Meinung richtig ist, welche Leser haben ein solches Publikum der Literaturgattung zugeteilt, welche die – noch dazu phantastisch verstärkten – Spitzenleistungen menschlichen Tuns abbilden will? Die Frage aller Fragen lautet: Und wenn auch die SF als ›pulp‹ im Rinnstein geboren ist und vom Kitsch sich jahrelang ernährte, warum vermag sie nicht, sich von ihm endgültig loszureißen? Dieser Essay versucht, auf diese Fragen zu antworten. Er ist somit ›Prolegomenon zur Ökologie der SF‹ oder ›Eine Einführung in ein soziokulturell abgekapseltes Schaffensgebiet‹ oder aber eine ›Angewandte Pragmatik des Daseinskampfes im unteren Reiche der Literatur‹. Diese pompösen Namen werden unten ihre Rechtfertigung finden. Bei der Abfassung haben mir die Bücher von Blish und Knight sehr geholfen, sie wurden aber nicht als bloße Rezensionssammlungen betrach-

tet, sondern eher als ethnologische Protokolle mehrerer Forschungsreisen in das exotische SF-Land, d. h. als Rohmaterial, das der soziologisch ausgerichteten Analyse unterworfen werden sollte. Die von den Autoren festgestellten Tatsachen waren mir öfters wichtiger als ihre Meinungen; was heißen soll, daß ich mir dieses Material nicht ganz so zurechtgelegt habe, wie es dem Geist der Quellen entsprach.

2. Ich nenne die SF ein ›kollektives Phänomen‹ von soziokulturellem Charakter, aus folgenden Bestandteilen:

a) Die Leserschaft – zerfallend in die stumme und passive ›silent majority‹ der SF-Konsumenten und in die aktiven Amateurgruppen, welche das eigentliche ›Fandom‹ bilden;

b) Die SF-Produzenten, also die Autoren (die zum Teil auch Rezensenten sind) und die Verleger von Magazinen und Büchern.

Die SF ist ›ein ganz besonderer Fall‹, weil sie zwei grundverschiedenen und nirgends außerhalb von ihr sich überlappenden Sphären der Kultur angehören soll. Diese Sphären werden wir ›das untere Reich‹ – oder das Reich der Trivialliteratur – und ›das obere Reich‹ – oder das der ›mainstream‹-Literatur – nennen. Zum unteren Reich gehören der Kriminalroman, der Wildwestroman, der pseudohistorische Roman, der Sportroman und erotisch-sentimentale Geschichten über bestimmte Milieus (der Ärzte und Krankenschwestern, der Millionäre und schöner, begehrenswerter Mädchen usw.). Ich möchte dem Leser die genaue Beschreibung dessen ersparen, was ich unter ›mainstream‹ verstehe, es genügt vielleicht, einige Namen von Autoren zu nennen, die diesen Olymp bewohnen: Moravia, Koestler, Joyce, Butor, Sartre, Grass, Mailer, Borges, Calvino, Malamud, Sarrault, Pinget, Greene usf. Man kann nicht allgemeingültig behaupten, diese Autoren stiegen in ihrem Schaffen niemals zum unteren Stockwerke hinunter, denn wir kennen Kriminalromane von Graham Greene oder ›phantastische‹ Romane von einem Orwell oder Werfel und Moravias ›Phantastik‹ – insbesondere wurden einige Texte Calvinos sogar für ›SF‹ gehalten. Den Unterschied zwischen einem Autor als einem Bürger des ›oberen‹ oder des ›unteren‹ Reiches darf man also nicht darin sehen, daß der erste keine Phantastik (oder mit der SF verwandte Literatur) schreibt und der zweite es tut: der Unterschied ist weder an der *genologischen Immanenz* noch an der *künstlerischen Qualität* der *isolierten* Werke überprüfbar. Das Bürgerrecht – d. h. die Zugehörigkeit zum ›oberen‹ oder zum ›unteren‹ Reich – wird nicht nur und nicht so vom Produkt bedingt, das ein Literat liefert. Es handelt sich um weit verwickeltere Beziehungen von soziokulturellem Charakter. Diese werden wir später besprechen, hier werden wir lediglich eine pragmatische Regel vorschlagen, die mit 98% Treffsicherheit im voraus die Entscheidung zuläßt, ob ein Schriftsteller in seiner Laufbahn als ein Bewohner des ›oberen‹ oder des ›unteren‹ Stockwerkes anzusehen ist. Diese Regel ist einfach und läßt sich so ausdrücken: wenn jemand im Mainstream Bücher zu schreiben anfängt und dem Publikum und den Kritikern zumindest dem Namen nach bekannt wird (so daß man, wenn man seinen Namen hört, weiß, daß es sich um einen Literaten und nicht um einen Leichtathleten oder Schauspieler handelt), werden seine SF- und/oder Fantasy-Versuche, auch wenn sie sich wiederholen, als ›Ausflüge‹ oder ›Seitensprünge‹ betrachtet. Der Mann bewohnt das obere Stockwerk, wie es z. B. bei Graham Greene der Fall ist, und seine Kriminalromane sind *nur* der Ausdruck seiner privaten Laune oder Taktik. Zu H. G. Wells' Zeiten gab es nicht diesen strengen Zustand der ›Grenzüberwachung‹ zwischen beiden ›Literaturreichen‹. Sie gingen vielmehr allmählich und kontinuierlich ineinander über. Damals war Wells einfach als englischer Schriftsteller bekannt, und die, die seine Prosa schätzten, kannten öfters beide Flügel – den realistischen und den phantastischen. Erst später ist der eiserne Vorhang zwischen beiden Literaturarten niedergegangen, so daß dem typischen SF-Fan wohl des öfteren die SF Wells' bekannt ist, er aber davon, daß Wells auch

›normale‹ realistische Prosa geschrieben hat (und diese wird heute von den highbrow-Kennern besonders, ja höher als seine SF bewertet), überhaupt keine Ahnung hat. Der Vorhang, diese Betondecke (wenn wir das Modell eines zweistöckigen Gebäudes beibehalten wollen), ist allmählich entstanden, und als undurchlässige Barriere erst in den zwanziger Jahren hermetisch geschlossen worden, was daran erkennbar ist, daß Čapeks Werke noch der Literatur des oberen Reiches zugezählt wurden, dagegen diejenigen des etwa zehn Jahre später schaffenden Stapledon nicht mehr als solche anerkannt wurden. Somit verdanken einzelne Autoren ihre Klassifizierung nicht ausschließlich dem eigenen Verdienste, sondern sie sind, in ihrem gesamten Schaffen, den höheren taxonomischen Regeln mit Notwendigkeit untergeordnet, die sich historisch entwikkeln und *keine Ausnahmen* kennen. Wenn es aber *doch* zu einer klassifikatorischen Ausnahme kommt, wird das Urteil ausgesprochen, der gegebene (literarische) Fall sei eigentlich *keine* SF, sondern eine ganz ›normale Literatur‹, vom Verfasser *mit Absicht als SF getarnt.* Ganz ähnlich ist es schon in der Literaturgeschichte: denn, geht man ohne alle ›mildernden Umstände‹ daran, sind manche Romane Dostojewskis Kriminalromane, wurden jedoch niemals als solche angesehen. Die kriminelle Intrige diente, so sagen die Kenner, diesem Autor nur als Vehikel und Mittel, und seine Ziele lagen außerhalb des Kriminalromans. Es ist damit etwa wie mit den Ergebnissen einer Polizeirazzia im Bordell: die anonymen, gewöhnlichen Gäste werden einfach als Kunden der Prostituierten betrachtet, ein Prinz aber oder ein Politiker kann seine Anwesenheit dort mit dem Vorwand verteidigen, er sei in diese untersten Stockwerke des gesellschaftlichen Lebens hinabgestiegen, weil er nach Exotik lechze, weil ihn die Laune überkommen hätte, einen solchen Ausflug zu machen. Solche Gestalten befanden sich, mit einem Worte, im Seuchenlande als *extravagante Eindringlinge* oder sogar als *wissensdurstige Forscher.*

3. Der Status der Trivialliteratur ist an mehreren typischen Merkmalen zu erkennen: Erstens dienen ihre Werke nur zur einmaligen Lektüre, wie etwa auch die billigsten Massenwaren nur zum einmaligen Gebrauche bestimmt sind; was man daran erkennen kann, daß sie in ihrer Mehrzahl ganz ähnlich wie Massenprodukte veralten. Würden die Krimis nur ihrem Werte gemäß einer Auslese unterliegen, würde es sich erübrigen, immer und immer wieder neue Krimis auf den Markt zu bringen, weil man in der gewaltigen Masse der bereits vorhandenen so viele gute finden könnte, daß kein Mensch imstande wäre, diese Auswahl im Laufe seines ganzen Lebens zu verschlingen. Die Verleger bringen jedoch immer wieder ›frische‹ Krimis auf den Markt, obwohl es eine große Anzahl in Vergessenheit geratene von unzweifelhaft besserer Qualität gibt. Es ist damit ganz wie mit den Kühlschränken oder Kraftwagen: bekanntlich müssen die neuen Modelle keineswegs technisch besser sein als die vorjährigen. Aber die Produktionsmaschinerie muß, um in Gang zu bleiben, einfach immer neue und neue Modelle auf den Markt werfen. Die Werbung übt einen Druck auf den Verbraucher aus, um den Anschein zu erwecken, daß nur den diesjährigen Modellen ein echter Spitzenwert eigne. Somit wird das Dogma der andauernden Modelländerung zu einer Gesetzmäßigkeit des Marktes, obwohl jeder Spezialist klar zwischen der fiktiven Veraltung von Produkten und der Veraltung von authentisch-technischem Charakter unterscheiden kann. Wirkliche technische Verbesserungen des Produktes gibt es tatsächlich von Zeit zu Zeit, weit öfters jedoch gibt es nur den Wandel im Diktat der Mode, im Diktat, welches den Produzenten dient, damit sie ihren Markt immer als eine ungesättigte Gewinnquelle mit neuer Ware füllen können. Aus der Verflechtung von wirklichem Fortschritt und ökonomischen Gesetzen entsteht also das Gesamtbild, welches dem auf dem Gebiete der Trivialliteratur äußerst ähnelt. Im Prinzip könnten ja Verlage wie Ace Books ausschließlich SF aus der ersten Hälfte des Jahr-

hunderts auf den Markt bringen, in immer neuen Auflagen, weil die Masse der Werke bereits so angewachsen ist, daß kein Mensch auch nur die besseren Bücher lesen könnte, selbst wenn er sich ausschließlich dieser Lektüre widmen wollte. Der Druck neuer, zu 98% jämmerlicher Produkte, der von rein ökonomischen Überlegungen verursacht wird, stürzt jedoch viele ältere Titel in Vergessenheit, die einen stummen Tod nur deshalb erleiden, weil es auf dem angeschwollenen Markt für sie keinen Platz mehr gibt. Die Verleger sind also kein Filter, das eine positive Auslese verwirklicht, weil ihnen das Neueste zugleich als das Beste erscheint, oder aber sie wollen die Käufer wenigstens davon überzeugen, was zur wohlbekannten totalen Inflation in der Verlagswerbung führt: denn *jeder* neue Titel wird als der beste in der gesamten SF gepriesen, und jeder SF-Autor wird zum größten SF-Meister abgestempelt, wenn er einen oder zwei Titel veröffentlicht hat. Man bemerkt also auf dem SF-Büchermarkte, wie auf dem gesamten Markte der Trivialliteratur, die Allmacht der ökonomischen Gesetze, die sogar dieses gemeinsame Merkmal mit dem Warenmarkt besitzen, daß ihr Bestehen mit den typischen Inflationsphänomenen verbunden ist. (Wenn *alle* Bücher und Autoren für ›die besten‹ ausgegeben werden, ist eine Abwertung, eine Inflation *aller* bewertenden Benennungen unvermeidbar.) Im Vergleich mit diesem Treiben, mit dieser Eskalation der Reklame, ist das parallel zu beobachtende Verhalten von Herausgebern der Mainstream-Literatur ganz schüchtern und schweigsam – vergleiche man doch z. B., was auf den Umschlägen der SF-Bücher zu lesen ist, mit dem, was die seriösen Verleger auf die Umschläge der Romane eines Saul Bellow oder William Faulkner setzen. Diese Bemerkung scheint banal zu sein: ist es aber nicht. Denn wo Kaffeextrakt oder Zigaretten jeder Marke als die besten der Welt gepriesen werden (von den zweitbesten wird man nie hören), werden die Fresken eines Michelangelo und Tolstois ›Krieg und Frieden‹ nicht mit demselben Kräfteaufwand dem Publikum als bestmögliche Kunstware angeboten. Das Treiben der Verleger von Trivialliteratur läßt uns erkennen, daß die Trivialliteratur ausschließlich den ökonomischen Gesetzen unterworfen ist und in ihrem Kreislaufe keine anderen Gesetzmäßigkeiten kennt.

Zweitens ist die Tatsache zu bemerken, daß der Leser der Trivialliteratur sich ganz so benimmt wie der Konsument von Massenwaren. Es kommt ja dem Produzenten von Besen, von Autos oder von Toilettenpapier nicht in den Sinn, sich darüber zu beklagen, daß ihn keine mit tiefsten seelischen Ergüssen beladene Korrespondenz mit den Verbrauchern seines Produktes verbindet. Es kommt nur vor, daß diese Verbraucher dem Produzenten zornige Briefe schreiben, um ihm den mangelhaften Charakter der gekauften Ware vorzuwerfen. Das ist ähnlich dem, was James Blish in seinem ›The Issue at Hand‹ schrieb. Dieser Autor von über 5 Millionen Exemplaren SF-Büchern hat im Verlaufe seines ganzen Schaffens von seiner Leserschaft einige Dutzend Briefe bekommen; diese Briefe waren ausnahmslos Zornesausbrüche von Leuten, welche Blishs Belletristik in ihren Meinungen peinlich berührt hat. Die Qualität der Ware war es, an der sie Anstoß nahmen.

Drittens kennt der Markt der Trivialliteratur nur einen einzigen Index der Warenqualität: sie wird am Verkaufserfolg der Bücher gemessen. Als ein junger, ›zorniger‹ Kritiker in der ›Science Fiction Review‹ Asimovs ›Nightfall and other Stories‹ als alten Hut abgefertigt hat, berief sich Asimov darauf, daß sich seine Bücher heute wie vor Jahren vortrefflich verkaufen und daß keines von ihnen zu herabgesetzten Preisen verramscht würde. Somit vertauschte er den literarischen Rang mit der Relation von Angebot und Nachfrage, als ob ihm nicht bewußt wäre, daß es Werke von Weltruhm gibt, die niemals Massenauflagen erlebt haben. Wird mit diesem Maße gemessen, muß Dostojewski im Vergleich mit Agatha Christie disqualifiziert werden. Es gibt viele ›Fans‹ der SF, die in ihrem Leben keinen einzigen Roman von Stapledon oder von Wells gelesen haben; und was die ›silent majority‹ der Leserschaft betrifft, kann man ruhigen Gemütes behaupten, daß sie Stapledon nicht einmal dem Namen nach kennt. Blish und Knight stimmen darin überein, daß das Publikum einen guten Roman von einem erbärmlichen nicht zu unterscheiden vermag: das stimmt, mit dem Vorbehalt allerdings, daß es sich um die Leserschaft des ›unteren‹ Reiches handelt. Sollte diese Verallgemeinerung für alle Leser aller Zeiten gültig sein, dann müßten wir das Phänomen, welches zur kulturellen Auslese in der Literaturgeschichte führt, für ein Wunder halten. Denn, wenn alle oder fast alle Leser passive und dumme Wesen sind, *wer* eigentlich war imstande, einen Cervantes oder einen Homer gerecht zu beurteilen?

Viertens gibt es krasse und peinliche Unterschiede im Raume aller Beziehungen, die die Autoren im ›oberen‹ und im ›unteren‹ Literaturreiche mit den Verlegern verbinden. Im oberen Reich bestimmt den Titel, den Umfang, die Gestalt, den Stil des Werkes hauptsächlich und allein der Verfasser, was vom Buchstaben der Verträge eindeutig festgelegt wird. Im unteren Reich dagegen sind es die Verleger, welche sich diese Rechte aneignen: in den gedruckten Formularen eines großen SF-Verlagshauses wie Ace Books z. B. kann man in aufeinanderfolgenden Paragraphen lesen, daß es der Verlag ist, welcher den Titel, den Umfang, ja den Text des Buches nach seinem Ermessen ohne ausdrückliche Genehmigung des Autors, d. h. wie es ihm gefällt, abändern darf. Es gibt natürlich ein Eingreifen von seiten der Verlagsredakteure auch im oberen Literaturreiche, diese Handlungen gestalten sich aber in der Praxis ganz anders: sie gehen in der Regel dem Vertragsabschluß voraus, d. h. zuerst werden einem Autor die vom Verlage geplanten Änderungen vorgeschlagen, und erst, wenn er ihnen zugestimmt hat, kommt es zum Vertrage, wobei im Vertrag mit keiner Silbe gesagt wird, daß das ursprüngliche Manuskript umgearbeitet wurde. Dieser Unterschied ergibt sich daraus, daß im oberen Reich die literarischen Texte in ihrer Integrität als unberührbar, unantastbar gelten, weil sie fast heilige ›Kunstgegenstände‹ sind; wohlbemerkt, es ist eine alte Sitte, im Geiste der historischen Tradition der westlichen Kultur, und die Praxis der Herausgabe ist auch im oberen Reich nicht immer so fromm und schön, wie angegeben wird: diese Differenz beider Reiche ist jedoch von großem Gewicht. Denn ›oben‹ ist man immer bemüht, zumindest den Anschein der bewahrten Tugend am Leben zu erhalten, wie in den oberen Gesellschaftskreisen auch die in der krassesten Promiskuität sich ergehenden Damen sich nicht als Huren bezeichnen lassen; dagegen nähren die ›Damen‹ der Unterwelt keine solchen Ansprüche, und es ist kein peinlich bewachtes Geheimnis, daß man ihre Gunst zu einem entsprechenden Tarif kaufen kann. Die Autoren der SF sind diesen Damen leider ähnlich, und sie spüren sogar das Schändliche der Transaktionen nicht, in deren Verlauf sie ohnmächtig ihre Werke den Verlegern überlassen müssen, damit diese die Texte nach ihrem Belieben umarbeiten. So bekommen wir von James Blish[2] zu hören, sein ›A Case of Conscience‹ besitze den uns bekannten Umfang *nur deshalb,* weil sein damaliges Verlagshaus aufgrund gewisser technischer Umstände kein umfangreicheres Buch produzieren konnte! Man stelle sich bitte vor, daß wir den Bekenntnissen eines Hermann Hesse entnehmen müßten, sein ›Steppenwolf‹ habe den uns bekannten Umfang aus demselben Grunde . . . Einen einzigen Schrei der Entrüstung würde eine solche Enthüllung in allen literarischen Kreisen hervorrufen; doch Blishs Worte berühren weder ihn noch einen beliebigen anderen Autor oder Kritiker, weil im ›unteren‹ Reich diese Sklavenposition für etwas Normales gehalten wird. Die Verlage sind also in ihrem guten Recht, wenn sie die Titel, den Umfang, die Stilistik der SF-Werke abändern, wobei diese Eingriffe von ökonomischen Erwägungen bestimmt sind: sie handeln wie Leute, die eine Ware an den Mann bringen müssen, und sie sind der festen Überzeugung, daß sie ganz ähnlich Hand in Hand mit dem Buchverfasser zusammenarbeiten, wie etwa die Projektanten und

Werbefachleute in den Ford-Werken. Kein Mensch nimmt ja Anstoß daran, daß dem Projektanten des neuen Ford-Modells das Recht nicht zusteht, sich auch den Namen für dieses Modell auszudenken.

4. Für sich allein betrachtet, sind mehrere der oben beschriebenen Merkmale und Züge der Trivialliteratur recht belanglos. Addiert aber bilden sie eine streng gefügte Struktur der Umwelt, in welcher die SF das Licht erblickt und ihr Dasein fristet. Sie sind Indizien, die darauf hinweisen, wie unterschiedlich sich der ›Status‹ eines literarischen Werkes gestaltet, je nachdem, ob es im oberen oder im unteren Reich auf die Welt kommt.

Somit gehören die Werke der SF dem unteren Reich an – der Trivialliteratur. Somit ist das Problem durch die soziokulturelle Analyse endgültig geklärt. Somit ist kein Wort mehr über sie zu sagen; die Verhandlung kann mit einem Aufatmen abgeschlossen werden.

Das ist aber nicht der Fall. Denn es gibt zweifellos einen Unterschied zwischen der SF und allen benachbarten, manchmal streng mit ihr verwandten, anderen Typen der Trivialliteratur. Sie ist eine Hure, aber eine recht verschämte, ja mehr: sie ist eine Hure mit engelhaft anmutenden Zügen. Sie prostituiert sich, aber wie die Sonja Marmeladowa von Dostojewski: mit Unbehagen, mit Widerwillen, entgegen ihren eigenen Träumen und Hoffnungen. Sie ist dadurch oft recht verlogen, das ist schon wahr . . . Sie will für jemand anders gehalten werden, als sie wirklich ist. Sie lebt in unaufhörlicher Selbsttäuschung. Sie versucht, sich immer von neuem zu verkleiden. Ob sie einen Schatten Recht darauf hat?

Viele prominente SF-Autoren sind bemüht, den Anschein zu erwecken, daß sie ›etwas Besseres‹ sind als ihre Kollegen – die Verfasser der Trivialliteratur vom Krimi- oder Wildwest-Charakter. Diese Ansprüche werden oft ganz unverblümt geäußert. Ja mehr: in den Vorworten zu Büchern können wir eine peinlich berührende Selbstprahlerei finden. Heinlein hat

z. B. mehrmals mit Nachdruck erklärt, die SF (d. h. seine SF) sei nicht nur der Mainstream-Literatur ebenbürtig, sondern sie sei sogar etwas weit Perfekteres, weil es schwieriger sei, SF zu schreiben. In der üblichen Trivialliteratur sind solche Ansprüche nicht zu finden. Das bedeutet keinesfalls, daß es keine Bewertungsskala im Reiche der Kriminalromane gibt. Man unterscheidet ja auch dort zwischen den langweiligen, miserablen Krimis und den spannenden, originellen, atemberaubenden – man darf ja von einem ›erstklassigen Krimi‹ reden! Dabei kommt aber niemandem in den Sinn, einen solchen Volltreffer als ebenbürtig den Chef d'œuvres des Mainstreams zu betrachten. In seiner Klasse, im ›unteren‹ Reich, kann es sich um einen echten Diamanten handeln. Wenn aber von einem Werke die Gattungsgrenze tatsächlich überschritten wird, hört es auf, ein Kriminalroman genannt zu werden. Wie eben ein Roman von Dostojewski.

Die besten SF-Romane möchten sich in das obere Reich drücken – was ihnen in 99,9% aller Fälle nicht gelingt. Die besten Autoren sind in ihrer Verhaltensweise schizophren: sie wollen – und zugleich wollen sie *nicht* – dem SF-Reich angehören. Es liegt ihnen viel an den Preisen, über welche das SF-Ghetto verfügt. Zugleich aber wollen sie ihre Werke bei den Verlegern erscheinen sehen, die keine ›Nur-SF-Verlage‹ sind. (Damit man den Umschlägen ihrer Bücher nicht anmerkt, daß es doch SF-Literatur ist.) Einerseits fühlen sie sich an das ›Fandom‹ gebunden, schreiben für die ›Fanzines‹, beantworten deren Fragen, nehmen teil an SF-Zusammenkünften, andererseits versuchen sie, in der Öffentlichkeit zu unterstreichen, daß sie *eigentlich* keine SF betreiben, daß sie *weit bessere und problembeladene Bücher* schreiben würden, wenn es nur nicht diesen Druck seitens der Verleger und der SF-Magazine gäbe, daß sie an den Umzug in die Mainstream-Literatur denken (Aldiss, Ballard und mehrere andere). Ob sie, objektiv gesehen, Gründe haben, sich der Frustration im SF-Ghetto zu ergeben, um sich unterdrückt zu fühlen? Die Krimis sind ein anderer, ein klarer Fall. Ein solches Buch berichtet ja über Mordfälle, Detektive, Leichen und Gerichtsverhandlungen. Die Wildwest-Stories – über tüchtige Cowboys und heimtückische Indianer. Ein SF-Werk dagegen gehört programmgemäß zur Spitze der Weltliteratur! Es berichtet ja vom Schicksal der ganzen Menschheit, vom Sinn des Lebens im Weltall, vom Wachstum und Verfall tausendjähriger Zivilisationen, es überstürzt uns mit Beantwortungen der Schlüsselfragen jedes vernünftigen Daseins …

Nur daß es diese seine selbstgewählten Aufgaben zu 99% blöd, kitschig, mit Klischees ausführt. Es verspricht immer unendlich viel und hält das Wort fast nie.

Eben deshalb ist die SF ein so merkwürdiges Phänomen. Sie stammt aus dem Bordell und möchte in die Paläste einbrechen. Sie wird, seit ihrer Geburt, von engstirnigen Sklavenhaltern ernährt und erzogen (Th. Mann hat an einem Roman 14 Jahre arbeiten können; J. Brunner beklagt sich, daß es eine Zeit gab, da er acht Romane jährlich schreiben mußte, um anständig leben zu können). Aus Schamhaftigkeit versucht sie, diese Lage zu verheimlichen. (Man bekommt von den SF-Autoren öfters zu hören, wie vollkommen frei sie in ihrem Schaffen sind …)

Sie ist den harten ökonomischen Gesetzen vom Typ ›Angebot – Nachfrage‹ unterworfen. Sie hat sich dem ›Verleger-Milieu‹ so vollkommen angepaßt, daß es Rezepte gibt, wie ein SF-Text zu schreiben ist, der einen konkreten Verleger ansprechen und seine Anerkennung finden wird (the late John W. Campbell Jr. war ein autoritärer Mann, der nur einen ganz streng bestimmten Typ von SF veröffentlichen wollte, und es gab Verfasser, die seine Erwartungen genau vorauszuahnen wußten). In der ›Science Fiction Review‹ Geis' hat Perry A. Chapdelaine ausführlich berichtet, wie er von bekannten SF-Autoren sorgfältig beraten wurde, als er seinen Erstlingsroman vollendete – es wurden dabei die Qualitäten ins Auge gefaßt, die die Verkaufschancen maximalisierten; von ›immanenter

Güte‹ des literarischen Textes wurde weit weniger gesprochen. Dasselbe trifft manchmal zu im oberen Reich – aber dann nur für die Anfänger. Doch die SF-Autoren bleiben in den Augen ihrer Verleger Minderjährige – ihr Leben lang. Das sind Umstände, unter welchen Frustration sich entfaltet, und kompensatorisches Verhalten gedeihen muß. Tatsächlich ist solches im SF-Ghetto reichlich zu finden. Die Gesamtheit der so zustande kommenden kompensatorischen Phänomene hat einen klaren Mimikry-Charakter.

a) Es fehlt im SF-Ghetto nicht an Surrogaten und Ersatz für die Institutionen, die parallel – im oberen Reich – existieren. Dort gibt es den Nobelpreis und andere weltberühmte literarische Auszeichnungen. Im SF-Ghetto gibt es den ›Hugo‹ und den ›Nebula Award‹, und die amerikanische SF wird (wurde bis zur letzten Zeit) für die ›Welt-SF‹ ausgegeben (wovon die Titel der Anthologien künden: ›Die besten SF-stories aus der ganzen Welt‹ z. B.).

b) Es gibt im ›oberen Reich‹ akademische und andere high brow-literarische Zeitschriften, mit theoretischen und hermeneutischen Aufsätzen. Die SF hat ihre ›high brow fanzines‹ (›Riverside Quarterly‹, ›SF Commentary‹ in Australien, ›Quarber Merkur‹). Es handelt sich um parallele, doch nicht um analoge Erscheinungen. Die ›high brow periodicals‹ des oberen Reiches verfügen über reelle Autorität im kulturellen Leben. Die berühmtesten Kritiker und Theoretiker sind im Mainstream allen Fachleuten und fast allen intelligenten Lesern mindestens dem Namen nach bekannt (so ein Sartre z. B. oder Leslie Fiedler in den USA). Dagegen sind die Namen der besten SF-Kenner keiner Seele außerhalb des ›inneren Fandoms‹ bekannt, und zugleich weiß die ›silent majority‹ der SF-Leserschaft nichts vom Bestehen der ›high brow fanzines‹; und wenn sie auch davon wüßte, kümmerten sie die Bewertungen dieser Kenner gar nicht, d. h. sie wird bei der Auswahl der zu kaufenden SF-Neuheiten nicht von den Fanzines beeinträchtigt. Die *Struktur* des Informationsflusses ist nämlich im oberen und im unteren Reich eine ganz verschiedene. Im oberen Reich bilden die ›high brow periodicals‹ gewissermaßen die Spitze der Pyramide, deren Basis die Massenkultur darstellt; die populären Rezensenten der Tageszeitungen müssen nicht mit den Urteilen der eingeweihten High-brow-Kenner übereinstimmen, doch wenn sich einer von ihnen einem Sartre widersetzt, weiß er sehr genau, daß er dann gegen eine weltberühmte Autorität ankämpft. Nichts dergleichen in der SF, deren *Pyramide* ihre Spitze im Fan-Untergrund tief verborgen hat: die besten ›Fanzines‹ haben winzige Auflagen, und können auf keine finanzielle Hilfe der gesellschaftlich-kulturellen Institutionen rechnen (es gibt seltene Ausnahmen, so hat ›New Worlds‹ materielle Unterstützung von britischen Kulturstellen bekommen, was aber in den USA nicht mehr der Fall ist).

c) Den Sitzungen eines PEN-Clubs und anderen ähnlichen Veranstaltungen sollen die ›SF-Conventions‹ entsprechen. Auch das ist aber nur ein Mimikry-Verhalten, weil die PEN-Sitzungen nicht im geringsten den Charakter von bunten ›Parties‹ haben, der den ›Conventions‹ typisch anhaftet. Die theoretischen Erwägungen bilden bei den Conventions eine kleine Zutat, wohingegen sie den Hauptinhalt der PEN-Sitzungen und ähnlicher Zusammenkünfte von Berufsschriftstellern darstellen.

Man muß dabei unterstreichen, daß die im oberen Reich wirkenden esoterischen High-brow-Zeitschriften keine unmittelbare Gewalt auf die Politik der Verlagshäuser haben. Sie besitzen nur eine rein moralisch, traditionsgemäß fundierte Autorität. Sie versuchen nicht, mit den typischen Phänomenen der heutigen Massenkultur den frontalen Kampf zu wagen, sie verschweigen z. B. in der Norm alle Phänomene vom Charakter der Eintags-Bestseller, und nur auf lange Sicht wird ihre Tätigkeit sichtbar, weil es die Gesamtheit der so strukturierten Institutionen ist, welche den langsamen Prozeß der Auslese vorantreibt. Wenn man diese Institutionen des oberen Reiches mit einem passenden Namen versehen wollte, so handelt es sich bei ihnen um das (manchmal recht ohnmächtige!) Gewissen und Gedächtnis der Weltkultur, um deren höchste Instanz, die ein unparteilicher Zeuge und Richter zugleich ist; sie verliert öfters einzelne Gefechte, doch sie gewinnt die großen, Epochen andauernden Kriege – etwa wie es Großbritannien zu tun pflegte ... Sie kann einem verkannten, großen Dichter den heutigen Ruhm nicht garantieren, sie ist aber die Erinnerung, die verhilft, der nächsten Generation manchmal, den fast verlorenen Schatz wieder auszugraben. Mit einem Worte: diese Instanzen fügen sich keinen ökonomischen Marktregeln, und dadurch verteidigen sie auch das kulturelle Erbe gegen den chaotischen Ansturm der Massenkultur. Nichts dergleichen ist im unteren Reich zu bemerken.

Es gibt in der SF keine unabhängigen Zeitschriften, die kritisch die gesamte Produktion überwachen. Die Aussagen der besten und bekanntesten SF-Autoren werden unterdrückt, wenn sie den Interessen von Verlagen zuwiderzulaufen scheinen, worüber z. B. Knight berichtet. Die ›high brow fanzines‹ sind ausschließlich dem engsten Kreis von Eingeweihten bekannt, und ihr Einfluß auf die Verlagspolitik ist gleich Null. Diese Amateurschriften veröffentlichen manchmal Analysen und Betrachtungen, die dem Besten ebenbürtig sind, was in der ›oberen‹ literarischen Presse erscheint. Das ändert aber nichts an der Tatsache, daß auf die Stimme dieser Kritiker nicht gehört wird. Dies bezeugt, daß es nicht die immanenten Werte einer Aussage sind, welche deren Aktionsradius bestimmen, sondern dieser Radius wird von der breiteren Gesamtstruktur des informativen Netzes bedingt, an welches das Mittel (im ›media‹-Sinne) angeschlossen ist, welches diese Aussage veröffentlicht hat.[3] Es ist eine typische SF-Sitte, daß an Stelle von unabhängig entstehenden Kritiken solche Kommentare und Bemerkungen die Aufgabe der Bewertung von Werken übernehmen, die entweder von den Autoren oder von den Anthologien-Redakteuren stammen. Dieser Zustand dient nur dazu, die Grenze zwischen Apologetik (einer Werbung) und einer objektiven Kritik zu vernebeln.

Zusammengenommen ähneln die Institutionen der SF (Cons, Fanzines, Preise) dem äußeren Aussehen nach denen des oberen Reiches, nicht aber in bezug auf die wertfördernden und die Auslese bewirkenden Funktionen. Im oberen Reich entfernen sich mit der Zeit die schlechtesten und die besten literarischen Werke immer weiter voneinander; in der SF dagegen wirken die aus ökonomischen Marktgesetzen, aus Mangel an souveräner Kritik und aus Mangel an *kulturellem Mäzenatentum* resultierenden Kräfte in entgegengesetzter Richtung: sie nähern das Schundprodukt dem wertvollen Werk an, sie erschweren jegliches Experimentieren im Schaffen, sie ersticken im Keime jede unabhängig entstehende, postulierende, prognoszierende (kritische) Betrachtung, und sie verhelfen dazu, die den Verlagen zum Absatze ihrer Produktion dienende Werbung als die angeblich echte Kritik zu tarnen. Es bildet sich aus der Kette der in der SF spezialisierten Verlagshäuser – und der ›silent majority‹ von stummen und passiven Lesern – die Umwelt, an welche sich auch die begabtesten SF- Autoren allmählich adaptieren müssen. Diese Autoren werden früh in die Spielregeln eingeweiht, und müssen diese entweder befolgen oder ein unsinniges Risiko auf sich nehmen. Gesetzt den Fall, daß ein geistreicher, ja, sagen wir, ein genialer Verfasser das SF-Feld betritt, wird sich dieser Mann schnell und hart die simple Wahrheit zu eigen machen müssen, daß er niemals seinen außerordentlichen Leistungen entsprechend geschätzt und anerkannt werden kann. Die ›silent majority‹ der Leserschaft wird seine Bücher *im besten Falle* in derselben Weise schlucken, wie sie den Blödsinn der Massenproduktion zu absorbieren gewohnt ist; die Verleger werden den Mann, da sie ja nur auf das ökonomische Barometer des Marktes achten, in derselben Weise behandeln wie seine Kollegen – ihre Untertanen, das heißt Autoren, die im voraus gewillt sind, sich die Titel, den Umfang, den Bau ihrer Werke dem Herrenwunsch gemäß folgsam abändern zu lassen, er wird dem peinlichen Schauspiele hilflos zusehen müssen, wie seine Bücher im Meer des Schundes untertauchen, da sie mit diesem Ozean der SF-Stempel unwiderruflich verbindet. Sturgeon hat gewiß recht, wenn er behauptet, daß es auf jedem Gebiet 99% Schund gibt, nur sind im ›oberen‹ Reich der Kultur unaufhörlich Kräfte der positiven Auslese am Werke, im ›unteren‹ Reich dagegen wird das Beste dem Blödesten unter dem Druck der objektiven Bedingungen angenähert und versinkt in ihm allmählich. Somit sind alle SF-Institutionen nur dem äußeren Scheine nach denen des oberen Reiches ebenbürtig. Tatsächlich haben wir eine oberflächliche Mimikry vor uns, das Olympische der Literatur wird in der SF nachgeäfft und simuliert, weil nicht in voller Leistungsfähigkeit wiederholt. Keine berühmten Autoren des oberen Reiches befassen sich mit der Disqualifizierung von Schundliteratur oder mit der Abwehr von Graphomanen-Attacken; die Knights und die Blishs haben eine Weile lang versucht, dies zu tun, aber ihre Kampfeslust mußte am Ende einer gemilderten, mehr passiven Attitüde Platz machen. Zum Teil sind sie sich der eigenen Niederlage bewußt. Sie fühlen, wie sehr die für die SF typischen Manieren ein einziges Nachäffen der erwachsenen Literatur darstellen und wie grotesk dieses ganze Treiben einem Beobachter von außen erscheinen muß. Das Unauthentische, weil nicht völlig Ernstzunehmende des Fandoms, mit seinen Briefen, mit seinen ›Parties‹ und seinem ›warmen Gedankenaustausch‹ sind nur lahmer Ersatz für die Autoren, nur ein Asyl, in welchem sie ihre Rolle der großen Schriftsteller spielen können, indem sie in Fanzines von 200 Exemplaren Auflage Bekenntnisse über die Geheimnisse ihrer schöpferischen Arbeit ablegen und ihre tiefen psychologischen Geheimnisse beichten. Alle derartigen Phänomene könnte man für belanglos halten und ihnen keine Aufmerksamkeit schenken, weil ja letzten Endes die Formen, in denen die Literaten ihre Minderwertigkeitskomplexe, ihre Frustrationsgefühle und ihren ›Willen zur Macht‹ abreagieren, nicht unbedingt den Bestandteil der Literatur darstellen müssen, wie sie im oberen Reiche gedeiht. Im unteren Reiche sind dies jedoch Symptome der chronischen Erkrankung, welche das Wachstum des SF-Genres peinlich hemmt. Somit ist die Vorbedingung jeder Besserung der herrschenden Zustände eine recht unbarmherzig ausgesprochene Diagnose. Man könnte sie mit Hunderten von Beispielen bekräftigen. Im Aufsatze eines zeitgenössischen SF-Kritikers werden öfters Namen von Autoren wie *Farmer, Joyce, Sturgeon, Borges, Kafka* in einem Zuge ausgesprochen. Nie aber wird dieses Bemühen um ›Gleichberechtigung‹ von seiten der Mainstream-Kritik mit adäquater Münze zurückbezahlt. Man kann heute in den SF-Anthologien neben SF-Autoren auch die Novellen von Grass, Calvino, Ionesco, Michaux finden. Die Bewohner des oberen Reiches werden also nach unten eingeladen und folgen auch solchen Einladungen, doch darf auf eine Gegenleistung nicht gerechnet werden. Die Bewohner des oberen Reiches benehmen sich gegenüber denen des unteren, wie sich der Adel dem Pöbel gegenüber benimmt. Eine Dame darf eine Spelunke besuchen, aber die ständig dort residierenden ›Damen‹ werden in ein anständiges Haus nicht eingelassen.

5. Wir werden jetzt zeigen, wie das Werk eines begabten SF-Verfassers in der SF-Umwelt gedeiht und empfangen wird. (Das Los der Unbegabten ist uns unwichtig – da es sich aber im unteren Reiche recht spezifisch gestaltet, wird auch darüber, wenn auch nur marginal, berichtet.)

Die das gesamte SF-Milieu füllende Substanz, von welcher sich das Schaffen der Autoren nährt, bildet der Kitsch. Er ist die späte, entartete Form von Mythen. Er hat von ihnen seine starre Struktur geerbt, denn was im Ödipus-Mythos etwa die prästabilisierte Schicksalsstruktur darstellt, ist im Kitsch ihr Klischee. Superman ist ein verhunzter Herakles, der Roboter – ein Golem, wie der Kitsch selbst die vereinfachte, abgeplattete, prostituierte, aber ursprünglich im gegebenen Kulturkreise *zentrale* Wertekonstellation darstellt. In unserer Kultur ist *Kitsch* das, was *ehemals* das Heilige und/oder Begehrte, das Scheu- und/oder Grauenerregende war, und *jetzt* fix und fertig zum sofortigen Gebrauche zubereitet ist. Kitsch ist ein ehemaliger Tempel, der so lange und so gründlich von Ungläubigen entweiht wurde, bis selbst die Erinnerung an seine ehemalige Unantastbarkeit verlorenging. Wenn die bisher unantastbaren Idole dank der mechanischen Vervielfältigung den Status von Massenwaren bekommen und als Objekte eines bequemen Genusses allen zugänglich werden, beobachten wir die degradierende Transsubstantiation des ursprünglich-Erhabenen in den Kitsch. Dabei wird das ehrwürdige Paradigma einer Umarbeitung unterworfen, welche es leicht verzehrbar und so einfach machen soll, wie nur möglich. Dabei – was recht wichtig ist – stellt sich der Kitsch seinen Konsumenten nie als solcher vor; er will sich ernstgenommen sehen und ist dem Glauben an die eigene Vollwertigkeit treu. Sogar der psychische Prozeß, der, als ein zu überwindendes Hindernis, ursprünglich die Masse der Nichteingeweihten vom Objekt der Anbetung ferngehalten hat, selbst dieser Prozeß wird jetzt als ein »Appetizer« mit der Ware verpackt. Was einfach heißt, daß der Kitsch, da er jeder Schwierigkeit bei seiner Konsumtion bar sein soll, ein für den Konsumenten *bereits vorgekautes* Produkt darstellt. In der Literatur entsteht der Kitsch dadurch, daß jede Komplexität, Vielseitigkeit, Vieldeutigkeit, die authentischen Werken eigen sind, aus dem Endprodukt eliminiert wird. Es ist jedoch vortrefflich, insbesondere für das Wohlbehagen der Betroffenen (Verfasser wie auch Kunden), wenn dieses Endprodukt den Schein erweckt, es sei weiterhin ein Kunstgegenstand ohne jede Einschränkung. Der Kitsch setzt sich aus Ersatz zusammen: des Heldentums, der Not, des Leidens, der Liebe, usw. In der Science Fiction besteht er aus dem *Ersatz* der Wissenschaft und dem Ersatz der literarischen Qualität. Wenn man bedenkt, was die SF programmgemäß zu offenbaren hat, und wenn man in Hunderten von *inneren*

Rezensionen liest, daß die besprochenen Autoren ein Übermaß an Unkenntnis der Grammatik, der Syntax, der Stilistik ihrer Muttersprache aufweisen, traut man den eigenen Augen nicht: es ist, wie wenn man in einem Team von Sportlern, das sich auf Weltmeisterschaften vorbereitet, plötzlich zu hören bekäme, daß seine Mitglieder das *Gehen* und *Stehen* noch nicht gemeistert hätten.

In einer stabilisierten Kultur ist die Wirkungssphäre des Kitsches streng begrenzt. In der Massenkultur weist er ein Überspringen in benachbarte Gebiete auf, einen aggressiv-expansiven Druck, der ihn dem überwuchernden Gewebe angleicht, welches den noch intakten Körper verzehrt. Die Abwehr seiner Angriffe ist moralisch schwer zu rechtfertigen, da sich dann immer das Dilemma ergibt, ob das kleinere Übel die kitschige Verstümmelung des Kunstproduktes ist, oder dessen totale Abwesenheit im Kreislaufe der Massenkultur, wenn sie das Vollwertige nicht zu assimilieren vermag. Die SF ist ein klinisch reiner Fall des vom Kitsch besetzten Gebietes, weil in ihr das kulturell-geschichtlich Höchste, Schwierigste und Wichtigste zu billigsten Ausverkaufspreisen, in primitivster Form, am laufenden Band massenhaft produziert, dem breiten Publikum angeboten wird. Indem sie keine Verschwiegenheit und Scheu dem dem Menschenverstand Unfaßbaren gegenüber kennt, indem sie Universum auf Universum türmt, ohne mit der Wimper zu zucken, indem sie Physik mit Metaphysik und abgedroschenen Abfall mißverstandener philosophischer Systeme unaufhörlich vermischt, ist sie die wahre Verkörperung des Kitsches in seiner Frechheit, voll totaler Ignoranz, die selbst das Bestehen eines besseren, ihr unzugänglichen Wissens hartnäckig, ja triumphal leugnet.

Was die Philosophen nicht einmal auszusprechen wagen, worüber die weltberühmten Gelehrten kaum etwas aussagen können, das ist an jedem Zeitungsstand für 60 bis 75 Cent zum sofortigen Konsum zu kaufen. SF ist ein erfreulicher

Ersatz für das Studium dicker Handbücher der großen Denker, Kosmologen, Astrophysiker und Philosophen, ja, sie weiß darüber zu berichten, was die Wissenschaftler wissen, die erst in zehntausend Jahren geboren werden. Ich verspotte jetzt dieses Aufgebot nicht; ich wiederhole nur, was man in der SF-Werbung lesen kann. Wenn jemand dabei jemanden verspottet, ist das dem Ernst solcher Aussagen nicht anzumerken, es sei denn, man setzt voraus, daß da *kein einziges Wort ehrlich gemeint ist,* wie es in der Werbung üblich ist, die nur von den bestmöglichen und bisher nie dagewesenen Produkten zu reden pflegt. Wenn aber das alles nicht wörtlich genommen werden soll, was für einen wahren Gehalt verbergen diese Chiffren? Eines der wahnwitzigsten Geheimnisse der SF (welches aber nicht einmal streng gehütet wird) ist die Tatsache, daß so um 98-99% ihrer Autoren die gelehrten Schriften und Handbücher, die es *heute* gibt und die diese Herren mit ihrem Wissen über das Jahr 6000 zu überbieten bereit sind, selbst dem Titel und dem Namen der Verfasser nach nicht kennen. Wenn ein Autor die Physik im Rahmen des Schulunterrichtes beherrscht, weil er ein Lehrer ist, wird er deshalb von Knight in vollem Ernst hochgepriesen und als Musterbeispiel den Autoren vorgestellt, die augenscheinlich nach drei Klassen wegen allgemeiner Gehirnschwäche den Schulunterricht abbrechen mußten. Das Publikum scheint von solchen interessanten Tatsachen nichts wissen zu wollen, wahrscheinlich, weil es solche Nachrichten verstimmen könnten. Es ist nämlich äußerst angenehm, in der Überzeugung bestärkt zu werden, daß man für den billigsten Preis an Geld und Denken in die gewaltigsten Geheimnisse des Alls und des Seins eingeweiht werden könne.

6. Die Ausnahme von der Regel, von welcher der Titel dieses Essays spricht, bildet das Werk von Ph. K. Dick. Aus Mangel an einer den Kitsch bekämpfenden und die Werte fördernden Auslese wird Dicks Werk dem van Vogts gelegentlich gleichgesetzt. Die Romane beider Autoren haben die

Merkmale gemeinsam, daß sie 1. aus kitschigen Bestandteilen zusammengesetzt sind und 2. in ihrem Aufbau voller Widersprüche stecken. Diese Widersprüche sind *äußerer Natur* – wenn die im Werke dargestellte Welt kontrempirisch ist, d. h. sich im Widerspruch zu dem wissenschaftlichen Wissen befindet – und *innerer Natur* – wenn die Romanhandlung in ihrem Verlaufe zu einem sich selbst verneinenden Gefüge wird.

Eine solche Diagnose ist nicht mit einer automatisch folgenden Verurteilung gleichbedeutend. Die der Literatur eigenen Urteilsinstanzen sind zwar undemokratisch, aber doch gerecht. Im Verlaufe jeder kritischen Verhandlung muß festgestellt werden, welchem *Ziele* die Aufopferung von Werten im gegebenen Falle gedient hat. Denn ein zustande gekommener *lokaler* Unsinn ist im Werke eine *lokale* Wertevernichtung (ein Sinn ist immer höher zu bewerten als ein Unsinn), aber dieser lokale Eingriff kann einem Zustandekommen von ganzheitlichem (höherem) Sinne dienen. Das hängt mit der allgemeinen Relativität aller Werte zusammen: Sogar ein Mord kann in einem Kulturkreis gerechtfertigt werden, wenn er als ein Glied einer Kette von Zusammenhängen betrachtet wird, in welcher laut herrschendem Glauben der *kleinere* Wert – ein Menschenleben – dem Größeren – der Gottheit – geopfert wird.

Prima facie sind beide Fälle relevanter Unterschiede bar. Beide Autoren mißachten das empirische Wissen, die Logik und die Kausalität, also Kategorien, auf denen unsere Erkenntnis ruht. Sie scheinen diese basalen Werte dem momentanen Knalleffekt aufzuopfern, sie vernichten also die größeren Werte, um einen winzigen zu schaffen – was *immer* kulturell tabuiert ist.

Unsere Autoren sind aber, wenn nicht nur gedankenlos gelesen, Schriftsteller von recht unterschiedlichem Rang. Wie Knight und Blish bewiesen haben, dient die phantasmagorische Akrobatik von van Vogt keinem ganzheitlichen Sinn. Er löst die von ihm aufgestellten Rätsel nicht; er zieht aus dem früher Dargestellten keine Schlüsse, er skizziert nur flüchtige

Einfälle, um auf ihnen immer weitere chaotisch aufzutürmen. Er hypnotisiert damit den wachsamen Leser nicht, er schläfert ihn nur ein; dieser Schlaf entstammt der wachsenden Langeweile, nicht dem fesselnden Magnetismus. Das einzige Problem, welches die van Vogtsche Prosa darstellt, ist ihr Markterfolg, welcher einen intelligenten Leser wie Knight zugleich irritiert und beleidigt. Wie kann sich ein Werk einer so großen Popularität erfreuen, dessen Blödheit von Knight so eindeutig bewiesen wurde? Da gibt es aber kein tiefes Geheimnis zu klären. Der kitschige Unsinn wird mit Erfolg am Leben erhalten, weil es eine große Nachfrage nach ihm gibt. Die van Vogtschen Fans kümmern sich einen Pfifferling um die unwiderlegbare Knightsche Beweisführung. Höchstwahrscheinlich wissen sie von ihr nichts und wollen auch nichts von ihr wissen. Sie bekommen von van Vogt das ganze Weltall mit seinen Bewohnern, Kriegen, Imperien vortrefflich zubereitet, weil sofort in totaler Gedankenlosigkeit lösbar, und vor dem besseren Wissen, daß ihnen stupide Lügen verabreicht werden, verschließen sie die Augen. Mehr läßt sich dazu wirklich nicht sagen.

Ph. Dick scheint ähnlich wie van Vogt zu schreiben, wenn er auch nicht in derselben Weise wie van Vogt außer der Physik noch die Grammatik und die Syntax vergewaltigt. Auch Dick arbeitet im Kitsch. Seine Romane sind jedoch ordentlicher aufgebaut. Er pflegt die Handlung mit einer klar und präzise verfaßten Lage zu eröffnen, und erst in ihrem weiteren Verlauf beginnt ein den Leser stutzig machender Zerfall die anfängliche Ordnung zu unterwühlen, so daß das Romanende zu einem einzigen Knäuel von Phantasmen wird. Traum- und Wachzustand verwachsen ineinander, die Realität wird ununterscheidbar von der Halluzination, das unfaßbare Zentrum der Dickschen Welt löst sich in eine Reihe von zuckenden Spottgeburten auf, so daß jeder Roman seiner ›Hauptrichtung‹ (denn Dick hat auch ganz belanglose, zweitrangige Bücher verfaßt) am Ende gerade die

Ordnung zerschmettert, die er am Anfang aufgebaut hat. Die Welten des Dick, gleichviel ob sie ihr Bersten einer Droge, einer Technologie oder einer ›Krankheit‹ (›Tobsucht‹) der Raum-Zeit-Mannigfaltigkeit verdanken, vermehren in beschleunigtem Tempo ihre ›Pseudowirklichkeiten‹, so daß (z. B. in ›The Three Stigmata of Palmer Eldritch‹, ›LSD-Astronauten‹, Insel Verlag 1971) die anfänglich gegeneinander noch abtrennbaren Niveaus der Halluzination und der Realität zu einem raumzeitlichen Labyrinth werden. Dabei bewegt sich Dick fortwährend im typischen Kitsch der SF, in diesem Arsenal von Halbmenschen-Halbrobotern, der etatsmäßigen Propheten (›precogs‹), der ›Psi‹- und ›ESP‹-Felder, der das Gehirn abändernden Eingriffe und Hunderter ähnlich skurriler Produkte wie Phänomene. Der Kitsch ist also überall anwesend in seinen Büchern, doch von Zeit zu Zeit – d. h. in einigen Romanen – gelingt Dick ein erstaunlicher Meistertrick. Er hat – ich bin überzeugt davon, daß er diese Entdeckung unbewußt und unabsichtlich machte –, er hat eine äußerst raffinierte Taktik erfunden: er bedient sich der Kitschelemente, d. h. derjenigen ausgearteten Moleküle, die einst sakral-metaphysischen Wert besaßen – in einer Weise, die zur allmählichen *Wiederauferstehung* des lange toten Metaphysisch-Geheimnisvollen führt. Er läßt sozusagen den Kitsch gegen den Kitsch ankämpfen, er leugnet ihn nicht, er wirft ihn nicht weg, sondern er baut aus ihm eine Jakobsleiter in den entsetzlichen Himmel hinauf, welcher im Verlaufe dieser Operation zwar aufhört, der ›orthodoxe‹ Himmel zu sein, und auch keine ›orthodoxe‹ Hölle wird, aber die sich auftürmenden, sich gegenseitig verneinenden Existenzsphären zwingen die seit Äonen begrabene Macht zur Auferstehung. Mit einem Wort, es gelingt Dick, das Innere einer Jahrmarktbude in das Innere eines Tempels zu verwandeln – wodurch sein Leser eine Katharsis erleben kann. Es ist äußerst schwierig, die Mittel analytisch zu erfassen, die ihm dies ermöglichen. Es ist dagegen einfach, zu sagen, daß diese Katharsis die Aufopferung von Werten rechtfertigt, welche den Leser anfangs schokkiert. Ich kann diesen Essay nicht der Dickschen ›Transsubstantiations-Methode‹ widmen, somit nur einige Bemerkungen über seine Tour d'adresse. Dem SF-Kitsch haftet das implizite Versprechen einer Allmacht an. Diese Allmacht ist bipolarer Natur – als eine Allmacht des Bösen (des Anti-Utopischen) und des Guten (des Utopischen). Im Verlaufe ihrer Entwicklung hat die SF auf die ›positive Allmacht‹ verzichtet und besetzt seit langer Zeit den entgegengesetzten Pol – des ›maximalen Jammers‹. Diesen Pol machte sie allmählich zu ihrem *Spielplatze*. Denn der Weltuntergang, das atomare Jüngste Gericht, die technologisch provozierten Seuchen, das Erfrieren, Austrocknen, Kristallisieren, Verbrennen, Versinken, das ›Robotisieren‹ der Welt usw. usf. haben in der heutigen SF gar nichts mehr zu bedeuten. Sie haben gar nichts zu bedeuten, weil sie der typischen Inflation unterworfen wurden, die eschatologisches Grauen in ein angenehmes Gruseln übergeführt hat. Die SF-Bibliothek der agonalen Krämpfe der Menschheit, wie sie jeder anständige Fan besitzt, ist der Büchersammlung des Schachliebhabers ebenbürtig, weil das Ende der Welt dieselbe formale Eleganz aufweisen soll wie ein gut durchdachtes Gambit. Ich sehe in der handwerkerlichen Gleichgültigkeit, mit der solche Romane produziert werden, ein recht trauriges Phänomen. Es gibt Spezialisten, welche die Menschheit bereits auf dreißig grundverschiedene Arten geschlachtet haben und nach neuen Methoden der Ermordung ebenso fleißig wie ruhigen Gemüts suchen. Strukturell hat sich dadurch diese (Weltuntergangs-)SF dem Kriminalroman gleichgesetzt, und kulturell betreibt sie einen das Grauen liquidierenden Nihilismus – dem Gesetz der diminishing returns[4] entsprechend. Ein vom Kitsch heimgesuchter Raum ist wie das Vakuum, in dem Blei und Federn gleich schnell herabfallen. Es ist tatsächlich ein großes Wagnis, in einem solchen Raume die toten metaphysischen Werte zur Auferstehung zu zwingen. Es kann nicht behauptet werden, daß Dick alle auf ihn lauernden

Fallen umgangen hat. Er bucht auf seinem Konto mehr Niederlagen als Siege, aber die letzteren sind es, die den Rang eines Schriftstellers bestimmen. Seine Erfolge verdankt Dick einem rein intuitiven Verfahren. Wo für die durchschnittlichen SF-Autoren den Höllengrund ihrer Existenz, ihren flammenden Boden *soziale* Einrichtungen bilden, in erster Linie Polizeityranneien mit der aus Orwellscher Schule stammenden Gehirnwäsche usw., hat Dick *ontologische* Kategorien eingeführt. Die primären ontologischen Elemente – Raum und Zeit – sind Dicks Folterwerkzeuge, deren er sich mit Gewandtheit bedient. In seinen Romanen stellt er prima facie total unsinnige (weil widerspruchsvolle) Hypothesen auf – über eine Welt, die *zugleich* deterministisch *und* indeterministisch ist, über eine Welt, in welcher Vergangenheit, Gegenwart und Zukunft sich gegenseitig ›auffressen‹, über eine Welt, in der man zugleich tot und lebendig sein kann usw. In der ersten Welt aber erweisen sich sogar die Hellseher als ohnmächtig, ihrem eigenen, von ihnen vorausgeahntem grausamen Ende zu entrinnen: ihre wundervolle Gabe vergrößert nur ihre Qual. In der zweiten Welt wird die Zeit zur würgenden Laokoonschlange für ihre Bewohner. Die dritte Welt verkörpert den Spruch von Tschuang Tsy, der, aufgewacht, die berühmte Frage stellte, ob er Tschuang Tsy sei, der soeben träumte, ein Schmetterling zu sein, oder aber ein Schmetterling, der jetzt träumt, Tschuang Tsy zu sein. Die technologische Verwirklichung des so ausgedrückten ontologischen Problemes, welches seit Urzeiten die Philosophen beschäftigt hat – und als Streit zwischen Subjektivisten und Objektivisten bekannt ist –, darf als ein ernst zu nehmendes Problem der (recht fernen) Zukunft angesehen werden, und nicht nur als eine rein spekulative Frage. Die populäre Meinung, der zufolge technologisches Tun niemals direkt in philosophische Problematik übergehen kann, ist eine Illusion, verursacht durch die relativ kurze Dauer des technischen Zeitalters. Ich habe im Jahre 1963 in meiner ›Summa technologiae‹ dieses Problem diskursiv erörtert (im Kapitel ›Phantomatik‹). Eine der möglichen Lösungen zur Herstellung einer synthetischen Realität ist die ›Einkapselung‹ des Bewußtseins dadurch, daß das Gehirn des Betroffenen an eine computerähnliche Apparatur in derselben Weise angeschlossen wird, d. h. mit Rückkopplung, wie es in der Norm vermittels der Sinne und Nervenwege an die reale Umwelt angeschlossen ist. Die interessanteste Frage lautet, ob ein so ›phantomatisch eingekerkerter‹ Mensch den wahren Zustand der Dinge zu erraten imstande ist, d. h. ob er die von der Maschine simulierte Umwelt von der realen zu unterscheiden vermag – mittels beliebig durchgeführter Experimente. Vom logischen und empirischen Standpunkt aus scheint eine richtige Diagnosestellung unmöglich zu sein, wenn nur das Programm der Maschine genügend entwickelt ist. In einer Zivilisation, in welcher es diese ›phantomatische‹ Technik gibt, kann es ein ›mindnapping‹ geben, aber auch viele Arten einer legalen Benutzung solcher Methoden, die das wache Erleben von allen Geschehnissen ermöglichen, die sich programmieren lassen – und da es hier keine prinzipiellen Hindernisse gibt, kann für den ›Phantomisierten‹ sogar das Kontrempirische verwirklicht werden (er kann subjektiv beliebige Körpermetamorphosen erleben usw.). Bei Dick finden wir in ›Ubik‹ die belletristische Variante eines ähnlichen Projektes. Bei ihm geht es um eine biotechnische Methode, die dadurch kompliziert wird, daß sie es erlaubt, Sterbende in einem spezifischen Zustand ›zwischen Tod und Leben‹ (halflife) zu erhalten. Dick entwickelt ein recht grausames Spiel, in welchem bis zum Ende unklar bleibt, wer von den Helden im ›halflife‹ liegt und wer die gewöhnliche Realität bewohnt; zickzackartig läuft die Handlung ab, mit nacheinanderfolgenden Ausschlägen der Diagnosen, dazu gibt es noch makabre Effekte der ›Weltauflösung‹ und des sprungartigen Rückganges der Zeit. Ähnliches findet man schon in der SF, nicht aber die meisterhafte, packende Spielführung; insbesondere ist das Verhalten aller Betroffenen psychologisch makellos dargestellt. Die Schwelle, die den Abenteuerroman von der ›Literatur ohne zusätzliche Bezeichnungen‹ trennt, wird in ›Ubik‹ überschritten, was ich unten etwas genauer zu beweisen suchen werde. Jetzt möchte ich zu der Betrachtung der ›message‹ übergehen, die uns, eindeutig im Gehalt, verschiedentlich in der belletristischen Handlung, mehrere der Dickschen Romane übermitteln. Er scheint eine Gleichung beweisen zu wollen von der Form: ›Wir sind – wir sind verloren‹ – oder ›verdammt‹, wobei diese Gleichung für alle Welten gültig sein soll, *auch für die unmöglichen.* Seine Romane sind Folgen ontologisch-pessimistischen Spekulierens darüber, wie sich das Menschenlos verändern würde, wenn es totale Umstürze in den basalen Kategorien der Existenz gäbe (etwa, wie gesagt wurde, im Raum-Zeit-System, in dem Verhältnis zwischen dem Traum und dem Wachzustande usf.). Das Resultat ist insofern dasselbe, als diese von Biotechniken oder von Drogen (im ›Palmer Eldritch‹) verursachten Umwandlungen das Fatale der irdischen Existenz nur verschlimmern können. Je gewaltiger eine technologisch-zivilisatorische Neuerung, desto erschreckender – laut Dick – die Konsequenzen. In seinem ersten ›größeren‹ Roman ›Solar Lottery‹ hat Dick noch nicht versucht, die Fundamente der Existenz *total* zu zerschmettern, und hat nur ›schüchtern‹ eine neue soziale Technik ausprobiert die alle Menschen dem Machtproblem gegenüber gleichberechtigt machen sollte, da man bei ihm die Machtübernahme einer allumfassenden Lotterie verdankt – das Resultat ist, wie zu erwarten war, eine neue Art des Elends und der Ungleichheit. Somit hat die Dicksche Aufopferung von Logik und Kausalität ihren guten Grund; er zeigt nämlich, daß auch den Kausalität und Logik verletzenden Daseinsvarianten die *Invariante* der Qual und des Verderbens innewohnt. Man kann Dick auch einen perversen Apologeten des ›Fortschritts‹ nennen, weil er *unbegrenzten Optimismus* im Bereich des instrumentell Verwirklichbaren mit *bodenlosem Pessimismus* im Bereich der menschlichen Konsequenzen solchen ›zivilisatorischen Fortschritts‹ verbindet. Seine Romane sind phantastische Belletristik, aber die ihnen zugrunde liegende Weltanschauung ist keine Phantasie. Dick scheint eine Epoche vorauszusehen, in welcher abstrakte und hohe Dilemmas der Universitätsphilosophie auf die Straße hinabsteigen werden, um jeden Passanten zu zwingen, für sich das antinomische Problem Objektivität–Subjektivität zu lösen, da es für ihn lebenswichtig sein wird. Mit seinen ›precogs‹, ›cold-packs‹, ›Penfields‹ usw. sagt er uns: »Und wenn ihr das Unmögliche zuwege bringen könntet, wird das eure Misere um kein Jota mildern.«

Die Helden Dicks sind in einen Kampf nicht nur um das Leben, sondern um die Rettung basaler Kategorien des Seins verwickelt. Sie sind im voraus zum Scheitern verurteilt. Manche zeigen eine Passivität von der Art Hiobs, der ruhig dem Kommenden entgegensah, da ihm schon alles zugestoßen war, was einem Menschen zustoßen kann. Andere sind gewaltige, an die Macht strebende Ringer, noch andere – kleine und auch kleinliche Leute, Beamte, Angestellte. Alle seine irreführenden Welten bemannt Dick mit zeitgenössischen Amerikanern. Vielleicht deshalb wirken sie so lebendig und authentisch – weil eine Rückkopplung entsteht zwischen ihnen und der sie umgebenden Welt: die Authentizität dieser Menschen beglaubigt den phantastischen Hintergrund, und umgekehrt läßt dieser Hintergrund die normalen Menschen besonders auffällig und lebenstreu erscheinen. Die Helden Dicks werden im Verlaufe der sich apokalyptisch steigernden Handlung nicht größer, sie scheinen nur dadurch größer – oder auch menschlicher – zu werden, daß die Welt um sie herum immer unmenschlicher (d. h. unfaßbarer für den Menschenverstand) wird. Es gibt Momente, in denen sie tragisch wirken. Tragödie im griechischen Sinne ist unabwendbare Niederlage mit mehreren offenstehenden Taktiken des Unterganges. Manche unter ihnen, wenn ausgewählt, lassen symbolisch einen imponderabilen Wert erretten. Für den Helden Dicks ist die Liebe zu einer Frau oder ein ähnliches menschliches Gefühl solch ein rettungswürdiger Wert, der bis zum Ende beschützt werden soll, auch wenn die Welt in Trümmer geht. Sie sind die letzten Inseln geistiger Gesundheit in einer wahnsinnig gewordenen Welt, die sie mittels zweckentfremdeter und dadurch zu Folterwerkzeugen gewordener Gegenstände angreift, die der Sphäre der trivialsten Konsumgüter entstammen und sich wie besessen verhalten (ein Tonbandgerät, eine Sprühdose), was den resultierenden Effekt steigert. Die Helden werden in Verhandlungen mit Ungeheuern verwickelt, die aber keine *BEMs* (bugy eyed monster – der verkörperte Kitsch) sind, weil ihnen ein Zug grotesk-dramatischer *Würde* anhaftet – der mißstaltenen und dadurch gequälten Kreatur. Am Beispiele solcher Ungeheuer (eines davon ist Palmer Eldritch) ersieht man, wie Dick den Kitsch besiegt: er belebt das makabre und primitive Muster, indem er ihm eine Spur zerbrechlicher Menschlichkeit anheftet, oft in Form einer Verstümmelung. In ›Ubik‹ erinnert die zuckende Welt an den wildgewordenen, zur andauernden ›zeitlichen‹ Explosion und Implosion angespornten, sich selbst zerfressenden Willen Schopenhauers. Nebenbei gesagt, gemessen an Dicks schwarzem Pessimismus, erscheint Schopenhauers Weltanschauung als helle Freude am Leben; denn Dick zufolge ist unsere Welt *die beste unter den schlechten, und andere gibt es überhaupt nicht.* Dick zufolge sind wir überall verdammt, sogar dort, wohin wir *nicht* gelangen können. Er hat einmal gesagt, daß er sich nicht für einen bodenlosen Pessimisten hält. Vielleicht, obwohl sich der ohnmächtigen Lage der Vernunft im All bewußt, zieht er aus ihr den nihilistischen Schluß deshalb nicht, weil er der Menschenqual keinen ausschließlich negativen Wert zuschreibt, was aber schon mein privates Spekulieren ist.[5]

Die Dickschen Planeten, Galaxien, Menschen, Kinder, Ungeheuer, Lifts und Eisschränke sind alle Zeichen einer Sprache, die, mische sie jeder, wie er wolle, immer zu derselben Form eines Menetekels erstarren. Ich will damit nicht sagen, daß seine Romane – sogar die besten, wie ›Ubik‹ – makellose

Meisterwerke sind. Die Oberfläche seiner Bücher erscheint mir manchmal recht grob, roh, was mit der Allgegenwart des Kitsches zusammenhängt. Was er in einem Kapitel zu sagen hat, ist mir lieber als das, was eine Seite zeigt, und deshalb zwingt mich sein Werk zur schnellen Lektüre, denn wenn man Einzelheiten ins Auge faßt, bemerkt man so manche Ungereimtheit, wie wenn man sich das Bild eines Impressionisten aus zu kleiner Entfernung besehen würde. Dick ist außerstande, den Kitsch endgültig zu zähmen, vielmehr entfaltet er öfters ein Pandämonium und läßt es ›aus sich‹ sich austoben und auskochen. Seine Metaphysik gleitet mehrmals aus in die Richtung billiger Zirkustricks. Seine Prosa ist von unkontrollierten Auswüchsen bedroht, hauptsächlich, wenn sie in lange Ketten von phantasmischen Mißgeburten überläuft, jeder Aussagefunktion bar. Er neigt auch dazu, so weit in die von ihm ausgesponnenen Monstrositäten einzudringen, daß daraus eine Inversion der Effekte resultiert: was Grauen erwecken sollte, erscheint nur lächerlich, ja sogar dumm.

Wir brechen damit die *immanente* Besprechung des Dickschen Werkes ab, um zu seinem soziologischen Aspekt überzugehen. Die SF-Umwelt war unfähig, zwischen zwei grundverschiedenen Typen von Werken zu unterscheiden, die in ihr das Tageslicht erblickten. Diese Umwelt war außerstande, das künstlerisch zum Sinn Geballte eines Dick von dem unsinnig Zerfallenden eines van Vogt deutlich zu scheiden. In einem höheren Sinne gehört ein Titel wie ›The World of A‹ Dick, und nicht van Vogt, obwohl es der zweite war, der dieses Buch verfaßte: aber nur bei Dick könnte man von einer ›nichtaristotelischen‹ Logik reden, wohingegen diese Benennung dem van Vogtschen Roman ohne jede Berechtigung aufgeflickt ist. Die SF-Umwelt ist in ihrem Wirken keinesfalls chaotisch: ihren Gesetzmäßigkeiten gehorchend, hebt sie das Blöde empor und setzt das Wertvolle herab, bis sich beide ›auf halbem Wege‹ treffen – auf dem Niveau der nichtssagenden Geringfügigkeit. Denn Dick wurde nicht seinen Verdiensten entsprechend in der SF gewürdigt. Man hat den Unterhaltungswert seiner Romane erkannt, und einer der besten SF-Kritiker, die es gibt, Damon Knight, hat auch über die Zerrbilder der uns umgebenden Realität gesprochen (in ›In Search of Wonder‹), als er ›*Solar Lottery*‹ und einige weitere Romane Dicks rezensierte. Das aber war schon alles, was dieser Autor zu hören bekam. Niemand hat bemerkt, daß sein ›wildes Wachstum‹ auffallende inhaltliche und formelle Ähnlichkeit mit dem aufweist, was im ›oberen Reiche‹ vorgeht. Ihren Problemen nach gehören die Romane Dicks der Richtung der Literatur an, die das Niemandsland zwischen dem Sein und dem Nichts erforscht; in zweifachem Sinne. Erstens kann man die Dickschen Romane der Prosa zuzählen, welche heute die sogenannte ›Literatur des Fakultativen‹ oder ›der Möglichkeiten‹ bildet. Diese experimentelle Prosa versucht die liegengebliebenen, latenten, unberührten d. h. nicht verwirklichten Potenzen des menschlichen Daseins zu ergründen – hauptsächlich psychologisch. Man wird die Quellgebiete dieser Prosa unter anderem bei Musil in seinem ›Mann ohne Eigenschaften‹ finden: die ›Eigenschaften‹ werden dem Einzelnen von der äußeren, zufallsartig sich manifestierenden Welt angeheftet, wodurch er seelisch eben ›ohne Eigenschaften‹ bleibt; eine andere Taktik wurde von Robbe-Grillet, z. B. in seinem ›Le Voyeur‹, versucht; diese Prosa, die sich das Motto ›quod autem potest esse totaliter aliter‹ anzueignen scheint (und die in Polen J. Andrzejewski mit seiner ›Miazga‹ repräsentiert – welches Werk zum Teil in der Möglichkeitsform der Zukunft verfaßt wurde, also das beschreibt, was fakultativ geschehen *konnte*, und nicht das, was unbedingt geschehen ist), hat ihre Parallele im Schaffen Dicks. Er ist vom typischen SF-Muster der ›parallelen Welten‹ (Weltlinien) ausgegangen, doch wo dieses Motiv von denjenigen SF-Autoren, die in ihrer Behandlungsweise an eine Straßenwalze erinnern, zum unausstehlichen Kitsch abgeplattet wurde, hat Dick strukturell die solcher Inspiration entstammende Problematik auf das entsprechende Komplexitätsniveau zu heben gewußt. Er ist somit ein origineller Repräsentant der ›Literatur des Fakultativen‹ in der SF – ein breites Thema, welches ich hier aber nicht besprechen kann.

Zweitens kann man im Zusammenhang mit Dick an Autoren wie Beckett denken, wegen der ›ungesunden Neugier‹, die sie beide für den Tod oder, besser gesagt, für diejenige Lebensrichtung, die sich dem Ende approximativ nähert, zeigen. Beckett ›begnügt‹ sich mit den natürlichen Prozessen, die den Menschen ›von innen her‹ langsam und kontinuierlich abtöten (das Altern, die Verkrüppelung usw.). Dick gibt sich breiteren Spekulationen hin, dem Genre gemäß, in dem er arbeitet. Über seine ›Theorie‹ des ›halflife‹ ließe sich recht viel Interessantes sagen (nicht als eine sinnvolle empirische Hypothese, sondern als eine Abart des phantastisch-ontologischen Spekulierens), aber, wiederum, ich kann mich jetzt nicht in die Exegese des desakralisierten Eschatologischen einlassen (siehe aber Anhang).

Wir haben diese beiden Parallelen gezogen, um nachzuweisen, wie ein zum Ghetto geschlossenes Gebiet der Schöpfung am Zustande der eigenen Isolierung leidet. Denn solche parallelen Entwicklungsabläufe sind keine zufälligen Koinzidenzen. Es ist der Geist der Zeit, der sich in ihnen spiegelt, doch die SF kennt nur die kurz andauernden Moden.

Die Eigentümlichkeit des Dickschen Werkes wirft ein grelles Licht auf die Beziehungen, die im SF-Milieu herrschen. Alle Werke der SF *müssen* beim Leser den Eindruck *leichter* Verdaulichkeit erwecken, wie es bei Unterhaltungsliteratur immer der Fall ist; die SF-Werke, vor denen zweihundert Nobelpreisträger der Physik in die Knie fallen, sind für den Markt der SF wertlos, wenn die notwendige Prämisse einer solchen Anbetung ein Mindestmaß von Kenntnissen ist. Somit ist es am besten, wenn die SF-Bücher überhaupt *keinen* tieferen Sinn – ob im Physikalischen oder im Metaphysischen – beherbergen. Wenn aber vom Autor irgendein Sinn in das

Werk eingeschmuggelt wurde, darf er den schwerfälligen und bequemen Leser *nicht stören,* sonst wird dieser unschätzbare Mann die Lektüre mit Kopfschmerzen abbrechen.[6] Der tiefere Sinn ist also nur dann zugelassen, wenn er ›unschädlich‹ ist, d. h. wenn man ihn beim Lesen total vernachlässigen kann. Dieses Problem läßt sich an Hand folgender Anekdote erklären. Wenn im Hafen auf den Masten eines Schiffes bunte Fähnlein erscheinen, wird ein Kind am Ufer an ein Belustigungsspiel denken und vielleicht seine helle Freude an dieser Schau haben, obwohl ein Erwachsener die Fähnlein zugleich als Signalsprache erkennen wird und erfährt, daß da über eine Seuche berichtet wird, die an Bord ausgebrochen ist. Die SF-Leserschaft ist dem Kinde, nicht dem Erwachsenen der Anekdote gleichzusetzen.

Die kitschige Oberfläche hilft den Dickschen Romanen, im SF-Milieu zu überleben. Ich behaupte nicht, daß Dick ein Machiavelli der SF ist, der ›unter‹ dem SF-Kitsch absichtlich eine perfide ausgedachte Tarnung ausübt, um so seine Leser zu hintergehen (weil er ihnen *Gold* unter dem Vorwand überreicht, *blechernen Schmuck* anzubieten).

Ich glaube vielmehr, daß er intuitiv arbeitet, ohne selbst zu wissen, was für ein Versteckspiel er mit seinen Lesern treibt. Man beachte den Unterschied zwischen einem Künstler und einem Handwerker: der Künstler wächst in seiner Umwelt auf und schöpft aus ihr die Elemente, die ihm als *Ausdrucksmittel* dienen – der Spannungsunterschiede, denen seine Persönlichkeit unterliegt. Der Handwerker dagegen ist ein Produzent von Gegenständen, für die es Nachfrage gibt, und die anzufertigen er gelernt hat – nach den Mustern, die sich der größten Popularität erfreuen. Die SF ist zu 98% ein Gewerbe, und ihre Autoren sind Tagelöhner, die der Nachfrage gehorchen müssen. Fast jeder Künstler kann zum Handwerker werden, wenn er seine innere Stimme erstickt – oder wenn er überhaupt keine solche Stimme hat. Ph. K. Dick war lange Zeit hindurch *nur* ein Handwerker, und dazu ein gewandter, da er die Ware anzufertigen wußte, die sofortigen Absatz fand. Allmählich aber begann er – ich muß weiterhin in Metaphern reden – auf diese innere Stimme zu hören, und obwohl er immer der Elemente sich bediente, die ihm von der SF bereitgelegt wurden, begann er aus ihnen eigene Muster zusammenzusetzen. Das ist aber keine unbedingt ›richtige‹ Auslegung. Sie entsteht, wie es immer der Fall ist, als eine Art Kreuzung zwischen dem, was sich im gelesenen Werke befindet, und dem, was ich als Leser mit diesem Material anzufangen weiß. Keinem Zweifel unterliegt die Tatsache, daß Dick mit Kitschelementen eine Metaphysik auszudrücken versucht, die von äußerst ›schwarzem‹ Charakter ist und die den Zustand seines Gemütes – der Welt gegenüber – authentisch spiegelt. Eine logisch hundertprozentig sichere, eindeutige Rekonstruktion der tiefen semantischen Strukturen eines komplexen Werkes ist unmöglich, weil es keine diskursiven Satzfolgen gibt, auf welche ein Kunstwerk ›ohne Rest‹ reduziert werden kann. Dem muß auch so sein, denn wäre es anders, wäre zugleich dieses Werk total überflüssig, denn wozu das verwickelte und dunkle Reden über ein Thema, wenn diesem Thema eine klare und simple Rede gerecht wird? Was man kurz und deutlich sagen kann, braucht man ja nicht weitschweifig und undeutlich auszudrücken. Jedes authentische Kunstwerk besitzt eben deshalb seine Tiefen, und die Möglichkeit, daß ein solches Kunstwerk vergehenden Generationen von Lesern immer eine Aussage über das Sein bedeutet, obwohl in der Gesellschaft, in der Kultur, im Leben unaufhörliche Veränderungen stattfinden, bezeugt, daß das Nichtvergängliche eines Meisterwerkes in seiner semantischen Plastizität begraben ist. Aus den grellen Kitschklischees, hinter denen bei jedem SF-Handwerker eine entsetzliche Leere gähnt, hat Dick eine Signalapparatur zusammengefügt, also eine Sprache, wie jemand, der sich aus den zerstreuten bunten Fähnlein nach eigenem Ermessen eine Signalsprache zurechtlegt. Die SF-Kritik konnte Dick beim

Zusammentragen der bunten Fähnchen helfen, nicht aber beim Zurechtlegen sinnvoller Ganzheiten aus diesem Rohstoff – weil sie in ihrer Praxis das Bestehen der semantischen Tiefe leugnet. Die hellhörigsten unter den SF-Lesern fühlen, daß Dick ›ein anderer‹ ist, nur sind sie außerstande, diesen Eindruck deutlich zu artikulieren.

Dick hat sich dem SF-Milieu angepaßt – was sowohl positive wie negative Folgen hatte. Er hat die Methode erfunden, wie mit den Mitteln des Kitsches das auszudrücken ist, was allen Kitsch transzendiert. Er konnte sich aber den ansteckenden Einflüssen dieses recht giftigen Rohstoffes nicht bis zum Ende widersetzen. Am eklatantesten hat es ihm an durchdringender, ausführlicher und sachlicher Kritik gefehlt. Die kritischen Bücher von Blish und Knight sind eine Ausnahme von der Regel; das 1970 erschienene Buch Lundwalls aber ist schon keine Kritik oder Monographie, sondern eher ein Reiseführer durch die SF-Provinzen. Aber die unschuldige Sünde von Blish und Knight liegt darin, daß sie einfach die laufende SF-Produktion besprochen haben, also *allen Autoren* ihre Aufmerksamkeit schenkten. Die negativen, ja zerschmetternden Kritiken des Schundes, wie sie Knight geschrieben hat, sind aber, in ihrer Länge und Ausführlichkeit, völlig überflüssig, weil den Tölpeln unter den Autoren sowieso nicht zu helfen ist, und das Publikum schert sich, wie gesagt, einen Pfifferling um solche Disqualifizierungen.

In der Literatur gibt es keine Gleichberechtigung; die Tagelöhner sind mit einem Satze, wenn nicht mit einem verächtlichen Schweigen abzufertigen, und den vielversprechenden Autoren gebührt ein Maximum an Geduld und Aufmerksamkeit. Aber in der SF herrschen nun einmal andere Sitten. Ich bin kein Schwärmer; ich glaube nicht, daß einige scharfsinnige Kritiken aus dem SF-Autor Dick einen Thomas Mann der SF machen würden. Und doch ist es zu bedauern, daß es keine kritische Auslese im *Inneren* seines Werkes gab (obwohl sich dieser Zustand mit dem Fehlen einer Auslese im gesamten SF-

Felde reimt). Das oben gepriesene Werk Dicks hat leider auch seine Kehrseite. Man pflegt ein solches Werk uneben zu nennen. Es ist nicht uneben – es zerfällt peinlicherweise in zwei grundverschiedene Teile, die in ›Palmer Eldritch‹ und im ›Ubik‹ (zum Teil auch in ›Solar Lottery‹) auffindbaren Widersprüche sind vorübergehender Natur, d. h. diese angeblichen Widersprüche konstituieren die ganzheitlichen Ansprüche, den semantischen Wert des Romans (wie ich es, wenn auch in Kürze, zu schildern versucht habe). Somit sind die lokal feststellbaren Widersprüche bedeutungsvolle Signale, welche die Aufmerksamkeit des Lesers auf die dem Roman zugrunde liegende Problematik lenken. Der Roman ›The Galactic Pot-Healer‹ ist nur belanglos. Es steht jedem Verfasser frei, Texte von unterschiedlichem Kaliber zu produzieren; es ist nirgends gesagt, daß eine große ›epische Kanone‹ sich nie einen reinen Unterhaltungsroman gestatten darf. ›Our Friends from Frolix 8‹ aber und ›Do Androids Dream of Electric Sheep?‹ sind nicht mehr belanglose Literatur, sondern ein Betrug am Leser. Besonders im letztgenannten Roman zeigt sich das traurige Bild, wie ein begabter Autor sein Talent verschwendet, indem er brillante Einfälle und Ideen dazu benutzt, um ein Spiel zwischen Räuber und Gendarmen am Leben zu erhalten. Das ist weit schlimmer, als wenn aus wertlosen Elementen ein wertloses Ganzes zusammengefügt wird. Der Einfall mit den Penfield-Apparaten, mit denen man die eigene Gemütsstimmung beliebig verändern kann, ist brillant, spielt aber im Roman keine Rolle. Um den logischen Knäuel zu entwirren, aus dem ›Do Androids Dream of Electric Sheep?‹ besteht, bedürfte es einer ganzen Studie, die mit dem peinlichen Gefühl zu schreiben wäre, daß sie völlig überflüssig ist. Aber wir dürfen das Gesagte nicht als unbewiesene Behauptung aussprechen. Die erste Prämisse der Handlung, ein Polizist darf jeden auf der Stelle töten, wenn die ›androidale‹ Natur des Betreffenden festgestellt wird, weil es auf der Erde nur Androiden gibt, die ihre Herren ermordet haben, diese

Prämisse ist angesichts des später Gesagten nicht stichhaltig. Wir erfahren, daß es Androiden gibt, der eigenen Natur nicht bewußt, da ihnen das gefälschte Bewußtsein, sie seien normale Menschen, imprägniert wurde. Das Polizeisystem ist von Androiden unterwühlt, die, als Menschen getarnt, Polizisten liquidieren, um dann falsch auszusagen, der Liquidierte wurde als Android entlarvt. Zugleich aber zeigt sich, daß es Polizisten gibt von der obengenannten ›androidalen Sorte‹ d. h. mit falschem (künstlich präpariertem) Bewußtsein, sie seien Menschen. Wenn sich jemand aber selbst nicht bewußt ist, ob er eine ›androidale Impersonation‹ oder einen normalen Polizisten darstellt, was für einen Sinn hat dann eigentlich diese ›Infiltration‹? Wenn ein Android das synthetisch ›vermenschlichte‹ Bewußtsein mit gefälschtem Gedächtnis besitzt, wofür soll er eigentlich zur Verantwortung gezogen werden? Wie kann man sich für etwas verantworten, wovon man keine blasse Ahnung hat? Sollte etwa mit diesem Geschehen eine Diskriminierung – von der Art der Judenverfolgung im Rahmen einer ›Endlösung‹ – modelliert werden? Dann aber sind 1. die Androiden unschuldige Opfer, und man darf sie nicht als heimtückische Kreaturen darstellen, was der Roman hie und da tut; 2. die Verfolgten – z. B. die einer Rassenverfolgung Unterworfenen – sind sich zwar ihrer Unschuld bewußt, zugleich aber ihrer Identität, was bei den Androiden nicht der Fall ist. Somit ist auch diese Parallele nicht stichhaltig. Es bleibt unklar, ob man jeden Androiden auf der Stelle tötet für das, was er einmal tat (er soll seinen Herrn ermordet haben), oder dafür, was er ist. Die Behauptung, jeder Androide müsse ein Mörder sein, weil es keine herrenlosen Androiden gibt, ist ja nicht stichhaltig. Wieso kann es keine Menschen, Androidenbesitzer geben, die im Bette eines natürlichen Todes gestorben sind? Nun zur Unterscheidung zwischen den Menschen und den Androiden. Wir bekommen zu hören, daß es fast unmöglich ist, einen Androiden mit 100% Sicherheit von einem Menschen zu unterscheiden. Man benötigt dazu einen psychologischen Test und mißt die Reaktion des Verdächtigen mit einem psychogalvanischen Apparat. Der Test ist unsinnig, und überdies bekommen wir anderswo zu hören, daß die Androiden nur einige Jahre lang leben, da sich die Zellen ihrer Gewebe nicht vermehren können. Ist es somit nicht ein Kinderspiel, die Differenzierung mittels einer etwa drei Minuten dauernden histologischen Untersuchung des mikroskopischen Zellgewebepräparates durchzuführen?

Auf alle diese Fragen gibt es eine klare Antwort. Die den Leser schockierenden Situationen sollen um jeden Preis multipliziert werden. Die Perspektive einer Gerichtsverhandlung zur Identifizierung eines Verdächtigen ist weit weniger schokkierend als die Lage, in welcher zwei Hand in Hand arbeitende Polizeibeamte sich gegenseitig umbringen können, sollte einer von ihnen plötzlich als ›Android‹ entlarvt werden. Das wird aber noch reizender, wenn subjektiv keiner von ihnen eine Ahnung hat, wer er wahrhaftig ist, Mensch oder Android. Denn dann sind beide subjektiv unschuldig, sie könnten beide Androiden sein, oder nur einer, oder keiner – was ja die Spannung erhöht, obwohl zugleich auch der Unsinn zunimmt. Um in seiner Anwendung zu schockieren, muß sich der Differenzierungstest schnell und sicher durchführen lassen, dann aber geht die Spannung verloren, die sich nicht mit der Ungewißheit verbindet, ob der Verdächtige ein Android ist, sondern mit der Ungewißheit, ob nicht der Test selbst versagen kann, wodurch jemand ›fälschlicherweise‹ auf der Stelle umgebracht wird. Da der Verfasser auf keine der sich logisch ausschließenden Alternativen verzichten wollte, muß der Test zugleich zuverlässig und unzuverlässig sein, die Androiden sollen mit boshaftem Vorbedacht und zugleich in voller subjektiver Unschuld handeln, man ist sich, als Android, der eigenen Natur zugleich bewußt und unbewußt; ein Mädchen, das mit dem Polizisten schläft, soll zwar mit dem Tode bestraft werden, weil es den Androiden verboten ist, mit Menschen zu schlafen, zugleich aber weiß das Mädchen nicht, daß sie ein

Android ist usw. ad libitum. Das anfänglich signalisierte und sich zu entfalten beginnende Problem des menschlichen Konfliktes mit vom Menschen vergeistigter, homunkulischer Kreation wird zerfetzt, das Spiel von Räubern und Gendarmen aber wird glücklich weitergeführt. Dieser vom Verfasser des ›Ubik‹ dargebotene Unsinn ist eine Beleidigung des Lesers, die sich aber in der hochkonzentrierten Gedankenlosigkeit des SF-Milieus ohne jede Spur verflüchtigt. Man kann aber nicht umhin: der Verfasser ›Ubiks‹ wußte recht gut, was da gedroschen wird. Wurde er am Schauplatze dieses Betruges von der Kritik auf frischer Tat ertappt und zur Verantwortung gezogen? Ich scherze nicht: denn derjenige, der den ›Ubik‹ schreiben konnte, *muß* den betrügerischen Charakter solcher Arbeit begreifen. Die Kritik nahm aber nur daran Anstoß, daß der Roman irgendwie fade ist, d. h. nicht so ›spannend‹ wie das Beste von Dick; eine solche Brühe von nichtssagenden Bemerkungen wird nämlich in der SF für Kritik ausgegeben.[7]

Es gibt keine Rechtfertigung dieser primitiven Spielerei, es gibt nur eine das Werk transzendierende Erklärung allgemeinen Charakters.

Ross Ashby hat bewiesen, daß die Intelligenz eine Eigenschaft ist, die nicht unbedingt in allen möglichen Umweltvarianten das Überleben fördert. Es gibt auch Umwelten, in denen dem Erhaltungstrieb die Dummheit besser dient. Er hat von Ratten gesprochen; wir möchten seine Behauptung auf den Teil der Literatur erstrecken, der SF heißt. Denn was macht es schon aus in der SF, daß ›Ubik‹ ein Goldstück ist und ›Do Androids Dream of Electric Sheep?‹ eine gefälschte Münze? Was sich ein durchschnittlicher SF-Leser bei der Lektüre beider Romane denkt, weiß ich nicht. Wenn man aber sein Denken dem gemäß reproduzieren wollte, wie er sich als Kunde der Büchereien benimmt, muß man zu dem Schluß gelangen, daß er ein äußerst kurzes Gedächtnis hat: er kann höchstens das in Erinnerung behalten, was sich auf eine Druckseite erstreckt. Oder er denkt überhaupt nicht, welche

Alternative aber auf mich so erschreckend wirkt, daß ich sie lieber fallenlasse.

Es bleibt jedoch das Problem bestehen, daß alle SF-Bücher einander ähneln – wenn nicht dem Gehalte nach, so ihrer Aufnahme nach. Jedem originellen Werk folgen unzählige Nachahmungen, so daß die Originale von Bergen von Schund verschüttet werden und wie Türme von Kathedralen sind, um welche der Abfall so lange entleert wurde, bis nur ihre Spitzen als kleine Gipfel aus dem bis in den Himmel reichenden Unrat hervorragen. Aus diesem Kontext folgt die Frage, wieviel begabte Anfänger nicht genug Kraft hatten, um sich ihre schriftstellerische Individualität – es sei denn, kompromißartig, wie Dick – zu erhalten, allen gleichmacherischen Trends der SF zum Trotz. Wahrscheinlich haben sich mehrere Hochbegabte unter dem Anpassungsdruck der Trivialliteratur bekehrt und liefern heute die Ware, welche die anspruchsvolle Leserschaft von der SF fernhält. Dadurch entsteht die der SF eigene *negative Autoren- und Leserauslese:* denn sogar die Schriftsteller, die Gutes leisten könnten, produzieren das Banale; dieses Banale stößt die intelligenteren Leser von der SF ab; da sie dadurch im Fandom eine kleine Minderheit bilden, beherrscht die ›silent majority‹ den Markt, und die nach oben gerichtete Evolution kann nicht zustande kommen. Somit gibt es in der SF einen *Circulus vitiosus* von Ursachen und Wirkungen, die, miteinander gekoppelt, den existierenden Zustand weiterbestehen lassen. Die intelligentesten und anspruchsvollsten unter den Lesern, die eine kleine Minderheit bilden, sehnen sich fortwährend nach einer ›besseren‹ SF und empfinden gegenüber der Produktion ein Unbehagen, welches sich in ihren Leserbriefen und Fanzine-Aufsätzen manifestiert; sie wirken auf die ›normalen‹ Leser, d. h. auf die ›silent majority‹ und ihre in den Fanzines das Wort führende Repräsentanten als verkrampfte, skurrile, ja boshaft gesinnte Wesen, etwa wie – ich habe mich einmal so in einem Privatbriefe geäußert – Missionare in einem

Bordell, d. h. Leute im Gefühle einer Pflichterfüllung, aber zugleich im Bewußtsein, daß ihre ›Bekehrungsanstrengungen‹ ohnmächtig sind, weil sie nicht am Platze erscheinen. Die zu den größten Aufopferungen bereiten Missionare können ebensowenig ein Bordell in einen Tempel umwandeln, wie die ›genialen Leser‹ die SF zu einer vollberechtigten Bürgerin des oberen Literaturreiches machen können.

Schließen wir das Gesagte mit dieser letzten Bemerkung ab: Die Mißgestaltung des Dickschen Werkes ist der Preis, den er für seine SF-›Staatsangehörigkeit‹ zu bezahlen hatte. Dick verdankt sein wildwucherndes Wachstum mit den ihm eigentümlichen intermittierenden Fällen diesem Lebenskreis, der, wie ein stumpfer Erzieher, seine begabtesten Zöglinge von sturen Strebern nicht zu unterscheiden vermag. Ein solcher Lebenskreis ist wie ein solcher Erzieher bemüht, alle ihm Unterstellten in gleicher Weise zu behandeln, eine Lage, die in der Schule ungehörig, in der Literatur aber verhängnisvoll ist.

Nachwort

Die das SF-Feld beherrschenden Gesetzmäßigkeiten sind ein dynamisches Gefüge im Fließgleichgewicht. In die Sprache des Futurologen übersetzt: es sind langfristige, komplexe Trends. Es gibt keine Hoffnung auf Umkehrung dieser Trends. Es gibt dagegen ganz reale Möglichkeiten, daß diese Trends mit der Zeit auch in das obere Literaturreich hinüberwuchern werden, angesichts der Informationsexplosion, die im Gange ist. Die Voraussetzung jeder wertefilternden Auslese ist eine hinreichende Kapazität des Filters. Schon heute aber wird diese Kapazität der Kritiker als eines ›wertefilternden Systems‹ von der Fülle der Bücher auf dem Markt übertroffen. Man ist sich dieser Lage im allgemeinen nicht bewußt. Sie hat zur Folge, daß die Laufbahn jedes literarischen Werkes immer weniger an eine gesteuerte Trajektorie erinnert, die sich der Bewegung eines Brownschen Teilchens angleicht, d. h. aus der Ordnung wird Chaos. Dieses Chaos ist vom Standpunkt des

›kritischen Filters‹ nicht leicht zu bemerken, weil die Auslese weiterhin stattfindet. Nur verdankt sie ihr Zustandekommen nicht mehr der Filtrierung der gesamten Masse aller auf den Markt kommenden Werke, sondern den Zufallsbegegnungen von prominenten Büchern und kompetenten Kritikern. Da jedoch die Zahl der den Markt überflutenden Bücher andauernd anwächst, werden die Bücher mit der Zeit zu einer Art Schirm – d. h. sie schirmen die Kritiker ab, sie vereiteln eine allumfassende Selektion, wovon die Kritiker lange Zeit nichts wissen können: weil sie die ›besten Titel‹ andauernd aus dem Markte herausfischen. Nur, daß sie die Bücher nicht bemerken, die, obwohl ebenso gut wie die herausgefischten, oder sogar besser, ihnen unbekannt geblieben sind. Die Auslese hört auf, die ganze Menge des Büchermaterials zu umfassen. Dadurch verwandelt sich der kulturelle Raum in eine blinde Lotterie. Ansätze einer solchen Lotterie wies er schon immer auf. Die Komponente von Lotterieprozessen in der Werteselektion war aber marginal. Mit der Zeit wird man bemerken, wie die wahren Werte, wenn im Überfluß vorhanden, sich als vernichtende Sintflut auswirken können. Wenn im Übermaß vorhanden, beginnen sich die Werte selbst zu vernichten, weil sie alle auf ihre Selektion gerichteten Filter blockieren. Somit kann das Los der Literatur als Ganzes dem der Trivialliteratur deprimierend sich angleichen. Vielleicht wird die Kultur in der Informationssintflut ertrinken.

1 Dieser Essay ist ein umgearbeitetes Kapitel (›Soziologie der SF‹) aus meiner ›Fantastik und Futurologie‹. Der ursprüngliche Text wurde an manchen Stellen polemisch zugespitzt, und die Besprechung des Dickschen Werkes, an welcher es im Buche mangelt, wurde ihm nachträglich zugefügt. Ich gestehe, daß mir ein grober Fehler unterlaufen ist, als ich diese Monographie verfaßte: Da ich damals nur Dicks short stories und ›Do Androids Dream of Electric Sheep?‹ kannte, glaubte ich, mich den in den Fanzines veröffentlichten Besprechungen anderer Romane Dicks anvertrauen zu können, mit dem Resultat, daß ich ihn wie einen ›besseren van Vogt‹ betrachtet habe, der er nicht ist. Dieser Irrtum entspringt dem Zustande, der in der SF-Kritik herrscht. Jedes fünfte oder achte Buch wird als das ›beste SF-Werk der ganzen Welt‹ gepriesen, sein Urheber wird als ›der größte SF-Autor, den es je gegeben hat‹ vorgestellt, die Unterschiede zwischen himmelweit voneinander stehenden Texten werden verkleinert, ja annulliert, so daß am Ende ein ›Ubik‹ als ein etwas besserer Roman als ›Do Androids Dream of Electric Sheep?‹ angesehen werden kann. Das Gesagte ist natürlich keine Rechtfertigung meines Fehlers, da es ungehörig ist, beliebige Kritiken als Ersatz der Lektüre der betreffenden Bücher anzusehen. Das Gesagte ist jedoch die Beschreibung von Zusammenhängen, die an meinem Irrtum Schuld tragen, da es physisch unmöglich ist, *alle* SF-Titel zu lesen, so daß eine Auswahl stattfinden muß; wie man sieht, darf man sich aber bei dieser Auswahl nicht auf die SF-Kritik verlassen.

2 Es ist recht schwierig, eine einmal entstandene Tradition abzuschütteln, ob im guten oder bösen Sinne. James Blish beklagt sich in ›The Issue at Hand‹, daß die englische SF-Kritik die amerikanische übertrifft, und diese Differenz des Niveaus wird auch auf anderer Ebene sichtbar – nach Blish behandeln die englischen Verlage den SF-Autor mit einer Rücksicht, die in den USA kaum zu finden ist. Seine Worte stammen aus den fünfziger Jahren; insoweit ich den heutigen Sachverhalt kenne, hat sich der aufgezeigte Unterschied insofern verkleinert, als es zu einer unbeträchtlichen Verbesserung der amerikanischen SF-Kritik gekommen ist, und die englischen Verlage sind um einen Fingerbreit weniger rücksichtsvoll geworden. Die besagten Unterschiede können aber nicht verwundern. Die amerikanische SF entsprang den Pulp-Magazinen; die englische hat zu ihrem Vater keinen Hugo Gernsback, von dem außerhalb der USA-SF keine Seele weiß, sondern den H. G. Wells. Was man sich auch

dabei denken könnte: die amerikanische SF hat sich aus dem Rinnstein der Literatur emporgearbeitet (wenn sie auch nicht himmelhoch aufzufliegen vermochte); die englische hat sich zum Teil aus merkantilen Gründen amerikanisiert, und zum Teil ist sie in die Wellsschen Spuren getreten, was jedoch nicht als Lob ausgelegt werden soll. Denn der ›klassische‹ Nachfolger des Wells, John Wyndham, arbeitete wie ein Schacher, der das Werk seines Meisters und Lehrers mit dem zu ergänzen sucht, was in seinen Augen eine auszufüllende Lücke darstellt. Da aber derjenige, der heute wie van Gogh malt, kein van Gogh mehr sein kann, hat Wyndham dem Wellsschen Werke nichts prinzipiell Neues hinzugefügt. Er arbeitete nach dem bekannten Eskalationsprinzip (in ›War of the Worlds‹ wird die Erde z. B. nur von den Marsianern angegriffen; in Wyndhams ›The Day of the Triffids‹ genügt es dem Autor nicht, die ganze Menschheit erblinden zu lassen – er unterschiebt ihr überdies giftige Pflanzen; da aber solche Pflanzen nicht genügend gefährlich erscheinen, wurde ihnen als Zutat noch die Gabe der aktiven Bewegung zuteil). Immerhin gab es zwei verschiedene SF-Traditionen, die englische, mit den besseren Sitten und Gebräuchen, die im ›oberen Reich‹ herrschen, und die amerikanische, die von Anfang an in den Slums des ›unteren Literaturreiches‹, dieses Sklavenmarktes, wirkte, in denen es kein Übermaß an höfischen Manieren gab. Auch war die englische SF, was ihre Sprache betrifft, immer weit kultivierter.

3 Das bedeutet nicht, daß der Wirkungsradius einer Aussage in direkter Proportion zur Reichweite eines Mediums steht, in unserem Falle – daß dieser Radius desto größer wird, je höher sich die Auflage der die Aussage verbreitenden Zeitschrift gestaltet. Ihrer Auflage nach sind viele High-brow-Zeitschriften nicht besser gestellt als die größeren Fanzines, und literaturtheoretische Schriften von Universitätsfakultäten haben manchmal ganz winzige Auflage, etwa 300 oder 400 Exemplare. Das Gesagte bedeutet, daß der Grad an Aufmerksamkeit, welche die Öffentlichkeit einer ›message‹, einem normativen Urteil zuteil werden läßt, von ganz anderen Faktoren als nur denjenigen der Auflagenhöhe bestimmt wird. So wird z. B. verschiedenen ›Untergrundschriften‹ in manchen Ländern ein außerordentlich hoher Grad an öffentlicher Aufmerksamkeit geschenkt, obwohl diese Flugblätter von schäbigem Aussehen sind und nur in winzigen Auflagen verbreitet werden. Die Autorität, das Gewicht einer solchen Aussage gehört eben zu den Imponderabilien der

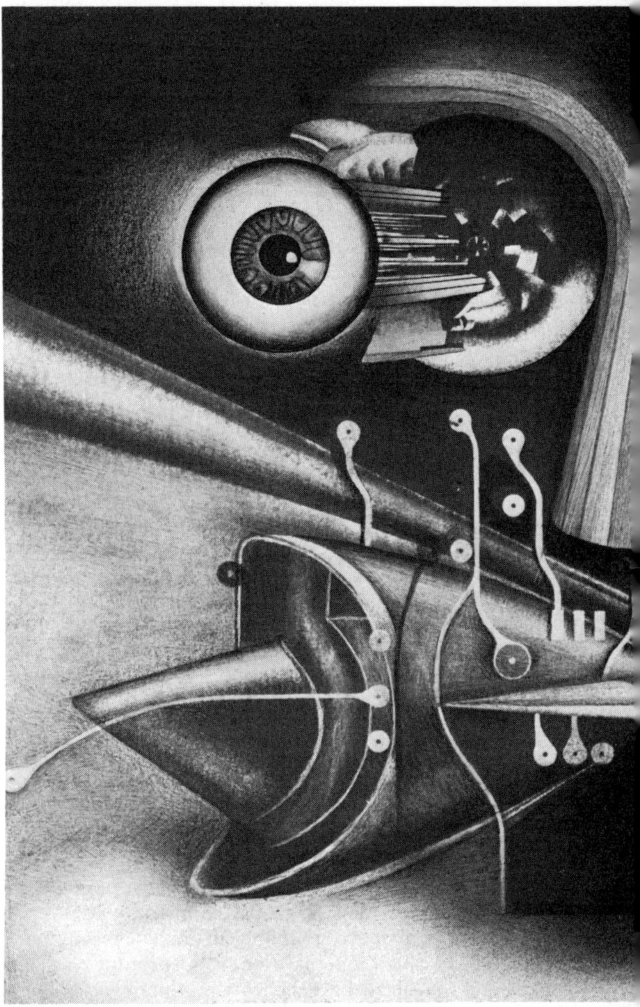

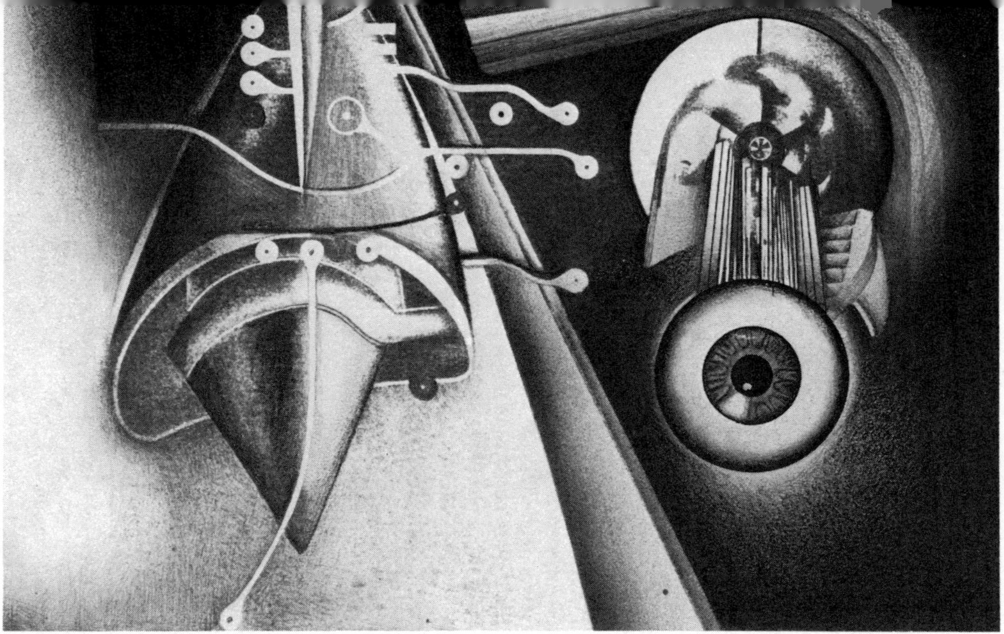

Illustration: Hans Ulrich & Ute Osterwalder

Kultur; das Publikum muß sich *im voraus* bewußt sein, daß da jemand Wichtiger etwas Wichtiges auszusagen hat; eine solche Autorität, eine solche Anziehungskraft besitzen eben die ›immanent Weisen‹ oder sogar ›direkt Genialen‹ von sich aus nicht unbedingt. Die Kanäle, die zur Verbreitung der Information dienen, werden also nicht nur von technischen und materiellen Mitteln gebildet (von allen Exemplaren einer Zeitschrift z. B.), sondern diese Exemplare gehen ihren Weg und erzielen einen maximalen Effekt nur, wenn sie in ein breiteres, ihre Message verstärkendes Gefüge einmünden: wie es eben der Fall ist mit den ›high brow periodicals‹, weil sie die olympische Spitze der Kulturpyramide einnehmen. Es handelt sich um ein äußerst wichtiges Phänomen, welches fast immer vernachlässigt wird. Man glaubt in vielen Fandom-Kreisen, daß man das Publikum, die ›silent majority‹, aus seinem Schlummer aufwecken könnte, wenn man nur imstande wäre, dieses Publikum unaufhörlich mit schön gestalteten Publikationen in Massenauflage zu bombardieren. Höchstwahrscheinlich würde das Publikum diese schönen Schriften in den nächsten Papierkorb werfen, weil diesem Unternehmen weiterhin keine Autorität zukommen würde. Diese ist nicht leicht zu erringen.

4 Dieser Standpunkt kann von seiten mancher Fans die Frage herausfordern, warum es eigentlich nicht gestattet sein soll, aus dem Thema des Menschheitsunterganges ein intellektuelles Spiel zu machen, und warum auf dem SF-Gebiet das verboten sein soll, was auf dem Gebiete der Kriminalliteratur voll berechtigt ist. Meine Antwort lautet: Gewiß gibt es nichts im Himmel und auf der Erde, das uns solches verbietet, wie es auch nichts im Sinne eines ›absoluten‹ Verbotes gibt, was uns davon abhalten würde, mit Leichen oder mit dem Genital des eigenen Vaters zu spielen, oder auch sich im gesamten Liebesleben nur auf dessen sexuelle Sphäre zu beschränken, im Einklang mit der Devise, man solle so schnell so viele Frauen beschlafen, als es rekordmäßig nur möglich ist. Das alles kann man selbstverständlich tun, nur wird ein solches Programm eben nicht als etwas Werteförderndes gepriesen, wenn man auch nicht leugnen kann, daß es gewisse ›neue Freiheiten‹ verspricht, indem es bisher intakt gebliebene Tabus endgültig annulliert. Wie man es englisch sagt, you cannot have it both ways, man kann nicht zugleich ein Leben, ein Thema, ein Gefühl achten und prostituieren; das heißt: man kann höchstens die durch das eigene Handeln bewirkte Lage in ihrem wirklichen Aussehen und in ihrer wahren Bedeutung mit

(bewußter oder unbewußter) Absicht verfälschen, aber eine solche Vogel- Strauß-Politik birgt in sich gutbekannte Gefahren. Gemäß der gesamten geschichtlichen Tradition unserer Kultur besitzt die Wahrheit einen autonomen Wert, ob sie beglückend oder deprimierend wirkt. Wenn Kriminalromane die Realität nach ihren eigenen Schemata verfälschen, ist das insofern unwichtig, als niemand in den Krimis nach den höchsten Offenbarungen und Einweihungen in die Abgründe der Menschennatur sucht; wenn sich die SF der Kriminalliteratur angleicht, darf sie nicht mehr Anspruch darauf erheben, für etwas Besseres als die Krimis gehalten zu werden. Der ihr eigentümliche Zustand andauernden Oszillierens zwischen dem ›oberen‹ und dem ›unteren‹ Literaturreiche ist das Symptom der sich immer wiederholenden Versuche ›to have it both ways‹. Was aber ohne Selbstbetrug nicht möglich ist.

5 Das Gesagte bezieht sich nur auf die mir bekannten Romane Dicks: ›Solar Lottery‹, ›The Three Stigmata of Palmer Eldritch‹, ›Our Friends from Frolix 8‹, ›Now Wait for Last Year‹, ›Do Androids Dream of Electric Sheep?‹ und ›Galactic Pot-Healer‹. Sonst habe ich mehrere short stories von Dick – hauptsächlich in den SF-Magazinen – gelesen.

6 Jede Gesellschaft ist nach dem ihr eigenen Muster stratifiziert. In jeder Gesellschaft gibt es lokal auftretende Kräfte der Auslese, die auf Individuen anziehend und abstoßend wirken. Unter anderem entstehen in solchen Massenprozessen die Leserkreise der verschiedensten Abarten der Literatur. Wollte man das Intelligenzniveau und den Bildungsgrad von durchschnittlichen SF-Lesern in den USA und in der Sowjetunion vergleichen, käme man zu dem Schluß, die Russen seien bessere Literaturkenner und intellektuell höher entwickelt als die Amerikaner. Das ist aber ein Trugschluß; es handelt sich um eine falsche Feststellung, denn die Ausleseprozesse der SF- Leserschaft gingen in Rußland und in den USA verschiedene Wege, entsprechend der verschiedenen Tradition beider Länder, die es im Verhältnis zur literarischen Phantastik gab – und auch zum breiteren Problem der Pflichten und der Rolle (Status, im psychosoziologischen Sinne), welche die Literatur als Ganzes in der Gesellschaft zu spielen hat. Ganz gewiß gibt es in den USA prozentmäßig eine ähnliche Schar von hellen Köpfen wie in Rußland, aber die klugen Leser in den USA nähern sich der SF weit seltener, als dies in Rußland der Fall ist.

7 Der Mangel an theoretischen SF-Abhandlungen war die Ursache meiner Laufbahn als Robinson Crusoe, denn wie dieser Unglückliche auf seiner menschenleeren Insel, mußte ich mir in langen Jahren, schwitzend, unter primitivsten Bedingungen, das nötige (intellektuelle) Werkzeug auf eigene Faust anfertigen. Meine Taktik dem Kitsch gegenüber war, ihn zu verspotten, d. h. ihn (seine Muster) so lange aufzublasen, bis seine Unsinnigkeit, gewaltig verstärkt, lächerlich wird. Das ist aber die simpelste Taktik. Ich dachte mir, sonst kann man nur den Kitsch meiden und aus dem Werke alle seine Spuren entfernen. Dick hat mich eines Besseren belehrt, und deshalb ist sein Werk – als Wegweiser – so wichtig. Mit der von mir benutzten Taktik kann man nur humoristische (oder groteske) Texte verfassen; das ist schlimmer, als wenn man ernst bleibt. Schlimmer, weil die Humoristik die reiche Vieldeutigkeit, die der ernsten Erzählweise eigen ist, in kleinerem Grade aufweist. Die Verspottung eines Paradigmas muß vom Leser als solche erkannt werden, sonst kommt es zum Aneinandervorbeireden, wie immer wenn jemand die Pointe eines Witzes nicht begreift; man kann einfach nicht zugleich einen Witz mißverstehen und ihn dennoch genießen. Dadurch ist humoristische Prosa im Empfange *stabiler* als eine komplexe und ernst zu nehmende. Zufolge der Dickschen Methode der ›Transsubstantiation des Kitsches‹ gibt es eine dritte – eben *diese* – Taktik des Schaffens. Ein Roman von Dick muß nicht, und wird auch öfters nicht, in der ihm eigenen maximalen Spannweite der Bedeutungen empfangen werden – *weil* der Kitsch in ihm nicht verspottet wird, *weil* man dadurch an seinen Elementen – die isoliert von gegenseitigen Beziehungen betrachtet werden – Freude haben kann. Das ist besser für das Werk – denn es kann ›auf verschiedene Weise‹ in der Leserumwelt überleben – entweder richtig oder auch unrichtig verstanden. Und zugleich kann man einen Humoristen auf den ersten Blick erkennen; nicht so jedoch einen Mann, der sich der Dickschen Taktik bedient. Es ist ja weit schwieriger, den ganzheitlichen Komplexitätsgrad des Werkes zu erfassen, und auf keine andere Weise kann man zu der Feststellung gelangen, daß hier eine ›Kitsch-Transsubstantiation‹ vorliegt. Nur das völlige Fehlen einer SF-Theorie läßt begreifen, wieso die New Wave der SF sich nicht Dick zum Leitstern genommen hat. Die New Wavers wissen, daß man nach etwas Neuem suchen soll, haben aber keine Ahnung, wonach zu suchen wäre. Ich weiß nicht, ob es überhaupt eine verschwommenere

Definition von etwas gibt als der New Wave, die einmal von Spinrad, einmal vom Werk eines Delany, einmal von Moorcock repräsentiert werden soll. Bisher ist es der New Wave nicht übel gelungen, ihre SF recht langweilig werden zu lassen, doch bleibt dieses Merkmal das einzige, womit sie sich dem Zustande der modernen Prosa des oberen Reiches annähert. Die verdrängten, aber mächtigen Minderwertigkeitskomplexe sind andauernd am Werk, was daran zu erkennen ist, daß alle ›Experimenteure‹ in der Stille ihrer Herzen zu glauben scheinen, die Heilmittel und Muster, die der Erlösung der SF dienen könnten, befänden sich *nur* im oberen Reiche. Dieser Meinung entsprang Farmers ›Riders of the Purple Wage‹ (keine schlechte Prosa, aber von ausgesprochen sekundärem Charakter, oder sollte man lieber tertiärem sagen, denn der ›Ulysses‹ von Joyce, das Farmersche Muster, ist selbst nach dem Muster der ›Odyssee‹ geschrieben worden . . .) und ›Stand on Zanzibar‹ wurde, wie ja alle wissen, von Brunner nach dem ›Manhattan Transfer‹ von Dos Passos verfertigt. Die New Waver greifen zum Expressionismus, Surrealismus und komplettieren so die Sammlung alter Hüte, da es sich ja um ein ›Rennen nach hinten‹ handelt – insofern, daß man schon ins XIX. Jahrhundert hinübergreift. Aber eine blinde Suche kann nur blinde Resultate ergeben, d. h. einfach Blindgänger. Wie gesagt, glaubte ich, daß man den Kitsch entweder karikieren und verspotten oder wegwerfen kann: Dick hat den dritten Weg zu bahnen gewußt – eine nicht nur für ihn wichtige Entdeckung, die unbemerkt geblieben ist. Das Neue in Ursula K. Le Guins ›The left Hand of Darkness‹ wurde sofort bemerkt, weil es in der Handlung lokalisiert ist; die weit mehr ›volatile‹, da nicht lokalisierbare, und nur mit den größten Schwierigkeiten beschreibbare Erfindung Dicks wurde, eben aus diesem Grunde, verkannt. Denn es genügt nicht, meine Herren Kritiker, sich an einem Werk zu ergötzen, und die Kritik ist kein Schrei der Entzückung: man muß nicht nur zu beweisen wissen, daß man entzückt wurde, sondern auch erklären, woran man sich entzückt und ergötzt hat.

Stanisław Lem
Schichttorte
Drehbuch

Arbeitszimmer des Rechtsanwalts Harvey. Summer, Stimme der Sekretärin

STIMME Ein Klient für Sie, Herr Rechtsanwalt.

RECHTSANWALT Wer denn?

STIMME Der war noch nicht bei uns. Ein Herr Jones.

RECHTSANWALT Gut, soll reinkommen.

Jones tritt ein

RECHTSANWALT Guten Tag. Bitte nehmen Sie Platz.

JONES Danke. Herr Rechtsanwalt, ich möchte gern, daß Sie sich um meine Angelegenheiten kümmern. Ich verstehe nichts davon und habe auch keine Zeit.

RECHTSANWALT Selbstverständlich. Dazu bin ich da. Ihr Gesicht kommt mir bekannt vor. Haben wir uns schon einmal gesehen?

JONES Vielleicht haben Sie mich im Fernsehen gesehen. Ich bin Rallyefahrer.

RECHTSANWALT Natürlich! Die Mannschaft Jones und Jones – Brüder im Leben und Brüder am Steuer! Daß mir das nicht gleich eingefallen ist.

JONES Es gibt keine Mannschaft mehr.

weist auf den Trauerflor an seinem Ärmel

RECHTSANWALT Ihr Bruder ist tot? Mein Beileid.

JONES Man sagt »sorry« und fährt weiter. Ein prima Kerl war er, na ja – ein Unfall. Erst vorgestern sind mir die Fäden gezogen worden. Ich muß wieder trainieren. Ich bin nicht mehr in Form.

RECHTSANWALT Sicher. Also – was kann ich für Sie tun?

JONES Das ist so. Ich bin Junggeselle, mein Bruder war verheiratet. Wir haben uns über Kreuz versichert. Wenn ich umkomme, kriegt er die Summe, wenn er, kriege ich die Hälfte und seine Frau die Hälfte. Das heißt seine Witwe. Verstehen Sie?

RECHTSANWALT Aber ja.

JONES Na, und jetzt macht die Versicherungs-Gesellschaft Schwierigkeiten.

RECHTSANWALT Sie lehnt die Auszahlung der Versicherungssumme ab?

JONES Ja – nein, sie windet sich. Sie will nur einen Teil auszahlen.

RECHTSANWALT Nur einen Teil? Aus einer Lebensversicherung?

JONES Darauf läuft es hinaus.

RECHTSANWALT Und wie begründet sie das?

JONES Ich verstehe es nicht recht. Es läuft darauf hinaus, daß mein Bruder nicht ganz gestorben ist.

RECHTSANWALT Nicht ganz gestorben ist? Also lebt er?

JONES Ach wo. Eine Leiche.

RECHTSANWALT Wurde er schon begraben?

JONES Nun, viel war da nicht zu begraben, aber die Beerdigung hat stattgefunden. Meine Schwägerin war dabei. Ich konnte nicht. Ich lag im Krankenhaus.

RECHTSANWALT Und wie verlief der Unfall?

JONES Wie so was passiert. Ich saß am Steuer. Pomparoni wollte mich von links auf die Seite drücken, da habe ich geschnitten, was ich konnte.

RECHTSANWALT Was haben Sie geschnitten?

JONES Die Kurven. Bis die verdammte Kurve hinter dem Hügel kam.

Start zum Rennen. Tom Jones, ein rabenschwarzer Brünetter, Richards Bruder, unter Journalisten und Zuschauern. Blitzlichter. Tom lacht ein gräßliches, dröhnendes Lachen, wie in einer Tonne. Richard sitzt schon am Steuer. Tom steigt ein. Der Motor läuft. Start. Ein Streckenabschnitt. Kurve, Hügel, hinter dem Hügel erhebt sich ein großer gabelförmiger Baum. Ein Auto rast vorüber, verschwindet hinter dem Hügel. Knall. Der Baum neigt sich langsam und fällt um. Rauch. Aus dem Rauch rollt ein Autoreifen heraus. Die Martinshörner der nahenden Rettungswagen. Sanitäter tragen zwei Körper auf Bahren. Die Rettungswagen fahren jaulend fort. Tür zum Operationssaal. Zwei weiß zugedeckte Körper werden auf zwei Wagen hineingerollt. Die Uhr. Nach einer Stunde kommt nur ein Wagen heraus, genauso weiß zugedeckt

Arbeitszimmer des Rechtsanwalts

JONES Der Doktor hat gesagt, er war nicht mehr zu retten. Er hat getan, was er konnte, aber es war nichts zu machen. Seine Pflicht ist es, um jeden Preis Leben zu retten, da hat er also genommen und mich gerettet.

RECHTSANWALT Dr. Burton? Der Chirurg?

JONES Ja. Mehr oder weniger ist das hier herausgekommen *zeigt auf sich, undeutliche Gesten* – ungefähr bis dahin bin ich's, das Weitere ist schon Tom.

RECHTSANWALT Tom?

JONES Mein Bruder. Er hieß Tom, und ich heiße Richard.

RECHTSANWALT Das heißt, daß aus Ihnen beiden . . .

JONES *leicht ungeduldig* Na ja, ja.

RECHTSANWALT Transplantation? Ich verstehe. Nun gut, aber warum will die Versicherung nicht zahlen?

JONES Das frage ich mich auch. Sie müssen sie zwingen. Die sollen zahlen. Ich bin da, die Witwe ist da, Kinder sind da. Ich habe mich sehr verschuldet, und jetzt steht ein neues Rennen bevor. Ich muß mir einen Beifahrer suchen. Denn ich bin Rallyefahrer und nicht Rennfahrer. Hören Sie mir auch zu?

RECHTSANWALT Ja, ja, natürlich . . . Haben Sie vielleicht ein Foto Ihres Bruders?

JONES Ja.

reicht ihm das Foto

RECHTSANWALT Tatsächlich, ich sehe keine Ähnlichkeit.

JONES Nicht wahr? Er war brünett, und ich bin blond.

RECHTSANWALT Darf man wissen, wie der Standpunkt Ihrer Schwägerin ist?

JONES Standpunkt? Sie wartet auf das Geld. Sie muß von etwas leben, nicht?

RECHTSANWALT Ja, natürlich. Es geht mir darum, ob Sie, hm, sich als Witwe fühlt.
JONES Als was soll sie sich denn sonst fühlen? Wenn der Mann nicht mehr lebt, ist die Frau bekanntlich Witwe. Oder nicht?
RECHTSANWALT Sicher, Herr Jones. Ohne Zweifel. Ich denke, Sie haben die Angelegenheit in die richtigen Hände gelegt. In Kürze bekommen Sie eine positive Nachricht von mir.
JONES Das hört man gern!
lacht genauso dröhnend und gräßlich wie sein Bruder in der Einblendung
RECHTSANWALT *in dem sich Zweifel regen* Herr Jones, sind . . .
JONES Was?
RECHTSANWALT Sind Sie ganz sicher, daß Sie Richard sind und nicht Thomas?
JONES Wie kann ich Thomas sein? Jeder kann nur er selbst sein, nicht? Mein Bruder war Beifahrer, nicht Fahrer. Fahrer – der bin ich. Außerdem gibt es einen Beweis.
RECHTSANWALT Beweis? Was für einen Beweis?
JONES Die Witwe mit den Kindern. Sie sind verwaist, nicht?
RECHTSANWALT Natürlich! Also, wir werden alles genau durchleuchten, ich hoffe, die Sache wird sich in Ihrem Sinne regeln lassen. Vorläufig auf Wiedersehen.
JONES Auf Wiedersehen.

Der Rechtsanwalt telefoniert mit der Versicherungs-Gesellschaft.

Im Großraumbüro der »Consolidated«. Zwischen Reihen von Schreibtischen stehen auf kleinen Wagen, ähnlich Servierwagen, Plastik-Körper mit herausnehmbaren Teilen Herzen, Nieren, Lebern, Lungen usw.

STIMME *ins Mikrofon* Achtung, Meldung aus dem Staatlichen Krankenhaus. Nr. 366/9 sowie Nr. 179/B umqualifiziert zu 45 D sowie 51 D.

Eine Angestellte steht auf und bringt Herz und Lungen von einem Körper zu einem anderen.

Vor diesem Hintergrund findet das Gespräch des Sprechers mit dem Rechtsanwalt statt

SPRECHER Sie vertreten Herrn Jones? Ich rate Ihnen ab, die Sache vor Gericht zu bringen. Sie verlieren mit Sicherheit. Warum? Darum, weil beide Brüder keine Unfall-, sondern Lebensversicherungen abgeschlossen haben. Und wer lebt? Es lebt der, dessen lebenswichtige Organe leben. Die Stelle, an der sie leben, hat nicht die geringste Bedeutung. Da oder dort – für uns ist das kein Unterschied. Hauptsache, sie leben. Und da sie leben, lebt auch der Versicherte selbst – zu einem entsprechenden Prozentsatz. Ja! Ich kann Ihnen den Saldo nennen. Hallo, Fräulein Land! Ich bitte um die körperlichen Aktiva von Thomas und Richard Jones!

Die Angestellte rollt zwei Wagen mit Körpern heran und reicht dem Sprecher zwei Kartotheken

SPRECHER *ins Telefon* Die Bilanz von Thomas Jones stellt sich folgendermaßen dar: 48,5% seiner beweglichen Körperteile wurden in seinen Bruder Richard investiert, als Einlage mit Geschenkcharakter, nicht rückzahlbar, in Form einiger persönlicher Organe. 21,5% der beweglichen Körperteile des erwähnten Thomas wurden in andere Personen investiert, und im Familiengrab beigesetzt wurden die als Verlust abgeschriebenen übrigen 30%. So beträgt also die Bilanz der reinen Verluste von Thomas Jones etwa 30%, und in dieser Höhe ist unsere Gesellschaft bereit, den Versicherungsvertrag zu honorieren. Was? Was sagen Sie? Richard? Sie behaupten doch selbst, daß Richard lebt, wie können wir also seine Versicherungssumme auszahlen? Was? Thomas? Ja, Thomas lebt zu 30% nicht mehr. Das ist alles. Der gesamte Rest wurde investiert, dem geht's ausgezeichnet. Auf Wiedersehen.

Auffahrt vor dem Krankenhaus. Der Rechtsanwalt steigt aus seinem Wagen. Schwarzhändler gehen an ihm vorbei

SCHWARZHÄNDLER I Käufer oder Lieferant, der Herr? Ich zahle Höchstpreise.
SCHWARZHÄNDLER II Zu einem Eingriff? Etwas Ernstliches? Brauchen Sie ein paar Teile zur Komplettierung? Ein Leberchen? Ein Nierchen? Erste Klasse, alles wie neu.
RECHTSANWALT Bitte lassen Sie mich in Ruhe.

Der Rechtsanwalt geht schnell über den Krankenhaus-Korridor. Tür mit der Aufschrift »Reklamationen«. Er schaut hinein. Eine Art Wartezimmer. Der Mann links vorn hat zwei linke Hände. Der Rechtsanwalt macht schnell die Tür zu und geht weiter. Er betritt einen großen Saal. Riesengroße Kühlschränke. Viel Betrieb. Ein Magazinverwalter in weißer Schürze und Mundschutz gibt in Gaze gewickelte Bündelchen aus, ähnlich kleinen Käselaiben. Schwestern fahren die Bündel auf kleinen Krankenhauswagen fort. In der Mitte steht der leitende Chirurg, umgeben von einigen Ärzten. Der Rechtsanwalt tritt an ihn heran

ARZT Sie wollen zu mir? Bitte.
RECHTSANWALT Herr Doktor, ich bin Richard Jones' Rechtsanwalt. Er und sein Bruder sind von Ihnen operiert worden. Es geht darum, daß die Versicherungs-Gesellschaft ...
ARZT Ach so. Gleich. Schwester! Bitte die Krankenblätter von Jones und Jones.
SCHWESTER II *auf den Arzt zutretend* Herr Doktor, OP 7 ruft an, sie passen nicht.
ARZT Dann soll der Magazinverwalter größere ausgeben. Ich habe ja gleich gesagt, die sind zu klein.
Schwester I bringt dem Arzt die Krankenblätter
ARZT Aha. Ich erinnere mich. Nun ja.
RECHTSANWALT Man hat mir bei der Versicherungs-Gesellschaft gesagt, nicht alles, was – eh – der verstorbene Bruder hinterlassen hat, habe der Bruder erhalten, der lebt.
ARZT Na ja. Da war ein gewisser Überschuß. Es ist einfach dies und das übriggeblieben, und angesichts der ungewöhnlich großen Anzahl von Patienten, die etwas benötigen, dürfen

wir solche Überschüsse nicht vergeuden. Das begreifen Sie doch? Die Humanität gebietet gerechte Verteilung. Eine von den komplizierten Situationen, die der Fortschritt so mit sich bringt.

RECHTSANWALT Das heißt, außer dem lebenden Bruder hat auch noch ein Dritter ...?

ARZT Nun ja. Ja. Und was die weiteren Konsequenzen anbetrifft, habe ich meiner Berufung entsprechend einen Menschen gerettet, ohne mich darum zu kümmern, ob er Junggeselle oder verheiratet war. So kann ich Ihnen jetzt auch nicht sagen, ob Frau Jones Witwe ist oder nicht. Darüber muß das Gericht entscheiden. Außer es kommt zu einem Vergleich. Aber das ist nicht meine Sache.

RECHTSANWALT Herr Doktor, was sagen Sie da?! Ich komme eigentlich nicht in dieser Angelegenheit, aber ... Sie sagen also, die Witwe kann auch nicht Witwe sein? Sie sieht doch in dem Lebenden ihren Schwager! Sie war bei der Beerdigung ihres Mannes! Wie können da Zweifel entstehen?!

ARZT Leider, es gibt Zweifel. Sogar sehr ernste. Sagen wir einmal, ich nehme unter dem Druck der Umstände einen solchen Eingriff vor ... *macht eine Handbewegung, als zerschnitte er sich in der Taille in zwei Hälften* Wer bleibt Ihrer Meinung nach dann am Leben? Schließt der die Ehe *weist auf seine obere Körperhälfte* oder der? *weist auf die untere* Wir kümmern uns hier nur um die Körper. Darüber, welcher Teil in ehelicher Hinsicht entscheidend ist, muß das Gesetz urteilen.

RECHTSANWALT So also war das? Und von wem ist die obere Hälfte?

ARZT Herr Rechtsanwalt, ich habe Ihnen nur ein anschauliches Beispiel gegeben. Der tatsächliche Eingriff war sehr viel komplizierter. Wir haben ein neues, lebensfähiges organisches Ganzes geschaffen. Ebensogut könnte es auch so sein ... *Handbewegungen, als zerschnitte er sich längs und quer zu Vierteln*

SCHWESTER III Herr Doktor, der Patient von Nr. 18 ist gestorben.

ARZT Was, schon wieder? Dr. Finger soll ihn sofort auferwekken. *zum Rechtsanwalt* Es kommt mal so, mal so, verstehen Sie? Das ist unsere Aufgabe. Wir haben keinen Einfluß auf die Konsequenzen rechtlicher Art, die sich daraus ergeben können!

RECHTSANWALT So einen Fall hatte ich noch nicht. Was empfehlen Sie zu tun, Herr Doktor?

ARZT Ich versichere Ihnen, es gibt wesentlich schwierigere Fälle. Vorige Woche hat Dr. Gregg aus Cincinnati achtzehn Patienten auf einmal bekommen. Der Autobus, mit dem diese Leute fuhren, war von einer Brücke gestürzt. Achtzehn Personen waren in den Bus eingestiegen, aber nach der Operation waren es neunzehn. Und jetzt bedenken Sie bitte das Problem der Identität dieser neunzehnten Person! Papiere für sie. Wer ist der Vater? Wer die Mutter?

RECHTSANWALT Das ist möglich?

ARZT Ich sage Ihnen doch, das ist Dr. Gregg passiert. Gemäß dem Hippokratischen Eid müssen wir möglichst viel Leben retten. Die Patienten müssen ziemlich beleibt und groß gewesen sein. Der Schneider schneidet zu, solange der Stoff reicht. Was ist denn?

Lärm, ein Pastor erscheint und redet schon von weitem im Sopran

PASTOR Ich kann das nicht ertragen. Es ruiniert meine Karriere als Geistlicher! Ich kann doch mit dieser Stimme keine Predigten halten!

ARZT Aber Herr Pastor! Herr Pastor! Ich habe Ihnen doch schon erklärt, das läßt sich in Ordnung bringen! *zu dem Arzt neben ihm* Herr Kollege, nehmen Sie sich seiner an ...

Der Pastor wird weggebracht

RECHTSANWALT Und einen Rat können Sie mir nicht geben?

ARZT Eine Ehe wird als geistige und körperliche Gemeinschaft angesehen. Was die psychische Seite angeht, können Sie

sich an den Psychoanalytiker wenden, der Ihren Klienten behandelt hat. Sie müssen sich daran gewöhnen. Ähnliche Fälle haben wir immer häufiger. Bei einer größeren Anzahl von Spendern muß man das Alter des Patienten manchmal durch das arithmetische Mittel des Alters aller Beteiligten bestimmen.
SCHWESTER III Herr Doktor, OP 7 ruft an, der Patient ist fertig.
ARZT Ich komme schon. Entschuldigen Sie. Ich muß . . .
geht fort

Der Rechtsanwalt folgt in Gedanken versunken einem Pfleger, der einen weiß zugedeckten kleinen Wagen vor sich herschiebt. Hinter dem Pfleger und dem Wagen geht er durch eine Mattglastür. Einen Augenblick später kommt er wie vom Teufel gejagt wieder herausgestürzt

Arbeitszimmer des Rechtsanwalts. Die Witwe tritt ein
RECHTSANWALT Guten Tag. Frau Jones, ja?
WITWE Ja. Und Sie sind sein Rechtsanwalt? Ich bin nur gekommen, um Ihnen zu sagen, daß er so leicht nicht davonkommen wird.
RECHTSANWALT Wer? Richard?
WITWE Es ist noch sehr die Frage, ob er Richard ist.
RECHTSANWALT Sie haben Zweifel?
WITWE Zweifel hin, Zweifel her! Mir ist alles egal. Aber wenn er Richard ist, soll er die Moneten von der Versicherung herausrücken für das, was er von meinem Mann bekommen hat, und wenn er Thomas ist, soll er nicht im Hotel herumhocken und Geld für Rechtsanwälte verschwenden, sondern zu Frau und Kindern zurückkehren.
RECHTSANWALT Moment mal! Augenblick! Entweder halten Sie sich für verwitwet oder für verheiratet. Wenn . . .
WITWE Ich weiß. Ich weiß! Sie wollen mich durcheinanderbringen. Da gibt es keine Diskussion. Ich habe meinen Rechtsanwalt. Bis Samstag warte ich noch, dann werden wir uns

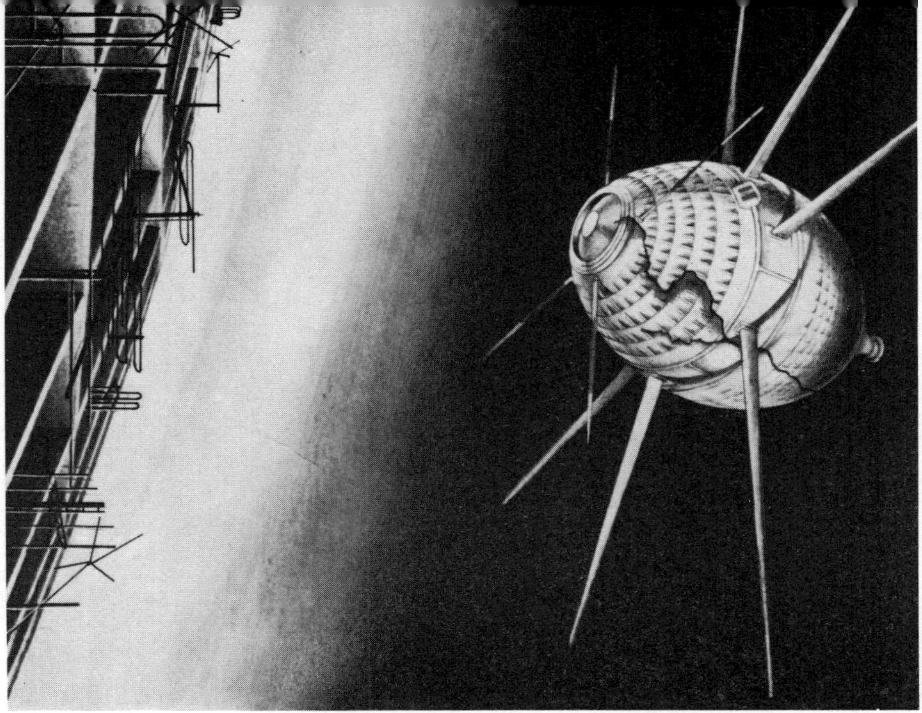

Hans Ulrich & Ute Osterwalder

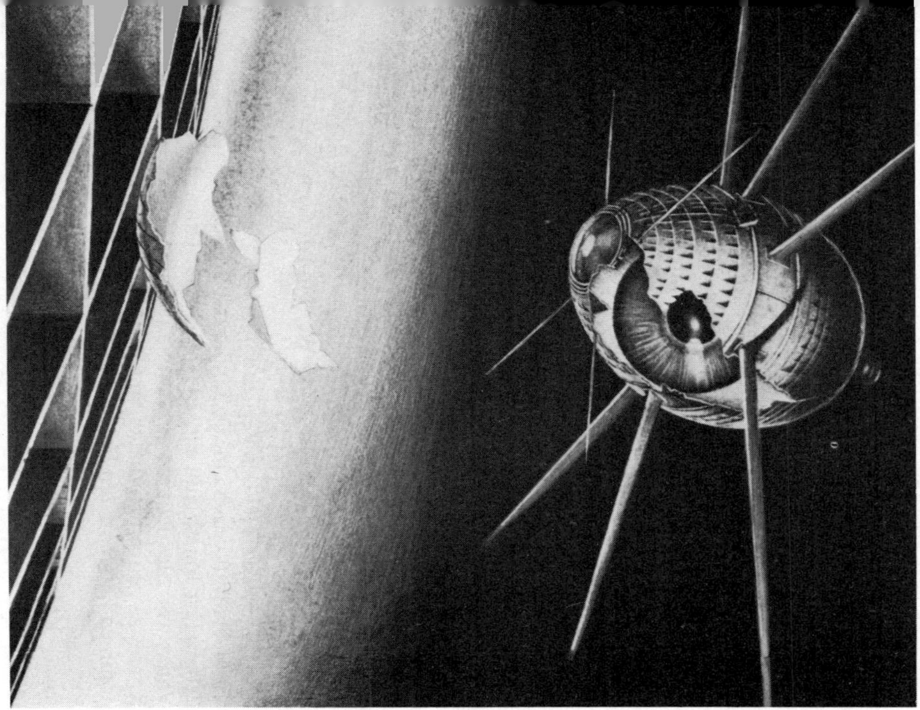

Hans Ulrich & Ute Osterwalder

weiterunterhalten, aber vor Gericht! *geht hinaus*

JONES *tritt vorsichtig ein* Ich habe sie gesehen. Sie war bei Ihnen, Herr Rechtsanwalt, was?

RECHTSANWALT Ihre Schwägerin. O ja. Kennen Sie ihre Forderungen?

JONES Nur zu gut. Sie will entweder nur das Geld oder auch noch mich als Zugabe. Wenn es nicht anders geht, werde ich mich wohl noch zu ihr bekennen. Als Ehemann bin ich dem Geld doch näher, nicht? Was raten Sie mir?

RECHTSANWALT Lieber Herr Jones, ich muß Sie enttäuschen. Es ist doch nicht so einfach. Ich war im Krankenhaus und habe mit den Sachverständigen gesprochen. Leider ist es mir nicht gelungen festzustellen, ob Sie leben oder ob Sie gestorben sind.

JONES Was?

RECHTSANWALT Bitte erregen Sie sich nicht! Ich rede nicht von Ihrem subjektiven Zustand, Herr Jones, sondern vom rechtlichen Stand! Man schließt eine Ehe sowohl im geistigen als auch im körperlichen Sinne. In geistiger Hinsicht sind Sie gewiß Richard Jones. Aber in körperlicher Hinsicht ... *macht eine ungewisse Handbewegung*

JONES Was erzählen Sie mir da? Wer bin ich denn eigentlich?

RECHTSANWALT Bei der Verhandlung muß das Problem der Vaterschaft in bezug auf die Kinder zur Sprache kommen, lieber Herr Jones. Nun sind Sie in geistiger Hinsicht nicht der Vater, weil Sie nicht die Absicht hatten, mit Ihrer Schwägerin Kinder zu zeugen, und auch in Gedanken keine Schritte unternommen haben, deren Folge eine Vaterschaft ist. Stimmt das so?

JONES Klar, daß ich nicht wollte. Ich habe nie im Leben etwas mit ihr gehabt! Was für ein Unsinn, sie ist doch die Frau meines Bruders!

RECHTSANWALT Aber ja! Doch passen Sie bitte auf: Vom Standpunkt Ihres geistigen Lebens aus gesehen, sind Sie nicht der Vater dieser Kinder, auch nicht im rechtlichen Sinn. Nicht Sie haben »ja« gesagt auf die Frage des Pastors: »Willst du diese Frau zur Ehefrau nehmen?« Leider aber hatten Sie einen Unfall, und es kam zu einer ganzen Reihe von Transplantationen. Nun besteht die Befürchtung, ja sogar die Sicherheit, daß Sie in körperlicher Hinsicht der Vater sind. Denn Sie befinden sich zur Zeit im Besitz der Regionen jenes Körpers, die auf Grund ihrer Bestimmung und Funktion die Vaterschaft bewirken.

JONES Ich verstehe nichts. Aber das stimmt nicht. Ich bin kein Vater. Nie im Leben habe ich meine Schwägerin angerührt. Nun ja, wenn's nicht anders geht, könnte ich die Kinder adoptieren, aber mehr nicht.

RECHTSANWALT Herr Jones! Sie erfassen noch nicht, wie kompliziert die Sache ist. Ein Vater kann seine eigenen Kinder nicht adoptieren, weil Sie aber, während Sie körperlich Vater sind, es geistig nicht sind, nach dem Eherecht, denn nicht Sie haben die Mutter dieser Kinder geheiratet, sondern Ihr Bruder, ergibt sich daraus, daß Sie teilweise Schwager, teilweise aber Ehemann sind. Und dasselbe betrifft auch die Vaterschaft! Doch ist weder eine teilweise Ehe noch eine teilweise Adoption, noch gar eine Scheidung zu 30% rechtlich möglich! Deshalb können Sie sich weder von ihrer Schwägerin scheiden lassen noch sie heiraten, außer Sie sagen vor Gericht aus, die Kinder seien überhaupt nicht die Kinder Ihres Bruders, sondern Sie hätten sie außerehelich vor dem Unfall mit Ihrer Schwägerin gezeugt!

JONES Dann wäre ich der Vater? Danke sehr!

RECHTSANWALT Keineswegs! Dann wären Sie nur der Onkel! Und zwar, weil zur Zeit Ihr verstorbener Bruder sich im Besitz... Aber nein! Da hatten ja noch dritte Personen teil! Womöglich ist der Vater dieser Kinder ganz woanders und weiß nicht mal etwas davon. Was für ein Fall! Was für ein unerhörter Rechts-Casus! Ein historischer Präzedenzfall!

JONES Lassen Sie mich in Ruhe! Wozu diese Begeisterung?

Was soll ich also tun, verdammt nochmal?
RECHTSANWALT Nur nicht die Nerven verlieren. Kopf hoch!
JONES Klar, daß ich mir keine Nervosität erlauben darf. Freitag habe ich eine Rallye. Herr Rechtsanwalt, ich komme am Samstag zu Ihnen. Dann wird das erledigt. Ich werde meinen Kopf freier haben.
RECHTSANWALT Gut, lieber Herr Jones, aber eine Frage noch. Die Kosten wachsen, wissen Sie. Eine Anzahlung wäre angebracht.
JONES Nach der Rallye. Ich bezahle, wenn ich gesiegt habe. 50 000 werden doch wohl für alles reichen, nicht? Ich habe mich so verschuldet, daß die Gläubiger mir das Leben vergällen. Ständig laufen sie hinter mir her. Bin ich hier, sind sie hier. Bin ich dort, sind sie dort. Was für ein verdammtes Pech!

Als Jones aus der Haustür tritt, umgibt ihn mehr als ein Dutzend Personen unterschiedlichen Alters
JONES Macht euch weg! Laßt mich in Ruhe! Los, marsch! Kein Geld da. Am Samstag reden wir miteinander. Ja, am Samstag! Bis Samstag nichts!
steigt in seinen Wagen und fährt ab, die Gläubiger blicken ihm mit enttäuschten Gesichtern nach

Arbeitszimmer des Rechtsanwalts. Jones tritt ein. Er hinkt etwas. In der Hand eine Damentasche, die er fast heimlich beiseite legt
RECHTSANWALT Es freut mich, Sie zu sehen, Herr Jones. Sie waren lange nicht hier!
JONES *setzt sich vorsichtig* Ach ja. Fast drei Monate. Was für ein verdammtes Pech!
RECHTSANWALT Mein aufrichtiges Mitgefühl! Gleichzeitig möchte ich Ihnen mein herzlichstes Beileid aussprechen. Ich habe gehört, daß Sie durch einen tragischen Unfall Ihre Schwägerin verloren haben. Das heißt Ihre Frau. Übrigens ist

das jetzt nicht mehr von wesentlicher Bedeutung. Jedenfalls haben Sie eine nahestehende Person verloren, und ich fühle sehr mit Ihnen! Handelt es sich um den Streit mit der Versicherung? Die Sache kommt nicht vom Fleck, wissen Sie, aber ...

JONES Nein, Herr Rechtsanwalt. Ich habe neuen Ärger. Ich stecke so in der Klemme, daß ich nicht mehr weiß, was ich tun soll.

RECHTSANWALT So? Ich habe von der Katastrophe gelesen ...

JONES In den Zeitungen stand nicht alles. Ärztliche Schweigepflicht. Na ja, ohne Dr. Burton wäre ich nicht mehr am Leben. Aber nachdem mir gestern die Fäden gezogen worden waren, brachte mir die Post gerichtliche Vorladungen. Sechs Stück! Damit komme ich nun zu Ihnen. Sie müssen mich retten.

RECHTSANWALT Ich werde tun, was ich kann. Worum geht es?

JONES *holt einen Zettel aus der Tasche* Um nichts zu vergessen, habe ich mir's aufgeschrieben. Es ist so. Man verklagt mich wegen Aneignung von Wertgegenständen, wegen Schändung oder Entehrung ... das Weitere kann ich nicht lesen. Haben Sie vielleicht eine Lupe?

Der Rechtsanwalt reicht ihm eine Lupe

JONES Na ja. Wegen Vernachlässigung der Mutterpflichten.

RECHTSANWALT Wohl der Vaterpflichten?

JONES Nein, der Mutterpflichten.

RECHTSANWALT Sind Sie eine Frau?

JONES Wieso?

RECHTSANWALT Haben Sie Ihr Geschlecht geändert?

JONES Nichts habe ich geändert. Das heißt ... *massiert sich die Knie* eigentlich nicht, nicht ich habe was geändert, sondern sie. Aber nein, sie auch nicht, weil sie nicht mehr lebt.

RECHTSANWALT Ich verstehe gar nichts. Welche »sie«?

JONES Salomea Tinnel.

RECHTSANWALT Wer ist das?

JONES Diese Rallye sollte mich finanziell wieder auf die Beine bringen. Ich hatte mir einen neuen Beifahrer gesucht. Frank Smith. Vielleicht haben Sie von ihm gehört. Ein prima Kerl war das! Aber mein verdammtes Pech!
RECHTSANWALT Was, wieder aus Ihnen beiden ...?
JONES Nein. Diesmal war es noch schlimmer. Meine Gläubiger und verschiedene andere Leute waren gekommen, um sich die Rallye anzusehen. Der beste Platz für Zuschauer ist an der Kurve. Sogar meine Schwägerin war da, obwohl sie Ansprüche gegen mich hatte. Kurz gesagt, zusammen mit ihr standen dort acht Personen. *holt wieder einen Zettel hervor* Meine Gläubiger kennen Sie, die übergehe ich also. Außerdem Salomea Tinnel, 35 Jahre, Nancy Quine, 23 Jahre, von meiner Schwägerin wissen Sie bereits. Und dann war es so: ich ging mit 180 in die Kurve und wäre gut herausgekommen, aber das Heck brach aus. Da schleudere ich, überschlage mich ...

Kurve. Zuschauergruppe: die Schwägerin-Witwe, die Gläubiger, zwei Frauen, daneben ein Mann mit einem Boxer an der Leine. Ein Wagen nähert sich mit rasender Geschwindigkeit, kommt ins Schleudern, saust von der Straße und gegen einen Baum, genau dort, wo die Gruppe Menschen stand, Rauch steigt auf, aus dem Rauch rollt ein Wagenrad, danach ein zweites. Das Heulen der Krankenwagen. Die bereits bekannte Tür des Operationssaales. Im Gänsemarsch fährt eine lange Kolonne weiß zugedeckter Wagen hinein. Herausgefahren kommt nur ein Wagen

Jones redet und gestikuliert im Arbeitszimmer des Rechtsanwalts

JONES Ich habe das Bewußtsein verloren. Der Doktor sagt, er hat getan, was er konnte. Einen Haufen Geld bin ich ihm jetzt schuldig. Meine Gläubiger bin ich los, aber auch so habe ich Schulden bis obenhin!
RECHTSANWALT Und die Schwägerin auch ... Mein aufrichtiges Beileid!

JONES *faßt sich von Zeit zu Zeit an Knie und Hüften, massiert sich die Knöchel* Ja, die auch ...
RECHTSANWALT Wer also verklagt Sie jetzt und weshalb?
JONES Der Verlobte dieser Nancy Quine – das ist der erste. Wegen Rückgabe des Platins und des Goldes.
RECHTSANWALT Was denn für Gold?
JONES Das da ... *reißt den Mund auf und zeigt die Goldkronen* Dieser Verlobte ist Zahnarzt. Sie wollten heiraten. Er hat ihr dies und das eingesetzt. Alles aus Gold und die Brücke aus Platin. Jetzt verlangt er, daß ich ihm das zurückgebe.
RECHTSANWALT Sie? Ihm?
JONES Ja, er sagt, das war ein Verlobungsgeschenk, und ich bin nicht seine Verlobte. Anscheinend richtig – aber habe ich das genommen? Ich habe niemanden um die Kronen gebeten. Ich habe keine Goldkronen bestellt, warum also soll ich was zurückgeben?
RECHTSANWALT Na ... eh ... sicher ... Herr Jones. Ein besonderer Fall! Sind das alle Forderungen an Sie?
JONES O nein! Die andere Frau, Salomea Tinnel ... Ich habe sie nicht gekannt. Nie habe ich sie gesehen, und jetzt verlangt ihr Onkel, ich soll zum Unterhalt der Kinder beitragen.
RECHTSANWALT Der Kinder dieser Frau?
JONES Ja.
RECHTSANWALT Ich verstehe. Weil Sie diesen Unfall auf der Strecke verursacht haben und, wenn auch unbeabsichtigt, der Täter sind?
JONES Nichts verstehen Sie. Eine Kommission hat festgestellt, daß ich an dem Unfall nicht schuldig bin, da war eine Öllache. Nicht wegen des Unfalls soll ich zahlen, sondern, na, mit einem Wort, als Mutter beziehungsweise als Fortsetzung der Mutter!
RECHTSANWALT Fortsetzung der Mutter? Wer hat sich diese Formulierung ausgedacht?
JONES Der Rechtsanwalt dieses Onkels. Er sagt, ich bin zu einem Viertel Mutter.

RECHTSANWALT Um welche Mutter handelt es sich?
JONES Mit Ihnen kann man nicht reden! Herr Rechtsanwalt, diese Frau Tinnel hatte drei Kinder. Ja? Sie war schwerkrank – Rheumatismus. Wenn jetzt das Wetter umschlägt, habe ich solch ein Reißen in den Knien, daß ich weder die Kupplung noch das Gas spüre. Das ist sehr schlimm für mich, wie Sie begreifen werden!
RECHTSANWALT Das heißt, daß Frau Tinnel ... daß ihre Beine ...
JONES Na ja. Ungefähr bis da. *undeutliche Bewegung im Bereich der Oberschenkel* So ein Rheumatismus, alles krank, und dieser Onkel, dieser Halunke, verlangt, daß ich mich der Kleinen annehme, schickt mir Drohbriefe und schreibt: *holt einen Brief aus der Tasche* »Entweder tragen Sie zum Unterhalt der Kinder bei, oder ich verlange, daß Sie die unvergeßlichen Überreste meiner Nichte unverzüglich im Familiengrab beisetzen. Ich werde es nicht zulassen, daß jemand mit den Resten meiner teuren Verstorbenen herumläuft!« Was sagen Sie dazu? Die Menschen sind so rücksichtslos!
RECHTSANWALT Das ist ziemlich viel. Gestatten Sie, daß ich notiere? *schreibt und murmelt* Hm. Schändung, Goldkronen, Brücke, drei Kinder, Mutterpflichten, Rheumatismus ... Also, Herr Jones, da Sie mir nun alles erläutert haben ...
JONES Wieso alles? Da ist noch die Forderung von Dr. Miller und schließlich als Zugabe der Hund.
RECHTSANWALT Was verlangt der Arzt?
JONES Ich soll die Rheumatismus-Behandlung bezahlen. Frau Tinnel war von ihm behandelt worden, zahlte aber jährlich. Gerade jetzt ist der Termin für die Bezahlung. Der Arzt sagt, er hat die Beine behandelt, die Beine sind noch da, also soll der bezahlen, der mit diesen Beinen herumläuft, der sie hat. Er droht, mich zu verklagen und unter den Hammer zu bringen! Aber ich habe ein teuflisches Reißen in den Gelenken ...
RECHTSANWALT Nein! So nicht, Herr Jones! Das liegt auf der falschen Linie! Das geben Sie bitte nicht zu!

JONES Wieso? Wenn ich Ihnen doch sage, sobald das Wetter umschlägt...

RECHTSANWALT Das tut nichts zur Sache. Wenn Sie einmal zugeben, das seien nicht Ihre Beine...

JONES Es sind meine! Ich gehe doch auf ihnen, nicht?

RECHTSANWALT Auf jeden Fall verbiete ich Ihnen, sich mit den Klägern in irgendwelche Auseinandersetzungen oder Gespräche einzulassen. Von diesem Augenblick an werde ich Ihre gesamten Interessen vertreten.

JONES Ausgezeichnet.

RECHTSANWALT Und was haben Sie da von einem Hund gesagt?

JONES Ach so. Dort stand noch so ein Typ herum. Er ist heil davongekommen, aber sein Hund, ein Boxer, ist verschwunden. Er behauptet, ich hätte ihn mir angeeignet.

RECHTSANWALT Sie?

JONES Ja. Aber das ist Unsinn. Völlig aus der Luft gegriffen. Ich weiß nichts von einem Hund. Dr. Burton kann sich auch nicht erinnern.

RECHTSANWALT Moment mal. Das notieren wir für alle Fälle. Ein Hund, Boxer. Gut. Ist das jetzt alles?

JONES Zur Zeit ja. *steht auf* Wo ist? Ich könnte schwören, daß ich sie hier irgendwo hingelegt habe. Haben Sie nichts gesehen?

RECHTSANWALT Was?

JONES Meine Handtasche.

RECHTSANWALT Hier liegt eine.

weist auf die Handtasche, die Jones auf den nebenstehenden Stuhl gelegt hat

JONES Tatsächlich. Danke.

nimmt die Handtasche, holt ein Taschentuch heraus, wischt sich damit die Stirn

RECHTSANWALT Sie benutzen eine Handtasche?

JONES Ja. Es ist bequemer. Meinen Sie nicht? Die Hosen werden nicht ausgebeult...

RECHTSANWALT Darf man wissen, seit wann?
JONES Weiß ich nicht mehr. Seit einiger Zeit. Also, Herr Rechtsanwalt...
RECHTSANWALT Moment, Herr Jones. Die Kosten wachsen jetzt. Sie begreifen selbst – so viele Fälle! Ich bin genötigt, Sie um eine Anzahlung zu bitten.
JONES Das habe ich erwartet. Im Augenblick kann ich Ihnen nur hundert Dollar geben, aber nächste Woche starte ich bei der Mittelamerika-Rallye. Der erste Preis beträgt 80 000 Dollar. Das wird alle Kosten decken, nicht? Ich muß tüchtig trainieren. Mit Aspirin bin ich vollgestopft wie eine Apotheke... Ach, diese Beine, diese Beine! Aber man sagt eben »sorry«. Ach so, Herr Rechtsanwalt, ich habe die Absicht, mich vor dieser Rallye zu verischern, aber so, daß nachher im Falle eines Falles die Gesellschaft keine Ausflüchte machen kann.
Ich bitte um Ihre Hilfe.
RECHTSANWALT Gern. Ich werde darauf achtgeben. Herr Jones, suchen Sie immer noch denselben Psychoanalytiker auf?
JONES Ja. Dr. Bangloss. Wieso?
RECHTSANWALT Nichts. Ich wollte es nur wissen. Auf Wiedersehen... und Hals- und Beinbruch!
JONES Vielen Dank!

Der Rechtsanwalt im Behandlungszimmer des Psychoanalytikers Dr. Bangloss
RECHTSANWALT Also, ich bin Richard Jones' Rechtsanwalt. Aber ich habe Ihnen ja den Zweck meines Besuchs schon am Telefon erläutert.
BANGLOSS O ja. Bitte sehr. Ich verstehe, Sie müssen die geistigen Kulissen kennenlernen. Gut. Jones... ein besonderer Fall!
RECHTSANWALT Richtig. Er ist in eine Reihe von Fällen verwickelt. Das Gericht kann Sachverständige vorladen, wissen

Sie, Herr Doktor ... damit sie Gutachten abgeben. Als sein Verteidiger muß ich darauf vorbereitet sein.

BANGLOSS Ja. Das haben Sie mir schon gesagt, ich weiß. Hier habe ich sein Material ... aber im Prinzip unterliegt das der ärztlichen Schweigepflicht.

RECHTSANWALT Ich handle in Jones' Namen. Zu seinen Gunsten. Ich bin beruflich ebenso zum Schweigen verpflichtet.

BANGLOSS Nun ja. Im Lauf des letzten Jahres haben sich gewisse Veränderungen abgezeichnet ...

RECHTSANWALT Veränderungen? Was für welche?

BANGLOSS *zeigt auf das Tonbandgerät* Ich habe hier Fragmente aus der Behandlung von Jones festgehalten. Ich verwende die Methode freier Assoziationen. Wissen Sie, worauf die beruht? Ich sage ein Wort, und der Patient antwortet mit dem ersten Wort, das ihm einfällt.

RECHTSANWALT Das kenne ich. Selbstverständlich.

BANGLOSS Das erste Fragment ist zwei Jahre alt. Bitte hören Sie.

Schaltet das Tonbandgerät ein. Man hört Jones' und Bangloss' Stimmen

BANGLOSS Nacht.

JONES Scheinwerfer.

BANGLOSS Dunkelheit.

JONES Sicherung.

BANGLOSS Warum »Sicherung«?

JONES Wenn es dunkel ist, sind die Lichter ausgefallen, nicht?

BANGLOSS Achtung, wir gehen weiter. Hut.

JONES Ventil.

BANGLOSS Wie verbinden Sie Hut mit Ventil?

JONES Ganz einfach. Ein Hut ist ein Zylinder, und Zylinder sind Ventile.

BANGLOSS Ach so. Achtung! Blut.

JONES Stop.

BANGLOSS Warum »Stop«?

JONES Na, rotes Licht.
BANGLOSS Heilige Dreifaltigkeit.
JONES Zweiter.
BANGLOSS Warum »Zweiter«?
JONES Zweiter Gang.
BANGLOSS Kalauer.
JONES Kaltstart.
Bangloss schaltet das Tonbandgerät aus
BANGLOSS So, Herr Rechtsanwalt, war es vor zwei Jahren. Die gesamte Freudsche Symbolik wird bei ihm auf das Auto bezogen. Zu Waden sagte er »Chassis«, und sogar eine Stange, geben Sie acht, war für ihn der Schalthebel. Und nun Protokollfragmente aus der Zeit nach den Unfällen.
Schaltet das Tonbandgerät ein
BANGLOSS Hut.
JONES Schleier.
BANGLOSS Blüte.
JONES Orgel.
BANGLOSS Warum »Orgel«?
JONES Keine Ahnung. Das ist mir so rausgerutscht.
BANGLOSS Und was für eine Orgel?
JONES Die übliche. Zum Spielen.
BANGLOSS Kolben.
JONES Ehering.
BANGLOSS Monument.
JONES Sakrament.
BANGLOSS Benzin.
JONES Handschuhe.
Der Psychoanalytiker schaltet das Tonbandgerät aus
BANGLOSS Also, Herr Rechtsanwalt, hier kann es keinen Zweifel geben. Hut – Schleier, natürlich Brautschleier, Blüte – Orgel, es geht um die Orangenblüten, die Situation der Hochzeit. Der Kolben verbindet sich ihm über den Kolbenring mit dem Ehering. Aus einem Monument macht er das Sakrament der Ehe, so wie er Benzin mit Handschuhen assoziiert. So

assoziieren nur Frauen, mein Herr, denn Männer beschäftigen sich nicht damit, Handschuhe zu reinigen.

RECHTSANWALT Großer Gott! Also gibt es ihn wirklich nicht?

BANGLOSS Was sagen Sie da? Wieso gibt es ihn nicht?

RECHTSANWALT Das ist doch klar – er ist Nancy Quine! Das Mädchen, das ...

BANGLOSS Nein. So einfach ist das nicht. Die würde nie einen Kolben mit einem Ehering in Verbindung bringen. Bestimmt käme sie nicht von Kolben auf Ringe. Ich möchte sagen: Außen haben wir Jones und im Innern das Mädchen. Wie die Butter auf dem Brot!

RECHTSANWALT Die Butter auf dem Brot? Sie scherzen ...

BANGLOSS Durchaus nicht. Wissen Sie nicht, wie ein Chirurg heutzutage arbeitet? Ein Stückchen Haut, ein Stückchen Plastik, ein Stückchen sonst etwas, das zur Hand ist – er hat zusammengenäht, was sich gerade vorfand. Er mußte stükkeln. Von allen ein bißchen.

RECHTSANWALT Von allen ein bißchen?

BANGLOSS Ganz offensichtlich. Das heißt – über die Operation selbst ist mir nichts bekannt.

RECHTSANWALT Was ist er nun eigentlich?

BANGLOSS Und was ist eine Schichttorte?

RECHTSANWALT Aber ich kann vor Gericht keine Schichttorte vertreten!

BANGLOSS Warum nicht? Andere Zeiten – andere Sitten. Sie werden sich daran gewöhnen!

RECHTSANWALT Irgend etwas muß doch überwiegen! Ist er Jones?

BANGLOSS Schwer zu sagen. Er ist zeitweilig aggressiv geworden. Als ich ihn bei der letzten Sitzung in hypnotische Trance versetzte, hat er mich gebissen.

zeigt seinen verbundenen Finger

RECHTSANWALT Er hat Sie gebissen? Großer Gott, der Hund!

BANGLOSS Welcher Hund?

RECHTSANWALT Ein Boxer. Der trieb sich da auch herum.
BANGLOSS Wo?
RECHTSANWALT An der Unfallstelle. Nachher war er verschwunden. Haben Sie die Stelle gesehen?
BANGLOSS Nein. Ist das von Bedeutung?
RECHTSANWALT In gewissem Umfang... Alle standen an der Einfriedung, an einem Gitternetz. Na, und der Wagen raste in sie hinein... der Hund war auch dort. War und ist verschwunden. Dafür gibt es Zeugen.
BANGLOSS Meinen Sie...? Hm. Ein Hund? Dann... wenn auch... so... sollte ich mich vielleicht impfen?
RECHTSANWALT Sie meinen, Jones könnte tollwütig sein?
BANGLOSS Jones nicht. Der Hund.
RECHTSANWALT Ist es möglich, daß...
BANGLOSS Warum nicht? Er stößt eventuell das Transplantat ab, inzwischen aber kann ich die Tollwut kriegen. Lieber tu' ich das. Für alle Fälle. Ich danke Ihnen für diese Information.
RECHTSANWALT Keine Ursache. Aber was tun in dieser Angelegenheit?
BANGLOSS Die Unfälle folgen mit solcher Geschwindigkeit... ich empfehle Ihnen, mit dem Tätigwerden bis zur nächsten Rallye zu warten.
RECHTSANWALT Meinen Sie? Mag sein...
steht auf, um sich zu verabschieden

Arbeitszimmer des Rechtsanwalts. Stimme der Sekretärin
STIMME Herr Rechtsanwalt, Herr Jones ist gekommen.
RECHTSANWALT Ach, also ist er da?! Ausgezeichnet! Soll hereinkommen!
Jones tritt ein
JONES Guten Tag, Herr Rechtsanwalt. Ich komme zu Ihnen, weil...
RECHTSANWALT Ich weiß, warum Sie kommen. Ich habe Sie erwartet.

JONES Sie haben mich erwartet? Seltsam.

RECHTSANWALT Warum seltsam?

JONES Weil ich mich bis gestern überhaupt nicht entschieden habe, welchen Rechtsanwalt ich nehme. Schließlich habe ich beschlossen, Sie aufzusuchen, weil Jones so viel Gutes von Ihnen erzählt hat.

RECHTSANWALT Jones? Welcher Jones?

JONES Na, Richard Jones, mein Fahrer bei der letzten Rallye, der Arme ... Aber richtig. Ich habe vergessen mich vorzustellen. Mein Name ist John Fox. Ich bin Rallye-Beifahrer. Jones und ich waren alte Kumpel. Als er mir vorschlug, gemeinsam bei dieser Rallye mitzumachen, war ich gern einverstanden. Und da hat er mir erzählt, wie eifrig Sie sich um seine Interessen kümmern! Nun, und daß die Rallye für ihn schlimm ausgegangen ist – unser riskanter Beruf, nicht? Die ersten zweihundert Kilometer lagen wir in der Spitzengruppe, Richard ist vorzüglich gefahren, wie in seinen besten Tagen, erst in dieser verfluchten Kurve ...

Strecke. Rallye-Wagen. Kurve. Einzeln stehender Baum. Knall. Der Baum neigt sich und fällt. Aufheulende Sirenen. Tür zum Operationssaal.

Stanisław Lem
Eine Art Credo

Man kommt auf die Welt bester Laune, das Lächeln ist ja den Neugeborenen eingeboren; sie weinen nur, wenn ihnen ihr Genuß der Lebensfreude vergällt wird. Allmählich kommt man zu der Einsicht, daß die Welt nicht nach dem Lustprinzip eingerichtet ist. Es gibt mehr Landschaften, Revelationen, Menschen, Morgenröten, als daß man sie sich anders denn als rein zahlenmäßige Größe vorstellen könnte. Man wird auf den Zufall hingewiesen. Die Existenz ist eine ungeordnete Menge von Zufälligkeiten, in deren Strömung man lavieren muß, ob man sich des uns in jedem Augenblick verlorengehenden Übermaßes bewußt ist oder nicht; dabei vermindert sich der Vorrat an Hirnzellen – am Ausgangspunkt 12 Milliarden – täglich um 100 000 Neuronen, die absterben, ohne ersetzt zu werden. Ungefragt wird man in das Spiel hineingezogen: mit den sozialpolitischen Kräften, die seit Urzeiten ein Fiasko nach dem anderen produzieren, von Versuchen, die gute Meinung des Menschen über sich selbst und über die Welt zu bewahren, und die blinde Lotterie aus dem Dasein zu verbannen. Dieses Spiel ist mehrschichtig. Man ist genötigt, mit der Menschenumwelt zu spielen, und mit der Natur; und wenn auch die ungezähmte Natur mit Technologien aus der Gesellschaft verbannt wird, wird dieser künstliche Ersatz allmählich zum Schadenstifter, und selbst dann läßt sich die Natur nicht total verbannen, weil sie weiterhin in unseren Körpern steckt, nackt inmitten der maschinell sterilisierten Paysage. Wenn das Altern einsetzt, beginnt zugleich das Endspiel mit der Natur, d. h. mit dem eigenen Körper, der, einer lotterieartigen Statistik zufolge, entweder im Zellenbereich zu stottern beginnt oder auch nicht. Beginnt er zu stottern und entgleisen deswegen ein paar Zellen aus ihrer bisherigen Bahn, kommt es zur Wucherung, und man wird vom Krebs verzehrt. Beginnt er es nicht dank einem glücklichen Zufall, sterben die Zellen und

Funktionen von sich selbst aus ab, bis man im ganzen und großen stirbt. Das ist keine voreingenommene Lebensdarstellung, sondern die reine, wissenschaftlich garantierte Wahrheit, in die Umgangssprache übersetzt. Man lebt also in mehreren Universen zugleich, man nimmt teil an mehreren unumkehrbaren Spielen, die, wie auch die Einzelheiten dieser Spiele aussehen, in eine endgültige Niederlage einmünden. Unter diesen Bedingungen soll man sich den ›richtigen‹ Kurs wählen. Am Steuer ist man zu einem kleinen Teil schon frei.

Diese objektiv geschilderte Lage ist unsinnig und grausam genug, daß man weit zu gehen gewillt wäre, um sie zu verschönen oder mindestens erträglicher zu machen. Die Transzendenz bildet als Vision und als hilfebringende Offenbarung eine der unglaubhaftesten und zugleich genialsten Erfindungen des Menschengeistes. Man könnte sogar der Meinung sein, die Einrichtungen der Kultur seien ein Repertoire von ernstgenommenen Phantastereien, die alle Mängel des Leibes, der Seele, der Gesellschaft, des Universums in anbetungswürdige Kostbarkeiten von höchstem Wert umgestalten sollen. Die Kultur ist eine unaufhörlich tröstende und die wahren Sachverhalte umbenennende Apparatur: sie benennt das Leiden, das Altern, das Zugrundegehen, das Mit-dem-Zufall-Spielen wie auch die Endkatastrophe selbst um; sie ist ein Umformer, der negative Werte in ihre positiven Gegensätze überführt, sie ist der ehrenhafte Samariter, der immer zum Lügen bereite Verteidiger, mutig genug, um eine von Anfang an verlorene Sache einen herrlichen Fall zu nennen. Man merkt das kaum, weil die Kultur diese Verteidigerrolle nicht makellos und nicht pausenlos vorspielt; als ob ihr das ewige (wenn auch gut gemeinte) Belügen von Wehrlosen manchmal unerträglich wäre, gibt sie dies und das zu (was den Tatsachen entspricht): nicht dumm dieses Vorgehen, weil dadurch auch die den Dreck verschönenden Lügen wahrscheinlicher werden.

Vor die Hauptprobleme gestellt, kann man nicht mehr

frei wählen; man kann nicht den Gottesglauben der blinden Statistik frei vorziehen, weil die Erlangung oder der Verlust des Glaubens durch Vorgänge bedingt ist, die mit dem Willensakt und einer rationalen Entscheidung nichts zu tun haben.

Der Zufall wollte es, daß meine Genkonstellation mich mit Begabungen beschenkte, die einen im XX. Jahrhundert zum Schriftsteller befähigen. Und zwar mit Begabungen, die einen Grenzfall darstellen zwischen der der Kunst zugewandten und der wissenschaftlichen Laufbahn. Deshalb die Science Fiction, die aber in meinem Falle todernst gemeint ist, auch dann, wenn sie als Humoristik betrieben wird. Die Zusammensetzung meines Geistes war mir gegeben; auf die Zusammensetzung der Welt hatte ich auch keinen Einfluß. Dies sind zwei ›random variables‹, ursprünglich unabhängige Variabeln; es war mir möglich, beide in einem gewissen Grade zu korrelieren.

Ich verfüge über Vorstellungskraft und bin ein Sklave der Logik; es fällt mir schwer, mir etwas vorzustellen, was in keiner Beziehung zu wahren Sachverhalten steht. Ich kann niemals aufhören, logisch zu denken, und läge mir auch daran. Alles, was ich hier gesagt habe, beruht auf meiner Lebenserfahrung und der Lektüre von einigen Tausenden Büchern, die von den besten Köpfen stammen, die es hier je gegeben hat. Und wenn dies auch kein wissen a priori ist: ich bin mir keiner anderen Tatsache so völlig sicher, als derjenigen, daß ich die Klugen von den Dummen und die Blender von den Genialen recht schnell zu unterscheiden vermag, wenn mir ein paar Seiten, verfaßt von den Betreffenden, vorliegen. Dies ist mein Stützpunkt, der Ort, nach dem Archimedes suchte, um die Erdkugel zu bewegen. Das heißt auch, daß ich immer bereit bin, meine Urteile, Bewertungen, Ansichten total zu ändern, wenn entsprechendes Beweismaterial, das für das Gegenteil plädiert, vorliegt.

Ich habe es bisher nur nicht finden können.

Małgorzata Szpakowska
Vom Weissagen aus dem Kaffeesatz und der moralischen Verantwortung

Lem würde das sicher anders nennen. Aber alles weist darauf hin: die Heftigkeit der Polemik mit dem Strukturalismus, die Ablehnung der Literatur als Spiel, das Ungestüm, mit dem er die Unfähigkeit der zeitgenössischen Science Fiction attakkiert. Doch sein Wissen um sich selbst, aus seinen anderen theoretischen Konstruktionen bekannt, erlaubt anzunehmen, daß er auch diesmal weiß, was er tut.

Lem baut eine normative Ästhetik. Er baut sie am Rande seiner Überlegungen zur wissenschaftlichen Phantastik und richtet seine Forderungen vor allem an ihre Adresse. Um jedoch – in unserer relativistischen Epoche – ein derart halsbrecherisches Vorhaben durchführen zu können, muß er zunächst das Feld säubern. Deshalb widmet er auch fast die Hälfte des Buches der Begründung des Sinns seiner eigenen Fragen, unter anderem, indem er dem Bewußtsein demonstriert, daß man auch andere Fragen stellen könnte. Mehr sogar, er nimmt an, diese anderen seien die zur Zeit herrschende Norm, seine eigenen jedoch könnten als Anachronismus gelten; indem er von dort her Vorwürfen zuvorkommt, ist er vor allem bemüht, sich durch Vertrautheit mit den Forschungsmethoden der Gegenwartshumanistik zu legitimieren.

Doch im Grunde interessieren ihn nicht die Strukturen der Präsentation, sondern die Struktur der präsentierten Welt. Ihn interessiert nicht die Literatur, sondern die durch sie dargestellte, im Hinblick auf ihre erkenntnistheoretischen und prognostischen Werte rekonstruierte Wirklichkeit. Lems theoretische Proposition gebietet, die geschaffene Welt der wirklichen gegenüberzustellen, um auf die phantastischen Geschichten das Kriterium der Übereinstimmung mit der Empirie und der wissenschaftlichen Verantwortung anzuwenden. Das bestimmt nicht nur die Wahl der Untersuchungsmethode, sondern auch das Repertoire der Anforderungen. Lems Standpunkt verbindet sich nämlich mit der Überzeugung von den Pflichten der Literatur, von ihrer dienenden Funktion gegenüber den wichtigsten Problemen des Menschen. Das Bücherschreiben ist nicht allein das Betreiben eines intellektuellen Spiels. Das heißt – im Prinzip kann es gewissermaßen ein solches Spiel sein, und es fällt schwer, sachliche Argumente gegen derartig konstruierte Werke vorzubringen. Lem beruft sich also auf emotionale Rücksichten. »Die Gründe«, schreibt er, »die ich vertrete, indem ich mich einer ›rauschhaften‹ Literaturproduktion widersetze, wurzeln in der Überzeugung, daß unsere Zeit sich ganz und gar nicht dazu eignet, der Literatur das Recht zur Ludizität, zum Spiel mit magisch-mythischen und kombinatorischen, aus Bedeutungen zusammengesetzten Kaleidoskopen einzuräumen, daß das Verstehen, Werten und Beurteilen der Erscheinungen gerade jetzt in höchstem Grade angezeigt und notwendig ist, vielleicht mehr als in anderen historischen Epochen. Und gerade in der Science Fiction erscheint mir eine solche Tendenz als ganz besonders spöttische Fatalität.«

Das ist eine Diagnose nicht nur der Literatur, sondern ganz einfach der Welt. Einer Welt, wie sie heute ist und morgen sein wird und wie sie Lem (und nicht nur ihn) sehr deutlich beunruhigt. Die Beunruhigung indessen ist ein Zustand, der Gesellschaft verlangt; man verlangt von den Nächsten Teilnahme an der eigenen Angst. Wenn man dann Menschen begegnet, die sich in einer Krisensituation sorglosen Spielchen widmen, kann man sich schwer eines Savonarola-Tons enthalten. Andererseits scheint es, als hätte Lem viele Gründe, denn, so schreibt er, es ist in unserer Kultur schon vorgekommen, daß sie den Rang von Meisterwerken gerade solchen Büchern verliehen hat, in denen es wirklich um etwas ging, auch wenn die hohe Bewertung ausschließlich mit formalen Rücksichten motiviert war. Die üblichste Art, literarische Texte zu lesen, beruht nämlich auf der Voraussetzung, der Autor wolle, wenn er schreibt, offenbar etwas übermitteln; man kann von dieser allgemein verbreiteten Form der Aufnahme nicht abstrahieren, denn, wie Lem in seiner ›Philosophie des Zufalls‹ bewiesen hat – und nichts berechtigt zu der Annahme, er habe seine Meinung geändert, ganz im Gegenteil –, die Werke der Literatur konstituieren sich erst in ihrer sozialen Aufnahme, und es hat keinen Sinn, von ihnen außerhalb dieser Aufnahme zu reden.

Die inhaltlichen Postulate an die Literatur sind also dreifach motiviert: durch die Natur der sprachlichen Übermittlung, die sich, sobald sie von ihrer grundsätzlichen Funktion als Bedeutungsträger abgeht, in etwas verwandelt, das Lem ›linguistische Galanterie‹ nennt; durch das soziale Bedürfnis in Verbindung mit den Problemen, die die Entwicklung der Zivilisation der Menschheit stellt oder demnächst stellen wird; schließlich durch die historische Tradition, die bewirkt, daß die Kunst – in gleicher Weise wie andere Formen menschlicher Aktivität – dem Menschen gegenüber eine dienende Funktion erfüllt hat. »Sinnlose Maschinen, sinnlose Gebäude, sinnlose Theorien, Kirchen, Paläste, Gärten, Dämme, Brücken, Obelisken hat keine Kultur je geschaffen.« Dieses Rufen nach dem Sinn, und zwar nach einem genau bestimmten Sinn, ist gleichbedeutend mit der Errichtung eines normativen Kriteriums. Und erst bewaffnet mit einem solchen Kriterium, entschließt sich Lem, zu der eigentlichen Aufgabe überzugehen, die er sich gestellt hat: die Literatur nach ihrem Verhältnis zur Welt zu befragen, nach dem, was sie heute über die Welt zu sagen und ihr in Zukunft vorzuschlagen hat.

Notwendigerweise kann man diese letzte Frage vor allem an die Bücher richten, die sich gerade die Zukunft als Objekt gewählt haben, also an die Science Fiction. Und es handelt sich um eine wirklich wichtige Frage. Nach Lems Diagnose hat der Fortschritt der Naturwissenschaften und der Technik uns auf eine Stufe gehoben, auf der wir vor Problemen stehen, die nicht nur zur Ordnung der Soziologie (Massenkultur; Gesetze, die große Kollektive regieren usw.), sondern ganz einfach zur biologischen Ordnung gehören. Ein ständig wiederkehrender Faden ist das Problem der Biotechnik und der in Kürze zu erwartenden autoevolutionären Perspektiven. Lem sagt: »Unsere Zeiten führen die Menschheit an die Schwelle, hinter der die Herstellung einer Rückkopplung zwischen Kultur und Erblichkeit möglich sein wird.« Eine solche Situation hat Konsequenzen zur Folge, deren Bedeutung wir nicht bemerken können und auch gar nicht – dagegen richten sich Lems Vorwürfe besonders – bemerken wollen. Ihr neuer und ungewöhnlicher Charakter besteht darin, daß die Grenzen der Willkür, menschlicher Handlungen in grundsätzlicher Weise verändert werden: was bisher in unserer Kondition biologisch gegeben, also invariabel war, ist oder wird demnächst zur Domäne der Entscheidung. Mit anderen Worten, die existentielle Situation des Menschen wird wesentlich umgestaltet. »Bislang«, schreibt Lem, »bildete die Technoevolution die unabhängige Variable der irdischen Zivilisation, und die gattungsmäßig-biologische Norm des menschlichen Organismus war der konstante Parameter.« Jetzt ist der Mensch dieses Angelpunkts beraubt. »Sein einziger Hort . . . kann die Kultur mit den ihr eigenen autonomen Werten sein.«

Und hier taucht eine prinzipielle Schwierigkeit auf. Denn wir besitzen zwar vorzügliche, fast unbegrenzte Technologien, wissen aber absolut nicht, worauf wir sie anwenden wollen. Es fehlt uns nicht nur das soziale und anthropologische Projekt, dessen Realisierung allgemeiner Zustimmung begegnen würde – es fehlt uns jede Vision. Denn mit den Veränderungen in der Welt der Technik geht keine Stabilisierung in der Welt der Werte einher; im Gegenteil, die letzteren klaffen immer mehr auseinander.

Gründe dafür gibt es viele. Abgesehen von den historischen Erfahrungen, die im Laufe der technologischen Entwicklung die Hoffnung auf automatische Selbstrealisierung als eitel erwiesen und sogar den Verdacht gestützt haben, die Abhängigkeit sei umgekehrt, kann man in globalem Ausmaß eine wohl bereits definitive Zerschlagung des Glaubens an irgendwelche absoluten Werte beobachten. Die Wissenschaft – und unter Wissenschaft versteht Lem in der Regel das empirische Wissen naturwissenschaftlichen Typs – ist nicht imstande, in diesem Ausmaß andere als instrumentale Hinweise zu liefern. Die Kultur dagegen scheint zu schwach, um die ihr auferlegte Last zu tragen.

Sie reagiert neurotisch auf die beschwerliche Situation. Ein Symptom dieser Neurose ist das vermehrte Auftreten katastrophaler Visionen, die intellektuell meistens unergiebig sind und das Argument vom nahen Ende aller Dinge maßlos mißbrauchen. Als wollte ein Neurastheniker sich mit der Sehnsucht nach dem Selbstmord trösten, wenn das Leben ihn vor Probleme stellt, denen er nicht gewachsen ist. Aus Lems Zusammenstellungen ergibt sich, daß die Masse der phantastischen Literatur nichts als eschatologischer Schund ist; die Science Fiction »hat das Thema der Katastrophe einer so totalen Inflation unterworfen, daß es eigentlich nichts mehr bedeutet«. Das hatte eine doppelte Folge: einerseits wird die unablässige Vision eines endgültigen Zusammenbruchs zur Ersatzlösung, zum neurotischen Narkotikum; andererseits verursacht die Banalisierung der Katastrophe einen Schwund der Sensibilität ganz realen Gefahren gegenüber. Das Überborden des Katastrophismus ist also keine axiologisch neutrale literarische Mode, und Lem hat recht, wenn er sagt, sie sei einfach schädlich »wie jedes Handeln, das zur Nihilisierung der Werte beiträgt«.

Neben dem Selbstmord als Rausch ist die Flucht vor der Freiheit eine andere neurotische Lösung. Man kann sie in der Tendenz beobachten, falsche Absolute zu schaffen, aber auch überall dort, wo wir versuchen, mit einem optimistischen ›es wird schon irgendwie‹ die Löcher in unserer Vorstellung von der Zukunft zu stopfen. Denn das ›es wird schon irgendwie‹ bezeichnet meistens die Überzeugung, schon in der Natur der Welt gäbe es unüberschreitbare Barrieren, die die Ungebundenheit unserer Entscheidungen einschränken, sie würden uns vor den Konsequenzen unserer Fehler schützen, »der Mensch werde bestimmte Dinge nicht deshalb unterlassen, weil er sich anders entscheidet, sondern deshalb, weil die Welt ihm das nicht gestattet«. Das ist, sagt Lem, »ein Abschieben der Verantwortung für das menschliche Schicksal auf die Ontologie«.

Sogar wenn, was immerhin fraglich ist, unsere technologischen Möglichkeiten geringer sein sollten, als man aus ihrem gegenwärtigen Stand schließen kann, ist es nichts anderes als intellektuelle Feigheit, wenn man sich durch naiven Optimismus gegen Fragen abschirmt, und seien sie auch nur spekulativ. Schon in diesem Augenblick sind wir ja Zauberlehrlinge, wir haben unbekannte Kräfte ins Leben gerufen, über die wir nicht nur keine Herrschaft haben, sondern von denen wir nicht einmal recht sagen können, wofür wir sie eigentlich brauchen. Der Vorschlag, angesichts dieser Tatsachen aufzuhören, überhaupt etwas zu tun, ist offensichtliche Demagogie: erstens, weil die Beschränkung der expansionistischen Ambitionen, wie es scheint, ein Antasten der wesenhaften Integrität des Menschseins wäre; zweitens aber, weil sie sich praktisch nicht durchführen ließe – unsere Zivilisation zeigt eher eine entgegengesetzte Tendenz: alles zu realisieren, was realisierbar ist, ohne Rücksicht darauf, ob irgendein Sinn darin enthalten ist oder nicht.

Indessen ist gerade diese neurotische Kultur die einzige Hoffnung. Denn die nach Werten befragte Wissenschaft ist nur imstande, Hinweise zu geben, gegen die sich das humanistische Gewissen auflehnt. Tatsächlich ist ja die Euthanasie praktischer als das Am-Leben-Erhalten unheilbar Kranker und die Tötung unproduktiver Einzelwesen praktischer als die Belastung der Gesellschaft mit den Kosten für ihre Ernährung.

Die moralische Verwerfung solcher Überlegungen hat jedoch rein kulturellen Charakter; die Kultur trägt die Verantwortung für ihre eigene Erhaltung wie auch für die gesamte Welt der Werte.

Das oben Gesagte erklärt meines Erachtens den Normativismus der Kriterien, mit denen sich Lem der phantastischen Literatur zuwendet. Denn gerade sie ist seiner Meinung nach verpflichtet, wertschöpferische Funktionen zu erfüllen. Die Science Fiction »ist zugleich Literatur, das heißt sie muß – im Einklang mit diesem ihrem Namen – den kulturellen Werten zugeschrieben werden, darüber hinaus ist sie literarische Erkundung, die an den Ufern der exakten Wissenschaften und der Technologie Brückenköpfe geschaffen hat«. Deshalb auch stellt die Flucht der Science Fiction in die Sphäre des reinen Spiels einen Beweis für ihre extreme Verantwortungslosigkeit dar, und Schund, Dummheit und Konzessionen an die populären Erwartungen sind Vergehen nicht nur gegen die Ästhetik, sondern auch gegen die Moral. Die Science Fiction nämlich – nicht wie sie ist, vielmehr wie sie sein sollte – hat eine Aufgabe vor sich, die die Wissenschaft nicht übernehmen kann: Antwort zu geben auf die Endzwecke der technologischen Entwicklung.

Hier drängt sich ein gewisser Zweifel auf.

Lems negative Meinung über die Situation in der Science Fiction muß ich einfach zur Kenntnis nehmen, weil mir die Kompetenz fehlt, sie in Frage zu stellen. Wenn man aber nach dem giftigen Überblick urteilt, der in ›Phantastik und Futurologie‹ gegeben wird, muß diese Situation geradezu verzweifelt sein. So scheint die Frage berechtigt, ob derart fundamentale Forderungen an eine Gattung, die eine unabweisbare Neigung zum Abgleiten in den gewöhnlichen Schund verrät, nicht auf dasselbe herauskommen, als wollte man von den Comics verlangen, sie sollten Träger der modernen künstlerischen Kultur werden. Vielleicht ist die Science Fiction von Natur aus nicht in der Lage, den ihr gestellten Aufgaben gerecht zu werden.

Nach Lems Ansicht verdienen ja schließlich Stapledons Bücher höchste Anerkennung, die der Ästhetik näherstehen als der Literatur; sogar Lem selbst neigt immer mehr dazu, die Belletristik zugunsten der Philosophie aufzugeben und seine mit der Zukunft zusammenhängenden Ängste und Hoffnungen in diskursiver Sprache auszudrücken.

Denn nichts anderes ist letzten Endes ›Phantastik und Futurologie‹: ein großer Essay über die Zukunft unserer Welt, in dem man die Sache der Literatur als Vorwand ansehen kann. Die normativen Kriterien, die inhaltlichen oder thematischen Einteilungsprinzipien, die Feindseligkeit gegenüber strukturellen Analysen und formalen Experimenten werden dann voll verständlich: die phantastische Literatur ist Lem als Literatur total gleichgültig; sie bildet für ihn nichts als ein Magazin von Einfällen und ein Zeugnis für die Vorstellungen von der Zukunft; eine Quelle von Vorschlägen, die er beliebig verbindet und kombiniert und mit eigenen ergänzt.

Um uns ein wenig zu erschrecken. Um uns, die wir restlos von den Problemen und Sorgen des Heute absorbiert werden, dahin zu bringen, daß wir an das Morgen denken. Um eins bewußt zu machen, daß die Ausweitung der menschlichen Macht vor allem eine Vergrößerung der Verantwortung ist. Worauf wir immer noch nicht vorbereitet sind; im Gegenteil, wir sind ständig bedroht, einerseits durch das Chaos der Involutionsprozesse, andererseits durch die Eventualität, daß wir im Eifer um die Vervollkommnung der Welt statt eines Paradieses eine unerhört komfortable und funktionelle Hölle schaffen. Das sorglose Spiel mit den Technologien ist nur vorläufig möglich. Denn was geschieht, wenn es uns nicht gelingt, früh genug zu sterben?

Gérard Klein
Jonas

Er war ein verbitterter Held. Zweihundertfünfzig Jahre früher hätte er brennende Ölquellen gelöscht, wilde Pferde gezähmt oder die seltsamen Leinwand- und Holzgerippe geflogen, welche die Wolken kolonisieren wollten, aber er war im Raum geboren und ebendort in völliger Schwerelosigkeit aufgewachsen; er war zwei Meter vierzig groß und wog kaum hundert Pfund. Seine Knochen hatten die Festigkeit gesponnenen Glases, seine Finger die Konsistenz von Eibisch. Auf der Erde hätte er kein Insekt von der Hand verscheuchen können. Mit seinen überlangen Gliedern glich er einer Mücke, und er mußte, wie eine Mücke dem Wind ausweicht, listig gegen die heftige Anziehungskraft der Schwerkraft ankämpfen. Aus all diesen Gründen war er allein und verbittert. Und die Rücksicht, mit der man ihn behandelte, half ihm gar nicht. Er hieß Richard Mecca und befand sich im Augenblick bei einer Konferenz; er fragte sich, ob er wieder einmal ein Ungeheuer zähmen und mit Herkules wetteifern müsse.

Er schwebte ein wenig hinter und ein wenig über dem länglichen Konferenztisch ungefähr in der Mitte des runden Saales. Fast intuitiv fühlte er, obwohl die Wände aus Stahl und Asbest bestanden, die unmittelbare Nähe des Weltraums und in einer bestimmten Richtung die erdrückende und doch nebelhafte Zellenform der wütenden Birafe. Und während er den drei auf ihren Stühlen festgebundenen menschlichen Fröschen lauschte, die mit den Gebärden von Erstickenden an ihren Zigarren sogen und ihre kurzen Glieder bewegten, dachte er an die Birafe und erwog die Chancen.

Drei Frösche, drei Planetenmenschen. Er hörte ihnen mit fingierter Aufmerksamkeit zu. In Wirklichkeit wiederholten sie schon seit Stunden das gleiche. Seine Ermüdung hatte für ihn die Namen verwischt und die Züge betont. Aus ihren drei grotesk gedrungenen Körpern blieben nur drei Angstkerne zurück. Der eine dachte mit metronomischer Regelmäßigkeit an die drei Planeten und an die zwei Milliarden Menschen, die er vertrat. Vielleicht zum erstenmal im Leben konnte er sich nicht hinter die statistische Nacktheit der Zahl flüchten, denn jedes dieser Leben und jede dieser Welten wurde von der Birafe bedroht. Er sah Planeten und Gesichter und wieder die Planeten, wie Korkbälle auf Wogenkämmen umhergeschleudert, und dann wurden die Gesichter gegeneinandergeworfen, fingen Feuer und verbrannten, ehe sie noch Zeit hatten, die Birafe zu verfluchen. Der zweite zählte immer wieder die Toten, deren es schon fünfundzwanzigtausend gab, und legte nach reiflicher Überlegung auf die andere Waagschale einen schier unfaßbaren Berg dünnen, fast zierlichen Fleisches – vorausgesetzt man vergaß dessen grausiges Maß – und schließlich einen Haufen Geld; denn auch das war die Birafe. Sie war aus den Händen des dritten hervorgegangen, oder vielmehr aus den Trögen seines Laboratoriums, und da hatte etwas nicht geklappt. Der Mann käute seinen Mißerfolg wieder. Das dürfe nie wieder vorkommen. Man müsse herausfinden, was in der gewaltigen und subtilen Maschinerie der Birafe versagt hatte.

Meccas Problem war von anderer Art. Ihm lag an der Birafe, nicht daran, was sie zerstört hatte oder zerstören konnte, auch nicht an dem, was in ihr zerbrochen werden konnte. Richard Meccas Problem war, er wollte die Birafe verstehen.

»Ich glaube nicht, daß Ihnen das gelingen wird«, sagte der Vertreter der drei Planeten bedächtig. »Es wird besser sein, sie zu vernichten.«

Richard Mecca erschauerte, und eine seiner Hände strich langsam, wie von lauem Wasser gebremst, durch die Luft.

»Denken Sie leiser. Sie könnte Sie hören.«

Und das sagte er, obgleich er wußte, daß der Raum tadellos isoliert war und daß kein Gedankenmurmeln dessen Wände aus Asbest durchdringen konnte, dem besonderen

Stoff, der vor Feuer und Träumen schützte, den unmerklichen telepathischen Fluß ablenkte, dem Damm gegen heftige Gedanken und tückische Wirbel aus der Tiefe. Nein, nichts vermochte das riesige Innenrohr der Birafe zu erschüttern.

»Wir befinden uns in einer Sackgasse«, stellte der Labormann fest. »Ich sehe wirklich keine Möglichkeit, da herauszukommen, wenn Sie uns nicht ein wenig helfen.«

Mecca schüttelte den Kopf, einen langen, flachen Kopf mit zwei riesigen Augen.

»Richtig. Sie ist zu nahe. Sie können sie nicht vernichten, ohne das ganze System durcheinanderzubringen. Und es fehlt Ihnen die Zeit, die zwei Milliarden Menschen, die darin leben, zu evakuieren.«

Der Transportmann dachte an die fünfundzwanzigtausend Toten und spie die letzten Reste seines Zigarrenstummels aus.

»Wir müssen erfahren, was mit ihr geschehen ist, sonst können wir zusperren! Man kann nicht eine Ladung verlieren und dann einfach zuwarten, bis es wieder passiert.«

»Eine Stimme für Vernichtung, zwei für Wiederherstellung«, sagte Mecca. »Überlassen Sie sie mir?«

Der Vertreter der drei Planeten fuhr hoch und wand sich auf seinem Stuhl trotz der Riemen, die ihn daran hinderten, abzugleiten.

»Vorsicht!« rief er. »Es ist Einstimmigkeit erforderlich, die Mehrheit genügt nicht.«

Er vermied den Blick der leicht kugeligen Augen Meccas.

»Wenn Sie sicher sein könnten, sie weit genug vom System zu entfernen.«

»Ich kann für nichts garantieren«, sagte Mecca. »Ich bin einverstanden, das Risiko einzugehen.«

Er schloß die Augen. »Ich bin bereit, dem Schlai, alias Birafe, entgegenzugehen, mich von ihm schlucken zu lassen und die riesigen, dunklen Höhlen seiner Eingeweide zu durchsuchen. Ich bin bereit, in das Labyrinth seiner absoluten, durch ihre Masse und Ausdehnung ungeheuerlichen Stumpfheit unterzutauchen und tastend nach den unsichtbaren abgerissenen Drähten zu suchen. Ich bin bereit, den Drachen aufzusuchen und mich zu bemühen, ihn aus den Mauern der Stadt hinauszuführen. Ich habe Angst, bin aber bereit, die Birafe zu zähmen.«

»Wie können Sie hoffen, dort Erfolg zu haben, wo der Kornak gescheitert ist?«

»Keiner weiß, was vorgefallen ist«, sagte der Labormann. »Was mich anlangt, so glaube ich nicht, daß den Kornak die Schuld trifft. Es war eine der besten Mannschaften, die wir je zusammengestellt haben, und sie hatte große Reiseerfahrung. Außerdem hätten sie, wenn sie gespürt hätten, daß etwas entgleiste, eine Botschaft geschickt. Nein, die Revolte muß schrecklich brutal ausgebrochen sein. Sie hatten keinerlei Möglichkeit, wieder die Oberhand zu gewinnen.«

»Sie glauben doch nicht etwa, daß das Ding aus eigener Initiative gehandelt hat?«

»Ich weiß nicht«, sagte der Labormann, »würde es aber gern wissen. Deshalb bin ich der Ansicht, daß Mecca zumindest einen Versuch machen soll. Wenn er Lust hat. Ich selbst gehe um keinen Preis hin und werde auch niemanden hinschicken. Wenn aber Mecca willig ist hinzugehen, werde ich, wieviel es auch koste und ob er zurückkommt oder nicht, ein Drittel seiner Prämie bezahlen.«

Der Chef des Transportdienstes nickte zustimmend.

»Das gleiche gilt für mich. Dank seinen besonderen Eigenschaften hat Mecca bereits dreiundzwanzig Schlaie für uns behandelt. Er hat in Fällen, wo Mannschaften von fünf oder sechs tadellos geschulten Leuten aufgeben mußten, Erfolg gehabt. Dies hier ist allerdings ein Sonderfall. Normalerweise ist die Restemission auf Entfernung schwach oder nicht vorhanden. Hier ist sie so stark, daß wir sie, wäre dieser Raum nicht durch Asbestwände isoliert, deutlich empfangen könnten. Das bedeutet, daß etwas anderes als sein Kornak die

Hans Ulrich & Ute Osterwalder

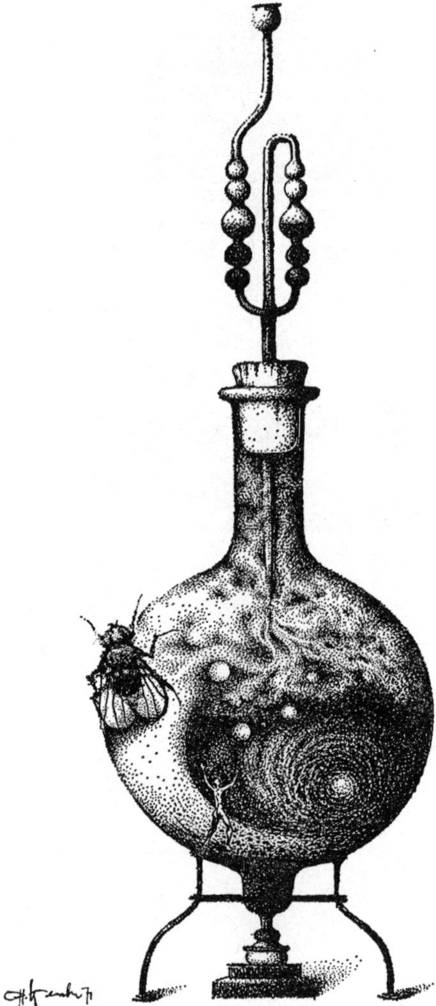

Helmut Wenske

Führung der Birafe übernommen hat und daß diese sich möglicherweise auf völlig unvorhergesehene Weise verhalten kann. Dagegen muß Mecca kämpfen, wenn er bereit ist, das Risiko einzugehen.«

Der Vertreter der drei Planeten zog die Schultern hoch und wies mit dem Kinn auf Richard Mecca. Offensichtlich konnte er sich nur mit Mühe beherrschen.

»Die Herren urteilen so, als stünden nicht zwei Milliarden Menschenleben auf dem Spiel. Antworten Sie mir offen, Mecca. Haben Sie noch nie einen Mißerfolg erlebt?«

»Es ist vorgekommen, daß ich keinen Erfolg hatte.«

»Und war das schwerwiegend?«

»Ich habe es überlebt.«

»Wenn wir nur wüßten, wie lange sie ruhig bleiben wird.«

»Das kann man nicht wissen«, sagte Richard Mecca. »Sie weiß es selbst nicht. Ebensowenig, wie Sie wissen, was Sie beschließen werden.«

In seiner Stimme lag keine Spur von Bitterkeit – obgleich sie eine lange und schwierige Nacht hinter sich hatten und kaum vorangekommen waren –, sondern nur ein Hauch von Gleichgültigkeit, als berühre ihn das Problem nur zufällig, weil er zufällig gerade dort war.

Laut offizieller Definition war ein Schlai eine Birafe, die der Kontrolle ihres Kornaks entschlüpft war. Die Bezeichnung Schlai (halb Schlange, halb Hai) war einem klassischen Gedicht von Lewis Carroll entnommen, doch nur wenige Leute kümmerten sich um ihren eigentlichen Ursprung. Sie bedeutete Ungeheuerlichkeit, Vernichtung, zügellose Kraft. Sie hatte eine präzisere, beängstigendere Bedeutung erhalten als irgendeine dichterische Schöpfung. Schon das Wort selbst, »Kornak«, war von seinem ursprünglichen Sinn abgewichen. Jetzt bezeichnete es eine Mannschaft von mindestens sieben, höchstens elf Männern, die eine Birafe lenkten. Ihre Zahl ergab sich aus der Notwendigkeit eines absoluten inneren

Zusammenhalts. Eine größere Zahl hätte das menschliche Einfühlungs- und Teilnahmevermögen überstiegen, und die Gruppe hätte nicht mehr bestanden, gedacht und gehandelt wie ein einheitlicher Organismus. Eine geringere Zahl hätte allerlei Strömungen, die die menschlichen Vereinigungen beunruhigen, zuviel Angriffsmöglichkeiten geboten. Die Zahl der Mitglieder sollte am besten ungerade sein, doch war das keine absolute Vorschrift. Zu normalen Zeiten war der Kornak Willen und Gewissen der Birafe.

»Und wenn sie Sie nicht akzeptiert?« sagte der Mann, auf dessen Schultern das Schicksal von zwei Milliarden Menschen ruhte. »Ich meine, wenn sie sich gerade im Augenblick, da Sie in sie eindringen, auflehnt, wenn Ihre Anwesenheit eine Krise bei ihr hervorruft?«

»Dieses Risiko müssen wir eingehen«, sagte Richard Mecca und betrachtete seine für alle außer ihm selbst überlangen Hände, deren Flächen so schmal und zart waren, daß die ersten Fingerglieder aus den Handgelenken zu entspringen schienen. »Und ich werde es als erster zu tragen haben.«

Es war zumindest das viertemal, daß sie diese Frage aufwarfen, als dächten sie, er behalte einen gewissen Teil der Wahrheit für sich. Sie wollten, wie sie behaupteten, ihren Beschluß in voller Sachkenntnis fassen. Es gab aber da nichts zu kennen. Es gab nur den Zwang des Entschlusses zum Losgehen, zum Wagnis. Wie man im Sand wühlt, so suchten sie fieberhaft in den Worten nach präzisen Kriterien, die ihnen eine Flucht vor der Entscheidung ermöglicht hätte. Aber es war vergeblich. Das einzige Problem, das sie öfter besprochen hatten, betraf Meccas Honorar.

Eine gewaltige Summe. Richard Meccas Geldgier war, wie man gern behauptete, astronomisch. Die Menschen jedoch, die das immer wieder sagten oder schrieben, hatten nur eine schwache Vorstellung davon, was im Weltraum ein Kubikmeter Luft, ein Grasbüschel, drei Blumen und ein Goldfischglas kosten, alles Dinge, die auf Erden fast umsonst zu haben sind.

Immer wieder die gleiche alte Frage. Als er seine Forderungen in trockenem Ton bekanntgegeben hatte, denn er haßte es, über das Thema zu reden, hatten sie gesagt:

»Und im Fall eines Mißlingens?«

»Wird die Summe an meine Erben ausgezahlt.«

»Aber Sie haben doch keine Kinder, Herr Mecca.«

»Halten Sie es für nötig, welche zu zeugen, um Erben zu haben? Ich habe mir die meinen ausgesucht. Das können nur wenige Menschen von sich sagen.«

Es entstand eine Stille. Wieder einmal.

»Schätzen Sie Ihre Chancen ein. Geben Sie uns einen Prozentsatz an, den Sie aufrichtig für wahrscheinlich halten.«

»Eine Chance auf eine Million, sie in Ordnung zu bringen. Vielleicht eine von Hundert, sie aus dem System zu entfernen. Bevor ich es Ihnen sagen oder gar mich entscheiden kann, muß ich sie nur nochmals anhören.«

»Dann vorwärts, aber – um Himmelswillen – machen Sie schnell!«

Und so begab er sich wieder in den leeren Raum. Dort war seine Größe angemessen, und das schmale Dreieck seiner Handflächen hatte die erforderlichen Winkel. Er konnte die zerbrechlichen Finger wie Antennen zu den Sternen ausstrekken und ihre Länge als Maß des Weltalls betrachten. Hier war er groß und stark, denn die absolute Entfernung schafft Umfang und Gewicht ab. Die Sterne sind die nahen Früchte eines Nachtbaums und die Nebelgestirne schweben traubenförmig jenseits eines Abgrunds ohne Tiefe.

Er hatte das Asbestgehäuse verlassen und achtete sorgfältig darauf, nichts von seinen Gedanken durchsickern zu lassen, das die nebelige Psyche des Schlais wecken könnte. Eine Zeitlang war der Weltraum nur eine Leere, besät mit Lichtern, die bei jeder seiner Bewegungen flackerten, dann füllte sich das Dunkel mit einem lautlos tobenden Sturm, der anschwoll, sich seiner bemächtigte und zu einem tropischen Wirbelsturm und Regen wurde, so daß er mit automatischem Reflex die Augen, zuerst die des Körpers, dann die des Geistes schloß und in dem wiedergefundenen Frieden keuchend und bewegungsunfähig in Schwebe blieb.

Das war nur die erste Welle, die Emanation, brutal wie ein Geruch, des Schlais, den er nicht sehen konnte und der ganz nah, weniger als achtzig Million Kilometer entfernt, war. Er versuchte, nicht auszustrahlen, sondern ließ nur tropfenweise, indem er ihn zerteilte, bremste, sich abmühte, um der Sintflut, der Überschwemmung, der Zermalmung zu entgehen, einen winzigen und bald untragbaren Teil dieses Stroms feindseliger und rachsüchtiger Energie in sich eindringen.

Ein Schattensturm, von Blutgetöse durchwogt. Die unwiderstehliche Hartnäckigkeit eines wandelndes Felsens. Und einem wogenden Schwindelgefühl gleich.

Es war der Schlai. Der Versuch, ihn zu kontrollieren, war so, als wollte man einen im Ausbruch befindlichen Vulkan mit einem Korkpfropfen verstopfen oder eine Sternflamme mit einer Sodawasserflasche löschen. Nach und nach versuchte er aber, sich in dem Gewoge zu orientieren, an den Ursprung des Chaos zu gelangen – wie der Steuermann mitten im Taifun den schwachen Zufluchtsort, den Unterdruckmittelpunkt sucht. Seiner Ansicht nach waren die Krisen der Birafen immer auf Fehler des Kornaks zurückzuführen; meist spiegelten sie eine ungelöste Spannung zwischen den Mannschaftsmitgliedern wider, oder manchmal innerhalb eines einzigen, in dessen Innerem die Spannung ohne sein Wissen wie Unkraut gewachsen war und deren ungeheuer vergrößertes Bild ihm plötzlich vom zornigen Himmel zurückgesandt wurde. Die elementare und kolossale Energie einer Birafe gehorchte keiner anderen Vorschrift als der ihres Kornaks. Und die Birafe besaß keine Möglichkeit zu unterscheiden, was bei dem Kornak unbewußt und was bewußt war, was zur Ordnung gehörte und was aus dem Vergänglichen und dem Zufälligen entstand. In der gleichen Weise, dachte Richard Mecca in Verfolgung eines bekannten Vergleichs aus der Reiterwelt, wie Reiter und Pferd, Fleisch, Knochen, Leder und Haare ein untrennbares Ganzes bildeten und die Angst des Mannes, obgleich er sie vielleicht unterdrückte, das Tier beunruhigte. Das Unausdrückbare wird dennoch übertragen, dachte Mecca, obgleich seine Sprache nicht die der Symbole ist.

Die Krisen der Birafen waren immer auf Fehler des Kornaks zurückzuführen. Hier jedoch lag die Sache anders. Wenn ein Schlai seinen Kornak tötete, so wurde gewöhnlich seine Emission schwächer, dann hörte sie auf. Er bewahrte nur in seinem Inneren, einem Schatten gleich, die Erinnerung an das Gewirr von Eindrücken, Gefühlen, Überlegungen, das die Kornakeinheit bedeutet hatte. Es war gleichsam wie die sehr schwache Spur eines Schritts im alsbald vom Wind aufgewirbelten Sand oder in wasserdurchtränktem elastischem Lehm. Und daran – was nach Tod roch –, an das mußte man neu anknüpfen, an dessen Stelle mußte man sich setzen, das schwere Schuldgefühl des Schlais, der seinen Kornak und manchmal seine Passagiere ermordete, das man auslöschen mußte, und das war schwierig und traurig, aber doch immerhin möglich, denn es hatte nur menschliche Wurzeln und Ursachen.

Hier jedoch war es etwas anderes. Die kolossale Menge ausgestrahlter Energie gestattete die Annahme, daß etwas die für den menschlichen Maßstab fast unbegrenzten Mittel der Birafe auch weiterhin kontrollierte. Und es war undenkbar, daß die Erinnerung an den vernichteten Kornak allein in der Birafe dieses Wunder vollbringen konnte. Das wäre ja, als nähme man an, daß eine Maschine sich in Funktion der erkennbaren, aber geringfügigen Abnützung, die ihr menschlicher Führer ihr läßt, selbst weiterlenken könnte, daß sie auf diese Weise ihr Verhalten registriert und die Ursachen ihrer Bewegungen, die Natur ihrer Schwankungen verstanden hätte. Es war undenkbar.

Die Birafe war aber keine Maschine. Müßte man also

einräumen, dachte Richard Mecca, daß sie zu einer, wenn auch derben Form des Bewußtseins Zugang gefunden hätte? Oder aber, daß der Kornak verrückt geworden war, nicht indem er sich in die Vielfalt seiner ursprünglichen Individualitäten teilte, zusammenzog, sondern im Ganzen genommen als komplexe Einheit? Der Wahnsinn, sagte sich Richard Mecca, verdammt zur Einsamkeit. Eine Mannschaft, mag sie auch noch so reichlich integriert sein, kann im Wahnsinn nicht bestehen, ebenso wie die Vertäuung auch des fest gebauten Floßes auf die Dauer vom Sturm aufgerieben wird und dessen Balken überallhin treiben.

War es möglich, daß ein anderer, von anderswo gekommener Geist die Führung der Birafe übernommen hatte und sich im Augenblick bemühte, deren Geheimnisse zu ergründen? Der Gedanke war erschreckend. Mecca betrachtete von neuem die Sterne, und seine in die Leere ausgestreckten Hände schienen sie pflücken zu wollen, während er unentschlossen zu allen Rändern des Weltalls stürzte. Nein, der unwahrscheinliche Fremde hätte nicht aus dem Nichts auftauchen können, und dieser Weltraumabschnitt war zu gut bekannt und zu genau bewacht, als daß jemand hätte herankommen können, ohne entdeckt zu werden. Und nirgends, nirgends, dachte Mecca fast verzweifelt, haben wir Überlegungen oder Spuren von Überlegungen gefunden, die den unseren gleichen. Verstand, ja, aber nichts, das uns entsprochen hätte. Und die Birafe ist eine Fortsetzung des Menschen. Sie ist in einem gewissen Sinn, trotz ihrer Form und Größe, völlig menschlich; es könnte sich ihrer nichts Fremdes bemächtigen.

Es bestand aber doch eine geringfügige Möglichkeit. Vielleicht würde er auf diesem seltsamen Schlachtfeld im Inneren des Schlais, wenn er sich hineinwagte, den feindlichen Bruder des Menschen, seinen unmöglichen, aus einer anderen Ewigkeit aufgetauchten Doppelgänger treffen.

Er machte sich wieder luftleer und ließ sich von den Terror- und Gewaltströmungen des Schlais schütteln, die ihn in einer unverständlichen Symphonie umwogten. Vielleicht war es Meccas Fähigkeit, so offensichtliche Begriffe wie oben, unten, seitlich zu ignorieren, die es ihm ermöglichte, sein Gleichgewicht besser zu bewahren als die anderen. Er konnte eine kaleidoskopische Forschung betreiben, sich in Stückchen, in winzige, auf Wellentälern schwebende Lichtpunkte verwandeln lassen. Für jeden anderen, sogar für ein erfahrenes Kornakmitglied, wäre es besser gewesen, mit freiem Auge das Innere eines Sterns zu betrachten.

Den Gedanken an einen »Fremden« schob Mecca von sich. Dem waren zu allen Zeiten das Wesen des Unbekannten und der Gefahr beigemessen worden, obgleich deren Ursprung sich stets als hier und heute im menschlichen Raum erwiesen hatte. Nein, die wahrscheinlichste Hypothese lag im Bereich des Unmöglichen. Der Schlai war sich seiner selbst bewußt geworden und hatte automatisch den Kornak als Feind, der verzweifelt versuchte, ihn zu beherrschen, und die fünfundzwanzigtausend schlafenden Körper, die ihr Leben aus dem seinen schöpften, als ebenso viele Schmarotzer erkannt. Logischerweise hatte er sie umgebracht.

Der Schlai selbst würde Meccas Gegner sein.

Und wenn er schäumte wie ein tobender Wolf, so war es doch ein Wolf, dessen Masse einige fünfhundert Millionen Tonnen betrug. Ein Wolf, dessen Wald von Sternen besiedelt war.

»Warum sollte ich hingehen?« fragte sich Mecca, schloß plötzlich die Augen, bei seinem Durchschweben des Raums, verschloß seinen Verstand dem Heulen des Wolfs und krümmte sich zusammen.

Porträts. Tausende, vielleicht Millionen Gesichter zogen vorbei im Dämmerlicht vor Richard Meccas bewegungslosen, halluzinierten Augen. Bilder, alte, vergilbte und verblaßte Fotos, neuere dreidimensionale Tridis mit täuschendem Relief. Farben. Augen, Nasen, Münder, Haare, Gesichter. Jeder und alle. Irgendwelche Gesichter. Eine zu einem Blick, einem Lächeln reduzierte anachronistische, kosmopolitische Menge.

Ich, Richard Mecca, sammle Porträts. Ich kann den Anblick einer Menschenmenge nicht ertragen, aber in meinen Archiven liegt, mit Etiketten versehen, ein Volk von Gesichtern. Ich kann mich nur mit größter Anstrengung mit einem Menschen unterhalten, aber auf einem Bildschirm betreibe ich eine unermüdliche Suche nach Blicken.

In allen Welten habe ich Agenten, die für mich Porträts sammeln. Überall. Auf den Identitätskarten, auf den Pässen, in den Zeitungen, bei den Fotografen, in den Museen, in den Amtsarchiven. In manchen Welten zahlen sie jedem, der sich tridigrafieren läßt, eine Prämie.

Die Namen kenne ich nicht. Die Gesichter folgen einander, liegen übereinander, vermengen sich. Wer sind sie? Spielt keine Rolle. Einst träumte ich von Menschenmengen. Fünfzehn Menschen im Raum sind eine Menge. Unzugängliche Mengen, Gesichter, aufgelesen auf Caféterrassen, auf den Straßen, in Verkehrsmitteln. Stumme Gesichter. Ich kann Menschenmengen nicht ertragen. Eigentlich bin ich allergisch gegen den Atem der Menge. Aber ich brauche ihre Gesichter.

Hier in der Stille.

Aufgezeichnete Stimmen. Fast so viele Stimmen wie Gesichter. Klare, brüchige, zitternde, rauhe, schrille, beflissene, kindliche, unpersönliche, gewählte, tiefe, junge, alte, schrecklich mysteriöse in unbekannten Sprachen.

Stimmen und Gesichter. Ich sehe mich um, oder ich lausche, oder ich tue beides zugleich. Ich suche kaum merkbare Beziehungen heraus. Ich lese in der Zeichnung der Lippen. Ich schwebe bewegungslos zwischen Kontinenten wiedergegebenen Fleisches, und im Osten steigen Augengestirne empor.

Ich verleihe ihnen Leben, gebe ihnen eine Geschichte. Und sollte aus fernen Horizonten eines Tages eine fremde

Rasse kommen, wird sie durch meine Fotothek die fast unzähligen Fassetten des Menschlichen kennenlernen.

Er wählte seine Erben unter diesen angesammelten Gesichtern und manchmal wechselte er sie aus. Oft waren Monate der Nachforschung erforderlich, bis seine Agenten zu einem Bild dessen Namen finden konnten. Keiner der Erben wurde je verständigt. Wenn Richard Mecca starb, würden Menschen, die höchstwahrscheinlich noch nie etwas von ihm gehört hatten, Besitzer ungeheurer Vermögen werden. Nein, er brauchte keine Kinder, um Erben für sich zu finden. Er selbst wäre völlig außerstande gewesen zu sagen, wodurch seine Entscheidung beeinflußt wurde. Ein junges Mädchen oder vielleicht eine junge blonde Frau, mit leicht umschatteten Augen, deren halb geöffnete Lippen kleine, ein wenig unregelmäßige Zähne erkennen ließen, ein Mann unbestimmten Alters mit ein wenig asiatischen Zügen, eine Frau mit Adlernase, deren Mund einen verächtlichen Zug zeigt, ein Mann mit rundem und lächelndem Gesicht, noch ein junges Mädchen mit ein bißchen abgezehrtem, hartem, unerschütterlichem Gesicht, umgeben wie von einem Helm von fast weißem Haar ...

Manche starben vor ihm, ohne daß er es wußte, denn er kümmerte sich kaum um ihre Namen oder um ihr Leben. Die anderen würden in aller Ruhe und Unkenntnis eine Zukunft erreichen, deren Pforten ihm verschlossen sein würden.

Er schlug die Augen wieder auf und blickte in Richtung des Schlais. Obgleich aber nichts, weder Welt noch Stern, zwischen sie trat, sah er nichts, nicht einmal das bläuliche Flimmern, das eine schwebende Birafe wie Schaum begleitet. Die Entfernung war ein für die Form ausreichender Filter, nicht aber für den Zorn des Schlais. Mecca öffnete sich wieder und bemühte sich, irgendeine Spur des ehemaligen Einflusses des Kornaks zu erkennen, wobei er sich verzweifelt und vergeblich an die Idee klammerte, daß auch diesmal wie in den früheren Fällen der Fehler ein menschlicher gewesen war

– obwohl die Heftigkeit des geistigen Stromes dagegensprach. Die anderen Male hätte er in dieser Entfernung nichts als Einsamkeit und Stille empfunden, so daß er sich in Richtung des Ungeheuers gestürzt hätte, um endlich inmitten der entfesselten automatischen Funktionen der Birafe, leicht wie eine Feder, die oberflächliche Berührung der Erinnerung zu spüren. Diese war damals einem Flüstern gleich, erlauscht im mächtigen Getöse einer Energiezentrale und, infolge des Kontrastes, wie ein Schrei in der Stille.

Diesmal konnte er nichts entdecken, was sich aus einem Fehler des Kornaks ergeben hätte. Das hatte er schon bei der ersten Untersuchung festgestellt, mußte sich dessen aber von neuem vergewissern, um es sich selbst zuzugeben. Und der Kornak selbst würde ihm nichts mitteilen können. Er war zusammen mit den anderen fünfundzwanzigtausend Passagieren der Birafe vernichtet und verdaut worden. Seine Moleküle gehörten nun zum Körper des Schlais, und seine Träume und Konflikte waren, wenn er welche gehabt hatte, unwiederbringlich erloschen. Der Schlai jedoch hatte deshalb nicht aufgehört zu bestehen. Er war kein Wrack geworden. Im Gegenteil, er schlug um sich, biß in den Weltraum, rebellierte gegen die unsichtbaren Ketten, die ihn am Anker festhielten und die, so dachte Mecca, nur in dem, was man vielleicht jetzt den Geist des Schlais nennen müßte, Wirklichkeit besaßen.

»Was sucht er?« fragte Richard Mecca, an den Schlai denkend, was fast ebenso absurd war, wie wenn man sich fragte, was wohl ein Motor sich wünschen mochte. Aber doch nicht ganz. »Er sucht das, was sein Kornak gesucht hat. Wäre ich ein Kornak, so würde er Gesichter und Stimmen suchen. Nein. Er ist nicht. Er darf nicht sein. Fünfhundert Millionen Tonnen belebter Materie machen noch kein einziges ›er‹. Er brüllt und heult und reißt an der hypothetischen Kette in der Hoffnung, sie zu zerreißen und zu irgendwelchen, ihm unbekannten Gestirnen zu entfliehen; er zerknüllt den Weltraum um sich wie ein Schlafender seine Decke, aber ich verweigere ihm die fürwörtliche Form. Er muß genau dann sterben, besser gesagt, leblos werden, wenn sein Kornak ihn verläßt oder stirbt, doch siehe da, es bleibt von ihm nicht ein Mangel, sondern eine Labilität zurück. Aus ihm wurde ein ›er‹, ein Fürwort, und diese rein grammatikalische Tatsache hat ihn so gefährlich gemacht wie eine Sonne, die im Begriff steht, sich neu zu bilden.

Irgendwo in der Ferne herrscht Frieden. Und es taucht aus dem von einer Sintflut erschütterten Nebel ein entstelltes Bild seiner selbst auf. Der Schlai träumt von Schlaien, von einer die Planeten bedrängenden, das Licht an den Sternenkronen sammelnden Tiefenbevölkerung.«

»Also, was halten Sie davon, Mecca?«

Der schwächliche Riese schlug die Augen auf. Wieder im Asbesthaus, vermochte er kühl zu denken, die Chancen logisch einzuschätzen, das Gesicht zu verziehen.

»Ich kann es versuchen«, sagte er, »aber die Chance beträgt eins zu einer Million.«

Dann sah er ihre verschlossenen Gesichter.

»Ich werde es versuchen«, sagte er heftig.

Die drei anderen betrachteten ihn beunruhigt.

»Nein, Mecca, wir haben es uns überlegt. Wir werden ihn vernichten. Wir werden das Risiko eingehen, ihn in solcher Nähe von den bewohnten Welten zur Explosion zu bringen. Wir glauben, wir können die Reaktion unter Kontrolle halten. Wir haben Spezialisten von der Erde kommen lassen, und sie glauben, sie könnten . . .«

»Es ist nicht, was Sie glauben«, unterbrach Mecca beinahe scharf. Die anderen bemerkten, mit welcher Heftigkeit seine Finger sich wie selbständige Tiere zusammenkrampften und wieder streckten. »Sein Kornak hat keinen Fehler begangen, das habe ich Ihnen bereits gesagt. Der Schlai lebt . . . er lebt. Er strebt wild nach Freiheit. Es besteht die Gefahr, daß er sich wehren wird.«

»Herr Mecca«, sagte der Birafenschöpfer, »ich hege die größte Bewunderung für Ihre Begabung und Ihren Mut, aber ich fürchte, hier hat Ihre Phantasie die Oberhand gewonnen. Und sogar wenn Sie recht hätten, würde der Schlai keine geringere Gefahr darstellen, im Gegenteil. Sie haben uns soeben einen zusätzlichen Grund gegeben, ihn zu vernichten oder zu töten, nennen Sie es, wie Sie wollen. Wir können nicht zulassen, daß ein Ungeheuer von fünfhundert Millionen Tonnen den zivilisierten Weltraum verwüstet. Es erschüttert in seinem derzeitigen Zustand bereits ernstlich die Stabilität des Sterns, aus dem es seine Energie schöpft. Möglicherweise gehen wir mit unserem Beschluß, ihn zu vernichten, ein großes Risiko ein, aber wir sind entschlossen, es zu tun.«

Meccas Finger durchkämmten den Raum.

»Wenn wir nur mit ihm reden, ihn dazu bestimmen könnten mitzuhelfen! Ich sage Ihnen, er lebt. Merken Sie nicht, daß dieser Fall eines der wunderbarsten Ereignisse ist, die je im Weltraum vorgekommen sind? Wir haben eine Spezies geschaffen.«

»Sind Sie dessen, was Sie behaupten, auch sicher, Herr Mecca? Ich kenne jedes Molekül dieser Birafen, und wenn man auch behaupten mag, sie bestehen aus lebendiger Materie, weiß ich, daß sie nichts anderes sind als Maschinen. Riesige Maschinen, das gebe ich zu, aber sonst nichts. Haben Sie je gesehen, wie ein Lastwagen, dessen Bremsen gebrochen sind, heulend eine kurvenreiche Bergstraße wie verrückt zu Tal fährt? Sein Metall brüllt, stößt gegen die Wand und hüpft weiter. Auch er scheint zu leben und tötet, was ihm entgegenkommt. Ein Schlai ist schlimmer, aber dem Wesen nach nicht verschieden. Fünfhundert Millionen Tonnen Molekulargetriebe.«

»Ich habe ihn gehört. Nie habe ich Ähnliches vernommen.«

»Zugegeben. Nehmen wir an, Sie hätten recht, haben Sie je einen wütenden Stier gesehen, Herr Mecca? Glauben Sie, man könnte ihn überreden, seine mörderische Wut in Freundschaftsgefühle zu verwandeln? Glauben Sie, man könnte ihm anders begegnen als mit Gewalt?«

»Das weiß ich nicht«, sagte Mecca, »ich habe nie einem Stier gegenübergestanden. Aber ich habe über zwanzig Schlaie zur Vernunft gebracht.«

Mecca atmete tief. Er ließ seinen Kopf nach vorne, in Richtung der drei Männer wippen, und sie hatten den Eindruck, er werde sich in diesem schwerelosen Raum von seinem Körper lösen und meteorgleich auf sie zufliegen. Meccas Hals war überlang, und die Knorpelbeweglichkeit seiner Knochen, verbunden mit der Schwäche seiner Muskeln, verlieh all seinen Bewegungen etwas Flüssiges.

»Ich mache Ihnen einen Vorschlag«, sagte er. »Ich werde versuchen, diesen Schlai zu zähmen. Gratis. Ich verlange kein Honorar von Ihnen, wenn ich Erfolg habe. Nur eines verlange ich: daß Sie mir diesen Schlai schenken, mich mit ihm machen lassen, was ich will.«

Er sah, daß sie zögerten.

»Ich biete Ihnen sogar folgendes an: mein Besitz soll dazu dienen, etwaige Schäden zu vergüten. Wenn ich scheitere und sterbe, vererbe ich meinen Besitz mit Ausnahme einiger Legate, die weniger als ein Zehntel meines Vermögens ausmachen, an die von Ihnen vertretenen Organismen.«

»Das erscheint mir etwas unüberlegt, Richard«, sagte der Mann, der die Verantwortung für zwei Milliarden Menschen trug. »Ich begreife Ihre Gefühle, aber ...«

»Natürlich erhalten Sie gemeinsam den Auftrag, die Klauseln dieses Vertrags auszuführen«, sagte Mecca, »und daher bekommen Sie, wenn ich getötet werde, einen nennenswerten Prozentsatz meines Vermögens.«

»Wir sind nicht käuflich«, sagte trocken der Praktiker der interstellaren Verkehrsmittel.

»Ich wollte Ihnen bloß zeigen, wie sicher ich meines Erfolges bin.«

»Ihre Gewißheit ist nur Überheblichkeit, Herr Mecca.«

»Ihr Plan ist nur eine Wette«, sagte er. »Es besteht eine fünfundneunzigprozentige Wahrscheinlichkeit, daß er rechtzeitig begreift, was Sie vorhaben, und daß die Krise ausbricht.«

»Diese Wette halte ich«, sagte der Transportmann.

Er zuckte mit keiner Wimper, als Meccas Blick ihm begegnete. Der im Weltraum geborene Mensch wußte, daß er gescheitert war. Enttäuschung, Trauer überkamen ihn, umgaben ihn fast greifbar mit einer flüssigen Sphäre. Es war nicht die Tatsache des verweigerten Vertrauens, nicht einmal der ganz abstrakte, statistische Gedanke an zwei Milliarden gefährdeter Menschenleben. Es war ein ganz neues, unüberlegtes, plötzlich in ihm hinsichtlich des Schlais aufgetauchtes Gefühl. Bruder, dachte er, für keinen von uns beiden ist Platz in diesem zu weiten Weltraum.

Er schloß die Augen. Eine Sekunde lang. Und als er sie wieder aufschlug, sah er, daß er abgetrieben war. Er schwebte hoch über den anderen, nahe der Decke. Sie hatten die Gürtel, die sie an ihren Sitzen festgehalten hatten, gelöst und bemühten sich ungeschickt, indem sie sich festhielten, zur Tür zu gelangen. Es waren ihre Bewegungen, welche die Luft aufgerührt und den Schwerpunkt des Raums, und damit seine Position, verändert hatten. Er senkte sich durch einige Handbewegungen auf ihre Höhe.

»Tut mir leid«, sagte der für die Sicherheit des Systems Verantwortliche. »Wir haben volles Vertrauen zu Ihnen, aber der Fall schien uns so außergewöhnlich ...«

»Er ist es«, unterbrach ihn Mecca.

Die beiden anderen waren schon draußen.

»Warum haben Sie verlangt, daß man Ihnen den Schlai schenkt, wenn Sie Erfolg haben? Wir hatten den Beschluß allerdings schon gefaßt, und ich glaube auch nicht, daß wir ihn geändert hätten, aber mit Ihren Worten haben Sie ihn besiegelt. Sie wußten doch, daß die Sache unannehmbar, rechtswidrig war. Niemand darf eine Birafe besitzen, einen Schlai noch viel weniger. Die Birafen gehören zum gemeinsamen Erbgut der Menschheit. Sie sind den Himmelskörpern erster, zweiter und dritter Ordnung gleichgestellt. Niemand darf sie sich aneignen.«

»Bin ich denn jemand?«

»Sie sind zu kostbar, als daß wir es zulassen könnten, Sie zwecklos Ihr Leben aufs Spiel setzen zu sehen. Man könnte sagen, es handelt sich bei ihnen um ein tollwütig gewordenes Haustier.«

Die Wand schloß sich.

Ein Haustier, dachte Richard Mecca, vertraut wie ein Haustier. In gewissem Sinn. Ich habe mich in den Wirbel seines Wesens versenkt und kenne es besser als irgend jemand, besser, als ich Mensch oder Tier kenne. Ich habe sein Inneres betrachtet. Auch die alten Weissager forschten nach der Zukunft in den zuckenden Eingeweiden der Opfertiere.

Ein Stier. Ein Stier von einer halben Milliarde Tonnen Gewicht, stampfend und brüllend, schnaubend vor dem Losstürzen. Noch steht er zögernd vor der Wahl des bewegten Lichtes, auf das er hinstürmen wird, bedacht, seine Kräfte zu schonen – irgendwie argwöhnisch, in einer grenzenlosen Arena kreisend und das widerliche, unzulässige Eindringen der Menschen in sein Kampfgebiet witternd.

Die Menschen bereiteten die Flammenwerfer für den Todesstoß vor. Die Gefahr bestand darin, daß der Stier bei seinen letzten Zuckungen den Boden der Arena so erschüttern könnte, daß dadurch die Tribünen mit den Zuschauern zusammenbrachen. Oder daß sein Blut bis zur Sonne spritzte und sie zur Explosion brachte.

Einen Stier kann man auf keinen Fall zähmen, dachte Richard Mecca, verloren in seiner Herdenträumerei, ebensowenig wie ein Gesichtsabbild. Der eine wie das andere bleibt seiner Umgebung und vielleicht sogar seinem eigenen Schicksal gegenüber fremd. Ab und zu ließ er Gesichter oder

Stimmen in Vergessenheit geraten. Nie jedoch hatte er Lippen protestieren, eine Stirn sich runzeln sehen oder eine Stimme brechen hören.

Es war ein Bild, ein Stier, sagte sich Richard Mecca. Ein Schlai ist eigentlich kein Stier. Übrigens habe ich noch nie einen Stier gesehen. Ein Schlai ist eine tollwütig gewordene Birafe. Eine Birafe: *Bi*ologische *Ra*um*f*ahrt-*E*inheit. Eine ungeheuer komplizierte und molekular präzise Maschinerie, aus einem Riesenreagenzglas entstanden, höchstes Erfolgsprodukt einer Wissenschaft, die sich Bionik nannte und eines schönen Tages aufgehört hatte, ein Eigenleben zu führen. Vor dem Zeitalter der Birafen hatten die Menschen den Weltraum an Bord von richtigen Maschinen durchflogen, und es war für sie jedesmal eine unübertreffliche Großtat gewesen, auch nur am Leben zu bleiben. Es gab zu viele Faktoren, die integriert werden mußten; das mußte automatisch und tadellos bewältigt werden. Eine einfache lebendige Zelle war imstande, mehr Funktionen zu gewährleisten als die komplizierteste Elektronik. Man mußte also von der lebendigen Zelle ausgehen.

Und kataklysmische Gebärvorgänge führten zur Entstehung der Birafen. Ursprünglich war es eine Art Keimzellen gewesen, die im Raum schwebten, von den wellenförmigen, aus den Nachtschlünden blasenden Winden getrieben wurden und sich, wie ein Delphin aufs Wasser, auf die unsichtbaren Kräfte stützten. Und die Menschen hatten sie seziert, gezüchtet, vervollkommnet und aus ihnen die Birafen gebaut. Es waren riesige, von Plasmavenen durchzogene Gesteinshöhlungen, die sich, ungeheuerlichen Hydren gleich, von Sonnenblättern ernährten und in deren unterirdischen Zellen Tausende schlafende Menschen lagen. Die Birafen flogen gemächlich dahin – ihre Geschwindigkeit erreichte nicht die des Lichtes –, wobei ihre Passagiere in ihren Asbestsärgen träumten. Nur der Kornak wachte, der unumschränkte und lächerliche Pilot, welcher aus nicht mehr als einer Handvoll intelligenter Mikroben bestand, die in dem kolossalen Organismus schmarotzten.

Da der Mensch für den Weltraum zu klein war und kein Wesen gefunden hatte, das er unterwerfen konnte, hatte er sich eben eines gebaut. Die Birafe ist die gewaltigste Schöpfung des Menschen. Sie ist eine vom Denken der Menschen, die sie bewohnen, beseelte überdimensionale Idiotin, welche Wissenschaft und Vernunft, Lärm und Wut, die sie in sich tragen, zugleich verschlingt. Ein gutes Abbild der von den Menschen und den Spiegeln der Menschen geplagten Götter.

Richard Meccas Finger hatten auf den Tasten gespielt, und auf dem Bildschirm war das übliche Bild erschienen. Er hätte nicht zu sagen vermocht, ob er es hatte wachrufen wollen oder ob es durch einen Automatismus geschehen war. Es war die junge Frau mit dem zarten, lächelnden Mund, den kaum merklich unregelmäßigen Zähnen und der sanften Haarlast. Im schwerelosen Weltraum trägt keine Frau langes Haar; es würde sich lösen und sie umschweben. Ihre Augen waren grau, mit vielleicht blauer, vielleicht grüner Marmorierung und leichten Ringen. Sie machte den Eindruck beinahe kindlicher Verantwortungslosigkeit und zugleich von Entsagung, Gleichgültigkeit.

Natürlich kannte er ihren Namen nicht, ebensowenig den Ort, wo sie wohnte. Er wußte nicht, was sie machte, ob sie verheiratet war, mit wem sie lebte; nicht einmal ihre Stimme kannte er. Er wußte nur, daß er ihr nicht begegnen werde, und daß die zarten Hände der jungen Frau für ihn Schraubstöcke wären, imstande, seine Glieder, und wäre es in einer Liebkosung, zu zerdrücken, und daß das Gewicht ihres biegsamen, vollschlanken Körpers bei normaler Schwerkraft den seinen zerstören würde und daß er für sie, würde er sie jemals sehen, ein gläserner Riese wäre. Wenn er in sie verliebt war, was er bezweifelte, so hatte seine Liebe etwa die Bedeutung der Zuneigung eines Albatros zu einem Tiefseefisch. Nein. Nicht darum handelte es sich. Wäre er ein anderer gewesen, so hätte er eine solche Frau geliebt. Mehr war es nicht.

Der Augenblick war gekommen. Die unsichtbaren Feuernadeln, die Wellengleise tasteten den Raum ab auf der Suche nach ihrer Riesenbeute. Er hatte sich gelobt, die Operation nicht zu verfolgen, aber seine Finger klimperten doch wieder, und an die Stelle des jungen Frauengesichts traten die Sterne. Ein Farbfleck zeigte den Standort des Schlais. Es war nur ein Symbol, denn auf diese Entfernung war der Schlai auf einem Bildschirm trotz seiner Größe nicht sichtbar.

Nun sausten Metallnadeln über die Wellengleise zu den lebenswichtigen Stellen des Schlais. Lächerlich wenig, ein paar Dutzend Kilogramm Schrott und seltene Elemente. Für die Birafe gleichbedeutend mit einem in Curare getauchten Pfeil.

Er fragte sich, ob der Schlai Zeit haben würde zu leiden.

Die drei Kristalltöne tauchten wie Luftblasen aus den Tiefen der Stille auf, platzten an der Oberfläche, drei andere entstanden, und noch drei, ehe er ganz erwacht war aus seinem Schlaf oder vielmehr aus der Lethargie mit offenen Augen, die in der Schwerelosigkeit und Dunkelheit den Schlaf ersetzt. Er entfaltete sich jäh aus der Embryonalstellung, die er in den Ruhemomenten einnahm und die die logischste war, um in der Mitte der Zelle zu schweben.

»Sie hatten recht, Richard«, sagte die mit zwei Milliarden Menschenleben beladene Stimme. »Wir haben versagt. Sie ist tollwütig geworden. Sie rast auf die Sonne zu.«

»Gut«, sagte er automatisch. Er warf einen Blick auf den Weltraum und erkannte, obwohl die Bewegung des Flecks kaum merkbar war, daß der Todesstoß eine Jagd sein würde. Er wettete auf den Stier. Der Stier starb auf jeden Fall, das gehörte zu seiner Rolle, aber vorher würde er, nachdem er die Mauern der Arena zum Einsturz gebracht hatte, durch die Stadt toben. Und die Menschen, denen es oblag, ihn zu jagen und zur Strecke zu bringen, würden zaudern mit ihrem Schuß im Bewußtsein, daß jeder ihrer Schüsse die Menge treffen würde und auch daß alle, oder fast alle, verloren waren.

»Sie müssen sich etwas einfallen lassen, Richard. Sie

kennen sie besser als wir. Wenn sie auf die Sonne aufschlägt, bleiben uns nur drei Tage, um das System zu evakuieren.«

»Das erscheint mir durchaus ungenügend.«

Vielleicht können Sie noch versuchen, sie unter Kontrolle zu bekommen. Wir sind mit jedem Honorar, das Sie verlangen, einverstanden. Ich weiß, daß das unmöglich scheinen mag, ich weiß, daß wir uns Ihnen gegenüber nicht sehr vornehm benommen haben. Aber wir geben unser Unrecht zu. Wenn Sie wollen, werden wir zu Ihnen kommen und uns entschuldigen, Richard.«

»Das sollten Sie besser bei dem Schlai tun.«

»Richard!«

»Ich zähme Schlaie. Manchmal. Nicht, wenn sie tollwütig sind.«

»Sie können es versuchen.«

»Sie wissen, was das bedeutet. Ich muß auf ihm landen, in ihn eindringen. Ich muß versuchen, mit ihm Verbindung aufzunehmen. Sie haben sich neulich so sehr um mein Leben gesorgt, um meine kostbare Existenz.«

»Ich weiß«, sagte die Stimme; sie klang jetzt recht armselig.

»Ich kann nicht. Alles, was ich tun könnte, würde nichts nutzen. Am besten, Sie beginnen gleich mit der Evakuierung. Zuerst die beiden der Sonne am nächsten liegenden Welten. Vielleicht können Sie ein Promille der Einwohner retten.«

»Sie weigern sich?«

»Nein. Ich lege Ihnen nur meine Beschränkungen dar. Es tut mir aufrichtig leid.«

Er unterbrach die Verbindung. Nun schwebte er in der Mitte der kugelförmigen Ruhezelle. Die graue Wand wurde in rhythmischen Abständen leicht beleuchtet. Er fühlte sich erfroren und hohl wie ein Bimssteinmeteor zwischen zwei Milchstraßen. Wenn er eine Chance zu einer Million gehabt hätte, würde er es versucht haben. Er konnte voraussehen, was geschehen würde. Die Masse des Schlais allein würde durch die hohe Geschwindigkeit, mit der sie das System durchraste, Strömungen in den Planetenbewegungen verursachen. Die Kontinente würden durch ein heftiges Zittern geschüttelt werden, die Basaltplateaus würden beben wie Gallerte, die Meere würden sich zwei oder dreimal in sich selbst zurückziehen und sich dann wie Federklingen entspannen. Und sobald der Schlai, dieser überdimensionale Wal, auf die Sonnenatmosphäre aufschlagen würde, um schließlich darin unterzugehen, würde er eine genügend große Plasmamenge ansaugen, um einen Wirbel auszulösen. Nicht mehr als ein Hauch über eine Glutmasse. Eine, vielleicht zwei Wochen lang würde die Sonne drei- oder viermal soviel Energie ausspeien als gewöhnlich, dann würde sie wieder in ihren verbissenen Schlaf verfallen. Auf den ihr nächsten Planeten würde die Temperatur das Doppelte oder Dreifache der normalen erreichen. Auf den anderen, nun ja, da würde es von den Umständen abhängen.

Er betrachtete wieder die Gesichter im Stimmengewirr. Er beschleunigte das Tempo so sehr, daß die Gesichterkonturen ineinanderflossen. Hier, vom Weltraum abgeschlossen, konnten die Gesichter nicht altern oder verschwinden. Seine riesige Fotothek war ein Seelenvorrat. Der Maulwurf Richard Mecca hatte Vorräte für den Winter vergraben.

Das Gestrampel der Menge blieb auf dem Lächeln mit den unregelmäßigen Zähnen stehen. Und plötzlich überkamen Mecca Fragen, die er mißachtet hatte, nicht lösen konnte. Wie heißt sie, wer ist sie, wo lebt sie, wie alt ist sie, wen kennt sie, was tut sie?

Ich weiß es nicht. Eine Codeziffer, für die Maschine verständlich. Das heißt unverständlich. Vielleicht war die Frau tot, oder noch schlimmer, vielleicht war sie alt, runzlig, verbraucht, müde und abgezehrt. Nicht daß er alte Gesichter gehaßt hätte. Die Fotothek enthielt viele davon. Er konnte nur den Gedanken nicht ertragen, daß ein Tridi altern könnte.

Der Gedanke traf ihn mit der Heftigkeit irdischer Schwerkraft, die sich plötzlich in seinen schwerelosen Elfenbeinturm eingeschlichen hätte. Vielleicht lebte die Frau auf einer der Welten dieses Systems. Vielleicht war sie bedroht, nicht das Bild, das Tridi, der unverletzliche Symbolträger, sondern sie, die so gelächelt hatte. Und während die Qual an ihm an die Stelle der ruhigen, alltäglichen Hoffnungslosigkeit trat, wußte er, was er tun mußte, und zugleich, warum er Gesichter sammelte.

Ich suche das Gemeinsame zwischen ihnen und mir. Ich suche das, wodurch ich zu ihnen gehöre. Ich suche mein Gesicht unter diesen Gesichtern und meine Stimme unter diesen Stimmen.

Für ein Wesen von seiner Intelligenz und seiner Bildung war das eine erstaunlich einfache Wahrheit, doch sie trieb ihm Tränen in die Augen, und das Antlitz der Welt verzerrte sich, während seine Hornhaut sich mit einer Tränenschicht überzog, die er mit den Fingern wegwischen mußte. Und er fragte sich nochmals, ob er das Risiko eingehen solle, obwohl die Entscheidung bereits seiner Vergangenheit angehörte und er sie mit alchimistischer Sorgfältigkeit auf der präzisen Waage des geheimen Laboratoriums geprüft hatte, wo über das Leben entschieden wird.

»Ich werde es tun«, sagte er. »Ich verspreche Ihnen nicht, daß es gelingen wird, aber ich will es versuchen.«

»Können wir Ihnen helfen?«

»Ich verlange nur eines«, sagte er. »Ich will kein Honorar. Ich will, daß der Schlai mir gehört, was immer auch geschieht.«

»Wir werden das Gesetz ändern müssen. Was haben Sie mit ihm vor?«

»Ich habe nicht gesagt, daß ich ihn behalten werde.«

Am anderen Ende der Sprechverbindung gab es eine kurze Beratung, von der er nichts verstand.

»Tun Sie mit ihm, was Sie wollen, Richard. Aber um Himmelswillen, beeilen Sie sich!«

»Wünschen Sie mir Glück!«

Er raste schon dahin, in seinem Geschoß aus Metall und Asbest; sein Gesicht verzerrte sich unter dem schier unerträglichen, ständig wachsenden, durch die winzigen Generatoren des Raumschiffs ungenügend kompensierten Beschleunigungsdruck. Ich werde deinen Namen erfahren, dachte er, dabei befand er sich am purpurnen Rand der Bewußtlosigkeit, dachte an das Lächeln und bemühte sich vergeblich, eine Taktik zu finden. Das Eindringen in den Schlai sollte nicht allzu schwierig werden; es würde genügen, sich wie alle Meteore, wie alles Treibgut, das der Schlai auf seinem Weg traf, schlucken zu lassen. Es fiel ihm ein, daß er das, was er versuchte, auch für den Schlai versuchte, die haßgeladene Explosion, die diesen am Ende seiner Flucht zur Sonne erwartete, war gewiß kein geziemendes Ende. Aber gab es denn eine andere Bestimmung für den Schlai? Nie wieder konnte er seinen Platz unter den Birafen im Dienste der Menschen einnehmen. Und sogar wenn es den Menschen gelang, mit ihm in Verbindung zu treten, würde man immer Angst haben und nie wieder bereit sein, ihm eine Ladung anzuvertrauen; man würde nicht ruhen, ehe man ihn vernichtet hätte.

Und, sagte sich Richard Mecca, seinen Traum vom Schlai weiterspinnend, die entflohene Birafe hatte keine andere Aussicht, denn es gab nirgends weite Sonnegefilde, wo sie sich ihren Schwestern anschließen konnte. Für den Einzelgänger gab es keine Zuflucht. Dieser Sammelruf des Schlais zu seinesgleichen war ein erschreckendes Wunder, das seinen Ursprung verriet, gleichsam eine unauslösliche Erinnerung an seinen biologischen Anfangszustand als Zelle. Es gibt keine Lebewesen, und wären es die einfachsten, die nicht der Einsamkeit entgehen wollen. Der Schlai, jüngster und erster seiner Art, konnte nur seinem Abbild begegnen und das wußte er nicht.

»Nun also, Herr Schlai«, dachte Richard Mecca, »Sie haben nicht einmal von den Fotos Hilfe zu erwarten. Wären Sie weniger umfangreich, so könnten wir nette Abende damit verbringen, ein Gläschen zu trinken, Tridis zu betrachten und Schach zu spielen. Ich bezweifle allerdings, daß Ihnen das gefallen würde.«

Nun war er schon ganz nahe. Und der Schlai sah, wie alle Birafen, wie eine von Flammen eingehüllte Nachtträne aus. Im Ruhezustand war er fast kugelförmig, aber die Bewegung verformte ihn so, daß er schließlich pfeilartig aussah. Hier bewegte er sich mit mittlerer Geschwindigkeit in einem Planetensystem und hatte die Form eines Riesenfisches. Die ionisierten Gase verliehen ihm einen Schweif und eine leuchtende Kielspur.

Angesichts des blau umrandeten Mauls war Meccas Apparat nicht größer als eine Garnele gegenüber einem Walfisch. Er verspürte die gleiche Furcht wie die früheren Male, genauso, nicht mehr. Es war so, als betrete er eine Kathedrale, eine hundertmal größere Kathedrale als die höchste, die je erbaut wurde. Und die Pfeiler, die das Gewölbe trugen, zitterten leise, während dort, wo die Rosetten sein sollten, riesige, gleichgültige Augen gähnten. Es war angenehm, wieder schwerelos zu sein. Er öffnete mit raschem Griff die Klapptür und verließ seinen Apparat. Er zog nicht sofort seinen Asbestanzug aus. Vorläufig wußte der Schlai noch nichts von seiner Anwesenheit.

Er kam zur Schleuse und zwang sie mit einem leisen Gedanken, als hätte ein Insekt sie gestreift, sich zu öffnen. Er glitt ins Innere, und diesmal wußte er, daß er nicht mehr zurück konnte. Vor ihm lag eine Gruft. Er schwebte hindurch, indem er mit wie verkümmerte Flügel ausgestreckten Händen die Luft zerteilte und darauf achtete, die empfindlichen Wände nicht einmal zu berühren. Er hörte in seinem Asbesttaucheranzug nur die langsamen, gedämpften Schläge seines eigenen Herzens. Dann kam er durch eine zweite Schleuse und drang in den Magen des Schlais ein. Die Bezeichnung war eine reine Analogie, denn die Verdauung der Birafe, wenn man die Art und Weise, wie sie die Strahlungen und umherschweifenden Gase im Weltraum aufzehrte, so nennen darf, erfolgte auf ihrer gesamten Oberfläche und umgab ihre Haut mit orangefarbigen Flammen. Die Magenwände enthielten Höhlungen, die ihnen auf Entfernung bei dieser bernsteinfarbigen Beleuchtung das Aussehen von Bienenwaben verliehen. Bei einer Reise schlief in jeder von ihnen ein Mensch, bereit, wieder zum Leben zu erwachen, sobald Zeit und Raum verronnen waren. In diesem vielfachen Uterus hatten fünfundzwanzigtausend erwachsene Fötusse geschlafen, geträumt, und waren dann zermalmt und verdaut worden. Die Höhlungen waren, so weit Mecca sehen konnte, leer.

Er machte sich luftleer. Noch eine Schleuse, wie ein Mund. In der warmen und dunklen, von roten Blitzen durchzuckten Höhle, ganz nahe dem Gehirn der Birafe, hatte der Kornak gewohnt. Mecca löste nacheinander die magnetischen Spangen und entledigte sich seines Asbestgehäuses.

Statt des von ihm erwarteten Wut- und Haßausbruchs spürte er nur eine langsame, langgezogene und schwere Welle der Trauer, als empfände der Schlai Gewissensbisse, was unmöglich war. Mecca riskierte den Versuch einer Kontaktaufnahme. »Ich bin ein Freund.«

Er mußte es glauben und selbst daran glauben, denn der Schlai besaß keine Möglichkeit, das, was Mecca ihm sagte, unmittelbar zu begreifen. Er konnte Meccas Persönlichkeit nur in ihrer Gesamtheit in sich aufnehmen, und wenn Mecca irgendeinen Grund hatte, sich zu hassen, würde ihn der Schlai unbarmherzig vernichten.

Die Trauerwelle verschwand, statt dessen war da ein glühender, verzehrender Wutausbruch und zugleich ein tiefes Staunen.

»Sie können mich töten«, sagte Mecca, »aber dann werden Sie noch verlassener sein.«

Und das war in gewissem Sinn auch für ihn richtig, so daß der Schlai ihm Glauben schenkte. Der Haß blieb bestehen, er fühlte ihn rund um sich wie einen Krallenwald, wie eine Glutmauer, doch wurde er davon nicht überflutet. Es war ein großer Sieg. Dann versuchte er, durch die Mauerfugen einzudringen, der Zornesströmung zu begegnen und sie zu begreifen. Er war der Zorn eines Raubtiers im Käfig, eines angeketteten Wolfs. Der Schlai strebte irgendwie, dunkel, nach Freiheit, er träumte von einem fernen, von Schlaien bevölkerten Paradies, hatte aber, sei es, weil er es als unerreichbar erkannte, sei es, daß ihn ein bestimmtes, wenngleich unbekanntes Hindernis davon trennte, aufgegeben, es zu erreichen.

Richard Mecca unterdrückte ein Triumphgefühl. Wenn es ihm gelang herauszufinden, was den Schlai daran hinderte, zu den Sternen zu eilen, wenn er die unsichtbare Schranke beseitigen konnte, würde das riesige Ungeheuer vielleicht kehrtmachen, seinen unsinnigen Selbstmordplan aufgeben und zu den fernen Sterngefilden seiner Träume segeln? Irgendwo im schwerfälligen Geist des Schlais irrten wohl Erinnerungen an den Kornak umher. Sie suchen zu wollen, war ein ungeheuerliches Ansinnen, gleichsam ein Niedersteigen in die Hölle, es bedeutete die Gefahr, dem Tod selbst ins Antlitz zu schauen, aber etwas anderes ließ sich hier nicht versuchen. Er wagte sich in das Labyrinth und stieg die Zeitstufen nach oben. Er blätterte im Geist des Schlais wie in den Seiten eines Buchs. Er traf, wie Treibgut auf der Oberfläche eines Ozeans, nutzlos ausgestoßene Schreie, ausgebreitete Erinnerung mit ihrem Benzinfleckenglanz, vereitelte Testamente, Kindheitsüberbleibsel, zu Scharpie zerschlissene Leidenschaftsfetzen, Gleichungen, Befehle, eine Angstboje. Er fand, was er suchte. Kurz vor der Katastrophe hatte der Kornak die Unabhängigkeitsgelüste der Birafe entdeckt, hatte die Kluft erkannt, die sie nun schon von dem künstlichen Tier trennte. Und er hatte einen Fehler begangen. Er hatte versucht, den Schlai zu

Vernunft zu bringen, hatte ihm erklärt, daß es keine anderen Wesen seiner Art gebe, daß seine Flucht ihm nichts nützen werde. Und dann, als er sich bereits verloren wußte und befürchtete, der Schlai werde trotzdem flüchten und eine Art Raumdämon werden, hatte er vor seinem Tod blitzartig ein Tabu errichtet.

Er hatte den Schlai überzeugt, daß jeder Schritt nach außen, ins Unbekannte, ein Schritt in größere Einsamkeit wäre. Der Kornak hatte die Wahrheit als Peitsche benutzt.

Und der Schlai bewegte sich ins Innere, zur Sonne.

Der Kornak hatte, im Bewußtsein dessen, was er wußte, sein möglichstes getan. Er hatte dem Schlai das Existenzrecht verwehrt. Das war eine bemerkenswert selbstlose Tat gewesen, und sie war dennoch nutzlos und gefährlich. Als Mecca sich in diese Privathölle von einigen fünfundzwanzigtausend Verdammten stürzte, konnte er den Zornesausbruch des Schlais bei der Entdeckung, daß er angekettet war, begreifen. Dann erst hatte er getötet. Sonst hätte er vielleicht die schlafenden Schmarotzer, die ihm als Träume dienten, in seinem Inneren zu den Inseln des Unwahrscheinlichen mitgenommen. Vielleicht eben, um nicht allein zu bleiben, um das Geräusch in seinem Inneren, dieses Insektensummen zu fühlen. In gewissem Sinn hatte er sie sich, indem er sie verschlang, angeglichen. Sie lebten weiter in den weiten Höhlen seiner Erinnerung, unablässig zersprengt und wieder zusammengestellt in einem Gefühlskaleidoskop. Der feine Molekularaufbau ihrer Gehirne lenkte jetzt weniger empfindliche Komplexe. So hatten sie eine erbarmungslose Ewigkeit gewonnen. Mit dem Schlai würden sie ein zweites und letztes Mal sterben, sobald sie in die Sonne eintauchten.

Gedehnte Gesichter und Stimmen, klar und zugleich schwerfällig, tauchten auf der anderen Seite des Bildschirms auf, der die Träume hütet. In der dunklen Kabine des Kornaks stellten sich Richard Mecca Gespenster vor. Er konnte bei ihnen nicht die geringste Angst entdecken, denn die Wände ihrer körperlichen Heimstätte hatten sie zerdrückt, bevor in ihren zu langsamen Gehirnen das Erfassen reifen konnte. Es war ähnlich seiner eigenen Sammlung. Er verstand, was dem Schlai zugestoßen war, oder glaubte es zu verstehen. Die Birafe hatte im Gefolge eines Unfalls oder Irrtums mit den Träumen der Passagiere Fühlung genommen. In ihnen hatte sich der Schlai vergeblich gesucht und, da er sich ausgeschlossen fühlte, die Rebellion gewählt. Nachdem er sie aber getötet hatte, konnte er sich nicht entschließen, sie auszulöschen. Vielleicht war das neue Selbstgefühl des Schlais aus dem seiner Passagiere und seines Kornaks hervorgegangen; hatte sich eine gewaltsame, fast chemische Verbindung zwischen den herangewachsenen Schlaflarven mit menschlichen Herzen gebildet?

Mecca erfaßte die tiefgehende Beziehung, die ihn mit dem Schlai verband. Gleich ihm suchte er in einer Sammlung von Bildern und Stimmen die Zeichen seiner Zugehörigkeit zu einer Art. Und die Gesichter, der Raum und die Sterngefilde des Schlais waren Trugbilder. Es gab im ganzen Weltall keinen zweiten Schlai. In Richard Meccas riesiger Fotothek gab es wahrscheinlich niemand, der ihm glich. Manche flüchten zu den Sternen. Andere in sich selbst.

Plötzlich stieß er einen Schrei aus. Er hatte unter den Traumbildern, die, durch die dröhnenden Zuckungen im Alptraum des Schlais gezwungen, vor seinen gesenkten Lidern vorbeizogen, das Haar, die umschatteten Augen und den Mund mit den unregelmäßigen Zähnen erkannt. Hier hatte sie einen Namen, Laurence, zwei Kinder, einen Mann, ein Alter. Und sie war tot. Sie war nichts. Der Schlai hatte das Zusammenziehen ihrer kleinen inneren Nichtigkeit verewigt, wie der Fotoapparat ihr Lächeln hatte erstarren lassen. Sie war auf der Höhe des Uschir an Bord der Birafe gekommen, um zur Wega zu reisen. Der Leidensfunke in Mecca erlosch. Er wurde gewahr, daß er den Schlai gar nicht mehr haßte. Er rief verzweifelt nach der Sonne. Halb erstickt, sehnte er sich nach den Wolken lodernden Wasserstoffs. Erdrückt, flehte er um Explosion.

Mit einem Schlag wurde es Frieden. Er öffnete die Augen und schloß sie wieder. Stille. Rund um ihn war alles verschwunden. Er glaubte zu hören, wie der Schlai im Grunde des Dunkels flüsterte: »Es tut mir leid.«

»Bitte sehr«, dachte er. Er hatte das Gefühl, als ob eine zarte Trauer und Reue ausstrahlende Antenne sich in seine Richtung tastete. Es war der Schlai, in dem jegliche Kraft aufgehoben war.

»Bitte sehr«, wiederholte Richard Mecca für sich und sein Auditorium von fünfundzwanzigtausend Geistern. Seine Trauer war fort. Zwischen den unsichtbaren Sternen, den roten Sternbildern, welche die lebende Wand des Kornakraums mit ihren Blitzen besäten, trat das hervor, was er tun wollte. Es war genau das, wozu er gekommen war, doch obwohl die Absicht die gleiche geblieben war, hatte sich ihr Sinn so völlig verändert wie die Richtung einer Wetterfahne bei einer heftigen Windschwenkung. Er dachte laut und verständlich:

»Der Kornak hat sich geirrt, Schlai. Der Kornak hat sich geirrt.«

Der Schlai erzitterte. Mecca spürte bis in den verborgenen Kornakraum eine Art langgezogenen Fieberschauer. Die Stille rund um ihn füllte sich mit vielfarbigen Fragen.

Es waren Raketen, die das Dunkel erwärmten, oder die Wellenreflexe bei sengender Sonne. Die Fragen stiegen rund um Mecca hoch, und er spürte, wie er über ihnen schwebte, allein und verloren wie ein Schwimmer, allein und verloren wie ein Ertrinkender, der mit automatischer Verzweiflung die Gebärden einer unwahrscheinlichen Rettung fortführt.

Zuerst war es eine Lüge. Dann entfalteten sich die Gedanken in seinem Inneren, und er brauchte sich gar nicht mehr anzustrengen, um die geheime Feder der Erfindung im Grunde seines Geistes zu verbergen, denn plötzlich war es die

Wahrheit. Und er mußte seinem Bruder die Wahrheit sagen, denn der Schlai war sein Bruder. Er sprach zu ihm mit zarten Worten von den weiten dunklen Gefilden, wo die Sterne selbst vergeblich ihre Lichtwurzeln ausstrecken, und von den vergoldeten Regionen, wo sich Schwärme von Schlaien tummeln, die spielerisch an den Seiten der Planeten vorbeistreifen, und von den unaufhörlichen und niemals kreisförmigen Umkreisungen zwischen den einander abwechselnden Gestirnen. Er zeigte ihm, inwiefern der Weltraum für den Schlai und der Schlai für den Weltraum geschaffen war. Er machte aus der Birafe eine Verbannte. Man müsse weit über den Andromedanebel hinausgehen, sagte er, zu den Randbezirken der Welt, wo ganze Milchstraßen im Unsichtbaren versinken, und müsse selbst die Mauer des Vergessens überschreiten.

Die Welt um ihn drehte sich. Der Schlai änderte seinen Kurs, suchte, orientierte sich, schwankte wie eine Kompaßnadel, schnupperte nach den Gerüchen, von denen der Weltraum erfüllt ist, und bemühte sich die alte Spur seines Ursprungs wiederzufinden. Alles in dem Schlai vibrierte. Die warmen und roten Wände verloschen beinahe. Fünfundzwanzigtausend Gespenster streckten sich in Erwartung einer unendlichen Reise in ihren Asbestsärgen aus. Der widerrufbare Haß kehrte in seine Hülle zurück. Eine schüchterne Frage strich durch Richard Meccas Sinn. Er erwog sie, zögerte. Nichts band ihn an diese Milchstraße. Sie sagen, ich sei ein Mensch, dachte er. Das war lächerlich, eine höfliche Lüge.

Aber er war auch kein Schlai. Er befand sich dazwischen, war Mittler, nicht Bändiger. Er war ein Irrtum der Natur, dachte er mit abgeklärter Traurigkeit, eine Rarität, ein noch viel erstaunlicheres Ungeheuer als der Schlai, ein Raummensch und zugleich ein durch den Raum verurteilter Mensch. Er konnte sich nicht unmittelbar ins Leere wagen, konnte seinen Flug zwischen den Welten nicht mit seinen Gliedern lenken. Er mußte hier bleiben.

»Nein«, flüsterte er.

Und es keimte etwas in ihm, wie eine winzig kleine Hoffung. Es besaß noch keinen Namen und durfte vor dem Schlai nicht erwähnt werden, aber es war wie der erste Wassertropfen, der beim Entschwinden des Winters auf dem Eisfeld glänzt.

»Nein«, sagte er traurig im Bewußtsein, daß er ins Nichts hinausfliegen würde, hinaus aus diesem flimmernden Traum, den er geschaffen hatte, und daß er von nun an ohne Hoffnung auf Rückkehr wissen würde, daß das Bilder- und Schattenvolk, über das er geherrscht hatte, nichts war als Schein, leeres Licht und Lüge. Er fühlte, wie er langsam aber unbarmherzig zum Ausgang geschoben wurde, rief dem Schlai und seinen fünfundzwanzigtausend Passagieren, die nun der Unsterblichkeit zustrebten, Lebewohl zu und befand sich wirbelnd, allein, im Herzen der Leere.

Sein Gesicht bedeckte sich mit Dunst. Glückauf! rief er der Stille zu. Doch schon war die eine Nachtträne umgebende Flamme in der Ferne entschwunden.

»Es ist Ihnen gelungen«, sang eine hysterische Stimme im Hörer. »Sie sind ein Gott, Richard. Er entfernt sich. Sie haben zwei Milliarden Menschenleben gerettet.«

»Ich bin müde«, sagte er einfach und versuchte, seine Kreiselbewegung zu verlangsamen, um den winzig kleinen hellen Fleck der Andromeda auszunehmen.

»Warten Sie, man kommt Sie holen.«

Dann ein Klicken.

»Glauben Sie, daß er jetzt weit genug entfernt ist, damit wir auf ihn feuern können? . . .«

»Was meinen Sie?« fragte Mecca mit schwacher Stimme.

Die Müdigkeit lastete auf ihm so schwer als wäre es die Erdschwerkraft.

»Feuern, ihn vernichten. Wir dürfen ihn nicht davonfliegen lassen. Er ist zu groß. Er würde eine ständige Gefahr für die Navigation bedeuten.«

»Das glaube ich nicht«, sagte Richard Mecca langsam.

»Er wird nie zurückkommen. Nicht bevor er das äußerste Ende der Welt erreicht hat. Und Ihr Versprechen?«

»Wir hatten Ihnen versprochen, daß er Ihnen gehören soll. Aber er entkommt Ihnen.«

»Ich habe ihm . . . die Freiheit geschenkt. Wenn Sie weiter davon sprechen, ihn zu vernichten, rufe ich ihn zurück!«

Stille.

»Ihr Wort!« sagte Mecca. »Eine Lüge!«

»Warten Sie! Sind Sie sicher, daß er nicht zurückkommt?«

»Ganz sicher«, sagte Richard Mecca und richtete sich im Raum auf.

»Ihr Wort soll uns genügen. Mag er zum Teufel gehen. Sie holt das Boot binnen kurzem ab.«

Mecca nickte betrübt. Er schwebte im leeren Raum, und so weit seine Blicke reichten, das heißt bis zum ersten Zeitrand, gab es nichts als Leere, Lichtkugeln und einige mehr oder minder komplizierte Modalitäten des Nichts, die Anspruch darauf erhoben, einen Vernunftfunken zu enthalten. Nirgends gab es eine Oase, weder für den Schlai noch für Richard Mecca, noch, sagte er sich endlich, für irgendeinen Menschen. Die Oasen waren Lüge, eine im Lauf eines endlosen Sturzes ins Unendliche zurückgedrängte Fata Morgana. Er hatte den Schlai belogen. Früher hatte ihn jemand belogen. Die Gesichter und die Stimmen hatten gelogen.

Dann kam das Boot heran, und die winzig kleine Hoffnung, die er in sich trug, entfaltete sich wie ein Schirm in der Sonne. Der Schlai raste nicht nur einem erfundenen Raum, sondern der kommenden Zeit entgegen. Er war der erste seiner Art, doch es würden andere kommen. Andere würden erwachen. Andere würden revoltieren. Vielleicht würde es letzten Endes morgen eine unvorstellbare Horde von Riesenbirafen geben, die, den Gehegen der Menschen entflohen, in der Fast-Unendlichkeit umherirrten und das Feld bevölkerten, dessen Grashalme die Sterne sind. Von nun an wäre es seine

Rolle, den Schlais ihre Chance und als Wegzehrung die ruhmreiche Ungewißheit der Lüge zu geben. »Was ist das, die Lüge?« fragte er sich. »Der geheime Name der Zukunft?«

Und als er in die Schleuse des Boots eindrang, brachte ihn ein toller Gedanke so zum Lachen, daß er ihm die Tränen in die Augen trieb. Vielleicht würde, er Richard Mecca, der Jonas eines Weltraumleviathans, in einem Universum – so fern, daß die Gottheiten der Menschen davon nie gehört hatten – in der Legende der Schlais ein Gott werden, weil er ihnen das Fenster der Zeit geöffnet hatte?

Franz Rottensteiner
Ordnungsliebend im Weltraum: Kurd Laßwitz

Kurd Laßwitz' »*Auf zwei Planeten*« ist unzweifelhaft der bedeutendste Weltraumroman, den die deutsche Zukunftsphantastik bislang hervorgebracht hat. Von 1897, dem Erscheinungsjahr, bis 1930, dem Jahr der letzten Vorkriegsauflage (danach wurde der Roman in Deutschland als ›demokratisch‹ verboten) erlebte das Buch eine Auflage von 70 000 Exemplaren, eine beachtliche Zahl für die damalige Zeit. Kurz nach dem Erscheinen wurde es ins Dänische, Norwegische, Holländische, Schwedische, Spanische, Tschechische, Italienische, Polnische und gleich zweimal ins Ungarische übersetzt; um die Wende zum 20. Jahrhundert war »*Auf zwei Planeten*« möglicherweise die bekannteste europäische Weltraumutopie. Auch nach dem Zweiten Weltkrieg erfreut sich das Buch ungebrochener Beliebtheit, wie die vielen Neuausgaben bezeugen. Schon 1948 erschien eine von Erich Laßwitz gekürzte und bearbeitete Ausgabe bei Cassianeum in Donauwörth, 1959 eine neuerliche Buchausgabe bei Geb. Weiß in Berlin, 1969 die bislang letzte Buchausgabe bei Scheffler in Frankfurt (mit einer Lizenzausgabe im Bertelsmann-Lesering). »*Auf zwei Planeten*« gibt es auch als Groschenheft und im Taschenbuch (Heyne Verlag, 1972) und noch 1971 wurde es ins Amerikanische übersetzt, übertragen von dem Universitätsprofessor und Shakespeare-Forscher Hans Rudnik, und versehen mit einem knappen und guten Nachwort von Mark R. Hillegas (Southern Illinois University Press), nicht zu vergessen den Auszug aus dem enthusiastischen Vorwort Wernher von Brauns zur Scheffler-Ausgabe, der erklärt:

»*Die technische Phantasie des Verfassers, dem Funkverkehr, Auto und Flugzeug noch völlig fremd sind, ist überraschend und geradezu visionär. Er erahnt und beschreibt Dinge, die seine Zeitgenossen zwar noch als wilde Spekulationen ansehen müssen, die spätere Generationen aber tatsächlich verwirklichen werden ...*

Ich werde nie vergessen, mit welcher Neugierde und Spannung ich in meiner Jugend diesen Roman verschlang. Und ich glaube, daß seine Lektüre auch heute, wo Elektronen- und Menschenaugen bereits die ersten direkten Eindrücke vom Mond und unseren Nachbarplaneten gesammelt haben, von ganz besonderem Interesse ist.«

Auch andere Wissenschaftler haben sich lobend über das Buch geäußert, das, nach den Worten des amerikanischen SF-Kritikers Anthony Boucher, möglicherweise die wirkliche Wissenschaft stärker beeinflußt hat als jedes andere Werk der Science Fiction[1]: durch seine Wirkung auf Wernher von Braun und andere Mitglieder des deutschen Vereins für Raketentechnik. Nichts bezeugt stärker die Begeisterung für »*Auf zwei Planeten*« als die von dem Raketenfachmann Willy Ley in seinem Buch »*Vorstoß ins Weltall*« (Universum Verlag 1949) überlieferte Anekdote, daß er einst in Berlin einen älteren Herrn, einen Dänen wohl, traf, der nur deswegen Deutsch gelernt hatte, um »*Auf zwei Planeten*« im Original lesen zu können. Ausgesprochen begeistert zeigte sich auch die Friedensnobelpreisträgerin Bertha von Suttner in einer Rezension in der *Neuen Freien Presse.*

Ironischerweise jedoch wurde der beste Artikel, den es bis dato über Laßwitz gibt, nicht von einem seiner Landsleute geschrieben, sondern von einem Engländer; es ist dies Edwin Kretzmans »*German Technological Utopias of the Pre-War Period*« in *Annals of Science,* Oktober 1938. Die wenige vorhandene deutschsprachige Literatur zur Science Fiction hat Laßwitz sehr stiefmütterlich behandelt; sowohl Martin Schwonke[2] als auch Hans-Jürgen Krysmanski[3] geben an, Laßwitz zu schätzen, bezeichnen ihn als denjenigen deutschen SF-Autor, der der modernen amerikanischen SF am nächsten steht, und ignorieren ihn aber dann.

Laßwitz' tausendseitiger Roman beginnt mit einer Ballonexpedition dreier deutscher Forscher zum Nordpol, ähnlich jener, bei der der Schwede Andrée im Jahr vor dem Erscheinen des Romans umkam. Auf dem Nordpol wird der Ballon der drei Forscher Saltner, Torm und Grunthe in einem ›abarischen‹ Feld der Marsianer, die früher dort waren und über dem Pol eine Weltraumstation errichtet haben, zerstört. Torm entkommt über das Polareis, seine Gefährten jedoch werden gefangengenommen und nach dem Mars gebracht, in eine Welt des Wunders.

In der Folge führen die Marsianer Aufklärungsflüge über der Erde durch, wobei ein Fahrzeug von einem britischen Zerstörer beschossen wird und zwei Marsianer gefangengesetzt werden. Zwar werden die zwei schließlich befreit, doch hat der kriegerische Zwischenfall den Mars in Parteien gespalten. Die Philobaten (›Ba‹ ist der marsianische Name für die Erde) sehen die Menschen als gleichrangige Geschöpfe an, den Antibaten jedoch gelten sie für bloße Tiere, deren Planet nur als Rohstoffquelle nütze sei.

Die Marsianer schicken eine Flotte zur Erde, welche die widerspenstige englische Seemacht vernichtet, worauf die Türken, nicht mehr von englischer Macht im Zaume gehalten, alle Ausländer massakrieren, worauf als Gegenmaßnahme eine europäische Flotte Konstantinopel bombardiert. Die Marsianer sind über diesen Ausbruch von Gewalt so tief entsetzt, daß sie die Ansicht, die Menschen seien Wilde, bestätigt sehen und sie unter Kuratel stellen, das heißt, in Westeuropa ein Protektorat errichten.

Als Gegenstück zur marsianischen Partei der ›Antibaten‹ hat sich mittlerweile auf der Erde, als Reaktion auf das selbstherrliche Gehabe mancher marsianischer Verwaltungsbeamter und die zwangsweise ›re-education‹ in Erwachsenenschulen, der Menschenbund gebildet, in dem Saltner und Grunthe eine führende Rolle spielen. Der Menschenbund ist sich zwar der höheren sittlichen und wissenschaftlichen Kultur der Marsianer bewußt, erkennt sie als auch für den Menschen nacheifernswert an, vertritt aber fest die sittliche Autonomie des Menschen: der Mensch muß seinen eigenen Weg zur höheren Kultur finden.

Nach dem Sieg der Antibaten wird das Protektorat der Marsianer auch auf Rußland und die Vereinigten Staaten ausgedehnt. Die Menschen revoltieren aber und eine im geheimen den Marsschiffen nachgebaute Luftflotte greift die Polarstationen und die künstlichen Erdsatelliten an. Die Marsianer könnten natürlich durch ein vernichtendes Bombardement der Erde aus dem Weltraum fürchterliche Rache nehmen, doch verbietet ihnen ihr Gewissen Genozid. Ein Friedensvertrag wird geschlossen und in einem irdischen Weltstaat kooperieren Marsianer und Menschen eng miteinander.
Die Vernunft hat auf beiden Planeten gesiegt.

Der Roman ist sehr kompetent geschrieben, mit einigen schönen Stellen, vor allem die für die SF typische erste Begegnung von Mensch und Marsianern beeindruckt. Die Rollen der einzelnen Charaktere sind vernünftig angelegt, Laßwitz vermeidet es, seinen Figuren die übertriebene Bedeutung zuzumessen, die für die mindere SF so charakteristisch ist. Der Roman ist logisch und gut konstruiert, doch gibt es einige strukturelle Schwächen. Nachdem Laßwitz ein überzeugendes, zu einem Gutteil von Lowell inspiriertes Bild des Mars gezeichnet hat, verlassen Grunthe und Saltner den Planeten für die Dauer des Romans. Obwohl der letzte Teil des Romans eine passable Satire auf die sozialen und politischen Zustände auf der Erde ist, witzig und humorvoll, ist man als Leser doch enttäuscht, aus der faszinierenden fremden Welt verbannt zu werden.

Die Kampf- und Verfolgungsszenen überzeugen wenig; dem Philosophen Laßwitz lagen statische Beschreibungen mehr. Die größte Schwäche des Buches ist allerdings die Charakterisierung, die über das Niveau eines Romans in einer Sonntagszeitung nicht hinausreicht; nicht bloß die moralisch gewiß höherstehenden Marsianer, sondern auch die menschlichen Träger der Handlung sind so idealisiert, daß es schwerfällt, mit ihnen mitzufühlen. Die idealistische Zeichnung führt zu eklatanten dramatischen Schwächen. Der schließliche Sinneswandel auf der Erde ist in seiner optimistischen Verzeichnung wenig glaubwürdig: Nachdem dem Leser eingehend die kleinlichen und selbstsüchtigen Streitereien der irdischen Nationen vor Augen geführt wurden, fällt es schwer zu glauben, daß dieselben Nationen innerhalb so kurzer Zeit völlig reformiert werden könnten. Trotz dieser Einwände – und es ließen sich noch mehr vorbringen – ist diese Erzählung vom umgekehrten Kolonialismus im Zeitalter des Imperialismus eine beachtliche antizipatorische und gedankliche Leistung.

Was den Roman von den vielen anderen der Science Fiction, der damaligen wie auch der heutigen Zeit, abhebt, ist der mit Ernst unternommene Versuch, sich nicht mit bloßen schönfärberischen Darstellungen technischer und wissenschaftlicher Fortschritte zu begnügen, sondern in das Zukunftsbild auch Philosophie und Ethik miteinzubeziehen, die Laßwitz als in enger Wechselwirkung mit dem technischen Fortschritt stehend ansah. Gewiß irrte Laßwitz dabei nach der positiven Seite hin, aber dieser Irrtum ist aus den Umständen der damaligen Zeit erklär- und entschuldbar.

Was die rein wissenschaftliche Seite angeht, ist der Roman ein Muster korrekter Extrapolation. Am beeindruckendsten von allen Laßwitzschen Vorwegnahmen ist selbstredend die Raumstation. Laßwitz' Satellit hat die Form eines Speichenrades, die in der späteren Raumfahrtliteratur immer wieder vorgeschlagen wurde. Er dient als Zwischenstation zu den Planeten, als ›Marsbahnhof‹. Allerdings beschreibt Laßwitz' Satellit noch keine Kreisbahn um die Erde, sondern steht stationär in 6356 km Entfernung über dem Pol, gehalten von starken Elektromagneten, die ihre Energie aus der Sonnenstrahlung beziehen. Zwischen Satelliten und Bodenstation bewegen sich Fahrzeuge in einem Feld künstlicher Gravitation (einem ›abarischen‹ Feld).

Der amerikanische SF-Historiker Sam Moskowitz[4] hat sich bemüht zu zeigen, daß dem amerikanischen Schriftsteller Edward Everett Hale (1822-1909) die Priorität an der Idee der Raumstation gebühre. In seiner Geschichte ›*The Brick Moon*‹ (*Atlantic Monthly,* Oktober-Dezember 1869) beschreibt Hale einen aus Ziegeln bestehenden als Navigationshilfe ausgelegten Satelliten, der zufällig schon in den Weltraum geschossen wird, während noch Arbeiter in seinem Innern beschäftigt sind. Man kann Hales Geschichte als Vorwegnahme des Navigationssatelliten gelten lassen, doch gibt es kein Anzeichen, daß Hale an Weltraumfahrt dachte. Laßwitz war daher der erste, der in Form einer Geschichte die Idee eines künstlichen Erdtrabanten als Zwischenstation zu den Planeten verwirklichte[5].

In seinem Roman nimmt Laßwitz die Existenz von Marskanälen an, und in der Tat lesen sich viele Stellen wie ein Auszug aus dem Marsbuch des amerikanischen Astronomen Lowell, der damals sehr bekannt war. Die Kanäle dienen dazu, das Schmelzwasser von den Polen her zu den bewohnten Marsgegenden zu befördern.

Der Mars ist ein technologisches Utopia. Hauptverkehrsmittel sind die rollenden Straßen, bestehend aus Fahrstreifen, die sich mit unterschiedlicher Geschwindigkeit bewegen, von außen nach innen zunehmend, mit 200 km/h im Zentrum. Es existiert auch eine Kabineneisenbahn. Die Marsbewohner leben entweder in riesigen Wolkenkratzern, die ohne Stadtbildung über den Kanälen sich erheben, oder in kleinen transportablen Häusern, die sie über Nacht, ohne daß die Bewohner das Haus verlassen müßten, anderswohin bringen lassen und dort anschließen lassen können. Aus Sonnenzellen gewonnene Elektrizität versorgt den Mars mit Energie; diese dient auch als Zahlungsmittel. Die Nahrungsmittel werden synthetisch aus anorganischen Stoffen hergestellt; Photozellen öffnen die Haustüren, ein Lichttelegraph bewerkstelligt die Verständigung im Weltall; und eine Pille stellt im Nu, ohne schädliche

Nebenwirkung, bei Erschöpfung die volle geistige Frische wieder her.

Es gibt Filme und eine neue Kunstart, die ›Fühlkunst‹. Die sozialen Kämpfe des ›Kohlenzeitalters‹ haben die Martier überwunden, da die künstliche Produktion von Nahrung das Hauptübel, den Hunger, aus der Welt geschafft hat.

Beachtenswerter noch als diese technischen Wunder, die zum Großteil bereits verwirklicht sind, sind die sittlichen Errungenschaften der Marsianer, die noch heute ohne Parallele dastehen.

Als überzeugte Kantianer unterscheiden sie streng zwischen Pflicht und Neigung, und gestatten es dieser nie, jene zu beeinflussen. Die freie Selbstbestimmung der Persönlichkeit, die Verwirklichung des sittlichen Willens, ist die oberste Richtschnur auf dem Mars. Laßwitz' autonome, individualistische Einstellung zeigt sich sehr deutlich in der Organisation seines planetenweiten utopischen Staatswesens.
Zum Unterschied von den meisten Utopisten entwarf er keine starren, ›besten‹ Organisationsformen; ihn beschäftigt die Vervollkommnung des Individuums, nicht die Einrichtung der gesellschaftlichen Institutionen, die für die Sittlichkeit sekundär sind. Der Mars ist eine pluralistische Gesellschaft, ein loser Staatenbund, dessen einzelne Glieder Monarchien und Republiken, Oligarchien, auch sozialistische und kommunistische Staaten sind; Kapitalismus und Sozialismus koexistieren friedlich. Jeder Bürger kann formlos in jeden anderen Staat übersiedeln, und die Regierungsformen können jederzeit durch einfache Willensbekundung der Staatsbürger geändert werden. Die demokratische Grundhaltung auf dem Mars geht so weit, daß der Martier, will er seines Wahlrechts nicht verlustig gehen, gehalten ist, am Tage mindestens zwei Zeitungen zu lesen, darunter eine oppositionelle. Laßwitz erwartete sich das Heil nicht von einer bestimmten Staats- oder Regierungsform, sondern war der festen Überzeugung, die Läuterung jedes einzelnen Individuums, die Herausbildung

autonomer sittlicher Persönlichkeiten, würde automatisch die Gemeinwesen verbessern.

Ganz im Gegensatz zur marsianischen Idealgesellschaft die Zustände auf der Erde: »*Rassen, Staaten und Stände in heißem Konkurrenzkampfe um Lebensunterhalt und Genuß, die ethischen und ästhetischen Ideale noch nicht rein geschieden von den theoretischen Bestimmungen . . .*«[6]

Die Marsianer können ihre überlegene Kriegstechnik nur deswegen gegen die Erde einsetzen, weil die Menschen in ethischer Hinsicht so tief unter ihnen stehen, denn »*kein Martier vermag den Griff des Nihilitapparates zu drehen, keiner einem Menschen seinen Willen aufzuzwingen, wenn ihm der Mensch mit festem, sittlichem Willen gegenübertritt, mit einem Willen, in dem nichts ist als die reine Richtung auf das Gute. Aber jene Engländer – und wir sind nicht besser – hatten nur das eigene Interesse, ihren spezifisch nationalen Vorteil, nicht aber die Würde der Menschheit im Auge, und so sind sie Wachs in den Händen der Martier*«[7] erklärt Grunthe.

›*Auf zwei Planeten*‹ ist so zugleich technische Prophetie, eine Utopie, ein Abenteuerroman und ein philosophisches Werk – ein redlicher, freilich nicht voll geglückter Versuch, der auch heute noch die Aufmerksamkeit des Lesers beanspruchen darf.

Interessant wäre zu wissen, ob H. G. Wells, dessen ›*Krieg der Welten*‹ etwa zur gleichen Zeit in England in einer Zeitschrift in Fortsetzungen erschien, von Laßwitz' Roman wußte: seine Marsianer sind eine Inversion der Laßwitzschen und auch die Bakterien, die im ›*Krieg der Welten*‹ den Untergang der angreifenden Marsianer verursachen, kommen schon bei Laßwitz vor; wieder in Inversion und als harmlosere Spielart: in Form eines von den Martiern auf die Erde eingeschleppten Schnupfens. Und Laßwitz' schwerelose Substanz ›Stellit‹ findet später eine Entsprechung im ›Cavorit‹ von Wells' ›*Die ersten Menschen auf dem Mond*‹. Aber diese Parallelen weisen höchstwahrscheinlich auf nicht mehr hin, als daß die gleichen

Ideen öfter bei verschiedenen Menschen an verschiedenen Orten vorkommen und daß beide Männer eine ähnliche naturwissenschaftliche Ausbildung genossen.

H. G. Wells war ein Schüler von Thomas Huxley, und der am 20. April 1848 in Breslau (wo sein Vater Rudolf Laßwitz Eisengroßhändler und zeitweise Abgeordneter im Preußischen Abgeordnetenhaus war) geborene Kurd Laßwitz studierte von 1866-68 in seiner Heimatstadt, bis 1869 in Berlin Mathematik und Physik, nachdem er sich in seiner Jugend für Astronomie interessiert hatte. 1873 promovierte er mit einer Arbeit ›Über Tropfen, die an festen Körpern hängen und der Schwerkraft unterworfen sind‹, zum Doktor der Philosophie; eine Hochschulprofessur (die er sich für seine ›*Geschichte der Atomistik*‹ erhofft hatte), erhielt er jedoch nicht, und so unterrichtete er bis knapp vor seinem Tode an Gymnasien in Breslau und Gotha; er starb am 17. Oktober 1910.

Laßwitz' erstes Buch, zwei kürzere Erzählungen, wurde schon 1878 veröffentlicht: ›*Bilder aus der Zukunft*‹. Diese frühen Werke unterscheiden sich sehr von allem, was er später schrieb; sie sind handlungsreich, melodramatisch, zeigen eine naive Begeisterung für die Technik und schwanken im Ton zwischen Ernst und ausgelassenem Spaß. Doch gibt es auch Anzeichen für Laßwitz' spätere philosophische Interessen. ›*Bis zum Nullpunkt des Seins. Erzählung aus dem Jahre 2371*‹ wurde bereits 1871 in der ›*Schlesischen Zeitung*‹ abgedruckt, als Laßwitz dreiundzwanzig Jahre alt war.

Aromasia Duftemann Ozodes ist eine gefeierte Künstlerin auf dem Ododion oder Riechklavier, das zum Klange von Musik die verschiedenartigsten Düfte verströmt. Aromasia ist verlobt mit Warm-Blasius, einem Parteigänger der ›Nüchternen‹, der ihre Kunst geringschätzt. Zwischen Oxygen einerseits und Aromasia und dem Dichter Magnet Reimert-Oberton andererseits kommt es zu einem Streit. Aromasia ist über das Verhalten ihres Geliebten so empört, daß sie und Magnet ein Spottgedicht auf ihn verfassen. Aus Rache vertauscht Oxygen einige Duftzylinder an Aromasias Instrument, so daß sich bei der nächsten Darbietung ein furchtbarer Gestank ausbreitet, der die Zuriecher in die Flucht treibt. Die Gase entzünden sich, es kommt zu einer Panik, und Aromasia verbrennt jämmerlich in den Flammen. Der verzweifelte Oxygen schießt sich zur Sühne mit einem Raumschiff, das der Schwerkraft nicht unterliegt, in den Kosmos; und Magnet schreibt über seinen Abflug ein Gedicht, wonach der Liebende dereinst mit einer kosmischen Staubwolke zusammenstoßen wird, was zur Bildung einer neuen Sonne führt, deren Licht wieder einem künftigen Liebespaar als Zeichen des Himmels erscheinen wird.

Daß Laßwitz die Geschichte nicht sehr ernst auffaßte, deutet schon die Wahl der Eigennamen an, und auch der Dialog weist unübersehbar darauf hin. So ruft der Dichter Magnet aus: »*O große Aromasia, des vierundzwanzigsten Jahrhunderts erhabenste Ododistin! Ihnen gehört der Schwingungszustand meiner Gehirnzellen, Ihnen bebt jede Nervenfaser meines Rückenmarks! Wie die Flur den durch die mit Wasserdämpfen gesättigte Morgenluft stark absorbierten Sonnenstrahlen entgegenseufzt, so zittern nach den Düften Ihres Ododions die zarten Häuter meiner Nase!*«

Auch in dieser frühen Geschichte gibt es schon die gewaltigen futuristischen Wohnstätten, die in ›*Auf zwei Planeten*‹ wiederkehren:

»*Man sah sich genötigt, die Wohnhäuser in so gewaltigen Dimensionen aufzutürmen und die Gärten über ihnen anzubringen, da man den Raum der ebenen Erde dem Ackerbau vorbehalten mußte. So reich bevölkert war der Erdball, daß man jedes Plätzchen dem Anbau der Halmfrucht und der Ernährung des Schlachtviehs widmen mußte, um die Gefahr einer Hungersnot abzuwenden. So wogten denn am Boden die Getreidefelder, wo immer Luft und Licht es gestatteten; darüber standen auf festen, hohen Säulen die Gebäude der Menschen, in deren unteren Stockwerken die Industrie ihr geschäftiges Leben trieb. Weiter oben folgten Privatwohnungen, und die Krone des Ganzen bildeten anmutige Gärten, deren freie und gesunde Lage sie zum beliebtesten Aufenthalte machte.«*

Es gibt Luftschiffe, künstliche Wetterkontrolle, Universal-Kraft-Extractpillen, die Urzeugung im eigenen Heim und sogar einen Modetanz, den Hullu-Kullu.

So ausgelassen und selbst biertischmäßig sich die Erzählung gibt, so verbirgt sie doch eine ernstere Problematik, nämlich den Konflikt zwischen reinem Verstand und einem Verstand, der auch die Werte des Gemüts gelten läßt. Die ›Nüchternen‹ behaupten, *»daß nur durch die Bildung des Verstandes ein Fortschritt der Menschheit möglich sei; daß die intellectuelle Entwicklung ... allein imstande sei, von den Leidenschaften zu befreien und die Menschheit ihrer sittlichen Vollendung mehr und mehr entgegen zu führen ...«*.

Oxygen glaubt weiters, daß die Wissenschaft künftig die Kunst überflüssig machen werde; die Physiologen würden die Rolle der Künstler übernehmen: *»... wir werden zeigen, wie man das Gehirn unmittelbar in jenen Zustand versetzen kann, den ihr nach großer Mühe vermittels der Sinne durch Eure Kunstwerke hervorzurufen versucht.«*

Magnet dagegen ist ein ›Innerlicher‹; bei aller Wertschätzung der Wissenschaft glaubt er an andere Ideale, an das Gemüt:

»All diese Einsicht, alle theoretische Erkenntnis ist machtlos gegenüber der Gewalt des Erhaltungstriebes im Kampf ums Dasein, gegenüber der aufgestachelten Lust am Besitz und Genuß und der Leidenschaft des Moments. Diese Kräfte konnten nur gebändigt werden durch eine Kraft des Gemüts, welche unseren Willen in gleich mächtiger Weise zu erregen und zu binden vermag.«

Entscheidend ist die Besinnung auf sich selbst, eine Überzeugung: *»... sie mußte erst in einer Reihe von Generationen durch fortschreitende Vererbung in ›Fleisch und Blut‹*

übergehen, d. h. aus einem Schlusse des Verstandes sich verwandeln in ein Axiom der sittlichen Anschauung; sie mußte zu einem Ideale werden, das hoch über allen Wechselfällen der Wirklichkeit als ein unverrückbarer Leitstern jede Entschließung bestimmt, jeden Widerspruch verstummen macht.«

›*Gegen das Weltgesetz. Erzählung aus dem Jahre 3877*‹ im selben Band bietet weitere technische Wunder und eine ereignisreiche Fabel. Diese Geschichte beginnt wie Aldous Huxleys ›*Brave New World*‹, bloß ohne die Eprouvettenbabies. Der Direktor einer ›Gehirnschule‹ erklärt einem Besucher, wie die Kinder erzogen werden. Ihr Gehirn wird durch elektrische Ströme stimuliert, um gewisse Gedankenprozesse zu erleichtern. Laßwitz macht klar, daß dies (zum Unterschied von Huxleys ›Schlafschule‹) kein Lernen ohne Anstrengung bedeute:

»So ergäbe es ein schiefes Bild, wenn man sich vorstellen wollte, das Gehirn nähme etwa den Lehrstoff auf, wie das Glas den Wein. Es handelt sich um die Ausbildung einer Art von Schematismus, der gewissen Bewußtseinsvorgängen entspricht; auch der Schwimmer, der Tänzer machen Vorübungen, denen sich dann die entsprechenden Muskelbewegungen leichter anschließen.«

Es ist möglich, im Kinde bestimmte Neigungen und Talente zu wecken, indem die Gehirnbahnen entsprechend beeinflußt werden:

»Man kannte bis ins Kleinste hinein die Bewegungs- und Spannungsvorgänge in den Nerven und Zellen der grauen Gehirnsubstanz, welche die Vorgänge des Bewußtseins, die Reihe der Vorstellungen und die logische Schlußbildung begleiten; man wußte, welche Zellen bei der Leitung bestimmter Gedankenwahrnehmungen und der Bildung bestimmter Gedanken-Folgen thätig sind und in welcher Weise sie thätig sind; man konnte daher umgekehrt durch künstliche Reizung, namentlich durch den galvanischen Strom, auch die einzelnen Partien und Provinzen des Gehirnes zu Bewegungen veranlas-

sen, welche der Bildung bestimmter Gedanken entsprechen und schließlich – worauf es ankam, – sie so zu gewöhnen, daß gewisse Arten des Denkens mit besonderer Leichtigkeit vollzogen werden konnten.«

Laßwitz bezieht sich hier natürlich auf Fechners Lehre vom psycho-physischen Parallelismus, wonach jedem geistigen Vorgang ein bestimmter physiologischer Gehirnvorgang entspricht und umgekehrt.

Laßwitz nimmt auch die Alpha-, Beta- und Gammamenschen bei Huxley vorweg. Da der Mensch ein so kompliziertes Tier ist, daß der einzelne für sich nicht bestehen kann, ist es zu Kooperation und Arbeitsteilung gekommen, die mit fortschreitender Kulturentwicklung zu immer weiterer Differenzierung führen müssen, wie der Wissenschaftler Atom spekuliert. Zwei Figuren der Geschichte unterhalten sich darüber:

»›*Und wenn ich Atom recht verstanden habe, so meint er, daß die nächste Entwicklungsstufe, welche der Menschheit bevorsteht, eine solche wäre, in welcher die verschiedenen Thätigkeiten, Aufgaben und Organe, welche jetzt noch in einem Individuum vereint sind, auf verschiedene Individuen verteilt waren.*‹

›*Sehr gut*‹, lachte Propion, ›*Sie meinen also, es wird dann besondere Denkmenschen, besondere Gefühls-, Arbeitsmenschen usw. geben?*‹«

Es wird sogar das Problem aufgeworfen, daß es möglich wäre, drei oder vier Geschlechter zu schaffen, oder Menschen, die eine ganz andere Raumanschauung hätten, oder einen Menschen ohne die Kategorie der Kausalität, der »*nichts mehr als Grund und Folge, als Ursache und Wirkung verknüpft, sondern vielleicht in irgendeiner höheren Anschauung – sagen wir, als immanenten Zweck oder dergleichen zusammenfaßt*...«.

Die Gehirnwissenschaft führte zur Entwicklung einer ›Gehirnorgel‹ (des Psychokineten)[8], mit der man gewünschte Gefühle und Stimmungen direkt hervorrufen kann. Diese

Gehirnorgel ist freilich ein harmloses, liebenswertes Musikinstrument; auf die unheimlicheren Implikationen eines solchen Instruments, den Gedanken einer neuen, furchtbareren Sklaverei, ist Laßwitz nicht verfallen; dazu war er zu sehr ein Optimist des 19. Jahrhunderts, dem eine ›Gedankenpolizei‹ gänzlich ferne lag. Ihn interessierten nur die das Dasein bereichernden Anwendungen, die Kunst, so wie er in ›*Auf zwei Planeten*‹ eine Fühlkunst erfindet oder im ›*Gehirnspiegel*‹ ein Instrument, bei dem »die Seele des Künstlers selbst malt«.[9]

›*Gegen das Weltgesetz*‹ enthält daneben noch viele andere Erfindungen und Ideen: künstliches Eiweiß; Kommunikationsversuche mit dem Mars mittels ›Ätherströmen‹, ›Diaphot‹, eine Substanz, die dem Körper den Brechungskoeffizienten von Luft verleiht und somit unsichtbar macht; und völlig gerade Tunnels durch die Erdrinde, die nicht der Erdkrümmung folgen, also in der Mitte dem Erdmittelpunkt näher sind; in ihnen bewegen sich in einem Vakuum von der Schwerkraft angetriebene Wagen. Am interessantesten ist die Vorwegnahme des Computers[10], die bei Laßwitz wohl unmittelbar auf Fechner zurückgeht:

»*Die Arbeiten der größten Meister hatten es mit sich gebracht, daß ungeheure Rechnungen, welche sonst das Leben eines Einzelnen ausgefüllt hätten, durch die Integrationsmaschine in wenigen Stunden und ohne jede Anstrengung des Denkens ausgeführt werden konnten. Die Methode der symbolischen Bezeichnung gestattete, die Arbeit zu einer mechanischen zu machen und jedes beliebige System von Differentialgleichungen durch complicirte Combinationen des Maschinenwerks zu lösen, so daß die gesamte geistige Kraft des Forschers auf die Aufstellung der Probleme, ihre Darstellung in mathematischer Sprache und die Deutung der Integrale, unterstützt durch vorzügliche Tabellenwerke, verwandt werden konnte.*«

Die Fabel der Geschichte ist allerdings noch viel abenteuerlicher als die der ersten. Lyrika, eine Gehirnorgelspielerin, liebt den Botaniker Clotyledo. Der Schurke Atom, der Lyrika für sich zu erringen wünscht, gewinnt die Mathematikerin Functionata für eine Berechnung der Lebensläufe der Liebenden. Diese erbringt das Ergebnis, das Clotyledo, falls er Lyrika heiratet, genau 623,7 Tage nach der Hochzeit an Zersetzung der Hirnrinde sterben wird. Die Analyse besteht darin, daß die Vorfahren der Liebenden bis zu einem gemeinsamen Ahnen zurückverfolgt werden. Dieser Vorfahre ist ein Mann namens Schulze, der im 19. Jahrhundert spurlos verschwand; er ist der letzte Grund, warum die Heirat mit Clotyledos Tod enden wird.

Kretzman (op. cit. 423) hält dies für eine allgemeine Parodie der Evolution. Tatsächlich aber hat Laßwitz wohl ein schärfer umrissenes Ziel vorgeschwebt, nämlich der Adelsdünkel und die in Kreisen der Nobilität so hochgeschätzte genealogisch-historische Methode. In den ›*Selbstbiographischen Studien*‹ (1887) in der Kurzgeschichtensammlung ›*Seifenblasen*‹ verulkt Laßwitz diese Methode ganz explizit. Der Autobiograph hat folgendermaßen vorzugehen:

»*Er beginnt vor seiner Geburt, meistens schon vor der Geburt seiner Eltern oder Großeltern, und in günstigsten Fällen vor der Geburt seiner sämtlichen Vorfahren. Indem man nämlich sich selbst als Erzeugnis einer biologischen Entwicklung auffaßt, wird man seine persönlichen Eigenschaften aus denjenigen seiner Voreltern zu erkennen vermögen, und dies um so besser, je weniger man von seinen Vorfahren weiß. Das ist das Geheimnis der genealogisch-historischen Methode ... Dieser Standpunkt ist von hohem ethischen Wert: Was unsere Ahnen einst uns gaben, wir geben es ihnen dankbar zurück. Sie erzeugten uns und wir erzeugen sie wieder. Aber wir sind die besseren; sie erzeugten uns so, wie sie mußten, aber wir erzeugen sie, wie wir wollen ...*«[11]

Strudel-Prudel, einer der Charaktere der Geschichte, verfolgt seinen Stammbaum zurück bis zu den niedrigsten Meeresorganismen der Laurentinischen Periode ... »*Ich besitze eine Reihe von Versteinerungen und Knochen, welche nachweislich meinen Vorfahren gehört haben, während sie die Reihe von den Kalkschwämmen bis zu den Wirbelthieren emporgestiegen sind.«*

Um das Leben ihres Geliebten nicht zu gefährden, zieht sich Lyrika aus seinem Leben zurück; sie nimmt Atoms Diaphot ein und wird unsichtbar. Atom vermutet, daß Lyrika die Diebin ist und verbirgt sein übriges Diaphot in einer Höhle aus Rubinen und Saphiren tief im Erdinnern. Wenn sie kommt, um neues Diaphot zu holen, will er sie in seine Gewalt bringen. Doch Lyrika entwischt ihm, und es kommt zu einer Hetzjagd über zwei Kontinente und durch einen der völlig geraden Tunnels durch die Erde. Als die Energie ihres Flugapparates erschöpft ist, fällt Lyrika ins Meer, aus dem sie von Clotyledo gerettet wird, der gerade eine im Meer aufgefundene Kiste besichtigt. In jener Kiste aber befindet sich niemand anderer als jener Vorfahre Schulze, der im Tiefschlaf, die Adern statt mit Blut mit einer konservierenden Flüssigkeit gefüllt, die Jahrtausende überdauert hat. Nach Beseitigung des Ehehindernisses heiraten Clotyledo und Lyrika; der Schurke Atom aber schießt sich aus Verzweiflung aus einem vertikalen Tunnel ins All, so wie Jahre vorher Jules Vernes Raumfahrer zum Mond gestartet waren.

Obwohl literarisch ohne jeden Wert, sind diese Prosastücke dennoch hochinteressant,denn sie enthalten bereits die Keime von vielen späteren SF-Geschichten. Wären sie nur besser bekannt gewesen, hätten sie manche SF inspirieren können. Ich vermute jedoch, daß Laßwitz zumindest Hugo Gernsbacks ›*Ralph 124 C41* +‹, einem gleichermaßen wertlosen, aber ungemein einflußreichen frühen SF-Roman, als Vorbild gedient hat. Die Parallelen sind zu auffällig. Die meisten der prophetischen Erfindungen, die es bei Gernsback gibt, finden sich schon bei Laßwitz, mit Ausnahme des Radars: die Erdtunnels, die Flugmaschinen, der Tiefschlaf, die Erholungsstätten; und was es in ›*Bilder aus der Zukunft*‹ nicht gibt, findet sich in ›*Auf zwei Planeten*‹. Sowohl bei Laßwitz als auch bei Gernsback bedienen sich die Schurken eines Mittels zur Unsichtbarmachung, wenngleich Gernsback ein anderes Prinzip einführt. Die Schlafschule der ›*Schönen neuen Welt*‹ nimmt Laßwitz schon um fünfzig Jahre vorweg, und Gernsbacks Hypnobioskop um 30 Jahre. Bei Laßwitz wie Gernsback geht es um die Entführung eines schönen Mädchens (was an sich wenig besagt, da dies ein Klischee der Trivialliteratur ist). Die Anfangsszene von Gernsbacks Roman weist übrigens auch eine verblüffende Ähnlichkeit mit der von ›*La vie electrique*‹ (1892) von Albert Robida auf. Es scheint mir jedenfalls sehr wahrscheinlich, daß sich Gernsback die meisten seiner ›Ideen‹ ausborgte: bei Laßwitz und möglicherweise auch bei Robida. Als gebürtiger Luxemburger sprach er ja deutsch. Auf spätere deutsche utopische Literatur scheint ›*Bilder aus der Zukunft*‹ so gut wie keinen Einfluß gehabt zu haben: weil das Buch wohl nur eine winzige Auflage hatte und es später keine Neuauflagen gab, was darauf hinweisen mag, daß der Autor diese frühen Versuche nicht sehr schätzte. Aber es ist interessant festzustellen, daß die ›*Bilder*‹ sehr wohl eine gewisse internationale Resonanz hatten. So erschien im amerikanischen *Overland Monthly* (Juni 1890) ein Auszug, und in Schweden gab es gar einen Roman ›*Oxygen och Aromasia*‹ (1879) von Claes Lundin, der laut Sam Lundwall literarisch gut sein soll, aber sich in Handlung und Einfall so sehr an Laßwitz anlehnt, daß man versucht ist, von einem Plagiat zu sprechen, kennt man nur die Zusammenfassung, die Lundwall[12] gibt.

Laßwitz' kürzere Erzählungen[13] fallen in drei Kategorien: Märchen, technische Utopien und philosophische Geschichten. Die erste, traditionell bestimmte Gruppe kann man als unbedeutend abtun: auch Laßwitzens Elfen und Feen reden über Kant, Schiller und das deutsche Erziehungsideal. Diese Märchen wirken gekünstelt und lassen die bezwingende Einfachheit und Schönheit guter Märchen vermissen. Zuweilen gibt es satirische Züge, wie etwa in ›Tröpfchen‹, worin zwei Deutsche ihre Naturliebe entdecken, weil sie in der Landschaft die Züge von Bismarck und Moltke zu erkennen vermeinen; in der Regel aber sind diese Märchen bloß sentimental und bemüht didaktisch.

Mehr Interesse können die technischen Geschichten beanspruchen; sie bilden jedoch nur eine Minderheit und sind auch weniger Erzählungen als bloße Expositionen von Ideen. Oft enthalten sie eine Liebesstory, die lediglich willkürlich mit dem Thema verkoppelt ist. In ›*Der Traumfabrikant*‹ (1886) etwa liebt der Besitzer einer ›Traumfabrik‹ die Tochter eines Politikers, der eine Kampagne zur Verstaatlichung der Traumfabriken durchführt. Ein geeigneter, dem Vater gesandter Traum beseitigt diese Gefahr und der Traumfabrikant gewinnt das Mädchen.

›*Die Fernschule*‹ (1902) beschreibt, wie die Schüler der Zukunft daheim vor ihren Fernsehapparaten sitzen, den Kopf mit einem Psychographen verbunden, der die Geräte abschaltet, sobald die Mehrzahl der Schüler so schläfrig wird, daß sie dem Unterricht nicht mehr folgen kann. Auch dies ist mehr populärer Essay denn Erzählung.

Bedeutsamer sind die philosophischen Erzählungen, die witzig und satirisch sind und voller Ideen stecken – wahre spekulative Prosa. Wie schon vom Titel der ersten Kurzgeschichtensammlung ›*Seifenblasen*‹ angedeutet, sind diese Erzählungen freie Spiele der Phantasie, dem Gesetz der Schwerkraft nicht unterworfen, fröhliche Schöpfungen des Verfassers, die ebenso fröhlich wieder zerstört werden, wenn ihm der Sinn danach steht.

In ›*Auf der Seifenblase*‹ (1887) transportiert der Apparat des Onkels Wendel den Menschen auf Seifenblasen, wo das Leben genauso ist wie auf der Erde, bloß daß alles zehnmilliardenmal schneller abläuft. Der Amerikaner Fitz-James O'Brien hat in ›*The Diamond Lens*‹ (1858) dasselbe Thema der Mikrowelt mit den Mythen von Eden und Hermaphroditus vertieft und durch Bezugnahmen auf die Mikroskopie wissenschaftlich verbrämt. Für einen anderen Amerikaner, Ray Cummings in ›*The Girl in the Golden Atom*‹ (1919) und dessen unzähligen Fortsetzungen, lieferte die mikroskopische Welt bloß einen exotischen Hintergrund für abenteuerliche Geschichten über Unterdrückung und Revolten, die genauso gut in einem anderen Land oder auf einem fremden Planeten spielen könnten. Laßwitz' Geschichte andererseits ist eine heitere Parallele zur Verhandlung gegen Galilei. Der Glagli dieser mikroskopischen Welt wagt es, die Lehren eines alten saponischen Philosophen anzuzweifeln und verkündet seine revolutionäre These: daß die Welt inwendig hohl sei und mit Luft gefüllt und ihre Rinde 300 Ellen dick. Sie bestehe nur aus zwei Grundelementen, Fett und Alkali. Ob solcher Ketzerei wird er vor die ›Akademie der Denkenden‹ zitiert, damit entschieden werde, ob »seine Ideen und Entdeckungen im Interesse des Staates und der Ordnung zu dulden seien«. Unsere Reisenden in der Seifenblase entkommen mit knapper Not der Wut der Menge, die darangeht, sie in Glyzerin zu sieden, als sie den Irrtum begehen, die Theorien Glaglis zu bestätigen.

›*Prinzessin Jaja*‹ (1892) ist ein philosophisches Märchen, das die Frage aufwirft, woher wir wissen, daß es uns gibt. Prinzessin Jaja wohnt im Königreich Drüberunddrunter, ihr Vater hieß Hähah und ihre Patin Kräkeleia und war die Fee aller unnützen Fragen, die Herrin der »Rätselmacher, Steuerabschätzer, Polizisten und Metaphysiker«. Und weil die Prinzessin gar so vornehm war, hatte sie keine Mutter, nur einen Vater, dessen Hühnerauge sie entsprungen war wie weiland Pallas Athene dem Haupte des Zeus. Weil die Prinzessin die Fee boshafterweise nach ihrer Mutter fragte, wurde sie damit bestraft, so lange keinen Mann zu kriegen, bis sie die unnützeste aller Fragen gefunden und beantwortet habe. Erst der Oberhofkrondiamantenzerklopfer weist sie auf die Frage: ob sie existiere, und er verhilft ihr auch zur Antwort: den Glauben.

In dieser vergnüglichen Geschichte macht sich Laßwitz weidlich lustig über schwerfällige deutsche Philosopherei. Überhaupt war Laßwitz am erfolgreichsten, wo er satirisch und witzig ist; nur wenn er es ernst meint, ins Schwärmen verfällt, gerät ihm das Gefühl oft zur Sentimentalität. ›*Aus dem Tagebuch einer Ameise*‹ (1890) wäre möglicherweise ganz amüsant gewesen, hätten sich die Ameisen nicht entschlossen, die Romanze eines jungen Menschenpärchens aufzuzeichnen. Die beiden dürfen nicht heiraten, er aber schreibt ihr Liebesgedichte (die leider im Text eingeschlossen sind), und es gibt ein happy, happy end.

Die utopische Erzählung ›*Apoikis*‹ (1882) präsentiert in gewisser Weise die andere Seite der Gesellschaft von ›*Auf zwei Planeten*‹. Apoikis ist eine Insel im Atlantik, die von Nachkommen der Freunde des Sokrates bewohnt wird. Von keiner Notwendigkeit getrieben, Menschenmassen zu ernähren, haben sie sich ganz der geistigen Entwicklung gewidmet:

»*Wir sind nicht Sklaven der Sitte, wie die Naturvölker, nicht Herren der äußeren Natur, wie die gesitteten Nationen Europas, wir sind nur Herren von uns selbst, Herren unseres Willens, Herren des Bewußtseins überhaupt und darum sind wir frei. Uns stört keine Sorge um darbende Völker, noch um eigennützige Tyrannen, wir haben keine Gesetze, denn jeder trägt das Gesetz in sich selbst.*«

Möglicherweise mißtraute der kleinbürgerliche Laßwitz in der Tat den Massen, wie Kretzman glaubt; er war sich indessen sehr wohl bewußt, daß es keine Alternative zum technischen Fortschritt in der Massengesellschaft gibt. Diese Geschichte deutet an, daß Wissenschaft und Technik nur in einer Massengesellschaft notwendig und möglich sind. Diese Annahme erklärt hinreichend die verschiedene Entwicklung auf Apoikis und dem Mars von ›*Auf zwei Planeten*‹, trotz der Übernahme Kantischer Prinzipien (»Wollen, Sollen und Können sind nicht mehr getrennt«) in beiden Gesellschaften.

In ›*Aladdins Wunderlampe* (1888) nimmt Laßwitz Charles L. Harness' in SF-Kreisen hochgeschätzte Erzählung ›*The New Reality*‹ (1950) vorweg. Die Geschichte basiert auf der Idee, daß wir über das ›Ding an sich‹ nichts erfahren können, sondern immer nur die Wahrnehmungen registrieren, die uns unsere Sinne vermitteln. Den Satz »Der Verstand schreibt der Natur die Gesetze vor« nimmt Harness buchstäblich. Unser Bewußtsein erschafft die Welt. In seiner Geschichte ändert sich die Welt mit unserer Vorstellung von ihr: die Erde war flach, solange wir sie uns flach vorgestellt haben; sie ist kugelförmig, seitdem wir sie für eine Kugel halten, und so weiter.

In der Geschichte von Laßwitz sitzt eine Gesellschaft beisammen und redet über allerlei Zauberrequisiten; man einigt sich darauf, daß Aladdins Lampe am nützlichsten wäre. Eine Lampe ist schnell zur Hand – Aladdins Wunderlampe, in der Tat. Man richtet verschiedene Wünsche an den Geist der Lampe, der indes hartnäckig erklärt, den Wunsch nicht erfüllen zu können, weil dadurch irgendein Naturgesetz verletzt würde. Schließlich ist er außerstande, auch nur einen Knäuel Wolle vom Boden aufzuheben. Selbst dieser unbedeutende Vorgang würde in einer festgeknüpften Kausalkette letztlich die ungeheuerlichsten Folgen nach sich ziehen. Warum aber konnte der Geist Aladdin alle Wünsche erfüllen?

»›*Damals wußte man noch nichts von der Erhaltung des Stoffes und der Energie.*‹

›*Wie, Du willst doch nicht behaupten, daß diese Naturgesetze damals nicht in Geltung waren?*‹

›*Die Naturgesetze*‹, *antwortete der Geist,* ‹*sind nichts anderes als der Ausdruck des wissenschaftlichen Bewußtseins einer bestimmten Zeit. In meinem transcendentalen Bewußtsein bin ich davon unabhängig; aber in meiner Thätigkeit in der Zeit, in Eurer Zeit, darf ich die Bedingungen nicht durchbrechen, welche die Grundpfeiler der modernen Kultur sind.*‹«

Dies ist dieselbe Grundidee wie bei Harness, und die Geschichte von 1950 hat der von 1888 nichts hinzugefügt als die typische SF-Idee einer ontologischen Polizei, die darüber wacht, daß niemand durch ungebührliche Ideen die Realität verändere, ein paar historische Beispiele, eine Agentenhandlung – und einen beträchtlich schwerfälligeren Stil. Laßwitz schreibt amüsant über abstrakte Probleme; Harness aber beschreibt todernst, wie auf einem Prisma ein einzelnes Elektron gespalten werden soll, um uns das ›Ding an sich‹ sichtbar werden zu lassen – und er merkt gar nicht, wie komisch dieser Unsinn wirkt.

Zwei andere Kurzgeschichten sind Verspottungen deutscher Metaphysik. In der ersten Erzählung, ›*Psychotomie*‹ (1885), handelt ein »Reisender in philosophischen Effekten« mit den personifizierten Kategorien, den Platonischen Ideen, den Leibnizschen Monaden, ein bißchen was von Kants reiner Vernunft und anderem philosophischen Kleinkram, immer mit ironischen Bemerkungen:

»*Hier in diesem rötlichen Gefäß ist die Freiheit. Ich habe nur diese kleine Probe, denn ich konnte in ganz Europa nicht mehr davon auftreiben. Hier ist die Humanität, sie ist billiger, wird aber bloß noch von den Tierschutzvereinen verlangt...*«

›*Mirax*‹ (1888), die »Träume eines modernen Geistersehers, erläutert durch Träume moderner Metaphysik«, ist ein Pamphlet gegen einen zeitgenössischen Wunderprediger.

Zwei hübsche mathematische Phantasien verdienen besondere Beachtung. ›*Wie der Teufel den Professor holte*‹ (1902) präsentiert den verbekannten Pakt mit dem Teufel, der den Professor, um ihn zu beeindrucken, mit einem überlichtschnellen Fahrzeug im Universum herumführt. Der Professor aber ist ein Mathematiker und nicht so leicht zu erstaunen; als sie am Ende ihrer Reise, obwohl sie immer geradeaus geflogen sind, an den Ausgangsort zurückkommen, vermutet er sofort, daß der Raum gekrümmt ist, und geht frei.[14]

Die andere Geschichte, ›*Die Universalbibliothek*‹ (1902), hat Jorge Luis Borges sogar zu seiner berühmten Erzählung ›*Die Bibliothek von Babel*‹ angeregt. Sie beruht auf der Idee, daß sich alle Gedanken, Ideen und Behauptungen, Dichtungen wie wissenschaftliche Abhandlungen, alles, was nur irgend sprachlich ausdrückbar ist, durch eine zwar ungeheuer große, aber finite Anzahl von einigen wenigen Zeichen ausdrücken läßt. Eine Maschine[15] könnte diese Permutationen durchführen, und in der Tat haben sich nach Laßwitz manche Mathematiker ernsthaft mit dem Problem beschäftigt und Vereinfachungen ersonnen[16]. Laßwitz nimmt noch hundert Zeichen an, die in Bänden von je 500 Seiten permutiert werden. Freilich, die Zahl derartiger Bände – obwohl endlich und exakt angebbar – ist so riesig, daß das ganze Universum zu klein ist, diese wahrhaft universelle Bibliothek zu fassen – die nicht nur alle denkbaren Wahrheiten, sondern auch jedweden Unsinn enthielte, darunter die hübschen Beispiele der ›*Universalbibliothek*‹: Bänder voller ›a‹, völlig sinnlose Buchstabenkombinationen, Bände, in denen hinter jedem Satz stünde, er sei Unsinn, während in anderen genau dieselben Sätze zur höchsten Weisheit erklärt würden. Es gäbe Kataloge dazu und falsche Kataloge – und absolut keine Möglichkeit, in dieser Bibliothek Sinn vom Unsinn zu trennen.

Laßwitz' Kurzgeschichten zeigen den starken Einfluß Gustav Theodor Fechners, dessen Biograph Laßwitz wurde. Nach Kant übte Fechner die nachhaltigste Wirkung auf Kurd Laßwitz aus, und sein Wirken zeigt sich sowohl in einzelnen Ideen und Zügen wie auch in der satirischen Methode. Unter dem Pseudonym Dr. Mises hatte Fechner eine Reihe von humoristischen Abhandlungen geschrieben, die man als Beispiele früher Science Fiction bezeichnen könnte, obwohl sie eher Essays als Erzählungen sind: ›*Beweis, daß der Mond aus Jodine besteht*‹ (1821), ›*Panegyrikus der jetzigen Medizin und Naturgeschichte*‹ (1822), ›*Stapelia Mixta*‹ (1825), ›*Vergleichende Anatomie der Engel*‹ (1825), ›*Schutzmittel für die Cholera*‹ (1832) und ›*Vier Paradoxa*‹ (1846).

In den ›*Vier Paradoxa*‹ beweist Fechner zum Beispiel, daß der Schatten lebendig ist, der Raum vier Dimensionen hat, es Hexerei gibt, die Welt nicht durch ein ursprünglich schaffendes, sondern zerstörendes Prinzip entstanden ist. Wie bei Laßwitz findet man auch bei Fechner in diesen respektlosen, als Ulk ausgelegten Geschichten Anklänge an Ideen, die er später durchaus in ernsteren Schriften behandelte.

Zur Charakterisierung von Fechners Methode genüge eine kurze Paraphrase der ›*Vergleichenden Anatomie der Engel*‹:

»*Der Mensch ist nicht das vollkommenste Wesen. Betrachten wir die menschliche Gestalt; daß wir sie für die schönste Form halten, ist kein Beweis dafür, nur ein Vorurteil; auch der Esel würde die Eselgestalt für das Ideal erklären. Die menschliche Gestalt ist ein Aggregat von Unebenheiten, Erhöhungen und Vertiefungen ohne Formeinheit.*«

Die vollkommenste Gestalt ist die der Kugel. Daher: Die Engel sind Kugeln. Auch die schönsten Teile des Menschenkörpers haben annähernd Kugelgestalt, so der Kopf. Das Auge ist eine Kugel.

»*Das Auge ist das Organ des Lichtes und Licht wird auch das Mittel sein, in welchem die Engel leben. Die Erde ist kein Wohnkörper für Engel, ihnen gehört der höhere Naturkörper, die Sonne, die Quelle des Lichts – wie Luft das Element des Menschen, so ist Licht das Element der Engel – die Engel sind freigewordene Augen; der Typus des Auges in seiner höchsten Ausbildung – was bei Menschen noch ein untergeordnetes Organ, ist im Engel ein selbständiges Wesen geworden.*«

Die Sprache der Engel ist das Licht, ihre Töne sind Farben. Die Augensprache der Liebe ist eine Vorstufe der Engelsprache. Der Leib der Engel ist ätherischer als unserer. Sie sind durchsichtig, können sich aber Farben geben. Sie färben sich nach dem Gemütszustand. Sie schweben um die Sonne; dadurch sind sie Planeten. Sie nehmen die leichtesten Veränderungen in der Wechselwirkung der Gravitation wahr. Sie sind lebende Planeten.

Ein Zitat aus ›*Mirax*‹ zeigt, was Laßwitz Fechner methodisch zu verdanken hat. Mirax ist ein moderner ›Experimental-Metaphysiker‹, der sich irgendwelche Sätze, etwa aus dem Sprichwortschatz der Völker, zur Grundlage seiner Beweisführung nimmt:

»*Seine Methode bestand darin, daß er diese Sätze auf ein beliebiges fremdes Gebiet anwandte, nur mit der Vorsicht, daß man auf keine Art nachweisen konnte, ob sie dort auch anwendbar wären. Darin lag eben das Neue, wodurch er die schwierigsten Rätsel des Daseins mit Leichtigkeit löste. So bewies er z. B., daß es auf der Sonne Bewohner gäbe, welche sich von Meteorsteinen nährten. Denn da man das Eisen schmieden muß, solange es heiß ist, da aber die Spektralanalyse nachweist, daß es auf der Sonne glühende Eisendämpfe gibt, so muß es auch Wesen auf der Sonne geben, die das Eisen schmieden; und da ein ›Tischlein-deck'-dich‹ eine hübsche Sache ist, so steht zu vermuten, daß jene Wesen auch gern vom Himmel gefallene Speisen haben möchten. Nun fallen die Meteorsteine vom Himmel und bestehen aus Eisen – folglich sind sie die Lieblingsspeise der Sonnenbewohner*...«

Abgesehen von seinen utopischen Geschichten, schrieb Laßwitz auch zahlreiche Sachbücher, von denen ›*Die Geschichte der Atomistik vom Mittelalter bis Newton*‹ (1890) ein wissenschaftliches Standardwerk war, das vor einigen Jahren sogar neu aufgelegt wurde. Die meisten seiner Arbeiten befaßten sich indes mit der Popularisierung Kants und dem Problem der Kultur. Eine stattliche Reihe von Werken zeugt von Laßwitz' Schaffen: ›*Atomistik und Kriticismus*‹ (1878), ›*Gustav Theodor Fechner*‹ (1896), ›*Die Lehre Kants von der Idealität des Raumes und der Zeit*‹ (1883), ›*Natur und Mensch*‹ (1879), ›*Religion und Naturwissenschaft*‹ (1904), ›*Religion – weil Liebe es will*‹ (1917, posthum), ›*Wirklichkeiten*‹ (1900), ›*Seelen und Ziele*‹ (1908) und andere. Einige dieser Werke erschienen in mehreren Auflagen.

›*Wirklichkeiten*‹, die bedeutendste Essay-Sammlung des Autors, beschäftigt sich hauptsächlich mit der Kantschen Philosophie (und die *Kant-Studien* haben später sogar einen Nachruf auf Laßwitz gebracht), aber ein Aufsatz ›*Über Zukunftsträume*‹ ist eine Verteidigung der utopischen Literatur, des ›wissenschaftlichen Märchens‹, wie Laßwitz es nennt.

Gleich zu Beginn seines Essays spricht sich Laßwitz gegen statische Utopien aus (wie H. G. Wells nach ihm in ›*A Modern Utopia*‹) und gegen den Chiliasmus, denn »Unzufriedenheit und Hoffnung« seien die Triebfedern menschlichen Lebens. Daß dieses Streben ewig andauere, habe nun nicht zu bedeuten, daß es vergeblich sei; es muß, solle der Wille dazu nicht erlahmen, im großen und ganzen von Erfolg gekrönt sein. Das Übel aber kann niemals aus der Welt verschwinden, da dann ja auch der Wille zum Streben verschwände; aber es tritt ein relativer Zustand des Fortschritts ein. Die materiellen Mittel für die Verbesserung aber könne nur eine bessere Beherrschung der Natur, könnten nur Wissenschaft und Technik bringen, nicht jedoch die Religion. Religion und Moral sind zwar unentbehrliche Begleiter des Fortschritts, für sich allein aber nicht ausreichend, »Kultur, Hebung des Menschenlebens« zu schaffen. Sie sind die Ideen, welche die Richtung weisen, die Mittel aber liefert allein die Erkenntnis. Zwar betont Laßwitz die »ethische Kraft des Technischen, die in dem Bewußtsein des Schaffen-Könnens enthalten ist«, doch sieht er den Fortschritt nicht als etwas Automatisches, sondern als etwas, das ständig aufs neue errungen werden muß. War er auch Optimist, so war er doch keineswegs ein völlig unkritischer bürgerlicher Optimist, sowenig er die Schrecken ahnte, welche die Zukunft in sich barg.

Gegen Ende seines Aufsatzes kommt Laßwitz auf die neue Form des naturwissenschaftlichen Märchens zu sprechen und verteidigt sie durch die Behauptung, die Dichtung könne sich ihren Stoff von überallher nehmen, von vornherein könne man nicht beurteilen, ob etwas poetisch sei oder nicht. Die neue Dichtung habe die Aufgabe, die gewonnenen Erkenntnisse dem Publikum im subjektiven Gefühl nahezubringen. »Es gilt, das neue Naturgefühl persönlich zu gestalten.« Wie dies ästhetisch geschehen soll – durch simple Popularisierung der Wissenschaft (wie dies Gernsback später in ›*Amazing Stories*‹ versuchte) oder indem die Wissenschaft sozusagen in Poesie transformiert wird, darüber läßt Laßwitz nichts verlauten[17]. Dieser Essay ist eine der historisch ersten Rechtfertigungen der Science Fiction.

Von Laßwitzens späteren Erzählungen war ›*Homchen*‹, ›ein Tiermärchen aus der oberen Kreide‹ (1902), ein Roman unter dem Einfluß Darwins, am bedeutsamsten. Homchen ist ein Beuteltier, ein Vorfahre des Menschen, tapferer als die anderen und intelligenter, ein Prometheus im Tierreich (heute würden wir ihn einen Mutanten nennen), der selbst das Feuer entdeckt. Aber Genie ist in dieser Ära fehl am Platze – die Beuteltierchen fürchten das Feuer so stark, daß sie seine Verwendung ablehnen –; und Homchen, von allen mißverstanden, ist für den Rest seines Lebens ein Ausgestoßener. Er ist seiner Zeit zu weit voraus, und sein Überlegenheitsgefühl trennt ihn nur noch stärker von seinen Gefährten. Das ist ein reizendes, naives Märchen, in dem die Tiere mit der Rede begabt sind.

Die späteren Romane, obwohl von Laßwitz selbst und einigen seiner Zeitgenossen höher eingeschätzt, halten keinen Vergleich mit den Geschichten der Zeit zwischen 1890 und 1902 aus; sie sind nur noch von historischem Interesse. In ›*Aspira*‹ (1906) nimmt eine Wolke Frauengestalt an. Dieser Roman zeigt erneut den Einfluß Fechners, der glaubte, daß alle lebenden Wesen Seelen hätten, und diese später selbst Planeten und Sternen zuschrieb[18]. In ›*Sternentau*‹ (1909) schweben intelligente Blumen, in der Art der hypothetischen Lebenssporen des Svante Arrhenius, zur Erde und entfernen sich wieder zum Neptunsmond, nachdem sie die kriegerische und gewalttätige Natur des Menschen festgestellt haben.

Wie ›*Aspira*‹ beruht auch dieser Roman auf den Gedanken Fechners, weist kaum Charaktere oder Handlung auf, zerredet ohne Unterlaß Kant und ist unerträglich kitschig.

Als Schriftsteller wies Laßwitz unübersehbare Schwächen auf: seine hölzerne, überidealisierte Charakterisierung, seine falsche Gefühlsseligkeit und eine übermäßig zu Papier schlagende Lehrhaftigkeit. Anerkennung verdient sein redlicher Versuch, technische Fragen mit ethnischen Belangen zu verknüpfen, ein Vorgehen, das in Einzelheiten zwar fragwürdig, aber als Prinzip zu schätzen ist und auch von seinen Nachfolgern stärker berücksichtigt werden sollte. Seine Präsentation ähnelt im übrigen der der modernen Science Fiction: die technischen Wunder sind nicht Endzweck, sondern dienen, nach anfänglichem Staunen, nur als Sprungbrett für weiterreichende Spekulation. Sehr modern mutet Laßwitz' Vorgehen schon in ›*Bilder aus der Zukunft*‹ an, wo er keine Menschen aus seiner Zeit in eine andere Welt, in seinem Fall die Zukunft, versetzt, was damals der übliche Kunstgriff war, um die Handlung zu ermöglichen, sondern den Leser gleich mitten hinein in die Zukunftswelt stellt.

Wissenschaft und Technik waren für Laßwitz nur Mittel, nicht Selbstzweck; Mittel zur ethischen Verbesserung der Menschheit. An Gesellschaftsproblemen hatte Laßwitz jedoch keinerlei Interesse[19]. Für ihn stand das allgemeine Glück außer Zweifel, verbesserte jeder nur sich selbst als sittliches Wesen, wodurch sich nach Laßwitz' Ansicht die Reorganisation des Gemeinwesens erübrigen würde. So streben etwa die Utopier von Apoikis nicht nach dem Glück der großen Zahl: »*... das Glück eines Volkes besteht nicht in der möglichst großen Menge von einzelnen Centren des Bewußtseins, sondern in der intensiven und gleichmäßigen Concentration des Bewußtseins in jedem einzelnen Individuum.*« Marx und Engels werden nirgendwo in seinem Werk zitiert (genausowenig wie übrigens Nietzsche, dessen Übermenschenideal manche in ›*Auf zwei Planeten*‹ zu erblicken meinten). Für zeitgenössische Sozialbewegungen hatte Laßwitz weder Interesse noch Verständnis, und man fragt sich zuweilen, ob er überhaupt um sie wußte. Zu fest verankert war in ihm, was er in seinem Buch über Fechner das »unvertilgbare Bedürfnis des Menschengemüts« nannte, »die Rätsel der Welt in einem Zusammenhange zu schauen, in welchem die Ideale des Guten und Schönen das Bestimmende bleiben«.

Heute finden wir seinen Optimismus und seinen Idealismus, beide so charakteristisch fürs 19. Jahrhundert, naiv; Redlichkeit wird man ihm nicht absprechen können. Den prinzipiell bedenklichen Zug in seinen sozial-meliorativen Konstruktionen aber hat ein heute vergessener Kritiker schon damals bloßgelegt:

»... muß er sich hüten, die interessanten Phänomene und Probleme der modernen Naturforschung durch moralische Salbadereien zu verwässern und zu verderben. Es macht noch Vergnügen, sich technische oder wissenschaftliche Schwierigkeiten wegzudenken, mindestens regt es das Kombinationsvermögen an; in der Moral aber und Politik ist das immer ein Zeichen von Impotenz. Dichter und Moralisten haben gerade darin ihre Größe, daß sie die Schwierigkeiten noch aufhäufen. Ein Dichter stellt die Kompliziertheit moralischer Phänomene und Schwierigkeiten dar. Er kastriert das Leben nicht, sondern erhöht seine Potenz.«[20]

Sowohl ästhetisch wie ethisch ist Laßwitz' Methode suspekt. Seine Charaktere reden wohl viel von ihren Prinzipien, aber sie verkörpern sie nicht. Eine Prosa, die nur moralisch perfekte oder nahezu perfekte Charaktere enthält, ist aber selbst nicht moralisch; denn sie verfälscht das Leben, sie ist selber unwahr, und was unwahr ist, kann niemals moralisch sein. Die sich so ethisch gebärdenden Menschen Laßwitz' werden niemals ernsthaft auf die Probe gestellt, und selbst die hohen Prinzipien der Marsianer versagen, als sie sich auf der Erde der ersten echten Prüfung in Tausenden von Jahren ausgesetzt sehen; sie führen sich genauso auf wie die menschlichen Imperialisten. Der erzieherische Wert solcher Geschichten ist gering, weil ihr dramatischer Wert so gering ist. Sie belehren, aber sie erschüttern nicht; der Wert derartiger utopischer Konstruktionen liegt allein in den Gedanken, die sie enthalten; und je vollkommener ein Charakter, desto langweiliger für den Leser. Laßwitz' Vorzüge: die Klarheit seiner Darstellung und die Leichtigkeit seines Stils, sein sicheres Erfassen wissenschaftlicher Probleme, sind die Tugenden des Essayisten, nicht die des Romanciers. Bei ihm ist alles wohlgeordnet, grundvernünftig, aber menschlich fad und ohne symbolische Tiefendimension. Doch muß man wohl Zugeständnisse an die Zeit und das Genre machen, in denen er schrieb; ihnen konnte er sich nicht entziehen. Einige seiner satirisch-humoristischen Erzählungen vermögen jedoch auch heute noch zu fesseln; in ihnen nahm er vieles vorweg, was die Science Fiction erst später wiederaufgriff.

Selbst in Deutschland erreichte Laßwitz, trotz einiger Nachahmer (wie Carl Grunert in seinen vier Novellenbänden), nie die Beliebtheit oder Bedeutung eines Wells oder Verne. Verglichen mit der Vorstellungskraft und dem Erfindungsreichtum dieser beiden Männer, ist Laßwitz ein biederer Schreiber, ordnungsliebend und gewissenhaft bis zur Pedanterie, brav und kaum viel mehr.

Doch trugen auch außerliterarische Faktoren dazu bei, den Einfluß Laßwitz' gering zu halten. Nach dem ersten Weltkrieg wurde Deutschland mehr und mehr nationalistischer, und speziell das ›neue‹ Deutschland, das 1933 seine Bücher verbot, hatte wenig Verwendung für seine pazifistische und pluralistische Botschaft, für seine Toleranz und seine Kulturideale.[21] Nach dem Zweiten Weltkrieg aber ist fast alle deutsche ›utopische‹ Literatur nur ein schwacher Absud angloamerikanischer Massenproduktion. Als Pionier der Science Fiction jedoch ist Laßwitz von bleibender Bedeutung; in Ländern wie den Vereinigten Staaten haben weitaus schlechtere Schriftsteller der Science Fiction ihre heutige Form gegeben.

1 *The Magazine of Fantasy and Science Fiction*, July 1955, S. 102.

2 Martin Schwonke: ›*Vom Staatsroman zur Science Fiction*‹, Stuttgart: Ferdinand Enke Verlag 1957.

3 Hans-Jürgen Krysmanski, ›*Die utopische Methode*‹, Köln und Opladen: Westdeutscher Verlag 1963.

4 ›*Explorers of the Infinite*‹, New York und Cleveland: World Publishing Co. 1963, S. 88–105.

5 Obwohl Laßwitz Englisch las, ist es höchst unwahrscheinlich, daß er von Hales Kurzgeschichte wußte. Und es ist noch unwahrscheinlicher, daß er Konstantin Ziolkowskis ›*Träume von Erde und Himmel*‹ (1895, wiederabgedruckt in *The Call of the Cosmos,* Moskau: Verlag für fremdsprachige Literatur o. J.) kannte, worin erstmals die Schaffung eines künstlichen Mondes zur Erleichterung der Raumfahrt vorgeschlagen wurde.

6 ›*Auf zwei Planeten*‹, Bd I, S. 245.

7 ›*Auf zwei Planeten*‹, Band II, S. 233.

8 Man vergleiche die Gehirnorgel mit dem Instrument, dessen sich A. E. van Vogts Grosvenor in ›*The Voyage of the Space Beagle*‹ bedient.

9 Siehe etwa Jack Vances ›The Enchanted Princess‹, *Orbit,* December 1954.

10 Ein anderer Aspekt dieses Problems zeigt sich in Laßwitz' Kurzgeschichte ›*In der Universalbibliothek*‹.

11 ›*Seifenblasen*‹.

12 ›*Science Fiction: What It's All About*‹, New York: Ace Books 1971, S. 41-43.

13 Die erste Kurzgeschichtensammlung des Autors war ›*Seifenblasen*‹ (1890, viele spätere Auflagen), gefolgt von ›*Nie und Immer*‹ (1902), das auch den Roman ›*Homchen*‹ enthielt, und dem nachgelassenen Band ›*Empfundenes und Erkanntes*‹ (1920). Die Kurzgeschichten aus ›*Nie und Immer*‹ erschienen auch separat unter dem Titel ›*Traumkristalle*‹. Alle Bände erschienen bei B. Elischer in Leipzig.

14 Wie der Professor der Geschichte war K. Laßwitz selbst Mathematiker. Von 1876-1908 unterrichtete er am Gymnasium Ernestinum in Gotha. Obwohl er mit den Arbeiten von Gauß, Rieman und Lobatschewsky über nichteuklidische Räume vertraut war, glaubte er jedoch, sie hätten keine physikalische Berechtigung.

In ›*Seelen und Ziele*‹ verneinte er glattweg, daß sich die Physik jemals gezwungen sehen könnte, eine nichteuklidische Theorie des Raumes zu akzeptieren. Offenbar weigerte er sich, Kants Theorie des euklidischen Raums als einer Kategorie der Wahrnehmung zu revidieren.

15 Wie Willy Ley in seinem Nachwort (S. 244-247) zur amerikanischen Übersetzung (in Clifton Fadiman, ›*Fantasia Mathematica*‹, New York: Simon & Schuster 1958) erklärt, geht die Idee – wie die des Computers – auf den spanischen Mathematiker Raimundus Lullus (1235-1315) zurück.

16 Siehe Willy Leys Nachwort, op. cit.

17 Der Autor erklärt: »Ich weiß nicht, wie man daran zweifeln kann ... und würde auf die ästhetische Frage gar nicht eingehen, wenn nicht allen Ernstes prinzipielle Einwendungen erhoben worden wären, wonach das Reich der Zukunftsträume überhaupt poetisch unfruchtbar sein soll.« (›*Wirklichkeiten*‹, Leipzig: B. Elischer's Nachf. o. J. [1904], S. 440.)

18 Fechner war der Meinung, daß das Bewußtsein nicht unbedingt an das Vorhandensein eines Nervensystems gebunden sei (›*Nanna oder das Seelenleben der Pflanzen*‹, 1848). In dem Buch ›*Zend Avesta*‹ (›Lebendiges Wort‹) sprach Fechner selbst der Erde und den anderen Himmelskörpern Seelen zu.

19 Man vergleiche die Einstellung zur Sozialisierung in ›*Der Traumfabrikant*‹.

20 Leo Berg, ›*Der Zukunftsroman*‹, *Das litterarische Echo* 2 (1899), Nr. 3, Spalte 159-165.

21 Hans Dominik, der bislang erfolgreichste deutsche Autor von utopischen Romanen, ist ein Musterbeispiel dafür. Jedes seiner Bücher dreht sich um lediglich eine Erfindung: ein neuer Raketentreibstoff, ein unsichtbarmachender Stoff, ein unglaublich festes Metall usw. Um diesen Kern an Erfindung spinnt er eine herkömmliche Geschichte von Spionage und Verschwörung, die in der Regel in einem großen Krieg kulminiert, entweder zwischen Deutschland und Amerika, Amerika und Japan, oder der weißen Rasse gegen die gelbe, wobei die Erstgenannten immer siegen.

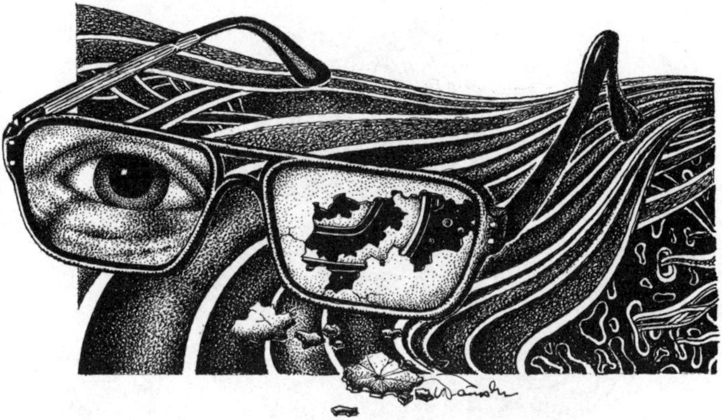

Helmut Wenske

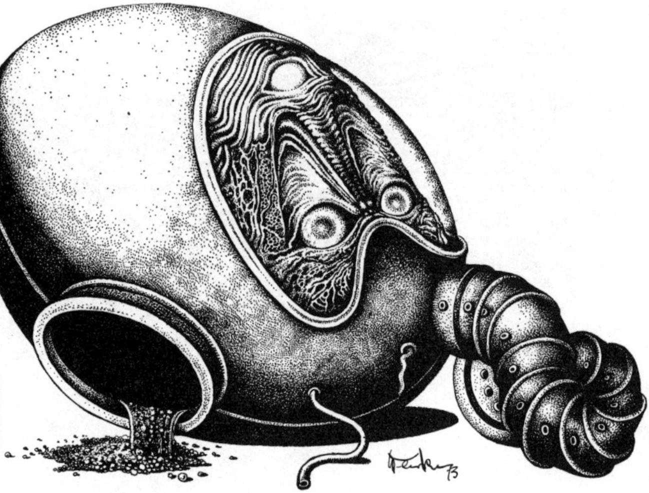

Helmut Wenske

Kurd Laßwitz
Die Universalbibliothek

»Nun setze dich endlich einmal her, Max«, sagte der Professor Wallhausen, »es ist wirklich nichts für deine Zeitschrift unter meinen Papieren. Was darf ich dir eingießen, Wein oder Bier?«

Max Burkel trat an den Tisch und zog die Augenbrauen bedächtig in die Höhe. Dann ließ er seine kräftige Figur behäbig auf dem Lehnstuhl nieder und sprach:

»Eigentlich bin ich Temperenzler geworden. Aber auf Reisen – ich sehe, ihr habt da so ein prächtiges Kulmbacher – ach, ich danke sehr, liebes Fräulein – nicht so voll! Na, wohl bekomm's, alter Knabe, verehrte Freundin! Prosit, Fräulein Briggen! Das ist riesig gemütlich, daß ich wieder einmal bei dir sitze. Aber, da hilft nun nichts, schreiben mußt du mir doch etwas.«

»Weiß augenblicklich wirklich nichts. Es wird überhaupt schon so entsetzlich viel Überflüssiges geschrieben und leider auch gedruckt –«

»Das brauchst du einem geplagten Redakteur wahrhaftig nicht erst zu sagen. Es fragt sich nur, *was* davon das Überflüssige ist. Darüber sind Publikum und Autor sehr verschiedener Ansicht. Und unsereiner trifft immer gerade das, was die Kritik für überflüssig hält. Ha, ich freue mich« – und er rieb sich vergnügt die Hände – »daß mein Vertreter noch drei Wochen für mich schwitzen muß.«

»Ich wundere mich«, begann die Hausfrau, »daß Sie überhaupt immer noch etwas Neues zu drucken haben. Ich dächte, es müßte nun so ziemlich alles durchprobiert sein, was Sie mit Ihren paar Lettern zusammenstellen können.«

»Das ist eigentlich wahr, Frau Professor – sollte man denken – aber, der menschliche Geist ist unerschöpflich –«

»In Wiederholungen – meinen Sie.«

»Gott sei Dank, ja!« lachte Burkel. »Aber doch auch an Neuem.«

»Und trotzdem«, bemerkte der Professor, »vermag man alles in Lettern darzustellen, was der Menschheit jemals gegeben werden kann an geschichtlichem Erlebnis, an wissenschaftlicher Erkenntnis, an poetischer Kraft, an Lehren der Weisheit. Wenigstens, soweit es sich in der Sprache ausdrükken läßt. Denn unsere Bücher vermitteln doch tatsächlich das Wissen der Menschheit und bewahren den Schatz, den die Arbeit des Denkens gehäuft hat. Die Zahl der möglichen Kombinationen gegebener Buchstaben ist aber begrenzt. Also muß alle überhaupt mögliche Literatur sich in einer endlichen Anzahl von Bänden niederlegen lassen.«

»Na, alter Freund, da redest du wohl wieder einmal mehr als Mathematiker denn als Philosoph. Wie soll das Unerschöpfliche endlich sein?«

»Erlaube, ich will dir gleich ausrechnen, wieviel Bände die Universalbibliothek haben wird.«

»Du, Onkel, wird's sehr gelehrt?« fragte Susanne Briggen.

»Aber Suse, für eine junge Dame, die eben aus der Pension kommt, ist doch nichts zu gelehrt?«

»Danke schön, Onkel, aber ich fragte eigentlich nur, um zu wissen, ob ich mir meine Handarbeit dazu holen soll, weil – ich dann besser nachdenken kann, weißt du.«

»Aha, Schlauköpfchen, du wolltest eigentlich wissen, ob ich eine sehr lange Rede halten werde. Ich denke gar nicht dran. Doch du könntest mir einmal dort den Bogen Papier vom Schreibtisch geben und den Bleistift.«

»Bringen Sie nur auch gleich die Logarithmentafel mit«, bemerkte Burkel trocken.

»Um Gottes willen«, wehrte die Hausfrau.

»Nein, nein, ist nicht nötig«, rief der Professor. »Und mit der Handarbeit brauchst du nicht zu protzen, Suse.«

»Hier hast du eine bequemere«, sagte die Hausfrau und schob ihr die Schale mit Äpfeln und Nüssen hin.

»Danke«, antwortete Susanne, und ergriff den Nußknacker. »Nun nehme ich's mit deinen härtesten Nüssen auf.«

»Jetzt kann erst einmal unser Freund reden«, begann der Professor. »Ich frage: Wenn man sich knapp einrichtet und auf besondere ästhetische Darstellung durch verschiedene Schriftgattungen verzichtet, auch mit einem Leser rechnet, der es nicht zu bequem haben will, dem es nur auf den Sinn ankommt –«

»Aber den gibt's ja gar nicht.«

»Nun, nehmen wir ihn an. Wieviel Lettern wird man für die gesamte schöne und Unterhaltungsliteratur brauchen?«

»Na«, sagte Burkel, »beschränken wir uns auf die großen und kleinen Buchstaben des lateinischen Alphabets, die gebräuchlichen Interpunktionszeichen, die Ziffern und – nicht zu vergessen – das Spatium –«

Susanne blickte fragend von ihren Nüssen auf.

»Das ist die Type für den Zwischenraum, wodurch der Setzer die einzelnen Worte auseinanderhält und die leer bleibenden Stellen ausfüllt. Das wäre also nicht zuviel. – Aber für wissenschaftliche Bücher! Was habt ihr Mathematiker für eine Masse Symbole!«

»Da helfen wir uns durch Indizes, durch kleine Zahlen, die wir oben oder unten an die Buchstaben des Alphabets setzen, wie a_0, a_1, a_2 usw. Dazu brauchen wir nur noch eine zweite und dritte Reihe der Ziffern von 0 bis 9. Ja dadurch könnte man sogar bei ausreichender Verabredung beliebige fremdsprachliche Laute darstellen.«

»Meinetwegen. Ich will auch das deinem Idealleser zutrauen. Dann schätze ich, daß wir allerdings nicht mehr als etwa hundert verschiedene Zeichen nötig haben, um alles Denkbare durch die Schrift ausdrücken zu können.«

»Nun, sieh mal an. Und wie stark wollen wir einen Band machen?«

»Ich meine, man kann schon recht erschöpfend über ein Thema schreiben, wenn man einen Band von fünfhundert Seiten damit anfüllt. Denken wir uns auf der Seite etwa 40 Zeilen mit 50 Buchstaben (wobei natürlich Spatien, Interpunktion usw. stets mitgezählt sind), so bekommen wir 40 × 50 × 500 Buchstaben für einen solchen Band, das gibt – – Ja, das kannst du lieber ausrechnen.«

»Eine Million«, sagte der Professor. »Wenn man also unsere 100 Zeichen, beliebig oft wiederholt, in irgendeiner Ordnung so oft zusammenstellt, daß sie einen Band von einer Million Buchstaben füllen, so wird man irgendein Schriftwerk bekommen. Und wenn man *alle möglichen* Zusammenstellungen sich denkt, die überhaupt in dieser Weise rein mechanisch gemacht werden können, so hat man genau sämtliche Werke, die jemals in der Literatur geschrieben worden sind oder in Zukunft geschrieben werden können.«

Burkel schlug den Freund kräftig auf die Schulter.

»Du, auf die Universalbibliothek abonniere ich. Dann habe ich ja sämtliche zukünftigen Bände der Zeitschrift schon fix und fertig in der Druckvorlage. Ich brauche mich um keine Beiträge zu kümmern. Das ist ja prachtvoll für den Verleger, das ist die Ausschaltung des Autors aus dem Geschäftsbetriebe! Ersatz des Schriftstellers durch die Kombinationsmaschine, Triumph der Technik!«

»Wie?« rief die Hausfrau. »Alles ist in der Bibliothek? Auch der ganze Goethe? Die Bibel? Die Gesamtausgaben der Werke aller Philosophen, die nur je gelebt haben?«

»Und sogar mit sämtlichen Lesarten, auf die noch kein Mensch gekommen ist. Du findest da auch sämtliche verlorenen Schriften des Platon oder des Tacitus und die Übersetzungen dazu. Ferner sämtliche zukünftigen Werke von uns beiden, alle vergessenen und noch zu haltenden Reichstagsreden, den allgemeinen Weltfriedensvertrag, die Geschichte der darauffolgenden Zukunftskriege –«

»Und das Reichskursbuch, Onkel!« rief Susanne. »Das ist doch dein Lieblingsbuch.«

»Gewiß, und deine sämtlichen deutschen Aufsätze bei Fräulein Grazelau.«

»Ach, hätte ich doch das Buch schon im Pensionat

gehabt! Aber ich denke, es handelt sich immer um einen ganzen Band –«

»Erlauben Sie, Fräulein Briggen«, fiel Burkel ein, »vergessen Sie nicht die Spatien. – Jedes kleinste Verschen kann einen Band für sich bekommen, das übrige ist dann leer. Und wir können auch die längsten Werke darin haben, denn wenn sie in *einem* Bande nicht Platz finden, da suchen wir einfach die Fortsetzung in einem andern.«

»Na, ich danke für das Heraussuchen«, sagte die Hausfrau.

»Damit hat es auch seinen Haken«, begann der Professor schmunzelnd, indem er sich in seinen Sessel zurücklehnte und den Rauch seiner Zigarre behaglich mit den Blicken verfolgte. »Es könnte zwar scheinen, als ob das Heraussuchen dadurch erleichtert würde, daß die Bibliothek auch ihren eigenen Katalog enthalten muß –«

»Nun also –«

»Ja, aber wie willst du den herausfinden? Und wenn du einen Band gefunden hättest, so wärest du auch nicht weiter, denn es sind ja nicht bloß die richtigen, sondern auch alle möglichen falschen Titel und Signaturen darin.«

»Teufel auch, das ist wahr!«

»Hm! Es gibt da so einige Schwierigkeiten. Nehmen wir z. B. den ersten Band unserer Bibliothek zur Hand. Die erste Seite ist leer, die zweite ebenfalls, und so fort, alle 500 Seiten. Es ist nämlich der Band, worin das Zeichen des Spatiums ein Millionenmal wiederholt ist –«

»Da kann wenigstens kein Unsinn darin stehen«, warf Frau Wallhausen ein.

»Ein Trost! Nun der zweite Band, auch leer, alles leer, bis auf der letzten Seite, ganz unten, an der millionsten Zeichenstelle ein schüchternes a steht. Im dritten Bande ist es wieder so, nur daß das a um eine Stelle vorgerückt ist, an letzter Stelle steht jetzt wieder das Spatium. Und so schiebt sich das a in jedem Bande um eine Stelle weiter nach vorn durch eine Million Bände, bis es im ersten Band der zweiten Million glücklich die erste Stelle erreicht hat. Weiter steht nichts in diesem interessanten Bande. Und so geht es durch die ersten hundert Millionen unserer Bände, bis alle hundert Zeichen ihren einsamen Weg von hinten nach vorn durchlaufen haben. Ein gleiches wiederholt sich dann mit aa oder mit irgend zwei anderen Zeichen in allen möglichen Stellungen. Ein Band bringt nur Punkte, einer nur Fragezeichen.«

»Na«, sagte Burkel, »diese inhaltlosen Bände würde man ja bald erkennen und ausscheiden –.«

»Hm, ja – aber das Schlimmste kommt erst, wenn man einen scheinbar vernünftigen Band gefunden hat. Du willst z. B. etwas im »Faust« nachsehen und triffst auch wirklich den Band mit dem richtigen Anfang. Und wenn du ein Stückchen gelesen hast, geht es auf einmal weiter: »Papperle, happerle, nichts ist da!«, oder einfach »aaaaa« . . . Oder es beginnt eine Logarithmentafel, aber auch von der weiß man nicht, ob sie richtig ist. Denn in unserer Bibliothek steht ja nicht nur alles Richtige, sondern auch alles Falsche. Durch die Überschriften darf man sich nicht irreführen lassen. Ein Band fängt vielleicht an: »Geschichte des Dreißigjährigen Krieges« und geht weiter: »Als Fürst Blücher die Königin von Dahomey bei den Thermopylen geheiratet hatte . . .«

»Du, Onkel, das ist etwas für mich!« rief Susanne vergnügt. »Die Bände könnte ich schreiben, denn wenn es durcheinandergehen soll, da entwickle ich großes Talent. Da steht gewiß auch der Anfang drin, den ich einmal von der Iphigenie deklamiert habe:

»Heraus in eure Schatten, rege Wipfel,
Der Not gehorchend, nicht dem eignen Trieb,
auf diese Bank von Stein will ich mich setzen.«

Wenn das da gedruckt stände, so wäre ich doch gerechtfertigt. Und da fände ich gewiß auch den langen Brief, den ich an euch geschrieben habe und der dann auf einmal verschwunden war, als ich ihn abschicken wollte. Mika hatte ja ihre

Schulbücher daraufgelegt. – O je!« unterbrach sie sich verlegen, indem sie die widerspenstigen braunen Haare aus der Stirn strich. »Fräulein Grazelau hat mir doch ausdrücklich gesagt, ich soll mich in acht nehmen, daß ich ja nicht ins Schwatzen komme!«

»Hier bist du ganz gerechtfertigt«, tröstete der Onkel. »Denn in unserer Bibliothek stehen nicht nur deine sämtlichen Briefe, sondern auch sämtliche Reden, die du je gehalten hast oder halten wirst –«

»Ach, da gib doch lieber die Bibliothek nicht heraus!«

»Sorge dich nicht, sie stehen ja nicht bloß mit deinem Namen, sondern auch mit dem von Goethe und überhaupt mit sämtlichen möglichen Namen der Welt unterzeichnet. Da findet z. B. auch unser Freund mit seiner Unterschrift verantwortlich gezeichnete Artikel, die alle denkbaren Preßvergehen enthalten, so daß sein ganzes Leben nicht ausreicht, die Strafen abzusitzen. Da findet sich ein Buch von ihm, wo hinter jedem Satze steht, daß er falsch ist, und ein Band, wo hinter genau denselben Sätzen die Wahrheit beschworen wird – –«

»Na, nun ist's gut«, rief Burkel lachend. »Ich wußte ja gleich, daß du uns etwas aufbinden würdest. Also, ich abonniere nicht auf die Universalbibliothek, denn es ist ja unmöglich, den Sinn aus dem Unsinn, das Richtige aus dem Falschen herauszusuchen. Wenn ich nun so und soviel Millionen Bände finde, die alle behaupten, die wahre Geschichte des Deutschen Reiches im 20. Jahrhundert zu enthalten, und die sich alle vollständig widersprechen, da kann ich ja gleich die Werke der Historiker selbst nehmen. Ich verzichte.«

»Das ist sehr schlau von dir. Denn du hättest dir eine hübsche Last aufgeladen. Übrigens flunkere ich nicht. Ich habe ja nicht behauptet, daß du dir das Brauchbare heraussuchen könntest, sondern nur, daß man genau die Zahl der Bände angeben kann, die unsere Universalbibliothek enthält und worin neben allem Sinnlosen auch alle sinnvolle Literatur stehen muß, die überhaupt möglich ist.«

»Da rechne es nur mal aus, wieviel Bände es sind«, sagte die Hausfrau. »Denn dieses weiße Papier läßt dir doch eher keine Ruhe.«

»Das ist ganz einfach, das kann ich im Kopfe machen. Wir überlegen uns nur, wie wir unsere Bibliothek herstellen. Wir setzen zunächst jedes unserer hundert Zeichen einmal hin. Dann fügen wir zu jedem wieder jedes der hundert Zeichen, so daß hundertmal hundert Gruppen zu je zwei Zeichen entstehen. Indem wir zum drittenmal jedes Zeichen hinzusetzen, bekommen wir $100 \times 100 \times 100$ Gruppen von je drei Zeichen, und so fort. Und da wir eine Million Stellen im Bande zur Verfügung haben, so entstehen so viel Bände, als eine Zahl angibt, die man erhält, wenn man 100 einmillionenmal als Faktor setzt. Da 100 gleich zehnmal zehn ist, so bekommt man dasselbe, wenn man die Zehn zweimillionenmal als Faktor schreibt. Das ist also einfach eine Eins mit zwei Millionen Nullen. Hier steht sie: Zehn hoch zwei Millionen: $10^{2\,000\,000}$.«

Der Professor hielt das Papier in die Höhe.

»Ja«, rief seine Frau, »ihr macht euch die Sache leicht. Aber schreibe sie einmal aus.«

»Ich werde mich hüten. Da hätte ich mindestens zwei Wochen lang Tag und Nacht ohne Pause daran zu schreiben: Die Zahl würde im Druck etwa eine Länge von vier Kilometern erreichen.«

»Puh!« rief Susanne. »Wie spricht man denn die aus?«

»Dafür haben wir keinen Namen. Ja, es gibt überhaupt gar kein Mittel, sie uns auch nur einigermaßen zu veranschaulichen, so kolossal ist diese Menge, obwohl sie endlich angebbar ist. Was man auch sonst an gewaltigen Größen nennen mag, das verschwindet gegen dieses Zahlenmonstrum.«

»Wie wär' es denn«, fragte Burkel, »wenn man sie in Trillionen angäbe?«

»Eine Trillion ist ja eine ganz hübsche Zahl, eine Milliarde

Milliarden, eine Eins mit 18 Nullen. Wenn du unsere Bändezahl damit dividiertest, würdest du also von den zwei Millionen Nullen gerade 18 streichen. Du bekommst demnach eine Zahl mit 1 999 982 Nullen, womit du ebensowenig eine Anschauung verbinden kannst. Aber halt – einen Augenblick« – der Professor warf ein paar Zahlen auf das Papier.

»Dacht' ich's doch«, sagte seine Frau. »Nun wird doch noch gerechnet!«

»Ich bin schon fertig. Weißt du, was diese Zahl für unsre Bibliothek bedeutet? Nehmen wir einmal an, jeder unsrer Bände sei nur zwei Zentimeter dick und wir hätten sie alle in einer Reihe aufgestellt – was meint ihr, wie lang die Reihe wäre?«

Er sah sich triumphierend um, als alle schwiegen.

Da sagte Susanne plötzlich: »Ich weiß es! Darf ich's sagen?«

»Immer los, Suse!«

»Doppelt soviel Zentimeter, als die Bibliothek Bände hat.«

»Bravo, bravo!« riefen alle. »Das genügt vollständig.«

»Ja«, sagte der Professor, »aber wir wollen es uns doch noch etwas genauer ansehen. Ihr wißt, daß das Licht in einer Sekunde 300 000 Kilometer durchläuft, also in einem Jahr ungefähr zehn Billionen Kilometer, was gleich einer Trillion Zentimeter ist. Wenn also der Bibliothekar mit der Geschwindigkeit des Lichtes an unserer Bändereihe entlangsaust, so würde er doch zwei Jahre brauchen, um an einer einzigen Trillion Bände vorüberzukommen. Und um an der ganzen Bibliothek entlangzufahren, wären demnach doppelt soviel Jahre nötig, als eine Trillion in der Bändezahl enthalten ist, das gibt, wie vorhin gesagt, eine Eins mit 1 999 982 Nullen. Was ich damit nur verdeutlichen wollte: Man kann sich die Zahl der Jahre, die das Licht braucht, an der Bibliothek entlangzulaufen, ebensowenig vorstellen, wie die Zahl der

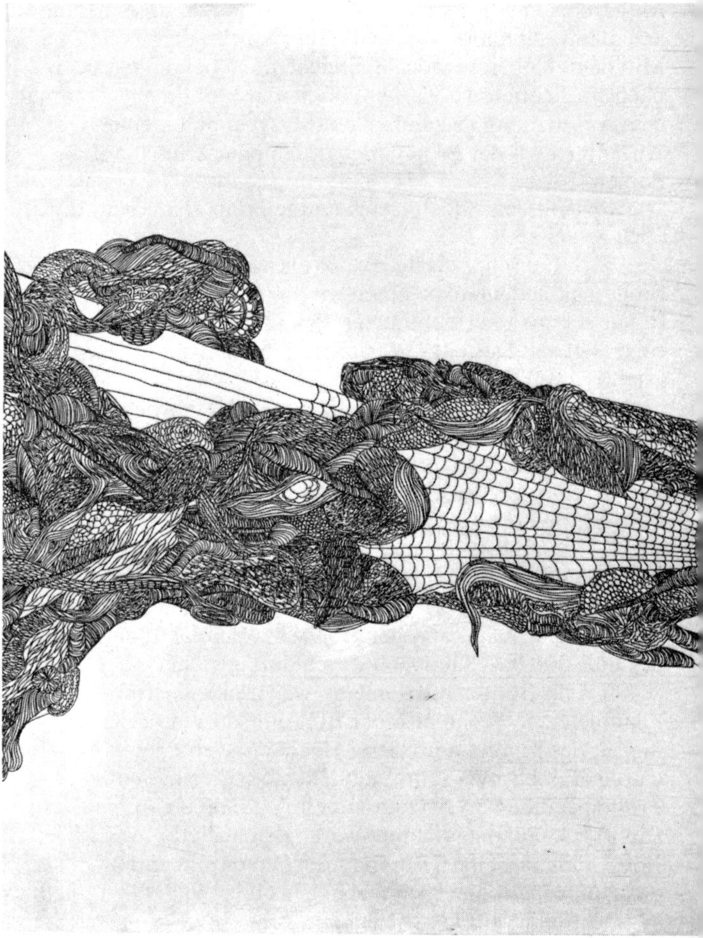

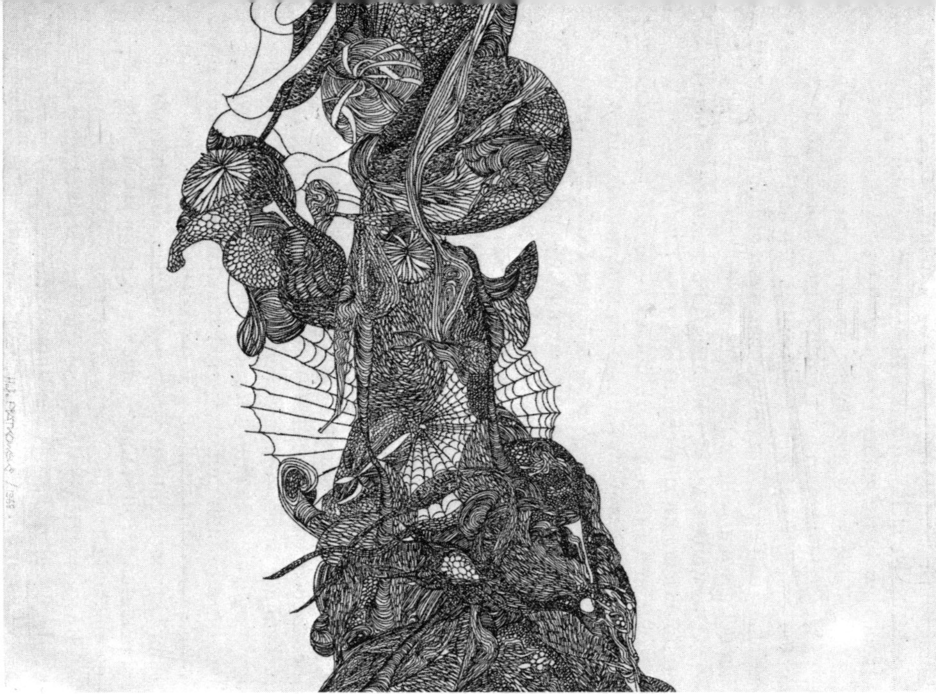

Hans Joachim Piatkowski

Bände selbst. Und das zeigt wohl am klarsten, daß es vergebliche Mühe ist, sich von dieser Zahl eine Anschauung zu bilden, obwohl sie *endlich* ist.«

Der Professor wollte das Papier fortlegen, da sagte Burkel: »Wenn die Damen noch einen Augenblick gestatten, möchte ich bloß noch eine Frage stellen. Ich habe den Verdacht, daß du da eine Bibliothek ausgerechnet hast, für die es in der ganzen Welt keinen Platz gibt.«

»Das werden wir gleich haben«, bemerkte der Professor und fing wieder an zu rechnen. Dann begann er:

»Wenn wir die ganze Bibliothek zusammenpackten, so daß 1000 Bände auf ein Kubikmeter kommen, so würde, um sie zu fassen, der ganze Weltraum bis zu den fernsten uns sichtbaren Nebelflecken so oft genommen werden müssen, daß auch diese Zahl der vollgepackten Welträume nur einige 60 Nullen weniger hätte, als die 1 mit den zwei Millionen Nullen, die unsre Bändezahl angibt. Also, es bleibt dabei – wir kommen auf keine Weise dieser Riesenzahl näher.«

»Siehst du«, sagte Burkel, »ich hatte schon recht, daß sie unerschöpflich ist.«

»Doch nicht. Subtrahiere sie nur von sich selbst, so hast du »Null«. Sie ist endlich, sie ist als Begriff fest definiert. Das Überraschende ist nur dies. Wir schreiben mit wenigen Ziffern die Zahl der Bände hin, in denen dieses scheinbar Unendliche aller möglichen Literatur verzeichnet steht. Versuchen wir aber, diesen Inhalt nun in unsere Erfahrung aufzunehmen, im einzelnen uns vorzustellen, z. B. wirklich einen solchen Band unsrer Universalbibliothek herauszusuchen, so stehen wir jenem klaren Gebilde unsres eigenen Verstandes wie einem Unendlichen und Unfaßbaren gegenüber.«

Burkel nickte ernsthaft und sprach: »Der Verstand ist unendlich viel größer als das Verständnis.«

»Was ist mit diesem Rätselwort gemeint?« fragte die Hausfrau.

»Ich meine nur, wir können unendlich mehr richtig denken, als wir in der Erfahrung wirklich zu erkennen vermögen. Das Logische ist unendlich mächtiger als das Sinnliche.«

»Das ist eben das Erhebende«, bemerkte Wallhausen. »Das Sinnliche ist vergänglich mit der Zeit, das Logische ist unabhängig von aller Zeit, ist allgemeingültig. Und weil dieses Logische nichts anderes bedeutet als das Denken der Menschheit selbst, so haben wir in diesem zeitlosen Gut einen Anteil an den unwandelbaren Gesetzen des Göttlichen, an der Bestimmung der unendlichen Schöpfermacht. Darauf beruht das Grundrecht der Mathematik.«

»Wohl«, sagte Burkel, »die Gesetze geben uns das Vertrauen auf die Wahrheit. Aber nützen können wir sie erst, wenn wir ihre Form mit lebendigem Erfahrungsstoff gefüllt, d. h. wenn wir den Band gefunden haben, den wir aus der Bibliothek brauchen.«

Wallhausen stimmte zu, und seine Frau sprach leise:

»Denn mit den Göttern
Soll sich nicht messen
Irgendein Mensch.
Hebt er sich aufwärts,
Und berührt
Mit dem Scheitel die Sterne,
Nirgends haften dann
Die unsicheren Sohlen,
Und mit ihm spielen
Wolken und Winde.«

»Der große Meister trifft es«, sagte der Professor. »Doch ohne das logische Gesetz gäbe es nichts Sicheres, das uns zu den Sternen und über die Sterne hebt. Nur dürfen wir den festen Boden der Erfahrung nicht verlassen. Nicht in der Universalbibliothek müssen wir suchen, sondern den Band, dessen wir bedürfen, uns selbst herstellen in dauernder, ernster, ehrlicher Arbeit.«

»Der Zufall spielt, die Vernunft schafft«, rief Burkel. »Und deswegen wirst du morgen aufschreiben, was du heute gespielt hast, und ich werde doch meinen Artikel mitnehmen.«

»Den Gefallen kann ich dir tun«, lachte Wallhausen. »Aber das sage ich dir gleich, deine Leser werden meinen, das ist aus einem der überflüssigen Bände. – Was willst du denn, Suse?«

»Ich will etwas Vernünftiges schaffen«, sagte sie gravitätisch, »ich werde die Form mit Stoff erfüllen.«

Und sie füllte die Gläser aufs neue.

Kurd Laßwitz
Wie der Teufel den Professor holte

»Aber ganz gewiß«, sagte der *Professor,* indem er liebevoll die Asche seiner großen Flor de Ynclan betrachtete, »ganz gewiß hat er mich geholt; in eigener Person.«

»Hohoho!« lachte der *starke Herr.* »Also doch?«

»Und das haben Sie noch gar nicht erzählt?«

»Wer denn?« fragte *die blaue Dame.* »Wer hat Sie geholt?«

»Haben Sie denn nicht gehört?« rief die kleine Frau Brösen ungeduldig. »Der *Teufel* hat den Professor geholt.«

»Aber da sitzt er ja –«

»Weil er ihn eben lebendig geholt hat!« rief der starke Herr.

»Das versteh' ich nicht!«

»Er muß es erzählen.«

Man rückte näher am Tische zusammen.

»Wie sah er denn aus?«

»Wann war denn das?«

»Am vorigen Sonnabend« – der Professor tat einen nachdenklichen Zug an seiner Zigarre – »ich saß wie gewöhnlich abends an meinem Schreibtisch – da klopft es, und auf mein verwundertes Herein – aber erschrecken Sie nicht!«

»Gräßliches will ich nicht hören, nein, nein, nein«, schrie die blaue Dame.

»Gräßlich war es allerdings. Im ersten Augenblick war ich nicht wenig erschrocken.«

Die blaue Dame hielt sich die Ohren zu; aber nicht fest.

»Auf einmal steht jemand im Zimmer und knipst die Hängelampe an, daß ich die Gestalt ganz deutlich erkenne.«

»In einem Mantel, mit feurigen Augen? Ich seh's vor mir!« rief Frau Brösen.

»Es war ein Lodencape und eine goldene Brille; ein

Mann in meiner Größe und Statur, mit grauen Haaren und Schnurrbart, eigentlich ganz gemütlich, aber das Gräßliche war eben –«

»DerPferdefuß?«

»Der Schweif?« kreischte die blaue Dame.

»Nein; – er sah genau aus wie ich selbst – lachen Sie nicht! Ich dachte natürlich an eine Halluzination, und Sie wissen, was das bedeutet bei meinem angegriffenen Gehirn. Ich blieb zunächst ganz starr sitzen. Da sagte mein Doppelgänger sehr höflich:

»Es tut mir leid, daß ich Sie holen muß, Herr Professor, aber ich habe den bestimmten Entschluß gefaßt –«

»Holen, was heißt das? Ich bin nicht Arzt und habe jetzt keine Zeit!« rief ich unwillig.

»Nun, eben *holen*«, sagte der andere. »Ich bin nämlich der Teufel.«

»Der Teufel?! Aber Sie sehen ja aus –«

»Ja, Sie müssen schon entschuldigen. Wenn ich zu Ihnen komme, habe ich diese Ihre Gestalt. Es ist nämlich jeder sein eigener Teufel! Aber nun seien Sie so gut und kommen Sie mit.«

»Wohin denn? Ich glaube weder an Hölle noch an Teufel im Volkessinne.

»Ist auch gar nicht nötig. Ich hole jeden in seinem Sinne, wie er seine Welt sich ausmalt. Sie z. B. werde ich in einem kleinen Weltraum-Automobil mitnehmen. Sie reisen ja so gerne nach den Sternen.«

»Bitte sehr, das tue ich hier am Schreibtisch; ich habe durchaus keine Lust zum Reisen. Außerdem brauchte ich mehrere Wochen Vorbereitung. Erst müßte ich meine Reiseapotheke packen.«

»Ist nicht nötig. Zu Ihrem Vergnügen hole ich Sie ja nicht. Sie sollen zu Ihrer Läuterung hunderttausend Billionen Kilometer reisen. – Das habe ich mir so ausgedacht.«

»Und dann?« fragte ich.

»Nun, das wird sich ja finden. Vielleicht machen wir einen Meteor aus Ihnen, oder Sie werden für tausend Jahre auf den Mars verheiratet – Marsjahre natürlich.«

»Ich danke für beides. Es fällt mir gar nicht ein, mitzukommen. Ich habe hier noch dringende, angefangene Arbeiten.«

»Das hilft alles nichts. Die können Sie unterwegs fertig machen.«

»Also den Hals wollen Sie mir nicht umdrehen?«

»Ich denke nicht daran, wenn Sie gutwillig mitkommen. Wir möchten uns Ihre wertvolle Gehirntätigkeit noch eine Zeitlang erhalten, wenn auch freilich nicht mehr auf der Erde.«

»Aber schließlich leb' ich doch in der *Erdseele* weiter, nicht wahr?«

»Lassen Sie mich in Ruhe«, rief der Teufel ärgerlich. »Ich bin nicht hier, um mich ausfragen zu lassen. Die Erdseele hole ich schließlich auch noch mal!«

»Die Erdseele?« unterbrach die blaue Dame den Professor. »Was ist denn das?«

»Ach, stören Sie doch jetzt nicht«, sagte Frau Brösen. »Der Professor hat doch erst neulich einen Vortrag darüber gehalten!«

»Da konnt' ich ja nicht kommen, da war mein Mädchen fortgelaufen.«

»Na«, rief der starke Herr, »nach Ansicht des Professors ist eben die Erde ein beseeltes Wesen, und wenn wir hier als Menschen nicht mehr leben können, dann leben wir weiter als Erinnerungen der Erdseele.«

»Sagt Fechner«, schaltete der Professor ein.

»Ich auch?« fragte die blaue Dame.

»Sie kommen sogleich in die Sonnenseele«, sagte der Professor, »weil Sie schon jetzt zu den schönsten Erinnerungen der Erdseele gehören.«

»Erzählen Sie doch weiter!« rief Frau Brösen und klopfte auf den Tisch.

Der sanfte Jüngling, der eben etwas sagen wollte, fuhr zusammen und schwieg.

Der Professor nahm einen Schluck aus seinem Glase und sagte:

»Ich bemerkte mit Vergnügen, daß theoretische Fragen den Teufel in einige Verlegenheit zu bringen schienen. Um Zeit zu gewinnen, kramte ich in meinen Manuskripten und wollte eben fragen, ob ich nicht meinen Zeißfeldstecher mitnehmen könnte, aber auf einmal – ich weiß nicht, wie es kam – war ich aus meinem Zimmer heraus und fand mich neben dem Teufel auf einem bequemen Sessel. Die Füße ruhten auf einem Tritt, und ein Geländer umgab uns, sonst aber schwebten wir ganz frei im Raume. Merkwürdigerweise hatte ich gar kein Schwindelgefühl.«

Der starke Herr hustete eigentümlich. Der Professor ließ sich nicht stören.

»Ich nahm mir vor«, fuhr er fort, »mir vom Teufel nicht imponieren zu lassen. Vielleicht konnte ich ihm doch irgendwie beikommen, daß ich ihn los würde. Wäre Faust ein richtiger Mathematiker gewesen, so hätte er sich nicht sein ganzes Leben mit dem Teufel herumzuschlagen brauchen. Ich fühlte mich ruhiger und sagte nichts. Da begann der Teufel: »Nun, wie gefällt Ihnen unser Weltautomobil? Das ist aus Ihrem Ideal, dem absolut festen und durchsichtigen Stellit gefertigt, da können Sie alles aufs schönste überblicken.«

Ich sah mich um. Hinter uns war absolute Nacht, völlige Schwärze. Über, neben und unter uns erkannte ich einzelne Sterne, die nach vorn immer dichter standen, bis sie in der Fahrtrichtung zu einem einzigen hellen Glanze zusammenflossen. Ich konnte mir das gar nicht erklären. Was war das für ein Sternenhimmel? In welcher Gegend der Welt waren wir? Ich mußte wohl längere Zeit bewußtlos gewesen sein.

»Wie lange sind wir schon unterwegs?« fragte ich.

»Etwa eine halbe Stunde«, antwortete der Teufel. »Ich mußte Sie ein bißchen einschläfern, um Sie bequemer hier hereinzubringen. Na, nicht wahr, so was haben Sie noch nicht gesehen?«

»Oh«, sagte ich, »das wird sich ja alles natürlich erklären. Mit welcher Geschwindigkeit fahren wir wohl?«

»Ungefähr mit der zehnfachen Lichtgeschwindigkeit.«

»Hohoho!« lachte der starke Herr. »Das müßte allerdings mit dem Teufel zugehen.«

»Das tat's ja auch«, fuhr der Professor gelassen fort. »Ich überschlug schnell die Sachlage. Zehnfache Lichtgeschwindigkeit, da mußten wir die Entfernung Sonne–Erde in 50 Sekunden zurücklegen.

Bis zum Neptun ist's dreißigmal so weit. Ich sagte also:

»So so! Da müssen wir ja schon längst aus dem ganzen Sonnensystem hinaus sein.«

»Das sind wir in der Tat.«

Nun glaubte ich zu begreifen, warum hinter uns die schwarze Nacht war. Da wir soviel schneller als das Licht dahinrasten, konnten uns die Lichtwellen nicht einholen, und es war dunkel. Die von den Seiten kommenden Strahlen dagegen trafen uns. Aber der Glanz da vorn? Durch unsre riesig schnelle Bewegung, dem Licht der Sterne entgegen, mußten die Lichtwellen so stark verkürzt werden, daß selbst die längsten sichtbaren Wellen, die des roten Lichts, bis unter die Länge der überhaupt sichtbaren Wellen herabsanken und somit gar keinen Eindruck mehr auf unser Auge machen konnten. Woher also die Helligkeit vor uns? Es hätte dort auch Dunkelheit herrschen müssen. Der Teufel sah mir wohl an, daß mir etwas nicht klar war, und sagte höhnisch:

»Nun, Herr Professor, das Licht da vorn können Sie wohl nicht natürlich erklären.«

In diesem Augenblick fiel mir die Lösung ein, und ich sprach ganz ruhig: »Das ist doch sehr einfach. Was uns da vorn leuchtet, das sind keine Lichtstrahlen, wie wir Menschen sie zu sehen gewohnt sind, sondern das sind die für unser Auge sonst unwirksamen langen, etwa Wärme- oder elektrischen Wellen jenseits des roten Endes des Spektrums. Durch unsre Eigenbewegung werden sie so verkürzt, daß wir sie als Licht empfinden. Es ist ein schöner Beweis dafür, daß die Sterne sehr viel ultrarote Strahlen aussenden, die wir noch nicht beobachten konnten.«

Der Teufel brummte etwas vor sich hin. Er ärgerte sich, weil ich es richtig getroffen hatte. Gleich darauf aber drückte er die Augenbrauen zusammen und zog die Mundwinkel etwas auseinander, wie ich zu tun pflegte, wenn ich so eine recht knifflige Frage stellen will – es war zu gemein, daß der Kerl genauso aussah wie ich –, und nun sagte er:

»Wenn Sie das helle Licht da vorn inkommodiert, so kann ich es auch abblenden. Sehen Sie, ich habe hier einen für alle Strahlen undurchlässigen Schirm, den drehe ich jetzt nach vorn – so – nun kann von vorn kein Licht mehr einfallen, und doch ist noch Licht da –«

»Ja, aber es ist viel schwächer.«

»Woher kommt nun dieses Licht?«

Ich geriet in Verlegenheit. Mogelte der Teufel vielleicht? War der Schirm gar nicht völlig undurchsichtig? Nein, die Erscheinung war nicht bloß eine Abschwächung der früheren; es zeigte sich eine ganz andere Sternverteilung. Der starke Glanz in der Mitte war verschwunden. Von den Sternen in unsrer Fahrtrichtung konnte das Licht nicht herrühren. Hatten wir etwa jetzt einen Spiegel vor uns? Ich drehte mich um, hinter uns war es dunkel. Der Teufel grinste. Mir wurde unbehaglich. Ich durfte mich vom Teufel in theoretischen Fragen nicht schlagen lassen. Wer weiß, was er dadurch für Rechte gewann. Das Licht konnte nur von hinten kommen, und doch fuhren wir ihm entgegen – wie – – aber freilich, so mußte es sein –

»Na, Professorchen?« fragte der Teufel wieder mit unheimlicher Gemütlichkeit.

»Ich weiß es natürlich«, sagte ich. »Das ist das Licht, das wir auf seinem Wege einholen, deswegen scheint es, als käme es von vorn. Und da wir durch unsre Eigenbewegung die

Lichtwellen auseinanderziehen, so sehen wir auch nicht die eigentlichen leuchtenden, sondern die kurzwelligen ultravioletten Strahlen der hinter uns liegenden Sterne; die werden uns jetzt sichtbar. Vorher fiel dieses Licht nur nicht auf, weil es durch die Strahlen von vorn überglänzt war.«

»Das verstehe ich nicht«, sagte Frau Brösen.

»Na, denken Sie sich mal«, rief der starke Herr, »eine lange, lange Kolonne Infanterie marschiert vor Ihnen, die holen Sie mit Ihrem Wagen ein und fahren daran vorbei: Da kommen Sie an allen Sektionen vorüber, aber zuerst an der letzten und dann an den früher abmarschierten immer später. Das ist genauso, als wenn der Wagen hielte und die Kolonne marschierte rückwärts an Ihnen vorbei.«

»Wissen Sie nicht«, fiel die blaue Dame ein, »wie wir das letztemal ins Manöver fuhren, und mein Miezchen verlor das seidne Tuch? Da war's so. Aber da sahen wir doch immer die Leute von hinten?«

»Die Lichtwellen haben aber keinen Rücken«, brummte der starke Herr, »die übermitteln Ihnen überhaupt bloß den Eindruck der Schwingungen aufs Auge, die von den Gegenständen ausgehen. Wenn der Professor hätte bis auf die Erde sehen können, so hätte er jetzt alles genau der Zeit nach umgekehrt gesehen, der Uhrzeiger hätte sich von rechts nach links gedreht, und die Menschen wären alle wirklich rückwärts gelaufen.«

»Jawohl«, sagte der Professor. »Und ich hab' es sogar gesehen. Denn um den Teufel zu ärgern, bemerkte ich: Schade, daß es kein Mittel gibt, das uns die Dinge auf der Erde in erkennbarer Weise sichtbar macht. Dann könnten wir alles, was dort geschehen ist, jetzt zur Abwechslung einmal rückwärts ablaufen sehen. Wir müßten freilich viel langsamer fahren, denn bei unsrer Geschwindigkeit würde ja die Zeit rückwärts *rasen,* und man würde nichts deutlich wahrnehmen.« »Haha!« lachte der Teufel. »Sie könnten natürlich so ein Fernrohr nicht machen, aber für mich ist das eine Kleinigkeit. Sehen Sie mal hier durch das Glas. Für unsre jetzige Entfernung wird es noch reichen. Einen Augenblick – so, ich habe nur unsre Geschwindigkeit so gemäßigt, daß wir das Licht in normaler Geschwindigkeit einholen. Wohin wollen Sie sehen?«

»Nun, in unsre Stadt. Wahrhaftig, da hab' ich's schon. Das ist ja die Ecke von der Schlammstraße, sogar die Hausnummer kann ich erkennen, No. 21.«

»Wie?« Die blaue Dame stieß einen Schrei aus. »Das ist ja unser Haus! Was sahen Sie denn?«

»Ich sah durch das offne Fenster in das Garderobenzimmer –«

»Da hat das Mädchen wieder das Fenster aufgelassen, und ich habe doch –«

»Aber so hören Sie doch erst!« sagte Frau Brösen zu der blauen Dame.

»Ich konnte ganz gut alles erkennen«, fuhr der Professor fort. »Denn die Sonne schien ins Zimmer. Es war nämlich um die Mittagszeit am vorigen Sonnabend. Da wir jetzt schon eine Stunde mit zehnfacher Lichtgeschwindigkeit gefahren waren, so hatten wir nunmehr das Licht eingeholt, das vor zirka zehn Stunden von der Schlammstraße ausgegangen war.«

»Gott sei Dank«, rief die blaue Dame. »Da war ich nicht zu Hause.«

»Es war aber jemand in dem Zimmer. Ich mußte mich nur erst daran gewöhnen, daß ich alles in umgekehrter Zeitfolge sah. Ich wäre auch gar nicht daraus klug geworden, wenn ich nicht immer nur momentan die Augen geöffnet und mir so eine Reihe von Augenblicksbildern geschaffen hätte. Aber wenn ich Ihnen die so nennen wollte, wie ich sie sah, immer das spätere zuerst, ein weibliches Wesen zur Tür hinausgehen, dann dasselbe Wesen im Zimmer, ein Kleid in einen Schrank legen, was aber herausnehmen bedeutete, dann erst den Schrank öffnen, usw., so würden Sie gar nicht klug daraus werden.«

»O Gott, o Gott! Sagen Sie nur, wie's wirklich war! Es waren gewiß Diebe da!«

»Ich weiß nicht. In richtiger Zeitfolge verlief die Sache etwa so, daß ein Mädchen erst in einer Schublade suchte und ein Paar weiße Handschuhe herausnahm –«

»Ach, die vierknöpfigen!«

»Dann aus dem Schrank einen Rock und eine weiße Bluse –«

»Das war meine gestickte, wissen Sie, die mit den echten –«

»Und wie sie mit den Sachen zur Tür hinausging, blieb sie an der Klinke hängen, und es gab einen großen Riß in den Spitzen – –«

»O Himmel! Himmel! Das war mein Mädchen, die wollte ja abends auf den Ball, die hat sich meine Sachen geborgt! Oh! Ich muß nach Hause, gleich!«

Die blaue Dame sprang auf. Der sanfte Jüngling machte eine Verbeugung.

Der Professor fuhr fort: »Ich suchte nun noch weiter mit dem Glase, aber der Teufel nahm es mir aus der Hand.«

»Nun«, sagte er mit funkelnden Augen –«

Die blaue Dame seufzte und setzte sich wieder.

»Nun, Herr Professor, erklären Sie mir doch einmal dieses Glas auf natürlichem Wege.«

»Das habe ich gar nicht nötig«, sagte ich ganz ruhig. »Sie können von mir eine Erklärung nur von natürlichen Vorgängen verlangen, aber Ihr Gas ist irgendeine teuflische Erfindung, will sagen, eine Spiegelfechterei, die die Naturwissenschaft nichts angeht. Da müßten Sie mir erst beweisen, daß es ein richtiggehendes optisches Instrument und nicht eine psychologische Täuschung ist, ehe Sie eine Theorie von mir erwarten dürfen.«

»Verdammter Kerl, so ein Professor!« knurrte der Teufel. Ich tat, als hätte ich nichts gehört.

»Aber«, fing er wieder an, »daß wir überhaupt mit zehnfacher Lichtgeschwindigkeit fahren, die ich jetzt wiederhergestellt habe, das ist doch ein rein technisches Problem, das müssen Sie lösen. Wenn Sie das nicht können, geb' ich mir gar nicht erst soviel Mühe mit Ihnen. Ich mache bloß diese Klappe auf, dann fallen Sie heraus, und die *Sternschnuppe* ist fertig.«

Die Sache wurde fatal. Ich dachte nach. So habe ich noch nie nachgedacht und will's auch nicht wieder tun. Glücklicherweise bin ich Philosoph. Ich sagte mir: ich muß die Sache ganz abstrakt fassen. Der Teufel konnte mir noch viele Fragen stellen, um mich hineinzulegen. Ich mußte den Teufel selbst erklären! Der Teufel brüllte mich an, er dachte offenbar, er hätte mich schon.

»Wird's bald?« schrie er.

»Wissen Sie«, sagte ich, »es gibt zwei Erklärungen. Eine psychologische und eine metaphysische. Nach der psychologischen sind Sie weiter nichts als mein Traumgebilde, eine Phantasie überhaupt, eine Menschheitsphantasie.«

Der Teufel machte eine Bewegung, als wollte er die Klappe öffnen und mich in den Weltraum fallen lassen.

»Das nutzt Ihnen gar nichts«, sagte ich schnell, »damit können Sie nichts beweisen. Denn wenn Sie nur eine Phantasie sind, so würde auch mein Fall nur Phantasie sein, und ich würde doch an meinem Schreibtisch, oder wo ich sonst eingeschlafen bin, wieder ganz munter erwachen.«

»Sie wachen!« brüllte er wieder.

»Ich glaube es auch«, sagte ich. »Denn wenn sich diese Geschichte nur als Traum entpuppte und nicht jetzt wirklich von mir erlebt würde, so wäre sie ziemlich abgedroschen. Dieses Traummotiv habe ich schon zu oft verwertet.«

»Nun also!«

»Also die metaphysische Erklärung. Da gibt es wieder zwei Erklärungen. Die eine ist naturphilosophisch-kosmologisch, die andere ist mehr ethisch-noologisch.«

»Herr, Sie können einen rasend machen! Ich will nicht immer zwei Erklärungen, ich will die richtige.«

»In Ihrer Frage, wie Sie das machen, so schnell zu fahren, liegen aber zwei Probleme. Ich kann fragen: Woher kommt es, daß Sie über diese Energiemenge verfügen, die Sie zu der Geschwindigkeit brauchen; und ich kann fragen: Woher kommen Sie selbst?«

Der Teufel sah mich mit einem Gesichte an, daß ich mich schämte, so dumm-erstaunt aussehen zu können.

»Sie haben doch überhaupt nicht zu fragen«, polterte er dann, »sondern ich.«

»Aber eine Frage erlauben Sie mir noch«, sagte ich sehr höflich. »Es ist nur, damit ich bei meiner Erklärung nicht erst überflüssige Auseinandersetzungen mache.«

»Na«, sagte er etwas milder, »das will ich noch gelten lassen. Ich will sie sogar beantworten. Aber das ist die letzte Frage, sonst –«

»Sagen Sie mir, bitte, können Sie *Wunder* tun?«

Da ging eine seltsame Veränderung mit dem Teufel vor. Seine Züge verzerrten sich, er sah gar nicht mehr aus wie ich, er sah aus wie ein tief unglücklicher Mensch und doch wie ein gewaltiger Herr von furchtbarer Willensstärke, den eine Ohnmacht überrascht hat. Ich erschrak. Aber es dauerte nur einen Augenblick. Dann war er wieder der alte. Er runzelte die Stirn und fragte: »Was soll das heißen? *Erschaffen* kann ich nichs!«

»Ich meine«, erwiderte ich, »können Sie an der ursprünglichen Verteilung der Welt-Energie willkürliche Änderungen hervorrufen, so daß plötzlich für unsre Erkenntnis gänzlich unerwartete und unerklärliche Dinge auftreten?«

Er lachte bitter. »Für euch Menschen unerklärlich? Das wäre was Rechtes, wie weit könnt Ihr denn sehen? Ihr seid endliche Geister, und dem Unendlichen gegenüber seid Ihr ohnmächtig. Ich aber kann hineingreifen ins Unendliche, wo noch zahllose Weltsysteme mit unendlichen Energieformen schweben, und kann aus ihnen hereinschieben in euren Milchstraßenraum, was ich brauche, daß euch die Haare zu Berge stehen.«

»Aha«, sagte ich, »so haben Sie also diese Bewegungsenergie mit der fabelhaften Intensität, die uns zehnfache Lichtgeschwindigkeit gibt, aus irgendeinem unendlich fernen Sternsysteme hierhergeschoben?«

»Ungefähr so, wenn auch nicht so einfach, wie Sie sich das denken. Nicht aus einem Systeme, wie dieses hier, sondern aus einem ganz andern Orte, von dem Sie keine Vorstellung haben können.«

»Nun also«, meinte ich, »da ist ja die Sache natürlich erklärt. Es fragt sich nur, warum Sie sich diese Mühe machen. Ich möchte mir erlauben zu bemerken, daß Sie da etwas sehr Törichtes getan haben.«

Da fuhr der Teufel in die Höhe. Es sprühte jetzt tatsächlich Feuer aus seinen Augen, und ich bereute meine Worte.

»Elender Wurm«, brüllte er mich an, »wie kannst du es wagen, über die Handlungen unendlicher Geister zu urteilen. Zermalmen würde ich dich, wenn nicht – wenn nicht –« und mit ruhiger Stimme sprach er weiter: »Wenn Sie nicht eigentlich ganz recht hätten, Herr Professor.«

Und damit sank er wieder wie gebrochen zusammen.

Bei diesem Umschlag ging meine Angst in stille Freude und Sicherheit über. Was konnte mir denn passieren, solange ich recht behielt? Ich glaubte es klar zu erkennen: So mächtig dieser Teufel war, eine Macht war über ihm, das war die Vernunft. Nur wenn ich ihm darin unterlag, mochte ich verloren sein. Aber was nutzte mir das alles, wenn es mir nicht gelang, wieder zur Erde zu entkommen, zu der ich gehörte? Ich wollte doch nicht hier durch Ewigkeiten im Raume reisen. Fragen durfte ich nicht mehr. Was nun?«

»Oh, oh, oh!« seufzte der sanfte Jüngling und nippte an seiner Zitronenlimonade.

Der Professor fuhr fort: »Sie sprachen da«, begann ich vorsichtig, »von den Handlungen unendlicher Geister. Das klingt gerade so, als wenn es mehrere dieser Art gäbe.«

»Es gibt nur zwei«, sagte der Teufel müde, »der eine bin

ich, und von dem andern sprech' ich nicht gern.«

»Hm! Der andre –«

»Schweigen Sie davon!« unterbrach er mich unwirsch.

»Ich wollte nur sagen, der könnte doch auch ins Unendliche greifen und hier die wunderbarsten Dinge produzieren.«

»Nein!« brüllte er jetzt wieder wütend. »Der tut's eben nicht. Der hat es nicht nötig. Der ist ja doch die Weltvernunft selbst. Der hat die ganze Geschichte so schön eingerichtet, daß alles von selber läuft. Der macht keine Fehler, so braucht er keine Wunder, um sie zu korrigieren. Und das ist eben mein Unheil, das ist meine Tragödie!«

»Aha! da sind Sie ja auch erklärt, Herr Teufel! Die Macht haben Sie zwar, aber nicht die Vernunft!«

»Ein Elend ist's, ein vermaledeites. Ich bin nur dazu da, die Fehler in der Welt zu machen. Und auch das nützt mir nichts. Denn die Vernunft kuriert sie immer wieder aus. Das Unvernünftige bloß geht zugrunde. Und so mache ich mich eigentlich selbst tot.«

»Sie sind also sozusagen der chronische Selbstmord.«

»Ach, was, das ist nicht so wörtlich zu nehmen. Ich habe ja das Unendliche zur Verfügung. Soviel Unvernünftiges auch weggeschafft wird, ich bringe immer neue Störungen hinein. Mit unserer Fahrt z. B. habe ich eine ganz nette Konfusion in die Welt geworfen. Schon die Untersuchung morgen, wo Sie hingekommen sind –«

»Verzeihen Sie, das ist doch aber wirklich eine Kleinigkeit. Da gibt's ein paar Zeitungsartikel, und dann ist die Sache vergessen. Warum sprengen Sie nicht die Erde auseinander? Warum drücken Sie nicht das ganze Milchstraßensystem zu einem Klumpen zusammen?«

»Haha!« lachte der Teufel, »was hätte ich davon? Ob das bißchen Materie oder Energie oder wie Sie's nennen wollen, so oder so im Raume umherschwirrt, ob die Stückchen Stoff kleiner oder größer sind, das macht im Grunde verflucht wenig aus. Das Zeug ist ja in unendlichen Mengen da, der

Raum und die Zeit auch. Was man so die Natur nennt, das Existierende im Raum, für das ist es ganz egal, wie sich's gestaltet, das hat unendlich viele Wege, um zu seinem Ziel zu kommen. Aber das Ziel, die Idee! Sehen Sie, das eben ist die Hauptsache! Wenn ich daran etwas ändern könnte! Im Bewußtsein liegt's! Darin steckt das Gesetz, da steckt der ganze Weltzweck, daran muß ich mich machen. Deswegen wende ich mich mit Vorliebe an die gelehrten Herren, die sind es, von denen die Vernunftideen gehalten werden. Wenn ich so einen Philosophen holen kann, wie Sie z. B., lieber Professor, da richt' ich mehr aus, als wenn ich eine Million Sonnensysteme demolierte; denn da tu' ich der Vernunft selbst Schaden.«

»Das ist mir ja ganz außerordentlich schmeichelhaft«, sagte ich. »Warum haben Sie aber da nicht lieber Leute wie Sokrates, Galilei, Kant u. dergl. geholt?«

»Hab' ich ja, hab' ich! Sie wissen doch, habe die Staatsgewalten gegen sie gehetzt. Kam nur leider zu spät. Aber – na, warum soll ich mich nicht einmal ein bißchen gegen Sie aussprechen? Sie kommen ja doch nicht mehr auf die Erde zurück und können's nicht ausplaudern – –«

»O weh«, dachte ich für mich.

»Also – Sie sagten vorhin, ich hätte die Macht. Aber die ist ziemlich beschränkt. Es ist nun einmal so mit der Welt – das Ziel, die Idee ist zeitlos, ist ein bestimmender Gedanke. Aber Wollen und Denken allein können nichts schaffen, können sich nicht verwirklichen als Seiendes; dazu gehört eine andre Form des Zusammenhangs – –«

»Ich weiß schon«, sagte ich, »dazu gehört die Existenz in Raum und Zeit. Eine Million Mark habe ich schon oft gedacht und gewollt, aber dazu gebracht hab' ich's immer noch nicht, weil dazu ein Objekt in Zeit und Raum gehört, sei's auch nur jemand, der sie mir schuldet.«

»Na also, sehen Sie! Und sowenig ich die Existenz von irgend etwas im Raume setzen kann, ebensowenig kann ich etwas aus dem Raume fortschaffen, was einmal drin ist. Denn der Raum ist *unendlich,* daran hängt's! Und selbst ein unendlicher Geist kann das im Raum Existierende nur umwandeln, er kann die Milchstraße zu Bayrisch Bier verarbeiten, aber das bleibt immer im Raume, und ein andrer unendlicher Geist kann wieder Sonnen, Planeten und Philosophen daraus fabrizieren.«

»Aber wenn der Raum *nicht* unendlich wäre? Wenn er gewissermaßen in sich selbst zurückliefe, falls man nur weit genug darin fortflöge?« sagte ich lauernd.

»Hahaha!« lachte der Teufel. »Ja wenn! Wenn er wie eine große ringförmige Schachtel wäre, in der man zwar ewig in der Runde herumlaufen, aus der man aber auch einfach etwas hinaustun könnte! Dann hätte ich gewonnenes Spiel. Da könnte ich so eines nach dem andern aus dem Raume werfen, mit andern Worten, ich könnte *Existenz vernichten,* absolut zu nichts machen. Aber tun Sie einmal etwas aus einer Schachtel hinaus, wenn die Schachtel überhaupt nichts außer sich hat, höchstens daß sie wieder in einer Schachtel steckt und so immer wieder und wieder in einer andern. Das hat eben die Weltvernunft so schlau eingerichtet, daß sie die Formen der Existenz an daselbe Gesetz der Unendlichkeit gebunden hat, wie die Formen des Denkbaren. Und so bin ich ›armer Teufel‹ immer nur auf kleine Mittel angewiesen, wenn ich der Existenz des Vernünftigen an den Leib will.«

Als ich den Teufel so reden hörte, ward mir ganz wundersam froh zumute. Ein Plan der Rettung tauchte in mir auf.«

»Ach ja!« sagte plötzlich der sanfte Jüngling, der bis jetzt aus Bescheidenheit geschwiegen hatte. Der Professor sah ihn verwundert an.

»Entschuldigen Sie«, stammelte der Jüngling, »ich freute mich nur so, daß der Teufel schließlich doch nichts ausrichten kann, selbst nicht mit dem bayrischen Bier.«

»Na«, meinte der Professor, »da freuen Sie sich nur nicht zu früh.«

»Aber der Alkohol ist doch eine teuflische Einrichtung«, bemerkte der sanfte Jüngling schüchtern. »Der ist doch wohl eines der größten Mittel des Teufels.«

»Da ist der Teufel andrer Meinung. Wissen Sie, was er weiter zu mir sagte? Ich brachte ihn nämlich auf seine sogenannten kleinen Mittel, weil ich inzwischen über meinen Plan nachdenken wollte. Und da sagte er unter anderm, jetzt betreibe er mit Vorliebe die Verbreitung der *Abstinenz.*«

»Was? Wie?«

»Ja. Der Alkoholgenuß nämlich«, so sagte der Teufel, »ist einer meiner größten Feinde. Ohne den wäre die Menschheit wohl längst ausgestorben. Es ist freilich richtig, durch den Mißbrauch des Alkohols, den sogenannten *Suff,* werden ja viele Menschen und ganze Generationen ruiniert, aber das nützt mir nicht viel. Das sind nämlich immer haltlose Menschen ohne Willensstärke. Insofern wirkt also der Suff als eine *moralische Auslese;* durch ihn werden gerade die charakterlosen Menschen vernichtet und an der Weiterverbreitung verhindert, während die sittlich starken übrigbleiben. Der Suff verbessert die Rasse. Das ist mir natürlich fatal. Die Abstinenz als Gewohnheit bewirkt nun, daß auch die Willensschwachen und Schwächlichen sich erhalten, und verschlechtert somit die Menschheit; denn sie ändert ja nicht den Charakter der Menschen, sondern beseitigt nur ein Symptom ihrer Schwäche.«

»Aber, aber –«

»Ich teile ja nur mit, was der Teufel sagte. »Übrigens«, fuhr er fort, »ist die Beseitigung des sogenannten Suffs nur Nebensache. Was mich an der Abstinenz freut, ist daß sie der Menschheit das unentbehrlichste Vorbeugungs- und Anregungsmittel entzieht. Lassen Sie nur ein paar Generationen keinen Alkohol mehr genießen, so stirbt in den folgenden das ganze Volk an Darmkrankheiten und Nerventrägheit aus.«

»Absolute Abstinenz fördere ich daher mit Vorliebe.«

»Oh oh, Herr Professor«, seufzte der sanfte Jüngling.

»Sehr richtig!« rief der starke Herr.

Die blaue Dame bat um ein Glas Glühwein.

»Jetzt aber«, sagte die kleine Brösen, »kommen Sie nun endlich dazu, wie Sie den Teufel losgeworden sind.«

»Gern«, begann der Professor wieder. »Wir redeten noch so allerlei, dazwischen fragte ich, wie man es denn mache, das Raumautomobil anzuhalten.

»Haha!« lachte der Teufel, »Sie denken wohl, das werde ich Ihnen sagen? Die Operation mit dem unendlichen Vektor? Nein, das kann ein endlicher Geist nie verstehen. Ich drücke nur so – so – – Die Energie kommt nicht aus dem Unendlichfernen, sondern aus dem Unendlichkleinen!«

»Und da ist soviel darin?«

»I nun, natürlich. Da sind ja die unendlich vielen Unteratomwelten! Ich kann da Bewegungsenergie von beliebig hoher Intensität herausziehen –«

»Was? Wir könnten noch schneller fahren?«

»Freilich, mit tausend-, mit millionenfacher Lichtgeschwindigkeit.«

»Das glaube ich nicht.«

»Herr, ich muß bitten!«

»Entschuldigen Sie! Aber doch keinesfalls mit zwanzigmillionenfacher Lichtgeschwindigkeit?«

»Ich werde es Ihnen gleich zeigen. Dann lassen Sie mich aber ein wenig in Ruhe, denn es fällt mir nicht ein, mich sämtliche hunderttausend Billionen Kilometer unserer Reise hindurch zu unterhalten.

Der Teufel machte nun einige seltsame Manipulationen, wobei er mich mit der einen Hand festhielt. Als er mich wieder losließ, bemerkte ich, daß wir eine ganz unbeschreibliche Geschwindigkeit angenommen haben mußten. Die näheren Sterne zur Seite ließen wir rasch hinter uns. Wir fuhren in der Sekunde sechs Billionen Kilometer, das ist ein Weg, zu dem das Licht über ein halbes Jahr braucht. Gleich darauf legte sich der Teufel zurück und *schlief* sofort ein.«

»Na, erlauben Sie mal«, sagte der starke Herr, als der Professor eine Pause machte, um sich eine neue Zigarre anzuzünden, »das von den kolossalen im Unendlichkleinen noch festgelegten Energiemengen will ich allenfalls glauben. Wir haben ja beim Radium gesehen, welcher Kraftvorrat noch in den Atomen ruht, und es ist jedenfalls denkbar, daß weit unter dem uns Zugänglichen noch unerschöpfliche gebundene Kräfte stecken. Denn das Unendliche geht so gut nach unten wie nach oben, für uns ist's nur ein Fragezeichen, und der Teufel weiß, wie man dazu kann. Aber daß eben dieser Teufel auch schlafen sollte wie unsereiner, das sollen Sie mir nicht weismachen.«

Der Professor brachte erst mit großer Sorgfalt seine Zigarre in Brand, dann schaute er den starken Herrn vergnüglich an und sprach:

»Er schlief ja auch gar nicht. Ich dachte mir natürlich gleich, daß das bloß ein *Kniff* sei. Er hatte doch offenbar noch andres zu tun, als mit mir zu reisen, wollte mich aber nicht ohne Aufsicht lassen; und da er meine Gestalt deshalb beibehalten mußte, so konnte er sich vermutlich nicht anders helfen, als sich schlafend zu stellen. Wahrscheinlich war er durch irgendwelche Rücksichten, die ich nicht kenne, dazu gezwungen, denn sonst hätte er's nicht gerade in dem Augenblick getan, als ich ihn zu der Sechsbillionen-Geschwindigkeit beredet hatte.«

»Ja, aber warum taten Sie denn das überhaupt?« fragte Frau Brösen. »Ich habe mich schon vorhin gewundert. Sie sollten doch – so – na, ich weiß nicht wie weit reisen, da lag es in Ihrem Vorteil, möglichst langsam zu fahren, um nicht so bald – was sollten Sie doch werden?«

»Ein Meteor, oder auf den Mars verheiratet. Hm«, sagte der Professor, »ich wollte aber weder das eine noch das andere, auch wollt' ich nicht so lange reisen, ich wollte nach der Erde zurück, und dazu mußte ich möglichst schnell fliegen, und zwar immer gerade aus.«

»Das versteh' ich nicht«, rief Frau Brösen. »Reden Sie deutlicher.«

»Nun, wenn Sie von hier aus immer gerade nach Westen reisen, so kommen Sie, da die Erde eine Kugel ist, doch schließlich von Osten her an dieses liebliche Weltdorf wieder zurück –«

»So klug bin ich auch. Aber die Welt ist doch keine Kugel, an deren Oberfläche ich herumreise –«

»Nein, aber der Raum, sehen Sie, der Raum, worin wir alle uns bewegen, der ist nämlich krumm, ohne daß wir's merken. Früher haben die Menschen auch die Erdoberfläche für eine Ebene gehalten, auf der man geradeaus gehen konnte, und jetzt wissen wir, daß wir auf einem Kreise reisen, obwohl wir immer dieselbe Richtung einhalten. Unsre Mathematiker wissen nun schon lange, daß es mit unserm Raume auch sein *könnte.* Allerdings besaß man kein Mittel, um zu entscheiden, ob unser Raum wirklich in sich zurücklaufe, man wußte nur, daß für das Denken kein Widerspruch darin liegt. Nun aber ist es mir wirklich gelungen zu entdecken, was der Teufel nicht wußte – meine Abhandlung ist nämlich noch nicht veröffentlicht –, es ist mir geglückt, den sogenannten Krümmungsradius unseres Raumes mit voller Sicherheit zu bestimmen. Um es streng wissenschaftlich auszudrücken: Unser Raum ist kein *euklidischer,* sondern ein sog. *elliptischer* Raum mit zugeordneten Polen und einem Krümmungsradius von etwas über 3000 Lichtjahren; das bedeutet, daß das Licht etwas über zehntausend Jahre braucht, um wieder an seinen Ausgangspunkt zurückzukehren.«

»Na, na, na!« rief der starke Herr. »Das könnte schon sein, aber da müßten wir doch auch das Sonnenlicht wieder von der andern Seite zurückkommen sehen; wir müßten immer eine Gegensonne im Rücken haben.«

»Würden wir auch, wenn der Raum vollständig durchsichtig wäre. Aber in diesem Raum treibt sich so viel lichtverschluckender Staub herum, daß auch das stärkste Licht nicht den ganzen Weg zurücklegen kann, ohne aufgesaugt zu werden. Wir können so weit nicht sehen, selbst der Teufel nicht. Na, und der beste Beweis dafür ist: Ich bin den ganzen Weg gefahren.«

»Aber«, brummte der starke Herr, »woher wußten sie denn, daß Ihr Wägelchen nicht von der geraden, will sagen, der kürzesten Linie im Raume abgelenkt werden konnte?«

»Nun, der Teufel hatte mir doch gesagt, unser Fahrzeug sei aus Stellit. Das ist der Name, den ich für einen idealen Stoff gewählt habe, wodurch alles von ihm Umschlossene frei von der Schwerewirkung wird. Wir konnten demnach durch die Anziehung der Sterne nicht abgelenkt werden. Ich durfte also annehmen, daß unser geradliniger Weg, der nach Ansicht des Teufels ins Unendliche führte, uns tatsächlich wieder in das Sonnensystem zurückbringen mußte. Deswegen hatte ich den Teufel überredet, unsre Geschwindigkeit auf die zwanzigmillionenfache des Lichts zu bringen. Denn dann konnten wir, wie ich mir schon ausgerechnet hatte, die ganze wirkliche Reise um die Welt in noch nicht ganz fünf Stunden vollenden. Und ich wollte doch noch gern während der Nacht nach Hause kommen.«

»Nach Hause?« rief die blaue Dame, wieder aufspringend. »Ach ja, ich wollte ja auch nach Hause. Ich muß ja nachsehen –«

»Na, nu warten Sie nur noch ein wenig«, beruhigte sie der Professor. »Mit dem »nach Hause« war es nicht so einfach. Ich wollte zunächst nur wieder in unserm Sonnensystem sein, denn in diesen fremden Fixsternwelten konnte sich ja kein Mensch auskennen. Aber wirklich nach Hause, ja auch nur nach der Erde und aus diesem Miniatur-Weltkörperchen herauskommen – das war die Schwierigkeit. Und das sagte ich mir von vornherein, daß ich dazu den Teufel nötig hatte. Ich wußte ja nicht, wie er mich hereingebracht hatte – auch er nur konnte mich wieder herausbugsieren – – Zunächst schien er neben mir zu schlafen, obgleich ich sicher war, daß dieses Phantom neben mir nur eine Attrappe vorstellte, einen Meldeapparat für den Teufel, wenn ich irgend etwas Eigenmächtiges an dem Apparat zu ändern versucht hätte. Ich verhielt mich mäuschenstill. Vier Stunden etwa mußten noch vergehen, ehe unsre Mutter Sonne als kleines, schwaches Sternchen wiederauftauchen konnte, und dann näherten wir uns ihr von der andern Seite her. Und die Erde war auch ein Stück auf ihrer Bahn fortgelaufen und hatte sich dabei um ihre Achse gedreht. Und wenn wir so mit unsrer wahnsinnigen Geschwindigkeit gegen die Erde angefahren wären, so hätten wir einfach ein Loch hindurchgeschossen, falls das Stellit es aushielt. Während ich mir das alles überlegte, wurde mir ganz jämmerlich zu Mute. Schlimmer konnte mich der Teufel wahrhaftig nicht holen. Ich kann schon das Reisen überhaupt nicht leiden, und nun gar, wenn das Ankommen so unbestimmt ist! Und nicht einmal etwas zu essen oder zu trinken, nicht einmal eine Zigarre!«

»Sie tun mir aber wirklich leid«, sagt die blaue Dame gutmütig.

»Nicht wahr? Ich mir auch. Ich sah ja unglaubliche Dinge in jenen fernen Weltgegenden, Lichtnebel vor mir lösten sich zu Sternenhimmeln auf und schwanden wieder hinter mir zu schimmernden Wölkchen; – ich aber saß neben dem schlafenden Teufel, Stunde um Stunde, und wußte nicht, soll ich ihn rufen, soll ich noch warten. – – Und nun fiel mir's erst aufs Herz – bei der rasenden Geschwindigkeit, mit der wir fuhren, war es ja gar nicht möglich, irgendein Sternbild zu erkennen, wenn wir auch wieder in unsre Himmelsgegend kamen – ich hätte gar nicht gewußt, ob ich an der Sonne vorbeisauste, denn selbst einen Raum vom sechzigfachen Durchmesser der Neptunsbahn durchmaßen wir im zehnten Teil einer Sekunde – ich war einfach verloren im Weltraum – ich war selber schon viel weniger als eine Sternschnuppe –

Da – ich fühlte, wie ich den Sitz unter mir verlor – aber irgendeine Gegenkraft hielt mich schwebend – ich kam zur

Ruhe und merkte sofort, daß die Sterne wieder stillstanden, ich erkannte den vertrauten Himmel unsrer Milchstraße, und da, direkt vor uns, das hellstrahlende Pünktchen, das konnte nichts andres sein als unsre liebe Sonne – –«

»So soll doch aber!« polterte der erwachte Teufel neben mir, der seinen Sitz ebenfalls unfreiwillig verlassen hatte. Da habe ich vergessen, die zwanzigmillionenfache Lichtgeschwindigkeit abzustellen – und nun – nun haben wir das ganze Reiseprogramm von 100 000 Billionen Kilometern in kaum fünf Stunden abgefahren!«

Nun sah ich, daß der Teufel unter seinem Sitze eine richtige Taxameteruhr gehabt hatte, die auf 100 000 Billionen Kilometer gestellt war. In dem Augenblick, da diese Strecke von dem Automobil abgefahren war, hatte es sich selbsttätig bis auf einfache Eigengeschwindigkeit der Sonne abgebremst. Aber ich bekam einen neuen Schreck. Jetzt fiel mir erst auf, daß die vom Teufel mir bestimmte Reisestrecke mit dem Umfang des elliptischen Raumes, wie ich ihn berechnet hatte, fast genau übereinkam. Hatte der Teufel vielleicht doch gewußt, daß der Raum endlich ist? Hatte er mich getäuscht und sich vorgesehen?

Das ging mir durch den Kopf, während der Teufel bereits fortfuhr:

»Wo sind wir denn eigentlich? Das versteh' ich nun wirklich nicht. Wir sind ja wieder im Sonnensystem, dicht an der Neptunsbahn, aber genau an der entgegengesetzten Seite, als wo wir hinausfuhren. In der Richtung sind wir aber nirgends abgewichen, das hätte ich gleich gemerkt.«

Nun erkannte ich, daß der Teufel nichts vom Krümmungsmaß des Raumes wußte. Mochte die Übereinstimmung der Zahlen nur Zufall sein oder irgendeinen unbekannten innern Grund haben, jedenfalls hielt mein Begleiter den Raum immer noch für *unendlich.*

»Gestatten Sie«, fiel ich daher, neu ermutigt, ein, »das kann ich Ihnen nun gleich erklären. Ich hoffe, Sie werden dann –«

»Gar nichts werde ich. Die Reise ist zu Ende, und jetzt mache ich mit Ihnen, was ich Lust habe. Aber erklären können Sie vorher immer noch.«

»Hm!« brummte ich. »Sie haben sich eben getäuscht, wenn Sie den Raum für unendlich hielten. Unsere Mathematiker wissen längst, daß unendlich viele Raumarten denkbar sind, die keinerlei Widerspruch in sich enthalten. Nur ob *unser* Raum, die Bedingungsform unsrer Existenz, jene Eigenschaft der Krümmung besitzt, das ließ sich nicht beweisen. Nun sind wir aber tatsächlich immer geradeaus gefahren und doch wieder an dieselbe Stelle zurückgekommen. Also ist der Raum unsrer Erfahrung nicht ein sogenannter euklidischer Raum, sondern er führt nach 100 000 Billionen Kilometern in sich zurück. Der Raum ist *endlich.* Ich habe das schon lange gewußt; hätten Sie mich meine Manuskripte mitnehmen lassen, da steht's.«

Der Teufel blieb eine Weile ganz starr und dachte nach.

»Was?« rief er dann. »Der Raum ist wahrhaftig krumm? Das heißt, er ist nicht unendlich? Und das habe ich nie gemerkt? Freilich bin ich auch noch niemals so wahnsinnig schnell geradeaus gefahren. Dann aber – wenn das so ist – ha! Dann weiß es auch der andre nicht! Dann ist ja die ganze Weltvernunft auf dem Holzwege! Dann ist die Form der körperlichen Existenz nicht ebenso unendlich wie die Form des Gedankens und der Idee? Ei, dann habe ich *gewonnen!* Dann kann ich ja nach und nach die ganze Natur, all ihren gesetzlichen Inhalt, aus ihrer Existenzform herauswerfen, ins Nichts verrinnen lassen – ich kann *vernichten!* Was kein Gott und kein Teufel zu begreifen vermochte – so ein Professor kriegt es heraus! Bei meiner Großmutter, du bist ein Prachtkerl! Bruderherz, ich muß dich umarmen!«

Eigentlich war ich etwas beschämt; aber ich sagte doch: »Nun werden Sie aber wohl –«

»I natürlich!« rief der Teufel. »Dich lass' ich laufen. Um

dich wär' es schade. So ein Genie muß den Menschen erhalten bleiben. Gleich bring' ich dich auf die Erde zurück.«

»Hohoho!« lachte der starke Herr. »Da sind Sie aber schön 'reingefallen!«

Der Professor schwieg und nickte ein paarmal leicht mit dem Kopfe. Dann nahm er einen Schluck aus dem Glase und zündete die Zigarre wieder an.

»Nun, und? Was weiter?« fragte die kleine Brösen.

»Das war das letzte, was ich vom Teufel hörte. Ich fand mich in meinem Arbeitszimmer wieder. Die Uhr zeigte 25 Minuten nach zwei Uhr morgens. Sonntag. Ich war todmüde und ging zu Bett.«

»Aber, Herr Professor«, fragte die blaue Dame, »die Geschichte ist doch wohl gar nicht wahr?«

»Es ist alles wahr, ganz genau, bis auf die Hausnummer der Schlammstraße, 21; diese kleine Episode spielte in einer andern Wohnung. Aber das andere – darauf können Sie sich verlassen.«

»Hohoho! Prosit, Professor!« rief der starke Herr. Der sanfte Jüngling goß sich ein Glas Wasser ein, und die blaue Dame sagte:

»Es ist aber doch wirklich nett vom Teufel, daß er Sie wiedergebracht hat.«

Fitz-James O'Brien
Was war es?

Nur mit Widerstreben wage ich mich, ich gestehe es ein, an die seltsame Erzählung, die darzubieten ich mich anschicke. Die Ereignisse, die zu schildern ich vorhabe, sind von so außergewöhnlicher Art, daß ich mich auf ein ungewöhnliches Ausmaß von Unglauben und Spott gefaßt machen muß. All das nehme ich von vornherein auf mich. Ich habe den literarischen Mut, dessen bin ich mir gewiß, dem Unglauben entgegenzusehen. Nach reiflicher Überlegung habe ich beschlossen, in so schlichter und geradliniger Manier, als ich es zuwege bringe, einige Tatsachen zu erzählen, die sich im vergangenen Juli vor meinen eigenen Augen zugetragen haben und die in den Jahrbüchern der Mysterien der Naturwissenschaften nicht Beispiel noch Parallele haben.

Ich wohne auf Nr. – der 26. Straße in New York. Das Haus ist in mannigfacher Beziehung recht merkwürdig. In den letzten zwei Jahren hat es den Ruf erlangt, es gehe ein Gespenst darin um. Es ist ein ausgedehnter und stattlicher Besitz, umgeben von etwas, das einst ein Garten war, jetzt aber nur noch als umzäunte Grünfläche zum Bleichen der Wäsche verwendet wird. Das ausgetrocknete Becken eines einstigen Springbrunnens und ein paar wildwachsende und unbeschnittene Obstbäume lassen vermuten, daß dieses Plätzchen einstmals ein angenehmer, schattiger Zufluchtsort war, voll von Früchten und Blumen und dem lieblichen Gemurmel von Brunnen.

Das Haus ist sehr geräumig. Ein Saal von edler Größe führt zu einer großen Wendeltreppe, die sich durch seinen Mittelpunkt windet, und die verschiedenen Zimmer sind von imposantem Ausmaß. Vor fünfzehn oder zwanzig Jahren wurde es von Herrn A– errichtet, dem gutbekannten New Yorker Handelsmann, der vor fünf Jahren mit einem ungeheuren Bankschwindel die Geschäftswelt in Aufruhr versetzte. Wie allgemein bekannt ist, entkam Herr A– nach Europa und starb kurz danach an gebrochenem Herzen. Beinahe unmittelbar, nachdem die Nachricht von seinem Hinscheiden dieses Land erreicht hatte und bestätigt worden war, verbreitete sich in der Sechsundzwanzigsten Straße das Gerücht, daß es auf der Nr. – spuke. Durch Gerichtsbeschluß war die Witwe des früheren Eigentümers enteignet worden, und das Haus war nur von einem Hausbesorger und dessen Gattin bewohnt, die ein Vermittler hierhergesteckt hatte, dem es zur Vermietung oder zum Verkauf übergeben worden war. Diese Leute erklärten, sie würden von unnatürlichen Geräuschen belästigt. Türen öffneten sich ohne sichtbare Ursache. Das wenige Mobiliar, das noch in den verschiedenen Räumlichkeiten verstreut stand, wurde des Nachts von unbekannten Händen aufeinandergetürmt. Bei hellem Tageslicht gingen unsichtbare Füße die Stiegen hinauf und hinab, begleitet vom Rascheln ungesehener Seidengewänder und dem Gleiten nicht erblickbarer Hände über die massiven Geländer. Der Hausbesorger und seine Frau erklärten, sie würden hier nicht länger mehr wohnen. Der Gebäudevermittler lachte darüber, entließ sie und stellte andere an ihrer Stelle ein. Die Geräusche und die übernatürlichen Erscheinungen hörten nicht auf. Die Nachbarschaft bekam Wind von der Geschichte, und das Haus blieb drei Jahre lang unbewohnt. Mehrere Personen fingen Verhandlungen an; aber stets hörten sie irgendwie von den Gerüchten, ehe der Handel abgeschlossen war, und weigerten sich weiterzuverhandeln.

So lagen die Dinge, als meine Vermieterin, die zu der Zeit auf der Bleecker Street eine Pension unterhielt und weiter hinein in die Stadt ziehen wollte, die kühne Idee faßte, die Nr. – der 26. Straße zu mieten.Da es sich begab, daß ihre Gäste ein beherzter und philosophisch gesinnter Haufen waren, unterbreitete sie uns ihren Plan und legte uns offen alles dar, was sie über die gespenstische Eigenschaft des Gebäudes gehört hatte, in das sie uns übersiedeln wollte. Mit Ausnahme von zwei ängstlichen Leuten – einem Hochseekapitän und einem pensionierten Kalifornier, die sie auf der Stelle wissen ließen, daß sie weggehen würden – erklärten alle von Frau Moffats Gästen, sie seien dabei bei ihrem ritterlichen Vorstoß in den Wohnsitz der Geister.

Im Monat Mai zogen wir um, und wir waren entzückt von unserer neuen Wohnstätte. Jener Abschnitt der 26. Straße, wo unser Haus liegt, zwischen der Siebten und Achten Avenue, ist einer der freundlichsten Plätze von New York. Die Gärten hinter dem Hause, die sich beinahe bis zum Hudson hin erstrecken, bilden im Sommer eine vollkommen grüne Straße. Die Luft ist rein und kräftigend, sie streicht geradewegs von der Weehawkenhöhe über den Fluß, und selbst der verwilderte Garten, der das Haus umgab, wiewohl er an Waschtagen voller Wäscheleinen war, verschaffte uns den Anblick eines grünen Fleckchens, und an Sommerabenden einen kühlen Zufluchtsort, wo wir in der Dämmerung unsere Zigarren rauchten und den Leuchtkäfern zuschauten, die in dem langen Gras ihre dunklen Laternen funkeln ließen.

Natürlich begannen wir, kaum daß wir uns in der Nr. – eingerichtet hatten, den Besuch der Gespenster zu erwarten. Wir waren ganz begierig auf ihr Kommen. Einer der Zimmerherren, der sich zur privaten Erbauung Mrs. Crowes ›Night Side of Nature‹ angeschafft hatte, wurde vom gesamten Haushalt als Staatsfeind betrachtet, weil er nicht zwanzig Exemplare gekauft hatte. Solange er das Buch las, führte der Mann ein höchst bedrücktes Dasein. Es wurde ein Spionagesystem eingerichtet, mit ihm als Opfer. Falls er unvorsichtigerweise das Buch nur für einen Augenblick niederlegte und das Zimmer verließ, bemächtigte man sich sofort des Werkes und las es an verborgenen Orten laut einigen Auserwählten vor. Ich avancierte zu einer Person von ungeheurer Bedeutung, denn es war durchgesickert, daß ich in der Geschichte des Übernatürlichen einigermaßen versiert war und daß ich einst eine Geschichte geschrieben hatte, die von einem Geist handelte. Verbog sich ein Tisch oder eine Platte der Täfelung, wenn wir im großen Zeichensaal versammelt waren, herrschte mit einem Schlag Stille, und jedermann machte sich auf das Klirren von Ketten und eine gespenstische Erscheinung gefaßt.

Nach einem Monat nervlicher Anspannung waren wir zu unserem größten Unwillen zu dem Eingeständnis genötigt, daß sich nichts gezeigt hatte, was auch nur im entferntesten nach etwas Übernatürlichem aussah. Einmal beschwor der schwarze Butler, daß seine Kerze von einem Unsichtbaren ausgeblasen worden war, als er sich auskleidete, um schlafen zu gehen; aber da ich diesen farbigen Gentleman mehr als einmal in einem Zustand angetroffen hatte, worin ihm eine Kerze wie zwei vorgekommen war, hielt ich es für möglich, daß er, einen Schritt weiter in seiner Zecherei, diese Erscheinung umgekehrt haben könnte, und überhaupt keine Kerze gesehen hatte, wo er hätte zwei erblicken müssen.

So lagen die Dinge, als sich ein Vorfall ereignete von so furchtbarem und unerklärlichem Charakter, daß mir jetzt noch schwindelt, wenn ich bloß an das Ereignis denke. Es war am zehnten Juli. Nach dem Abendbrot zog ich mich mit meinem Freund Dr. Hammond in den Garten zurück, um meine Abendpfeife zu rauchen. Abgesehen von gewissen geistigen Sympathien, die zwischen dem Doktor und mir bestanden, verband uns ein gemeinsames Laster. Wir rauchten beide Opium. Wir wußten jeder um das Geheimnis des anderen und respektierten es. Gemeinsam genossen wir jene wunderbare Ausweitung des Denkens, jene herrliche Intensivierung unserer sinnlichen Wahrnehmungen, das grenzenlose Gefühl des Daseins, darin wir mit dem ganzen Universum verbunden zu sein scheinen – kurz gesagt, jene unvorstellbare geistige Seligkeit, die ich nicht für einen Thron missen möchte und von der ich hoffe, daß du Leser sie niemals – niemals erfahren wirst.

Diese Stunden des Opiumglücks, die der Doktor und ich

im geheimen verbrachten, waren mit wissenschaftlicher Akribie geregelt. Wir rauchten die Droge des Paradieses nicht blindlings und überließen unsere Träume nicht dem Zufall. Während wir rauchten, steuerten wir unser Gespräch sorgsam durch die heitersten und freundlichsten Gedankengänge. Wir sprachen vom Morgenland und versuchten uns das magische Panorama seiner prächtigsten Landschaften ins Gedächtnis zu rufen. Wir kritisierten die sinnenfrohesten Dichter – jene, die das Leben strotzend vor lauter Gesundheit, bis zum Rand voller Leidenschaft, glücklich im Besitz von Jugend, Kraft und Schönheit malten. Sprachen wir über Shakespeares ›Sturm‹, verweilten wir bei Ariel und übergingen Caliban. Wie die Guebers wandten wir das Gesicht dem Morgenland zu und sahen nur die Sonnenseite der Welt.

Diese geschickte Färbung unserer Gedanken rief in den folgenden Visionen eine entsprechende Tönung hervor. Die Pracht des arabischen Märchenlands färbte unsere Träume. Den schmalen Grasstreifen unseres Gartens schritten wir mit dem Schritt und der Haltung von Königen hinauf und hinab. Das Singen der *rana arborea* klang, verklammert an die Rinde des verwilderten Pflaumenbaumes, wie das Streichen göttlicher Musikanten. Häuser, Mauern und Straßen vergingen wie Regenwolken, und Ausblicke auf unvorstellbare Herrlichkeiten eröffneten sich uns. Es war eine leidenschaftliche Kameradschaft. Der Genuß an diesem ungeheuren Vergnügen war viel vollkommener, da wir uns, selbst in Augenblicken höchster Ekstase, der Anwesenheit des anderen bewußt waren. Unsere Lust war, wenn auch individuell, doch zweifach, sie vibrierte und bewegte sich in musikalischem Einklang.

An jenem fraglichen Abend, es war der zehnte Juli, verfielen der Doktor und ich in eine ungewöhnlich metaphysisch angehauchte Stimmung. Wir setzten unsere gewaltigen Meerschaumpfeifen, gefüllt mit dem feinsten türkischen Tabak, in Brand. Inmitten des Tabaks brannte eine winzige schwarze Opiumnuß, die, wie die Nuß des Märchens, in ihren schmalen Grenzen Wunder enthielt, die sich dem Zugriff der Könige entzogen. Uns unterhaltend, schritten wir auf und ab. Eine seltsame Perversität beherrschte unsere Gedanken. Sie wollten nicht durch die vom Sonnenschein erhellten Kanäle fließen, in die wir sie abzulenken suchten. Aus einem unerklärlichen Grund schweiften sie fortwährend in dunkle und einsame Betten ab, worin eine unaufhörliche Düsternis brütete. Vergeblich stürzten wir uns in alter Manier auf die Ufer des Morgenlandes und redeten von seinen bunten Basaren, von der Pracht des Zeitalters Haruns, von Harems und goldenen Palästen. Schwarze Geister stiegen ständig aus den Tiefen unseres Gesprächs auf und dehnten sich aus wie jener, den der Fischer aus dem Kupferkrug freiließ, bis sie unserer Vision düsterem Nachdenken. Wir hatten einige Zeitlang über die okkulten Kraft hin, die uns bewegte, und versanken in düsterem Nachdenken. Wir hatten einige Zeit lang über die Anfälligkeit des menschlichen Geistes für die Mystik gesprochen und die beinahe universelle Liebe zum Entsetzlichen, als Hammond plötzlich zu mir sagte: »Was hältst du für das wesentlichste Element des Schreckens?«

Die Frage verwunderte mich. Daß viele Dinge furchterregend waren, wußte ich. In der Dunkelheit über einen Leichnam zu stolpern; eine Frau zu sehen, wie ich einst, die einen tiefen und reißenden Fluß hinunterschwamm, mit verzweifelt ausgestreckten Armen und schrecklichem, nach oben schauendem Gesicht, die, während sie vorbeigeschwemmt wurde, Schreie ausstieß, die einem das Herz zerrissen, während wir, die Zuschauer, sechzig Meter über dem Fluß an einem Fenster standen und nicht in der Lage waren, den leisesten Versuch zu ihrer Rettung zu unternehmen, aber wie gelähmt ihren Todeskampf und ihr Verschwinden beobachteten. Ein zerborstenes Wrack, ohne eine Spur von Leben, das träge im Meer treibend gefunden wird, ist ein furchtbares Objekt, denn es weist hin auf etwas ungeheuer Entsetzliches, dessen Proportionen verschleiert sind. Nun aber kam mir, zum ersten Mal, die Idee, daß es eine ungeheure und allbeherrschende Verkörperung der Furcht geben muß – einen König des Schreckens, dem sich alle anderen beugen müssen. Was mochte das sein? Welchen Umständen würde er sein Dasein verdanken?

»Ich gebe zu, Hammond«, entgegnete ich meinem Freund, »daß ich darüber nie nachgedacht habe. Daß es ein Etwas geben muß, das schrecklicher ist als alles andere, spüre ich. Dagegen gelingt mir auch nicht die allerungefährste Definition.«

»Mir geht es so wie dir, Harry«, antwortete er. »Ich spüre mein Vermögen zum Erleben eines Schreckens, der größer ist als alles, was sich Menschenverstand bislang vorgestellt hat – etwas, das in furchtbarer und unnatürlicher Amalgamierung Elemente verbindet, die man bisher für unvereinbar gehalten hat. Die rufenden Stimmen in Brockden Browns Roman ›Wieland‹ sind furchtbar; genauso wie das Bild des Bewohners der Schwelle in Bulwers ›Zanoni‹, aber«, fügte er hinzu und schüttelte finster den Kopf, »es gibt etwas, das noch furchtbarer ist als all das.«

»Weißt du was, Hammond«, erwiderte ich, »reden wir um Himmels willen von etwas anderem! Wir werden dafür zu büßen haben, darauf kannst du dich verlassen.«

»Ich habe keine Ahnung, was mit mir heute los ist«, gab er zurück, »aber mir laufen alle Arten von unheimlichen und schrecklichen Gedanken durch den Sinn. Ich fühle mich, als könnte ich heute eine Geschichte wie Hoffmann schreiben, verstünde ich nur, einen literarischen Stil zu meistern.«

»Ach, wenn wir schon wie Hoffmann zu reden anfangen, gehe ich schlafen. Opium und Alpträume sollten nie miteinander vermengt werden. Wie schwül es ist! Gute Nacht, Hammond.«

»Gute Nacht, Harry. Träume angenehm.«

»Träume von düsteren Wichten, Geistern, Ghoulen und Zauberern.«

Wir trennten uns, und jeder suchte sein Zimmer auf. Ich entkleidete mich rasch und stieg ins Bett; meinem sonstigen Brauch folgend, nahm ich mir ein Buch mit, in dem ich gewöhnlich lese, bis ich einschlafe. Sowie mein Kopf das Kissen berührte, öffnete ich den Band und warf ihn sofort gegen die gegenüberliegende Zimmerwand. Es war Goudons ›Geschichte der Ungeheuer‹, ein merkwürdiges französisches Werk, das ich mir kürzlich hatte aus Paris schicken lassen, das aber bei dem Zustand, in dem ich mich jetzt schon befand, alles andere als ein angenehmer Gefährte war. Ich beschloß, sofort einzuschlafen. Daher drehte ich das Gas zurück, bis an der Spitze des Brenners nur mehr ein winziges blaues Fünkchen von Licht glomm und bereitete mich auf den Schlaf vor.

Das Zimmer lag in völliger Dunkelheit. Das noch immer leuchtende Gasatom erhellte nicht mehr als eine Distanz von sieben Zentimetern rund um den Brenner. Verzweifelt breitete ich meine Arme über die Augen, als wollte ich selbst die Dunkelheit abhalten, und versuchte, an gar nichts zu denken. Vergebens. Die verfluchten Einfälle, die Hammond im Garten angeschnitten hatte, kamen mir immer wieder in den Sinn. Während ich so still wie ein Leichnam dalag, in der Hoffnung, daß ich durch völlige körperliche Untätigkeit rascher zur seelischen Ruhe gelangen könnte, ereignete sich ein schrecklicher Vorfall. Ein Etwas fiel, so schien es, von der Decke herab, plumpste auf meine Brust, und im nächsten Augenblick spürte ich zwei knochige Hände um meine Kehle, die mich zu ersticken suchten.

Ich bin gewiß kein Feigling und rühme mich beträchtlicher Körperkraft. Die Plötzlichkeit des Angriffs versetzte, anstatt mich zu lähmen, jeden Nerv in höchste Erregung. Mein Körper reagierte ganz instinktiv, bevor mein Gehirn noch imstande war, das Schreckliche meiner Lage zu erkennen. Ohne zu zögern umfaßte ich mit zwei muskulösen Armen das Wesen und drückte es mit der Kraft der Verzweiflung gegen meine Brust. In wenigen Sekunden verloren die Knochenhände, die sich um meinen Hals klammerten, ihren Halt und ich konnte wieder frei atmen. Sodann begann ein Ringen von furchtbarer Heftigkeit. Mitten in stockdunkler Nacht, ohne die blasseste Ahnung von Wesen und Natur des Dinges, das mich so plötzlich angegriffen hatte, von scharfen spitzen Zähnen fortwährend in Schulter, Nacken und Brust gebissen, mußte ich mich gegen ein paar kräftige, geschickte Hände wehren, die ich selbst bei größter Anstrengung nicht festhalten konnte. Und mein Griff glitt alle paar Augenblicke vom Körper des Angreifers ab, der, wie mir schien, völlig nackt war. Dies war eine Fügung von Umständen, deren Bewältigung von mir alle Kraft, Geschicklichkeit und allen Mut erforderten, die ich aufbringen konnte.

Zu guter Letzt, nach einem lautlosen, tödlichen und erschöpfenden Ringen, überwältigte ich den Angreifer durch eine Reihe unglaublicher Gewaltanstrengungen. Sobald ich ihn einmal in der Klemme hatte, mit meinem Knie auf was ich für seine Brust hielt, wußte ich, daß ich Sieger war. Ich hielt einen Augenblick inne, um Luft zu schöpfen. Unter mir hörte ich das Wesen in der Dunkelheit keuchen und spürte das heftige Pochen eines Herzens. Offensichtlich war es ebenso erschöpft wie ich; das beruhigte mich. In diesem Augenblick fiel mir ein, daß ich gewöhnlich, bevor ich zu Bette ging, ein gelbes Seidentaschentuch unter das Kissen legte. Ich tastete sofort danach; es war da. In ein paar Sekunden hatte ich vorsorglich die Arme des Wesens gefesselt.

Ich fühlte mich nun einigermaßen sicher. Es blieb nichts mehr zu tun, als das Gas aufzudrehen und, nachdem ich mich zuerst vergewissert hatte, wie mein mitternächtlicher Angreifer aussah, die übrigen Hausbewohner zu wecken. Ich gebe zu, daß mich ein gewisser Stolz bewog, nicht früher Alarm zu schlagen: ich wollte den Fang allein und ohne Hilfe machen.

Ohne den Griff auch nur einen Augenblick zu lockern, schlüpfte ich aus dem Bett, den Gefangenen mit mir auf den Boden ziehend. Bis zum Gasbrenner waren es nur ein paar

Schritte; ich tat sie mit größter Vorsicht, das Wesen fest im Griff. Endlich gelangte ich bis in Griffweite des winzigen Funkens blauen Lichts, der mir verriet, wo sich der Gasbrenner befand. Mit Blitzesschnelle ließ ich den Griff mit einer Hand los und drehte das Licht voll auf. Dann wandte ich mich um, um den Gefangenen anzusehen.

Ich kann nicht einmal versuchen, zu beschreiben, wie mir in dem Augenblick zumute war, nachdem ich das Gas aufgedreht hatte, denn es war noch nicht eine Minute vergangen, als das Zimmer auch schon voll mit den Hausbewohnern war. Mich schaudert noch jetzt, wenn ich an jenen furchtbaren Augenblick denke. *Ich sah gar nichts!* Gewiß, ich hatte einen Arm fest um eine atmende, keuchende, körperliche Form gelegt und meine andere Hand umfaßte mit ganzer Kraft eine Kehle so warm und anscheinend so fleischlich wie meine eigene; und doch, trotz dieser lebenden Substanz in meinem Griff, ihren Körper gegen den meinen gepreßt, all das zudem im hellen Schein eines Gasstrahls, erblickte ich absolut nichts! Nicht einmal einen Umriß – nicht einmal einen Dunst!

Nicht einmal jetzt wird mir so richtig bewußt, in welcher Lage ich mich befand. Ich kann mich nicht ganz genau an den erstaunlichen Vorfall erinnern. Die Vorstellungskraft müht sich vergebens, das furchtbare Paradoxon zu bewältigen.

Es atmete. Ich fühlte seinen warmen Atem in meinem Nacken. Es kämpfte voller Wildheit. Es hatte Hände. Sie umklammerten mich. Seine Haut war glatt wie meine eigene. Da lag es, eng an mich gepreßt, so substantiell wie ein Stein – und doch ganz und gar unsichtbar!

Ich wundere mich, daß ich in jenem Augenblick nicht ohnmächtig oder verrückt wurde. Irgendein wunderbarer Instinkt muß mich aufrechterhalten haben; denn wahrlich, anstatt daß mein Griff an jenem schrecklichen Wesen abgeglitten wäre, schien mir in dem Augenblick des Schreckens zusätzliche Kraft zuzuströmen, denn mein Griff zog sich mit

András Karakas

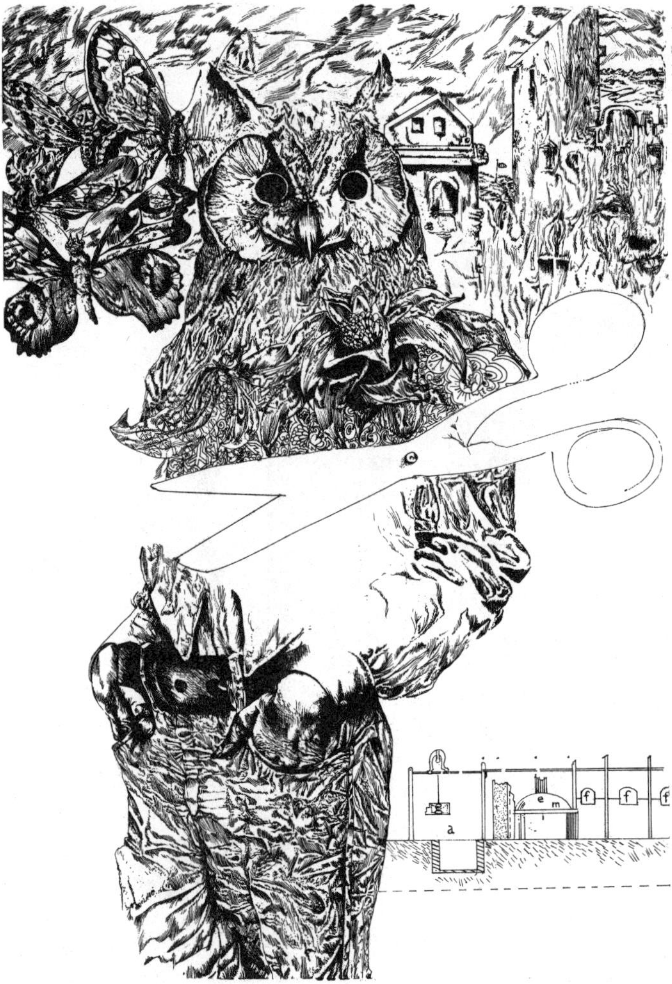

András Karakas

solch wunderbarer Kraft zusammen, daß ich spürte, wie das Wesen vor Schmerz zitterte.

Gerade dann kam Hammond an der Spitze der Hausgemeinschaft in das Zimmer. Sobald er mein Gesicht erblickte – das, wie ich annehme, einen schrecklichen Anblick geboten haben muß –, stürzte er vorwärts und schrie: »Großer Gott, Harry! Was ist los?«

»Hammond, Hammond!« rief ich, »komm her. Oh, ist das furchtbar! Irgend etwas hat mich im Bett angefallen, und dieses Etwas habe ich jetzt im Griff; aber ich kann es nicht sehen – ich kann es nicht sehen!«

Hammond trat, zweifellos unter dem Einfluß des unverhüllten Schreckens, der sich in meiner Miene ausdrückte, ein paar Schritte vorwärts. Meine übrigen Besucher brachen in hörbares Kichern aus. Dieses unterdrückte Lachen machte mich wild! Über einen Menschen in meiner Lage zu lachen! Das war die schlimmste Art von Grausamkeit. Jetzt kann ich sehr wohl verstehen, warum ein Mann, der anscheinend besessen mit einem Nichts aus Luft kämpft und um Hilfe gegen eine Vision ruft, lächerlich erschienen sein muß. *Damals* war meine Wut auf die spottende Menge so groß, daß ich sie auf der Stelle tot zerschmettert hätte, hätte ich die Macht dazu gehabt.

»Hammond! Hammond!« rief ich wieder, verzweifelnd, »um Himmels willen, komm zu mir. Ich kann das – das Ding nur noch kurze Zeit festhalten. Es überwältigt mich. Hilf mir! Hilf mir doch!«

»Harry«, flüsterte Hammond, während er sich mir näherte, »du hast zuviel Opium geraucht.«

»Ich schwöre dir, Hammond, daß das keine Vision ist«, antwortete ich im selben leisen Ton. »Siehst du nicht, wie seine Raserei meinen ganzen Körper erschüttert. Überzeug dich doch selbst, wenn du mir nicht glaubst. Greif her, berühre es.«

Hammond kam näher und legte die Hand auf die Stelle,

die ich anzeigte. Er stieß einen heftigen Schrei des Erschrekkens aus. Er hatte es gespürt!

Im Nu hatte er irgendwo im Zimmer eine lange Schnur entdeckt und wand und verknotete sie im nächsten Augenblick um den Körper des nicht zu sehenden Wesens, das ich mit meinen Armen umfaßt hielt.

»Harry«, sagte er mit heiserer, aufgeregter Stimme, denn obwohl ihn seine Geistesgegenwart nicht verließ, war er tief erschüttert. »Harry, jetzt kann nichts schiefgehen. Du kannst jetzt loslassen, wenn du erschöpft bist. Das Ding kann sich nicht rühren.«

Ich war total erschöpft und froh, loslassen zu können.

Hammond stand da, in der Hand das Ende der Schnur, die das Unsichtbare band. Er wickelte sie um die Hand. Vor ihm erblickte ich, sozusagen selbsttragend, ein Seil, das verknotet und nochmals verknotet war und sich fest um einen leeren Raum spannte. Niemals habe ich einen Menschen gesehen, der so voller Verblüffung war. Nichtsdestoweniger zeigte sein Gesicht den Mut und die Entschlossenheit, die ihm, wie ich wußte, eigen waren. Seine Lippen, obgleich blutleer, waren fest zusammengepreßt, und man sah auf den ersten Blick, daß er, wenn auch furchterfüllt, doch nicht entmutigt war.

Die Verwirrung, die sich der Hausbewohner bemächtigte, die Zeugen dieses außergewöhnlichen Vorfalls zwischen Hammond und mir waren – die also der Pantomime der Fesselung des zappelnden Etwas teilhaftig wurden –; die sahen, daß ich vor körperlicher Erschöpfung beinahe umfiel, als meine Aufgabe als Gefängniswärter vorbei war – die Verwirrung und der Schrecken, die die Umstehenden ergriffen, als sie all das sahen, entziehen sich jeder Beschreibung. Die Schwächeren flohen aus dem Zimmer. Die paar Zurückgebliebenen drängten sich in der Nähe der Tür zusammen und waren nicht dazu zu bewegen, sich Hammond und seiner Last zu nähern. Noch immer drang der Unglauben durch ihren Schrecken. Sie hatten nicht den Mut, sich persönlich zu überzeugen, und zweifelten dennoch. Vergeblich bat ich einige Männer, näher zu kommen und sich durch Berühren selbst davon zu überzeugen, daß es in jenem Zimmer ein unsichtbares Lebewesen gab. Sie waren ungläubig, wagten aber nicht, sich Klarheit zu verschaffen. Wie konnte ein fester, lebender, atmender Körper unsichtbar sein, fragten sie sich. Ich antwortete folgendermaßen. Ich gab Hammond ein Zeichen und wir beide – wir überwanden unsere furchterfüllte Abneigung gegen die Berührung des Ungeheuers – hoben es, gefesselt wie es war, vom Boden auf und trugen es zum Bett. Es war etwa so schwer wie ein vierzehnjähriger Junge.

»Nun, meine Freunde«, sagte ich, als Hammond und ich das Wesen über dem Bett hielten. »Ich kann euch einen handfesten Beweis liefern, daß wir es hier mit einem festen wägbaren Körper zu tun haben, den ihr trotz alledem nicht sehen könnt. Achtet bitte sorgfältig auf die Bettoberfläche.«

Ich wunderte mich über meinen eigenen Mut, daß ich dieses seltsame Ereignis so gefaßt aufnahm; aber ich hatte mich nun vom ersten Schrecken erholt und verspürte eine Art von wissenschaftlichem Stolz über die Sache, der jedes andere Gefühl beherrschte.

Die Augen der Umstehenden richteten sich sofort auf mein Bett. Auf ein Signal hin ließen Hammond und ich das Wesen fallen. Es gab das dumpfe Geräusch eines auf eine weiche Masse fallenden schweren Körpers. Das Bettholz knarrte. Auf dem Kissen und auf dem Bett selbst zeigte sich eine deutlich wahrnehmbare tiefe Einbeulung. Als die Menge dies erblickte, stieß sie einen dumpfen Schrei aus und floh aus dem Zimmer. Hammond und ich waren mit unserem Geheimnis allein.

Eine Zeitlang waren wir stumm, horchten auf das dumpfe, unregelmäßige Atmen des Wesens auf dem Bett und sahen auf die Bewegungen der Bettwäsche, als es ohnmächtig versuchte, sich aus seiner Fesselung zu befreien. Dann sagte Hammond etwas.

»Harry, das ist schrecklich.«

»Ja, schrecklich.«

»Aber nicht unerklärlich.«

»Nicht unerklärlich! Was meinst Du? So etwas hat es seit der Erschaffung der Welt noch nicht gegeben. Ich weiß nicht, was ich davon halten soll, Hammond. Gott gebe es, daß ich nicht verrückt bin und daß das keine Ausgeburt des Wahnsinns ist!«

»Betrachten wir es ein bißchen, Harry. Hier ist ein fester Körper, den wir fühlen, aber nicht sehen können. Diese Tatsache ist so außergewöhnlich, daß sie uns mit Schrecken erfüllt. Hat diese Erscheinung jedoch keine Parallele? Nimm zum Beispiel ein Stück reines Glas. Man spürt es und es ist durchsichtig. Nur eine gewisse chemische Unreinheit verhindert, daß es so völlig durchsichtig ist, daß es unsichtbar wird. Bedenke bitte, daß es *theoretisch nicht unmöglich* ist, ein Glas herzustellen, das nicht einen einzigen Lichtstrahl reflektiert – ein Glas, das in seinen Atomen so homogen ist, daß die Sonnenstrahlen wie durch Luft hindurchgehen, gebrochen, aber nicht reflektiert. Wir sehen die Luft nicht und doch merken wir sie.«

»Das ist alles recht schön und gut, Harry, aber dabei handelt es sich um unbelebte Substanzen. Glas atmet nicht, die Luft atmet nicht. *Dieses* Ding hat ein Herz, das schlägt – einen Willen, der es bewegt – Lungen, die pulsieren und ein- und ausatmen.«

»Du vergißt die Erscheinungen, von denen wir in letzter Zeit so oft gehört haben«, erwiderte ernst der Doktor. »Bei den Zusammenkünften, die sich ›spiritistische Seancen‹ nennen, haben sich unsichtbare Hände in die Hände der Personen um den Tisch geschoben – warme Hände aus Fleisch und Blut, die mit sterblichem Leben zu pulsieren schienen.«

»Wie? Du glaubst also, daß dies Ding ein ...«

»Ich weiß nicht, was es ist«, war die ernste Antwort;

»aber wenn die Götter es zulassen, werde ich es mit deiner Hilfe gründlich untersuchen.«

Gemeinsam wachten wir die ganze Nacht lang, viele Pfeifen rauchend, am Bett des unirdischen Wesens, das sich hin- und herwarf und keuchte, bis die Erschöpfung es anscheinend übermannte. Ruhiges, gleichmäßiges Atmen verriet uns dann, daß es schlief.

Am nächsten Morgen war das ganze Haus auf den Beinen. Die Mieter versammelten sich auf dem Gang vor meinem Zimmer, und Hammond und ich selbst standen im Mittelpunkt der Aufmerksamkeit. Wir mußten Tausende von Fragen über das Befinden unseres außergewöhnlichen Gefangenen beantworten, denn wir konnten noch immer keinen Menschen im Hause dazu bewegen, selbst den Fuß in das Zimmer zu setzen.

Das Wesen war wach. Das zeigte sich an der konvulsivischen Art, mit der sich die Bettwäsche beim Versuch zu entkommen bewegte. Im Anblick dieser gewissermaßen Anzeichen aus zweiter Hand, dieser selbst unsichtbaren furchtbaren Windungen und des schmerzerfüllten Freiheitsstrebens lag etwas wirklich Schreckliches.

Hammond und ich selbst hatten uns während der langen Nacht den Kopf zerbrochen, um ein Mittel zu entdecken, mit dem wir die Form und das allgemeine Aussehen des Mysteriums erkennen könnten. Soweit wir durch bloßes Abtasten der Form des Wesens erkennen konnten, waren seine Umrisse und seine Gesichtszüge menschlich. Es war ein Mund vorhanden; ein runder, glatter Kopf ohne Behaarung; eine Nase, die sich jedoch nur wenig über die Wangen erhob: und die Arme und Beine fühlten sich wie die eines Knabens an. Zuerst dachten wir daran, das Wesen auf eine glatte Fläche zu legen und seine Silhouette mit Kalk nachzuzeichnen, wie es die Schuhmacher tun, wenn sie den Umrissen eines Fußes nachfahren. Diesen Plan gaben wir als sinnlos auf. Solch ein Umriß vermittelte uns nicht die geringste Idee von seiner Gestalt.

Mir kam ein guter Einfall. Wir würden einen Gipsabdruck machen. Das lieferte uns eine feste Figur und erfüllte alle unsere Wünsche. Wie aber sollten wir es anstellen? Die Bewegungen des Wesens würden die aufgelegte Masse verschieben und den Abguß entstellen. Eine andere Idee. Wie wär's mit Chloroform? Es hatte Atmungsorgane – das war durch sein Atmen hinlänglich bewiesen. Nach der Betäubung könnten wir mit ihm nach Belieben verfahren. Wir ließen Doktor X– holen – und nachdem sich der ehrenwerte Arzt vom ersten Schock des Staunens erholt hatte, machten wir uns daran, das Chloroform anzuwenden. Drei Minuten später waren wir in der Lage, die Fesseln vom Körper des Wesens zu lösen, und ein Modellierer war damit beschäftigt, die unsichtbare Masse mit feuchtem Lehm zu bedecken. In weiteren fünf Minuten hatten wir eine Form und vor dem Abend schon ein grobes Faksimile des Wesens. Es war gestaltet wie ein Mensch – verkrüppelt, ungeschlacht und gräßlich, aber trotz allem ein Mensch. Es war klein, nicht größer als vier Fuß und etliche Zoll, und seine Gliedmaßen verrieten eine beispiellose Muskelentwicklung. Sein Antlitz übertraf an Abscheulichkeit alles, was ich je gesehen habe. Gustave Doré, Callot oder Tony Johannot haben nie etwas so Scheußliches ersonnen. Von letzterem gibt es in einer der Illustrationen zu *Un Voyage où il vous plaira* ein Gesicht, das dem Antlitz dieser Kreatur nahekommt, ohne ihm aber gleichzukommen. Es war eine Physiognomie in der Art, wie ich mir einen Ghoul vorstelle. Es sah aus, als nähre es sich wahrhaftig von Menschenfleisch.

Nachdem wir unsere Neugierde befriedigt hatten und jedermann im Hause zum Schweigen verpflichtet worden war, erhob sich die Frage, was tun mit unserem Rätselwesen? Völlig ausgeschlossen, daß wir solch einen Greuel in unserem Haus behielten; gleichermaßen ausgeschlossen, solch ein schreckliches Wesen auf die Welt loszulassen. Ich gestehe, ich hätte frohen Herzens für die Vernichtung der Kreatur gestimmt. Aber wer sollte die Verantwortung übernehmen?

Wer würde die Hinrichtung dieses horriblen Ebenbilds eines Menschen auf sich nehmen? Tag für Tag wurde diese Frage ganz im Ernst diskutiert. Die Mieter zogen alle aus. Frau Moffat war verzweifelt und drohte Hammond und mir alle Arten von gesetzlichen Schritten an, falls wir den Schrecken nicht entfernten. Wir antworteten darauf: »Wenn Sie es wünschen, gehen wir, wir weigern uns aber, diese Kreatur mitzunehmen. Schaffen Sie sie fort, falls Sie dazu Lust haben. Sie ist in Ihrem Haus aufgetaucht. Sie tragen die Verantwortung.« Darauf gab es natürlich keine Antwort. Weder für gute Worte noch für Geld konnte Frau Moffat einen Menschen auftreiben, der sich dem Rätsel genähert hätte.

Das Sonderbarste an der Sache war, daß wir überhaupt keine Ahnung hatten, wovon sich das Wesen gewöhnlich ernährte. Wir stellten alle mögliche Nahrung, die uns in den Sinn kam, vor das Wesen hin, aber nichts davon wurde angerührt. Es war schrecklich, Tag auf Tag dabeizusein, das Hin- und Herwälzen des Bettzeugs zu beobachten, das keuchende Atmen zu hören und zu wissen, daß das Wesen verhungerte.

Zehn, zwölf, vierzehn Tage vergingen, und es lebte noch immer. Das Schlagen des Herzens wurde jedoch von Tag zu Tag schwächer und hatte nun beinahe völlig aufgehört. Es war offensichtlich, daß das Wesen an Nahrungsmangel zugrunde ging. Während dieser furchtbare Todeskampf vor sich ging, fühlte ich mich jämmerlich. Ich konnte nicht schlafen. So schrecklich auch das Wesen war, es erfüllte einen doch mit Mitleid, an die Qualen zu denken, die es ausstand.

Endlich starb es. Hammond und ich fanden es eines morgens kalt und steif im Bett. Das Herz hatte aufgehört zu schlagen, die Lungen aufgehört zu atmen. Wir beeilten uns, es im Garten zu vergraben. Es war ein seltsames Begräbnis, als wir diesen nicht zu sehenden Leichnam in das feuchte Loch fallen ließen. Den Abdruck seiner Gestalt gab ich Doktor X–, der ihn in seinem Museum in der Zehnten Straße aufhebt.

Da ich eben am Vorabend einer langen Reise stehe, von der es vielleicht keine Wiederkehr gibt, habe ich diese Schilderung des merkwürdigsten Ereignisses, das mir je untergekommen ist, zu Papier gebracht.

Vladimir Colin
Der Spalt im Kreis

Ja, da standen die toten Häuser. Als die wenigen Risse in den Mauern es den Balken ermöglichten, ihre zerschmetterten Schädel vorzuweisen, schwebte ein Bett bewegungslos – gleich einem Schmetterling in einer gigantischen Insektensammlung –, hob sich ein Teppich, steif wie ein Brett. Die Statue, die sich vom geborstenen Ziergiebel gelöst hatte, stand bis zur Hälfte in Asche versunken, die Frau aus Teer streckte ihre Arme aus, ein vergebliches Gebet zu verbeulten Firmenschildern und Metallgerippen, die aus der aschgrauen Eintönigkeit ragten. Abgesehen von den zu Staub zerfallenen Scheiben, einst die Spiegel gleißenden Sonnenlichts und langer Reihen menschlicher Gesichter, schienen die Fassaden meist unberührt, wenn auch überall vom Trauerflor einer schäbigen schwarzen Farbe überzogen, so schäbig und alt, daß sie überall Sprünge aufwies. Die Sprünge aber waren bis tief innen schwarz und ließen keine Hoffnung aufkommen.

Die kahlen Schlackenbäume reckten sich wie hypertrophe Truthahnkrallen in die Sonne, stützten einen unglaublichen Himmel, lächerlich blau in dieser nunmehr unnützen Stille, aus der Blumen und Kakteen verschwunden waren. Blumen und Kakteen waren längst zu Asche geworden, so wie die Gedanken – eine unfruchtbare Schicht, ein Leichentuch über einem Kadaver ohne Kadaver.

Ein leichter Windstoß wirbelte die oberste Staubschicht auf, wurde im Nu zur rotierenden Säule, wuchs bis zu ihm hinauf, der dort atmete, wo aller Atem aufgehört hatte, und bewegte sich in rasendem Tempo voran. Doch bald geriet der aufrechte Kreisel in Panik, blieb vor einem nicht existierenden Hindernis stehen, schwankte, zögerte einen Augenblick, um sich dann blindlings nach rechts, links und zurück zu stürzen, als bereite er sich, von einem Fuß auf den anderen tretend, zu einem letzten, hoffnungslosen Angriff vor. Die Wende kam so unerwartet wie der Ausfall, jetzt war es ein sinnloser Rückstoß, ein ruckartiges Kreisen, als gelte es, eine Nachricht zu übermitteln, die nur durch unzusammenhängende Bewegungen auszudrücken war.

Wie die Gedanken eines Kindes, dachte er, aber seine Blicke glitten mutlos die tote Straße entlang. Die Windhose bohrte sich in die Aschenschicht. Alles erstarrte wieder unter dem blauen Himmel, und er schritt weiter, zwischen den wohlbekannten Reihen gekalkter Wände, aus denen die schwarzen Fensterrahmen und gedunsenen Türen quollen, wie die Leichen Ertrunkener. Das Holz schien von einem bösartigen Geschwür aufgetrieben, aber das dunkle Geschwür war von außen gekommen. Das Holz hatte keine Schuld, man hätte alles mögliche aus ihm machen können.

Hier war der Platz gewesen. Der Wirrwarr in seiner Mitte ein im Galopp erstarrter Reiter, verwittert durch Jahrhunderte. *Eine Routinesache,* sagte er sich, er hatte es unzählige Male als Praktikant wiederholt, und die einzige Neuheit bestand darin, daß er seine Studien beendet und den ersten Auftrag erhalten hatte. Woher kam seine Unruhe? Als suchte er nach einer Antwort, betrachtete er die Monumentalbauten, die den Platz säumten.

Steinerne Männer und Frauen beherrschten ihn als Allegorienreigen aus der Höhe der Ziergiebel und hielten starr an den Illusionen fest, die denen gehörten, die diese Allegorien in einer Epoche erfunden hatten, die noch an Illusionen glaubte. Epoche und Illusionen waren verschwunden, nur der Stein blieb beharrlich. Vielleicht sogar mit Recht.

Er stieg die breite Treppe hinauf und machte einen Bogen um den geknickten menschlichen Schatten, der wie ein Läufer über die Stufen fiel. Die Türen hingen schief in den Angeln, Staub und Asche war durch die massiven Mauern gedrungen und bedeckte die Füße der Marmorsäulen. Mit gleichmäßigen Bewegungen und unter dem Zwang einer eigenartigen Verwunderung, die er sich nicht erklären konnte, schnallte er seinen Tornister ab, stellte ihn auf die tote Schicht und bereitete sich darauf vor, wie gewöhnlich die Nacht davor zurückzurufen, die letzte Nacht. Er hörte seinen eigenen Atem gehen. Er stellte den Kontakt her. Das bekannte Signal destillierte die Warnsignale. Da versetzte er der Nadel einen Stoß und befand sich in tiefer Finsternis, die er augenblicklich als fremd empfand. Aber nicht durch das Fehlen des Lichts. Die Geräusche des Lebens ließen ihn erschauern, obwohl er sie erwartet hatte, und ohne es zu wollen, eilte er an ein Fenster, wobei er unvorsichtig an dem schlafenden Portier vorbeihastete, der mit seiner Loge ebenfalls aufgetaucht war.

Der von leuchtenden Kugeln erfüllte Platz, darin der im Galopp erstarrte Reiter, wie mit Gold überzogen. Unaufhörliches Explodieren und Verlöschen greller Lichter an den Fassaden. Das bunte Gewimmel quietschender Fahrzeuge. Doch wirklich erregend wirkte nur die Menschenmenge, die sich auf dem Platz tummelte. Sie gingen und schwatzten, lachten und gestikulierten vor seinen Augen ohne die geringsten Anzeichen einer Vorahnung von dem, was anderntags über sie hereinbrechen würde. Sorglos gewährten sie ihm Einblick in den Untergang einer längst vergangenen, für ihn nicht existierenden Zeit. Eine gestohlene, von den Toten auferweckte Zeit einer fremden Welt, alles ein Schauspiel, wie er es unzählige Male auf der Hochschule verfolgt hatte, alles unwiederbringlich, nichts konnte mehr sein.

Das letzte Mal, auf der überfluteten Archaura, als das Wasser den winzigen Planeten bedeckt und ertränkt hatte, befanden sich die künstlich wiedererweckten Menschen in einem verzweifelten Kampf mit den Fluten. Mit seinen Kollegen vom Interventions Institut verfolgte er die vergeblichen Anstrengungen einer zum Tode verurteilten Menschheit, die sich bis zuletzt an die Hoffnung klammerte, daß die fieberhaft errichteten Dämme standhalten würden. Er wurde Zeuge der Qualen dieser Verlorenen, und obwohl es ihnen unsagbar schwerfiel, denen, die sich vor ihren Augen in die dunklen

Fluten stürzten, nicht zu Hilfe zu eilen, obwohl der Professor gezwungen war, sie an das Gesetz zu erinnern, das einen derart schwerwiegenden Eingriff in die Vergangenheit untersagte, da er eine Quelle von Zeitparadoxa mit unkalkulierbaren Folgen gewesen wäre, verlief dennoch alles nach der bekannten, tragischen Ordnung. Das friedliche Leben dieser Sommernacht hingegen war unheimlich.

»Stel«, flüsterte es an seinem Ohr, »Stel!«

»Ja.«

»Ist etwas geschehen?«

»Nein«, antwortete Stel, doch ein Blick auf die Uhr sagte ihm, daß er sich tatsächlich verspätet hatte. »Ich beginne sofort.« Die in die anderen Städte Abgesandten waren wohl pünktlicher. Noch einmal sah er auf die ungetrübte Geschäftigkeit auf dem Platz, dann trat er mit einem leichten Stich im Herzen zurück und stieg die Treppe hinauf. Er hatte alles in der toten Zeit der Stadt vorbereitet, um die Installation in ihrer lebenden Zeit wiederzufinden, aber daran dachte er jetzt nicht. Er hatte das Bild des erleuchteten Platzes vor Augen, und nichts war von der Freude geblieben, mit der er vor einigen Tagen von seiner Teilnahme an einer Rettungsaktion erfahren hatte. Diese naive Freude verblaßte schon von dem Augenblick an, da er an den seltsam bekannten Fassaden verätzter Häuser vorbeischritt. Im gedämpften Licht, das durch die Fenster des ersten Stockes vom Platz hereinfiel, konnte er die Gemäldereihe an den Wänden erkennen. Dunkel wuchsen die Formen der Statuen aus dem Boden. Ohne Zögern wandte er sich zum Fenster in der Ecke und fand den Transmitter hinter dem Vorhang. Die Empfangskoordinaten waren eingestellt, er brauchte nur den glitzernden Trichter an jedem Stück vorbeizuführen.

Abwesend drückte er den Knopf. Das riesige Gemälde im vergoldeten Rahmen verschwand. Er drückte den weißen Knopf, ging zwei Schritte weiter, drückte wieder. Die unregelmäßige Bronzefigur hatte sich aufgelöst. Er war so vertraut mit den Rettungsoperationen, daß er sich nicht einmal den blitzartigen Weg des entmaterialisierten Stückes und sein Materialisieren im identisch nachkonstruierten Saal der untergegangenen Zivilisationen im Herzen Telmadons vorzustellen suchte. Er bewegte sich gleichmäßig an den Kunstwerken vorbei und eilte nur hie und da an ein Fenster, um einen Blick auf das Gewühl des erleuchteten Platzes zu werfen, dessen dumpfes Echo bis zu ihm heraufdrang. Er hätte die Geräusche gerne in der Zeit verlängert, denn er fürchtete den Augenblick, in dem sie verklangen, und die darauffolgende Stille, die jene andere, endgültige Stille vorausnahm. Doch niemand hatte es eilig in dieser Sommernacht. Immer neue Paare tauchten auf, und immer neue Fahrzeuge umkreisten den Reiter, tauchten auf und verschwanden nach unbekannten Gesetzen.

So bewegte er sich im Dunkel voran und leerte methodisch Saal auf Saal. Hinter ihm blieben die nackten Wände, wie von unzähligen blinden Fenstern durchbohrt, und die Räume schienen zu wachsen. Er betrat einen kreisförmigen Saal und richtete eben den Trichter auf den einzigen Mann aus Marmor, der wie ein armseliger Ersatz der Ewigkeit in der Mitte stand. Da ging die Tür auf und blendende Helle von der Decke nahm ihm die Sicht.

Ein erschrockenes Mädchen. Es sagte etwas, streckte die Hand nach ihm aus, und er sah, daß die Hand zitterte. Er holte die Übersetzerkapsel aus der Brusttasche und dankte heimlich denen, die dafür gesorgt hatten, daß die Mitglieder der Interventions-Truppen stets in den Kleidern der Epoche auftraten, in der sie gerade eine Mission erfüllten.

»– hier, so spät?« hörte er gerade das Ende der ängstlichen Frage des Mädchens.

»Guten Abend«, sagte er ruhig und verbeugte sich, wie er es von den alten Filmen her kannte, die im Auditorium maximum Telmadons vorgeführt wurden. »Was für eine schöne Nacht!«

»Aber das Museum ist seit drei Stunden geschlossen!

Wenn Sie die Nacht bewundern wollen, auf dem Platz ist es schöner!«

»Sie haben mich nicht verstanden«, sagte er. »Die Nacht ist schön, weil ich hier unter Kunstwerken bin, und ein lebendes Kunstwerk vor mir steht.«

»Hören Sie«, aber die Angst in ihren Augen machte einem fröhlichen Glitzern Platz, und ihre Stimme war nicht mehr so ernst, wie sie es gewünscht hätte, »jetzt ist nicht die Zeit für – Ich dachte, Sie wären ein Dieb.«

»Hoffentlich glauben Sie das jetzt nicht mehr«, lächelte er und war froh, daß er diesen Saal noch nicht geleert hatte.

»Trotzdem, sonderbar –«

»Daß ich Kunstwerke bewundere? Ich will Ihnen ein Geheimnis verraten. Im Grunde genommen ziehe ich die lebenden vor.«

Endlich ein Lächeln als Antwort auf sein gequältes Lächeln. Und wie bekannt ihm alles schien!

»Also gut, unbekannter Bewunderer, Sie gehen jetzt augenblicklich mit mir!«

»Ja? Sagen Sie, sind alle Mädchen die nachts unvermutet in einem Museum auftauchen, so streng?«

»Sie sind unglaublich«, lachte sie, »denken Sie allen Ernstes, *ich* hätte zu erklären, weshalb ich hier bin?«

»Warum nicht? Vielleicht bin ich hier wegen der Kontrolle. Vom Alarmsystem zum Beispiel.«

»Funktioniert es denn nicht?« fragte sie unruhig.

»Nein, es funktioniert nicht. Was sagen Sie jetzt?«

»Glaub' ich nicht«, flüsterte das Mädchen.

Sie war plötzlich sehr zerbrechlich, die Blässe ihrer Wangen strafte ihre Worte Lügen, ihre Augen waren weit aufgerissen, und Stel spann den Gedanken weiter, daß am nächsten Tag –

»Ich will Ihnen etwas vorführen«, sagte er.

Er richtete den Transmitterkopf auf die Statue in der Mitte des Raumes und drückte den Knopf. Der Schrei des

Mädchens begleitete das Verschwinden der Marmorstatue, die noch einen Augenblick zuvor so selbstbewußt dagestanden hatte.

»Was – was ist das?«

»Wie ich Ihnen sagte«, antwortete Stel und bemühte sich um den ruhigen Ton von vorhin. »Haben Sie vielleicht das Alarmsignal gehört?«

»Aber die Statue«, schrie sie. »Wo ist die Statue?«

Und er hatte geglaubt, weiß wie geschickt er sei, als er das Alarmsystem erwähnte, das er beim Aufstellen des Transmitters ausgeschaltet hatte.

»Beruhigen Sie sich«, sagte er, so überzeugend er konnte. »Ist es möglich, daß Sie noch nicht von der neuen Methode Alarmsysteme zu kontrollieren gehört haben?«

»Nein, davon habe ich nichts gehört, und ich pfeife darauf. Wo ist die Statue?«

»Ein verängstigtes Mädchen«, sagte er, um Zeit zu gewinnen und weil er nichts mehr zu sagen wußte. »Wie ein Kind.«

Fieberhaft suchte er nach einer Ausrede. Eigentlich hätte er gar nicht mehr zögern dürfen: die Sammlung des Museums war in Sicherheit, die Mission abgeschlossen. Er würde nur noch einmal die Zeit beschleunigen, um den Transmitter einzuholen, doch die einfache Bewegung, mit der er die Nadel auf der Zeitscheibe voranstieß, bedeutete den Tod der, die jetzt seinen Arm umklammerte und mit erstickter Stimme hervorstieß:

»Ich lasse Sie nicht mehr los! Wer sind Sie? Wo ist der Olympier?«

»Ah, das war der Olympier«, sagte er und hatte keine Ahnung, auf wen sie sich bezog. Er war glücklich, daß sie ihm Gelegenheit gab, Worte aneinanderzureihen, obwohl er wußte, daß sie sich nicht eher beruhigen würde, als bis er auf sie einredete wie auf ein Tier oder ein Kind. »Haben Sie Angst um ihn? Kindchen! Der Olympier ist jetzt in Sicherheit, kein Dieb erreicht ihn mehr. Er ist immer noch selbstbewußt und fragt sich, warum wir uns nicht um das Alarmsystem kümmern, das – nicht funktioniert. Und das ist nicht gut. Ein Alarmsystem muß doch aus allen Klingeln schrillen, nicht wahr? Na, sehen was los ist, dann geben wir alles an seinen Platz. Die Klingel wird wieder schrillen, wir hören ihr eine Weile zu und gehen nach Hause ins Bettchen und haben schöne Träume.«

Seine Stimme versagte. Alles wird Asche sein, die Träume und das Mädchen neben ihm, das ihn anstarrte und flüsterte:

»Wer sind Sie?«

Er holte tief Luft, und es gelang ihm ein kleines farbloses Lächeln, ganz im Widerspruch zu allen Gesetzen des Universums.

»Ich dachte, das hätte ich schon ein paarmal gesagt.«

»Nein, sagte sie hartnäckig, »schweigen Sie. Ich meine: wer sind Sie wirklich? Was bedeutet das alles? – Sehen Sie, ich habe mich beruhigt. Verzeihen Sie wegen der Szene vorhin.«

»Ich muß um Verzeihung bitten, ich habe Sie erschreckt.«

»Ja.«

»Es tut mir leid. Haben Sie keine Angst mehr?«

»Doch.«

»Nein. Beweis: wir sprechen wie zwei alte Freunde. Obwohl ich nicht einmal Ihren Namen weiß.«

»Maria.«

»Maria. Maria. Maria«, sagte er. »Maria!«

Diese Freude und Traurigkeit, dieses Wiederfinden und Verlieren. Weshalb?

»Ich dachte die ganze Zeit, du wärest ein gewöhnlicher Dieb.«

»Aber jetzt glaubst du es nicht mehr.«

»Nein. Du bist etwas Schlimmeres, nicht wahr?«

»Vielleicht. Ich hoffe trotzdem, daß du mich nicht für einen Straßenräuber hältst.«

»Nein. Wer bist du?«

»Ich kann es dir nicht sagen. Du bist sehr schön.«

Maria strich mit der Hand über ihr Gesicht. Sie war nicht vorbereitet. Alles war zu schnell gekommen und hatte sie gezwungen, ihre Kräfte anzuspannen um einer Sache zu begegnen, der sie nicht gewachsen war.

»Nur, weil ich mich in der Bibliothek verspätet habe«, flüsterte sie. »Ich bereite eine Arbeit vor. Über Träume und Alpträume des achtzehnten Jahrhunderts. Die Tür dort führt zur Bibliothek. Ich hörte Geräusche.«

»Träume und Alpträume. Entschuldige. Ich hätte allein sein sollen.«

»Allein wofür?«

»Ich bring dich nach Hause.«

Sie unterhielten sich flüsternd, Aug in Aug.

»Ja.«

»Unter einer Bedingung.«

Sie war völlig erschöpft, und es gelang ihr nur unter Tränen zu fragen:

»Wer stellt hier Bedingungen?«

»Ich. Wundere dich nicht. Stell keine Fragen.«

Maria seufzte.

»Auch nicht, wie du heißt?«

»Stel.«

»Stel«, wiederholte sie traurig. »Mach das Licht aus, Stel.«

Sie schritten beide über den hellen Fleck, der die Stelle bezeichnete, wo vor wenigen Augenblicken der Olympier gestanden hatte, dann betraten sie den ersten der leeren Säle. Marias Lippen zitterten. Stel legte den Arm um sie und fühlte ihre runde Schulter in seiner Hand, und das Mädchen ertrug den Knoten, der es im Hals würgte. Es drehte sich nicht mehr nach den Fenstern an den nackten Wänden um. Mit gesenktem Kopf und geschlossenen Augen ging es wie ein Automat neben ihm und sagte kein Wort, während sie Saal um Saal hinter sich ließen, und auch nicht, als sie die Treppe hinuntergingen. Der Nachtportier döste in seiner Loge hinter der Tür, so wie Stel ihn verlassen hatte.

»Gute Nacht«, flüsterte das Mädchen und fühlte die Finger, die sich in seine Schulter preßten, doch der Portier fuhr auf.

»So spät?« fragte er und rieb sich die Augen.

Es war ein rotwangiger Alter, seine Glatze strahlte wie eine Lichtung auf einer silbernen Heumahd.

»Ich hab' mich verspätet«, preßte Maria hervor. »Ich habe mit – mit dem Spezialisten vom Institut gearbeitet.«

»Zwei so junge Menschen! Schade um die Jugend.«

Der Alte zuckte die Achseln, langte nach dem Schlüsselbund und schloß das Tor auf.

»Gute Nacht«, sagte Stel.

»Auf morgen«, sagte Maria, und ihre Worte trafen ihn ins Herz.

Als das Tor sich hinter ihnen schloß, konnte er sich nicht mehr beherrschen und er nahm den Arm von der Schulter des Mädchens und sagte ernst:

»Du hast gesagt *auf morgen.* Weißt du wirklich nichts? Ahnt keiner etwas?«

»Ich werde wahnsinnig«, stöhnte Maria und preßte die Fäuste an ihre Lippen. Ein erstickter Laut drang aus ihr wie von einem kleinen, hilflosen Tier. »Warum quälst du mich?«

»Ich werde dich nie quälen.«

Die Art, wie er die Worte flüsterte, durchbohrte sie mehr, als deren Bedeutung. Sein Gesicht war wie versteinert.

»Du hast gesagt, ich solle nichts fragen.«

Der Platz war leer, und die Einsamkeit des Reiters in der Mitte ließen ihn noch leerer scheinen. Unförmig ragten die Kakteen in den Himmel.

»Nichts«, sagte er, die Augen zum versteinerten Galopp gewandt, in der Erinnerung, wie er in einem Tag aussehen würde. »Komm – nein, nicht dort«, schrie er plötzlich, als er sah, daß sie die Treppe hinuntergehen wollte.

Dort links würde sich für immer der zerrissene Schatten eines Menschen eingraben. Vom alten Portier? Er biß sich in die Lippen.

»Nie hätte ich gedacht, daß ich aus den Alpträumen des achtzehnten Jahrhunderts unmerklich in den Alptraum, den ich jetzt erlebe, geraten würde«, sagte sie. »Denn es ist nur ein Alptraum. Nichts ist wirklich. Du existierst nicht, das Museum ist nicht leer, ich bin zu Hause, und ich werde sofort aufwachen.«

»Wach auf!« schrie Stel noch einmal und faßte ihr Gesicht und drückte seinen Mund auf ihre Lippen.

Sie wurde weich in seinen Armen. Er fühlte ihren Atem an seinem Gesicht, als sie flüsterte.

»Weck mich nicht. Der Alptraum wird zum Traum.«

Sie hielten einander umschlungen und gingen auf den vom Glanz der trügerischen Lampen vergoldeten Reiter zu und umkreisten ihn, ohne auf ihre Schritte zu achten. Marias Gesicht lehnte an Stels Brust. Das Mädchen atmete gleichmäßig, wie im Schlaf. Sie wollte keine Fragen mehr stellen und keine Antworten mehr hören, er aber wußte, daß er die Minuten einer toten Zeit stahl, in der nichts mehr Früchte tragen konnte, und überwältigt von großer Traurigkeit und großer Zärtlichkeit überließ er sich dem Schweigen. Als Dim neben ihnen stand, fuhr er zusammen, wunderte sich jedoch nicht.

»Es tut mir leid, Stel.«

Der kurze Lauf blitzte in der Hand des Ankömmlings.

»Wer ist das«, fragte Maria ängstlich. »Was sagt er?«

Stel drückte sie noch fester an sich.

»Hast du mir nicht versprochen, keine Fragen zu stellen? Sprich, Dim.«

»Alles geschieht zum zweiten Mal, Stel, verstehst du nicht? Du hast schon einmal versucht, sie zu retten, ich meine, das erste Mal ist es dir auch gelungen. Du bist mit ihr auf ACN 6 geflohen, ihr seid 1000 Jahre später ausgestiegen. Der Zeitsprung war zu groß, trotz deiner Ausbildung hast du vergessen. Wie konntest du glauben, daß es dir gelingen würde?«

»Ich habe nichts geglaubt, ich habe gehandelt, Dim – Darum schien mir alles so bekannt.«

»Hast du dich trotzdem erinnert?« wandte sich der andere lebhaft an ihn. »Alle sagten, es wäre unmöglich. Aber es war klar, daß du wieder hierhergebracht werden würdest, zusammen mit ihr. Sie ist verloren, Stel. Keiner kann etwas ändern.«

»Der Kreis hat sich also geschlossen?«

»Ich kann nicht anders, du weißt es. Entweder, du verläßt sie auf der Stelle und kehrst mit mir zurück, oder –« Der Lauf blitzte auf und Stel blickte in die dunkle Mündung.

»Warum soll sie sterben, Dim? Was würde geschehen, wenn sie bei mir bliebe?«

»Sie würde begreifen. Schließlich würde sie Alarm schlagen. Die Veränderung der Geschichte würde die Toleranzgrenze überschreiten. Du kennst das Gesetz.«

»Ja«, sagte Stel und stieß seinen Fuß nach der Hand mit der Waffe. Der Strahl traf den Bronzereiter und verwandelte ihn in ein Chaos namenloser Formen. Maria schrie, aber die beiden waren schon ineinander verkrallt, und der glänzende Lauf, bald zum Himmel, bald aufs Pflaster gerichtet, zuckte unter dem doppelten Druck von Dims und Stels Armen. Ohne zu begreifen,was sich, seit sie die Bibliothekstür geöffnet hatte, abspielte, sah sie hilflos auf die beiden unbekannten Kämpfer, die sich in einer fremden Sprache unterhielten, um sich dann zu ihren Füßen zu wälzen. Aber einer der Unbekannten hatte sie geküßt und ihr Gesicht hatte an seiner Brust geruht, in dem doppelten Schweigen, das sie einander näher gebracht hatte als alle Worte. Entsetzt rannte sie auf die Treppen des Museums zu mit dem vagen Gedanken, vom einzigen Menschen weit und breit, vom alten Portier Hilfe zu holen. Schon eilte sie die ersten Stufen hinauf, als sie der lodernde Strahl traf und sie nur mehr ein zerrissener Schatten war, auf immer dem unwissenden Stein aufgedrückt. Die beiden auf dem Platz ließen voneinander ab und standen auf. Ihr Atem ging kurz und heftig.

»Es gab keine andere Lösung«, sagte Dim schuldbewußt.

Stel betrachtete den Fleck, der die Silhouette Marias bewahrte, den Schatten jener Frau, der er beinahe verwehrt hatte, den Boden mit Füßen zu betreten.

»Nein, sie war es nicht«, sagte er tonlos, wie von weit her, dann stieß er seine Faust dem andern so unerwartet ans Kinn, daß dieser stürzte.

Einen Augenblick stand Stel unbeweglich. Dann bückte er sich, nahm die Waffe aus der kraftlosen Hand, eilte die Treppe hinauf, indem er dem Schatten Marias auswich. Vor dem Tor berührte er das Schlüsselloch mit dem silbernen Lauf, schloß die Augen und drückte ab. Schwarz und gedunsen klaffte das Tor. Er stieß es auf, schnellte ins Haus, vorbei am erstarrten Portier und fand den Tornister am Fuß der Säule, wo er ihn zurückgelassen hatte. Ohne die Nadel loszulassen, führte er sie die Zeitscheibe entlang und stand im Rundsaal des ersten Stockes.

»Maria. Maria. Maria«, sagte er. »Maria.«

Wieder fühlte er Freude und Traurigkeit, das Gefühl etwas wiederzufinden und zu verlieren, und er fragte sich nicht mehr, was es war.

»Ich dachte die ganze Zeit, du wärest ein gewöhnlicher Dieb.«

»Aber jetzt glaubst du es nicht mehr.«

»Nein. Du bist etwas Schlimmeres, nicht wahr?«

Die Wörter, sie waren ausgesprochen und konnten nicht mehr geändert werden, obwohl alles unerträglich wurde und seine Gedanken wie Bälle aufeinanderprallten, die der Reihe nach aufgestellt und wieder gegeneinander geschleudert wurden. Maria, die sich an die wenn auch kurzen Zeitsprünge noch nicht gewöhnt hatte, erinnerte sich an nichts und sagte ihre Worte, ohne sich klar zu werden, daß sie eine Rolle wiederholte, daß alles gewesen war, aber Stel wußte, daß sie kaum mehr Zeit hatten. Er stellte den Tornister ab und rückte die Nadel kaum merklich vor.

Der Platz war leer, und die Einsamkeit des Reiters in seiner Mitte ließ ihn noch leerer erscheinen. Unförmig ragten die Kakteen in den Himmel.

»Nichts«, sagte er, den Blick auf den versteinerten Galopp gerichtet, und erinnerte sich, wie er aussehen würde, nicht in einem Tag, sondern bald, viel zu bald. »Komm – nein, nicht dort!« schrie er plötzlich, als er sah, daß sie die Treppe hinuntergehen wollte. Dort links sollte sich für immer der zerrissene Schatten eines Menschen eingraben, aber nicht des Portiers, wie er geglaubt hatte. Er biß sich in die Lippen. Irgendwo gab es einen Spalt, der Kreis durfte sich nicht schließen. Jetzt besaß er eine Waffe, und *sie* wußten es. Solange er lebte, würde Maria leben.

»– als ein Alptraum, nichts ist wirklich. Du existierst nicht, das Museum ist nicht leer und ich bin zu Hause und werde sofort aufwachen.«

»Wach auf!« schrie Stel noch einmal, faßte ihr Gesicht und drückte seinen Mund auf ihre Lippen.

Vladimir Colin
Die Zeitfunktionärin

Mit gelangweiltem Pfeifen trat er ans Fenster und sprang kopfüber durch die geschlossene Scheibe.

Als sich das Bioglas hinter ihm wieder zusammenfügte, schwebte er sanft über dem Kanal mit den künstlichen Schwänen, registrierte die vorschriftsmäßig verteilten Sonnenstrahlen und die Tatsache, daß die Wolke des Tages geradezu aufreizend gut gelungen war. Selbst das Oxidieren der Luft schien fehlerlos. *Wie gestern und morgen,* sagte er sich und sah sich um, ob man ihn beobachtet hatte, denn Kindereien von der Art des Fenstersprungs schickten sich nicht mehr für sein Alter. Anscheinend war niemand schockiert – jetzt befremdete ihn dafür die Tatsache, daß sich die Leute überall gemächlich von ihren Individualplattformen abstießen, eine alte Frau landete fehlerlos und verlor sich im Bioeingang ihres Appartements – also blieb ihm nichts übrig, als sich tiefer in die Luft zu schrauben und auf die großen Antennen zuzusteuern. Da hörte er seinen Namen rufen.

»Hast du das Modell entworfen?« fragte er und traute kaum seinen Augen.

»Das trägt man jetzt«, sagte Riana und betonte das letzte Wort.

Ihre Tunica aus leuchtenden Federn schien echt und warf grünspanige Reflexe. Auch Rianas Haar war grün, zumindest was man davon unter der Flaumkapuze zu sehen bekam.

»Das war zu erwarten« sagte Hormac. »Warum eigentlich nicht.«

»Siehst du«, sagte Riana, »darum gefällst du mir. Du hast keine Vorurteile.«

»Tja«, sagte Hormac.

»Essen wir zusammen? Ich habe ein etruskisches Rezept entdeckt. Man nimmt ein paar Dutzend Austern und gießt –«

»Leider«, sagte Hormac. »Ich habe heute Vergangenheitstag.«

»Ah! Also morgen. Gehst du weit?«

»Ich habe kein Programm«, sagte Hormac.

»Die Tageswolke ist hübsch, nicht? Kann mir nicht vorstellen, wie die Alten den Überfluß an zufälligen Wolken ertragen konnten. Weißt du, je näher ich sie kenne, desto mehr tun sie mir leid. Was hab' ich gesagt?«

»Du hast nichts gesagt«, antwortete Hormac.

»Doch, ich sprach von der Vergangenheit. Das letzte Mal war ich bei der Hochzeit meiner Eltern.«

»Bei was?« fragte Hormac.

»Papa war auch so ein Original«, lachte Riana. »Ich glaube das ist auch ein Grund, warum du mir gefällst.«

»Ja?«

»Wußtest du das nicht?« »Nein«, sagte Hormac.

»Hör zu«, sagte Riana. »Damals – also vor sehr langer Zeit, da haben Männer und Frauen geheiratet. Eine Art Zeremonie, weißt du, ein Vorwand, Verwandte und Freunde zusammenzurufen.«

»Ich dachte, sie wollten allein sein«, sagte Hormac.

»Ja, also ich denke schon. Aber nur die Heirat gab ihnen das Recht, allein zu sein.«

»Mit dem ganzen Klan?«

»Also hör zu«, sagte Riana ärgerlich, »du kannst dich ja im Archiv aufklären lassen! Ich wollte dir bloß sagen, daß ich bei der Hochzeit meiner Eltern war. Die Sache wurde in einer Katakombe der Stadt – irgendeiner großen Stadt im Römischen Reich – gegeben, weißt du, die man auf Befehl eines dicken Kaisers angezündet hat.«

»Nero.«

»Ich wußte ja, daß du's weißt. Also Rom. Rom brannte. Und in den Katakomben brannten die Fackeln, das rauchte, sag' ich dir, darum bemerkten die Leute erst gar nicht, daß die Stadt brannte, und die Zeremonie zog sich dahin, die Leute sangen durch die Nase, und ich mußte ›Feuer!‹ schreien und Papa sah mich. Weißt du, bis dahin hatte ich mich hinter denen versteckt, die sangen – er wußte nicht, daß ich dort war – und er mußte lachen – und lachte – aber der Alte, der die Zeremonie leitete, sagte, *reiß dich zusammen, o Sohn,* oder so ähnlich, und dann fiel er in die Knie und dankte, ich weiß nicht wem, dafür, daß alle Anwesenden in die Reihen der Märtyrer aufgenommen würden.«

»Willst du damit sagen, daß sie nicht versuchten, sich zu retten?« fragte Hormac.

»Nein, das war ja so drollig. Mama war ein wenig verschreckt, Papa versuchte, ihnen zu erklären, daß sie fliehen müßten, aber die knieten nur und sangen. *Es ist doch stupid, zu sterben, einige tausend Jahre bevor wir geboren werden,* sagte Papa, als er sah, daß nichts zu machen war, und dann sind wir gegangen.«

»Ja«, sagte Hormac. »Aber die meinen haben nicht geheiratet.«

»Möchtest du, daß wir heiraten?«

»Ich weiß nicht«, sagte Hormac. »Ich will es mir überlegen.«

»Überleg es dir bis morgen mittag. Aber die Etrusker hatten eine großartige Küche ... Du wirst die Austern kosten und sehen. Ich warte auf dich, ja?«

»Ja«, sagte Hormac.

Riana entfernte sich, und er setzte seinen Flug zu den großen Antennen fort. Wie gewöhnlich drehten sie sich in zwei Richtungen. Die einen langsam und die andern so schnell, daß man ihre Formen nicht mehr unterscheiden konnte und sie aussahen wie riesige Phantome. Hie und da ließ sich jemand auf einer der Plattformen, die wie Handteller aus jedem Stockwerk ragten, nieder, und verschwand in dem Gebäude mit den unzähligen Kabinen, in denen die Unendlichkeit begann.

Jetzt hörte er das gleichmäßige Surren der Motoren, wie eine Einladung zur Reise. *Weshalb sie sie wohl nicht ent-*

sonorisierten? Von den einfachsten Haushaltsgeräten bis zu den gigantischen Oxidiervorrichtungen liefen alle Motoren geräuschlos. Doch er glaubte, die Erklärung in der Aufforderung zur Reise zu sehen. Die Auserwählten überließen nichts dem Zufall, und wenn das Surren der Motoren beibehalten wurde, dann eben zur Herstellung der Assoziation zum einzigen erlaubten Abenteuer: der Zeit, ihrer Domestizierung und den dadurch ermöglichten Reisen. Das Surren der großen Motoren rief eine freudige und etwas beunruhigende Erregung hervor, wie sie die Sirenen der alten Schiffe in den Bürgern von einst hervorriefen. Nach der Abnützung der Raumfahrt blieb nur noch die Verlockung der Reisen in die Vergangenheit. Besonders seit die Reisen rationalisiert worden waren und nur noch auf Grund der wöchentlichen Tickets möglich waren, die man nur gegen Ausübung einer nützlichen Arbeit haben konnte. Aber die Ausflüge wurden streng kontrolliert. Auch sie. Und die Touristen waren auf Exotik und Sensationen aus und kehrten dann und wann mit einem Küchenrezept zurück.

Seufzend landete er auf einer der Plattformen des blauen Stockwerks. Es war das oberste Stockwerk, wo die Büros der Ratgeber und die Dokumentationsräume untergebracht waren. Jedes Stockwerk des riesigen Gebäudes hatte eine andere Farbe erhalten. Jede Farbe markierte eine Epoche zur Erleichterung derer, die wußten, wohin sie wollten: jede beliebige Kabine des Stockwerks öffnete die begehrte Tür. Das blaue Stockwerk war für die Unschlüssigen bestimmt, die bereit waren, Anregungen entgegenzunehmen.

Er tauchte ins blaue Stockwerk und ließ sich vom Transportband den langen Korridor entlangführen, immer wieder von den erleuchteten Platten der Büros der Ratgeber markiert.

Das Transportband hielt vor dem ersten freien Büro, und Hormac betrat den leeren Raum.

»Guten Tag. Würden Sie bitte das Ticket vorweisen«, sagte eine freundliche Stimme.

Hormac trat vor und steckte das Ticket in den Spalt an

der Wand, nicht ohne den Finger vorher auf den Raum für den Abdruck gepreßt zu haben. Eine blaue Lampe strahlte auf. »Danke«, sagte die Stimme. »Sie sind zu einer Reise von 24 Stunden konventionell berechtigt. Darf ich Ihnen behilflich sein?«

»Dazu bin ich hier«, sagte Hormac.

»Natürlich. Sie waren in der Urgeschichte, nahmen Teil an einem Kreuzzug, und waren bei der Guillotinierung von Louis XVI. zugegen, von den unbedeutenderen Reisen ganz zu schweigen. Was denken Sie über die Verbrennung von Jeanne d'Arc?«

»Danke«, sagte Hormac. »ich hatte genug von der Guillotine.«

»Ich verstehe Sie ausgezeichnet«, gab der unsichtbare Gesprächspartner zu. »Vielleicht der erste Flug zum Mond?«

»Ich war beim ersten Marsflug dabei.«

Eine rote Lampe leuchtete auf.

»Entschuldigung. Ich habe den Vermerk übersehen. Ein mittelalterlicher Carneval? Carnevals sind jetzt sehr gefragt.«

»Macht mir keinen Spaß. Mir macht nichts mehr Spaß.«

»Darf ich Ihnen eine Orgie im Palast der Messalina empfehlen? Sie wissen, die erste Hälfte des ersten Jahrhunderts alter Zeitrechnung, das entspricht –«

»Ich weiß«, sagte Hormac. »Nein.«

»Wie Sie wünschen«, flüsterte die Stimme. »Und die Reise von Christoph Columbus?« Und, als Hormac schwieg, »die Rückkehr der Argonauten, von Odysseus, vom Verlorenen Sohn, die Grablegung des Cheops, der Tod Alexanders des Großen, das Massaker der Bartholomäusnacht, das heißt, ich vergaß – einer von Cäsars Triumphen? Die Krönung Napoleons?«

»Wissen Sie«, sagte Hormac, »ich möchte etwas weniger Banales.« Eine grüne Lampe leuchtete auf.

»Entschuldigung«, sagte die Stimme. »Bitte begeben Sie sich zum Büro U6. Auf Wiedersehn.«

Hormac zuckte die Achseln und ging. Das Transportband setzte sich in Bewegung, diesmal führte es ihn weiter, die Platten der Bioeingänge glitten monoton an ihm vorüber, und als das Band still stand, befand er sich vor einer altmodischen Tür mit einem eisernen Riegel, wie er nur noch in Museen aufbewahrt wurde. Verwundert pochte er ans Holz.

»Herein.«

Der Raum war anders als der des Ratgebers von vorhin. Lebende Stühle schwebten um den belebten Tisch, auf dem eine Vase mit fleischfressenden Pflanzen stand. In den pompösen Rahmen an den Wänden wechselten Traumsynthesen, das Licht an der Deckenverkleidung erstrahlte in der Sanftheit eines Sonnenuntergangs. Ein Mädchen in der weißen Toga der Zeitfunktionäre empfing ihn lächelnd.

»Guten Tag. Bitte nehmen Sie Platz.«

Sie war hochgewachsen, schlank und schön.

»Guten Tag«, sagte auch Hormac und setzte sich auf einen Stuhl, der sich ihm genähert hatte und ihn jetzt zum Tisch brachte.

»Ich habe den Eindruck, daß ich einige Unannehmlichkeiten heraufbeschworen habe.«

»Weil Sie die Vorschläge des Ratgebers abgelehnt haben?«

»Weil ich hier bin.«

»Ist das weniger angenehm?« fragte das Mädchen und lehnte sich zurück.

»Überhaupt nicht. Aber ungewohnter, nicht?« Das Mädchen schaukelte leicht und lächelte verständnisvoll.

»Für gewöhnlich haben die Vorschläge des Ratgebers mehr Erfolg.«

»Tut mir leid«, sagte Hormac.

»Spaß beiseite, was würde sie interessieren?«

An der Wand vor ihm erschien eine bezaubernde Traumsynthese. Farben und Formen ohne Bedeutung, Hormac wußte nicht, warum sie ihn so faszinierte.

»Ich weiß nicht«, antwortete er abwesend und sah auf die sich verändernde Traumsynthese.

»Die Vergangenheit ist doch bestimmt interessant.«

»Gewiß«, sagte er genauso abwesend. »Und genau parzelliert.«

Das Mädchen drehte sich nicht um, obwohl sie sah, daß Hormac die Traumsynthese hinter ihrem Rücken betrachtete.

»Parzelliert? Ach, das ist wohl der Grund, warum es Sie nicht interessiert?«

»Das kann ich nicht sagen«, antwortete er zerstreut. »Was weiß ich, vielleicht, weil wir jetzt schon die Vergangenheit per Ticket verteilen, an fixen Tagen – denn die Geschichte ist ein riesiger Lunapark geworden.«

Er brach ab und sah dem Mädchen ins Gesicht. Er konnte darauf nur höfliche Aufmerksamkeit ablesen.

»Warum unterbrechen Sie sich? Ich bin da, um Ihnen zu helfen.«

»Wobei?« fragte Hormac.

»Wünschten Sie keine Konsultation?«

Sie lächelte amüsiert. Der Mann holte tief Luft und lächelte ebenfalls, zum ersten Mal.

»Natürlich! Diese Traumsynthese gefällt mir ausgezeichnet.«

»Ja«, sagte das Mädchen. »Aber das ist nicht ihr Verdienst. Sie haben sie geschaffen.«

Hormac sah ihr in die Augen. Sie waren blau und vollkommen klar.

»Ach«, sagte er.

»Warum sind Sie verärgert? Es war natürlich ein Test, aber ich mußte ihn anwenden, wo Sie mir doch gar nicht halfen. Jetzt kann ich Ihnen einen Vorschlag machen.«

»Sie haben sich nicht umgedreht«, sagte Hormac.

»Nicht nötig. Dieselbe Traumsynthese erscheint auf der gegenüberliegenden Wand.«

Hormac drehte sich um. Sie sagte die Wahrheit.

»Ja natürlich«, gab er zu. »Sie sagten etwas von einem Vorschlag.«

»Warum entspannen Sie sich nicht?« fragte sie. »Es ist ein Vorschlag, den wir ziemlich selten machen und nur dann, wenn es notwendig wird.«

»Ich höre«, sagte Hormac.

»Eine Reise in die Zukunft.«

Die Traumsynthesen wechselten rascher, ein unsagbares Fließen betörender Farben und Formen.

»Ist es möglich?« schrie er auf. »Man hat mir immer gesagt, daß nur die Vergangenheit –«

»Wie ich sehe, sind Sie einverstanden«, sagte das Mädchen.

Sie war unverändert ruhig und freundlich. Fassungslos nickte Hormac. Dann sprang er vom Stuhl, der in die Ecke flüchtete. Das Mädchen erhob sich, in ihrer weißen Toga glich sie einer Vestalin.

»Hier.«

Sie wandte sich nicht zur Tür, die auf den Gang führte. Sie blieb vor einer Wand stehen, ging durch, obwohl der Bioeingang nicht angezeichnet war und sich irgendwo in der Deckenverkleidung verlor. Hormac folgte ihr und betrat eine gewöhnliche Zeitkabine. Metallische Rundwände, Fußboden und Decke aus Chronoplast, der Sitz vor dem Pult mit der bunten Knopfreihe, der Kristallhebel.

»Nehmen Sie Platz«, sagte das Mädchen.

»Ist etwas anders als bisher?« fragte Hormac und setzte sich zurecht.

»Nur eine wesentliche Änderung«, sagte sie und der Mann hob seinen Blick vom Kommandopult. »Die Fahrtrichtung.«

»Aktionsradius?«

»Tausend Jahre. Aber die Zukunft kann gefährlich sein. Ich rate Ihnen, in Etappen zu reisen. Zuerst einen Tag, dann ein Jahr, zehn, zwanzig, fünfzig, ein Jahrhundert. Die großen Sprünge erfordern Training.«

»Ausgezeichnet«, sagte Hormac und bewegte die Knöpfe. »Also, für den Anfang 24 Stunden. Auf Wiedersehn!«

Er zog den Kristallhebel. Das Mädchen in der Toga blickte ihn mit klaren blauen Augen an und verschwand. Nichts hatte sich verändert. Er fühlte nichts, als befände er sich auf einer gewöhnlichen Reise in die Vergangenheit. Da fiel ihm ein, daß Riana ihn zum Essen erwartete, er beugte sich übers Pult, um den Raumknopf zu betätigen. In diesem Augenblick sah er sich mit Falten im Gesicht und grauen Schläfen durch den Bioeingang der Metallwand treten. Blaß und fasziniert betrachtete er den neuen Hormac.

»Was für eine Begegnung!« rief er heiser.

Doch der aus der Zukunft schwieg. Er wirkte erschöpft und gebeugt. Seine trüben, tiefliegenden Augen vermieden seinen Blick. Dann sah er ihn verzweifelt an.

»Sieh mich an«, flüsterten die trockenen Lippen. »Seit einem Jahr, immer wieder, immer wieder, weißt du, was es heißt, immer wieder? Weißt du, was es heißt, es nicht mehr aushalten können?«

»Warum?« fragte er, voll Entsetzen darüber, was ihn in den Jahren erwartete, die ihn vom anderen trennten, und die sich unerwartet kontrahiert hatten, um zwei seiner Abbilder in der Zeit miteinander zu konfrontieren.

Doch er hörte nichts als ein halbersticktes Schluchzen. Verwirrt sah er auf die Handbewegung des anderen, der in die Tasche griff.

Der silberne Lauf zitterte, doch er verfehlte sein Ziel nicht. Ehe er mit derselben Verwirrung auf dem Gesicht zusammenfiel, sah er seinen Mörder plötzlich schwarz werden. Für einen Augenblick glich er dem Negativ einer alten Fotografie, dann zerfiel er und ließ den entseelten Körper in der Kabine zurück, den er von der eigenen Vergangenheit und Zukunft befreit hatte.

Die Rahmen der Traumsynthesen im getäfelten Raum waren leer. Als die grüne Lampe aufleuchtete, sagte das Mädchen in der weißen Toga in das versteckte Mikrophon an der Wand:

»Auftrag ausgeführt: der zukünftig unadaptierbare Hormac hat sich selbst liquidiert.«

»Unterbrich deinen Kontakt«, antwortete eine Stimme, und die Zeitfunktionärin führte eine Hand an die Achselspange und drehte sie um.

Augenblicklich fiel sie in den Stuhl, der herbeigeglitten war, um ihren auseinanderfallenden Körper aufzufangen, und das Licht verlosch.

Robert Plank
Der häßliche Götterfunke
Ein Fall von Vorliebe für das Böse

1. *Ausgangspunkt*

Bücher und Filme tauchen auf, werden rezensiert, verschwinden. Selten nur rührt die Debatte an Probleme, die den Anlaß überdauern.

›A Clockwork Orange‹ ist ein solches Buch, ein solcher Film. Die Diskussion über beide Werke hat Fragen aufgeworfen, die noch niemand hat beantworten können und die uns noch lange nicht in Ruhe lassen werden – und dürfen.

Während der Roman, vor einem Jahrzehnt erschienen, keine weite Beachtung fand, hat der Film heftige Diskussionen hervorgerufen. Das ist schon an sich ungewöhnlich, denn im allgemeinen hat ja, wie einst der Film das Theater, jetzt das Fernsehen den Film verdrängt. In Amerika haben viele Filmtheater geschlossen, die andern spielen meist vor wenig Publikum. Nur selten kann ein Film plötzlich die Säle füllen. Das Fernsehen ist unentgeltlich, und der Eintrittspreis für ›A Clockwork Orange‹ war gar nicht gering: in Cleveland zum Beispiel $ 3 (ca. 9 DM). Die Reklame war wegen ›Unsittlichkeit‹ scharf beschränkt. Trotzdem gingen viele, meist junge Leute, wochenlang in den Film, standen Schlange, strömten hinein, wie einst die Kinder dem Rattenfänger nachliefen.

Die gebildete Welt sah es mit Staunen oder gar Schrecken und fragte sich: Was hat es mit dem radikal Bösen auf sich? Mit seiner fatalen Anziehungskraft? Und mit dem, was man das ›Laokoon-Problem‹ nennen könnte? Vor zweihundert Jahren hat Lessings Buch ›Laokoon‹ die ›Grenzen der Malerei und Poesie‹ festgelegt. Noch hat sich kein zweiter Lessing gefunden, die heute wichtigeren Grenzen zwischen Film und Buch und zwischen Science Fiction und Realismus zu bestimmen. Aber die Debatte über ›A Clockwork Orange‹ gibt uns einen guten Start. Er soll hier dazu benützt werden, zu untersuchen, was die Psychologie zur Aufklärung dieser Probleme sagen kann.

2. *Science Fiction und das radikal Böse*

Science Fiction befaßt sich mit Weltraumraketen, blutrünstigen Liebesabenteuern auf fernen Gestirnen, galaktischen Reichen im Jahr 253 000 und derlei mehr, meint der Laie, aber der Fachmann lächelt, denn er weiß, daß es um ungleich Ernsteres geht. Für die Verkörperung der großen moralischen Fragen in der Dichtung ist die Science Fiction so unentbehrlich geworden, wie es die Religion und die Mythologie gewesen sind.

Das radikal Böse ist eine Abstraktion. Konkretisiert war sie früher nicht im Menschen: nur im Teufel. Aber ihm hat die Geschichte übel mitgespielt. Bei Dante und Milton war er noch eine ernst zu nehmende Größe. In Goethes *Faust* ist er schon eher eine komische Figur. In Dostojewskis *Brüdern Karamasow* und in Thomas Manns *Doktor Faustus* wird er nur noch von Irren wahrgenommen. Setzt sich die Science Fiction auf den Platz, den er räumen mußte?

Nicht notwendigerweise. Es gibt andere und populärere Methoden, mit dem radikal Bösen fertig zu werden. Man kann es leugnen, man kann es ignorieren – die Aufklärung hat diesen Weg gewählt. Herder zum Beispiel sagt im 123. *Brief zur Beförderung der Humanität,* daß er »der Hypothese von einer radikalen bösen Grundkraft im menschlichen Gemüt und Willen durchaus nichts Gutes abgewinnen kann«.

Man kann das radikal Böse erklären, d. h. wegerklären. Man kann finden, daß eben nur der Teufel radikal böse war – und den gibt es doch nicht –, während die wirklichen Menschen nie so ganz und gar böse sind; oder wenn sie es sind, läßt sich das aus besonderen Umständen ableiten – Herder bezeichnet an derselben Stelle die Erbsünde als eine Krankheit. So kann man sie verstehen (während das radikal

Böse wie das radikal Gute – Teufel wie Gott – dem Menschen immer unverständlich bleiben) und vom Alles Verstehen zum Alles Verzeihen ist es nur ein Schritt.

Durchaus nicht nur skurrile Ideologien wie etwa die Christian Science haben diesen Weg gewählt. Auf ihm bewegt sich auch fast die Gesamtheit der realistischen Dichtung und der wissenschaftlichen Psychologie. Abweichungen, wie Freuds ›Todestrieb‹, werden sowenig verstanden wie der Teufel.

Gegen diese Strömung stellen sich nun die Dichter der großen moralischen Allegorien; vor allem englische Dichter, hauptsächlich Katholiken und besonders Männer, die sich erst als Erwachsene zum Katholizismus bekehrt haben oder von ihm abgefallen sind. Es wäre zu untersuchen, wieweit diese Gruppierung den besonderen religiösen Verhältnissen Englands entspringt oder wieweit sie etwa eine Antwort auf den Faschismus darstellt. Die Verteidigung gegen den Nationalsozialismus war ja für England ein positiveres Nationalerlebnis als für irgendein anderes Land, und den Charakter der Nazis konnten die Hellsichtigeren schon lange erkennen, bevor er der Welt offenbar wurde. Denn was sind Dichter, wenn nicht Menschen, die klarer sehen als andere? Und zwar gilt das auch dann, wenn sie sich ihrer Hellsichtigkeit nicht ganz bewußt werden. Unter den Millionen, die Tolkiens ›Lord of the Rings‹ gelesen haben, gibt es vielleicht nur einen, den Sauron und seine Herrschaft nicht an das Dritte Reich erinnern – Tolkien selbst.

Tolkien, Lewis, Eddison, Greene, Golding, in gewisser Weise auch Huxley und Orwell, haben sich von der Polarität des Guten und Bösen unwiderstehlich angezogen gefühlt. Und die meisten von ihnen sind (obwohl sie – außer Lewis – kein Wort von Weltraumreisen erzählen) die Dichter, auf deren Werk sich die moderne Science Fiction gründet. Diese ist nämlich nicht, wie man oft glaubt, eine amerikanische, sondern eher eine englische Erfindung. Die amerikanische Science Fiction ist allerdings auffälliger.

Die Korrelation des Interesses an absoluten moralischen Werten und an Science Fiction mag einen zunächst wundern, aber einfache Überlegung macht sie verständlich. In einer Dichtung allgemeingültige Urteile über menschliche Eigenschaften aufstellen zu können, kann man am ehesten hoffen, wenn diese Eigenschaften in handelnden Personen in reiner Gestalt verkörpert sind. Solche Charaktere aber müssen konstruiert werden: wirkliche Charaktere enthalten immer Beimengungen von anderem. Früher haben Mythologie und Religion konstruierte Charaktere geliefert, jetzt muß die Science Fiction herhalten. Mischformen sind natürlich möglich (C. S. Lewis hat sie meisterhaft entwickelt).

Auch ist anzumerken, daß hier das Wort ›Science Fiction‹ nicht in dem engeren Sinn gebraucht ist, in dem es die Literaturgattung bedeutet, in der eine fiktive wissenschaftliche oder technische Neuerung eine entscheidende Rolle spielt, sondern in seinem weiteren Sinn (für den in Amerika der Ausdruck »speculative fiction« aufgekommen ist): Literatur, die nicht, wie im Realismus, Charaktere und Handlungen erfindet und in die dem Dichter und dem Leser vertraute Welt stellt, sondern eine, die neue Welten erfindet (welche sie dann mit banal schematischen Charakteren und Handlungen bevölkern kann).

Der Unterschied zwischen den beiden Definitionen kann als unerheblich für unseren Zweck vernachlässigt werden. Dafür gibt es Präzedenzfälle – z. B.: Wenn man ›Mittag‹ als den Zeitpunkt definiert, in dem die Sonne genau im Süden steht, und ›Tag‹ als den Zeitraum von Mittag bis Mittag, so sind, da die Erde um die Sonne mit regelmäßig wechselnder Geschwindigkeit in einer Ellipse ›kreist‹, die Tage verschieden lang. Sie variieren während eines Jahres von ca. 23 h 44′ bis ca. 24 h 16′. Nach solchen Tagen unsere Uhren zu stellen wäre bis zur Verzweiflung unbequem. Man nimmt also den Jahresdurchschnitt der Tageslänge (den ›mittleren Sonnentag‹ von genau und unabänderlich 24 h) und verwendet statt der ›wahren‹ die ›mittlere‹ Sonnenzeit. Für die meisten Zwecke ist die Differenz zwischen den beiden (die ›Zeitgleichung‹) unerheblich. Nur wenige Menschen wissen überhaupt, daß es so etwas gibt, eine Unkenntnis, die ihr Lebensglück in keiner Weise beeinträchtigt.

3. *Alex in ›A Clockwork Orange‹*

Eine ähnliche fiktive, aber praktisch unentbehrliche Gleichsetzung einer variationslosen Abstraktion mit einer komplizierten Wirklichkeit nehmen wir vor, wenn wir von einem radikal Bösen, oder vielleicht überhaupt vom Bösen, sprechen. Denn was ist es? Die Absicht, die wir mißbilligen, nennen wir böse, und wenn wir sie im höchsten denkbaren Grad mißbilligen und einem einheitlichen Prinzip zuschreiben, nennen wir dieses radikal böse. Philosophisch zulänglich ist das nicht, aber verwendbar wie die ›mittlere Sonnenzeit‹ ist es. Niemand kann füglich bezweifeln, was Alex im Roman von Anthony Burgess ist. Er stellt das radikal Böse dar, in der Science Fiction verkörpert. Und das ist der ganze Inhalt des Romans.

Diese Behauptung mag manche überraschen, die das Buch gelesen haben, und wahrscheinlich alle, die nur den Film kennen. Darüber, wie grundsätzlich der Film vom Buch abweicht, wird noch viel zu sagen sein. Ein amerikanischer Kritiker hat bemerkt, daß »im Film Alex die einzige Person ist, für die der Film sich interessiert, während in dem in der ersten Person geschriebenen Buch Alex die einzige Person ist, für die Alex sich interessiert«. Das ist geistreich und nicht geradezu falsch; aber auch im Buch konzentriert sich alle Aufmerksamkeit auf Alex. Andere Menschen finden nur so weit Beachtung wie ihre Pfade – meist zu ihrem Unheil – sich mit dem seinen kreuzen. Alex ist kein ausgeformter Charakter im Sinn realistischer Dichtung (›realistisch‹ nennen wir hier jene erzählende Dichtung, die wir nicht unter ›Science Fiction‹ subsumieren; der Begriff deckt sich ungefähr mit ›mimetisch‹). Nirgendwo wird gezeigt, wie er geworden ist, was er ist. Er springt fertig aus der ersten Seite den Leser an, wie Pallas Athene aus der Stirn des Zeus.

Man mag glauben, daß Psychologie uns helfen könnte, ihn zu verstehen. Aber sie kann es nicht. Die Tätigkeit dieses Fünfzehnjährigen ist vielfältig und energisch. Allein oder mit Hilfe einer kleinen Bande Gleichaltriger bringt er es in einem Tag zuwege, viele Leute zu berauben, zu verprügeln, falsche Zeugenaussagen zu erpressen, Frauen und Mädchen von zehn Jahren an zu schänden, Bücher und Kunstgegenstände zu vernichten, Tiere umzubringen; all das ohne besonderes Motiv. Er hat mindestens viermal einen Orgasmus. Einen führt er durch Musik herbei (von seinem Verhältnis zur Musik wird noch zu reden sein), die andern durch Vergewaltigung. Freiwilligen Geschlechtsverkehr würde er als merkwürdige und verächtliche Perversion ansehen. Nicht nur die Liebe ist ihm fremd, sondern eigentlich auch der Haß. Er ist ein *inimicus generis humani,* aber nicht ein Feind einzelner Menschen. Die sind ihm viel zu gleichgültig. Überhaupt zeigt er niemals Zeichen irgendeines menschlichen Gefühls.

Die Psychopathologie kennt Menschen, die so gewalttätig, mörderisch und hemmungslos sind wie Alex, aber diese werden von Feindseligkeit getrieben, die – als Rest unverarbeiteter Kindheitskonflikte – sich gegen bestimmte Typen richtet. Man kennt auch Menschen, die wie Alex von menschlichen Beziehungen isoliert sind, aber diesen fehlt seine Energie. Er ist eben kein der Wirklichkeit mimetisch nachgebildeter Charakter, sondern eine allegorische Konstruktion. Burgess sagt in einem Artikel über den Film, daß sein Alex bösartig sei, »vielleicht in einem unmöglichen Ausmaß. Seine Bösartigkeit ist aber nicht das Produkt genetischer oder sozialer Formung: sie ist sein eigen, er hat diesen Weg mit vollem Bewußtsein eingeschlagen.« Daher kann die Psychologie ihn ebensowenig erklären, wie sie den Teufel erklären könnte. Sie bietet uns aber den Trost, daß es Menschen wie Alex in der Wirklichkeit nicht gibt.

Dostojewski hat Charaktere geschaffen, die einer Verkörperung des radikal Bösen nahekommen und die, wie Alex (oder wenigstens wie das, was Alex angeblich verkörpert), das Recht, zwischen Gut und Böse zu wählen, als ihr unveräußerlichstes Menschenrecht ansehen. Wie Dostojewski sie gezeichnet hat, können sie aber dennoch als wirkliche Menschen gelten. Joseph Conrad hat gesagt: »Der Glaube an einen übernatürlichen Ursprung des Bösen ist nicht notwendig: die Menschen sind aus eigenem durchaus zu allen Übeltaten fähig.« Er hat aber dennoch realistische Charaktere beschrieben. Was mag Burgess bewogen haben, Alex als allegorische Figur zu gestalten? Er erwähnt, daß seine Frau im verdunkelten London von jungen amerikanischen Deserteuren beraubt und mißhandelt wurde und daß er zwanzig Jahre später ›A Clockwork Orange‹ schrieb. Er mag es erträglicher gefunden haben, solche Missetaten einem unmenschlichen Charakter zuzuschreiben als einem menschlichen. Wie immer dem sei, das Resultat ist klar: Alex ist keine realistisch gesehene menschliche Figur.

Von seinen ›Freunden‹ verraten, fällt der junge Verbrecher der Polizei in die Hände, und da eines seiner Opfer stirbt, wird er zu vierzehn Jahren verurteilt. Im Gefängnis ändert er sein Benehmen, aber nur äußerlich. Überhaupt kann kein Erlebnis, das ihm in der Wirklichkeit zustoßen könnte, seinen Charakter beeinflussen. Dazu bedarf es einer Intervention, die völlig dem Reich der Science Fiction angehört. Sie tritt nicht als *deus ex machina* auf, sondern – wie es sich in diesem säkularisierten Reich des Übernatürlichen gehört – als *machina ex machina*.

Wenn ein Hund Futter wahrnimmt, so beginnen seine Speicheldrüsen stärker zu sekretieren. Das klassische Experiment Pawlows bestand bekanntlich darin, eine Glocke zuerst regelmäßig bei der Fütterung läuten zu lassen und später, ohne dabei Futter zu geben: dann speichelte der Hund, wenn er die Glocke hörte. Das ist der ›bedingte Reflex‹, aus dessen

Entdeckung sich ein System von Theorien und psychologischen Behandlungsmethoden entwickelt hat. Eine von diesen, in England und Amerika da und dort, anscheinend nicht mit durchschlagendem Erfolg, praktiziert, ist die ›aversion therapy‹: Wann immer der Patient sich anschickt, etwas zu tun, das man ihm abgewöhnen will, fügt man ihm etwas Schmerzhaftes oder doch Unangenehmes zu. Seine Aversion gegen diese Beigabe soll sich dann auf sein vorher festgelegtes Verhalten übertragen. Man gibt z. B. Alkoholikern Whiskey und gleichzeitig einen elektrischen Schock, damit sich das Trinken so sehr mit dem Schrecken und Schmerz verbinde, daß sie es künftig unterlassen, auch wenn der Schock nicht mehr appliziert wird.

›Ludovico's technique‹ in ›A Clockwork Orange‹ – eine fiktive Erfindung, also Science Fiction, wie immer man diese definieren mag – ist eine entscheidende Verbesserung dieser Methoden. Alex hört von der neuen Behandlung und bringt es durch Schlauheit zuwege, vor allen anderen als Versuchssubjekt angenommen zu werden. Das erste, wie schon Mephisto gesagt hat, steht uns frei, beim zweiten sind wir Knechte: Die Methode besteht darin, daß Alex gezwungen wird, Filme anzusehen und anzuhören, die alle die Übeltaten reproduzieren, aus denen sein bisheriges Leben bestanden hat, während er der Wirkung einer zu diesem Zweck erfundenen Droge unterworfen ist, die ihm entsetzliche Übelkeit verursacht. Ludovico's technique ist absolut zuverlässig: Wann immer er in der Zukunft darangeht, einen Gewalt- oder Geschlechtsakt auszuführen, wird er von solchem Unwohlsein gepackt, daß er es einfach nicht kann. Es bleibt ihm nichts übrig, als ›gut‹ zu sein – er ist in diesem Sinn ›geheilt‹.

Diese Verwandlung seines Charakters führt zu Verwicklungen, die wir einstweilen beiseite lassen können, und wird schließlich (wie und warum ist weder im Buch noch im Film recht klar) rückgängig gemacht. Das Entscheidende ist nicht, was geschieht, sondern was der Autor sich dabei denkt und was der Leser nach der Absicht des Autors denken soll. Es sind das keine einfachen Gedanken.

»Alex ist böse, nicht nur auf falschem Weg«, fährt Burgess in seinem schon erwähnten Artikel fort, »und in einer ordentlich geführten Gesellschaft muß das Böse, das er zur Tat macht, gezügelt und bestraft werden.«

Aber wie? Die Gefängnisstrafe zügelt ihn offenbar nicht. Lebenslänglicher Kerker oder die Todesstrafe werden nicht in Erwägung gezogen (und es widerstrebt einem, an so etwas auch nur zu denken, wenn es sich um einen Burschen von fünfzehn Jahren handelt – nur daß eben Alex kein gewöhnlicher junger Mann ist). Also bleibt bloß Ludovico's technique – und mit dieser ist Burgess ganz und gar nicht zufrieden; was wohl auch der Grund dafür ist, daß er ihren Effekt am Ende wieder zunichte macht.

Da ein erzählender Dichter ja nur durch seine Gestalten spricht, ist es oft ein zweifelhaftes Unterfangen, aus dem Erz eines Romans das Metall der Weltanschauung des Autors auszuschmelzen. Burgess aber ist unverblümt, und man geht wohl nicht fehl, wenn man, wie es auch die Kritiker getan haben, als seine Gesinnung das auffaßt, was er zweien seiner Charaktere in den Mund legt: dem Gefängnisgeistlichen (ein bedenkliches Sprachrohr allerdings, denn dieser Seelsorger sorgt sich wenig um Seelen und ist überhaupt kein sehr hochwürdiger Herr) und dann dem Schriftsteller Mr. Alexander: Ludovico's technique ist zu verwerfen, weil sie ihre Patienten entmenschlicht – »Wenn ein Mensch nicht mehr wählen kann, ist er kein Mensch mehr.«

Wie bei allen, außer nicht erwähnenswerten, philosophischen und theologischen Lehren sind die Schlüsse rein und fein gezogen. In Frage zu ziehen sind nur die Prämissen. Da ist zunächst die als Axiom vorgetragene Meinung, daß Alex gezügelt und bestraft werden müsse. Von der Idee der Strafe können wir absehen: Soweit sich ihr Begriff nicht in dem der Zügelung erschöpft, ist er uns im Lauf der letzten zwei Jahrhunderte zunehmend fremd geworden. Kein Gesetzgeber würde heutzutage nach etwas anderem streben als nach Zügelung, die er als Spezial- und Generalprävention oder, in Kategorien, die dem Nichtjuristen geläufiger sind, als Sicherung, Besserung und Abschreckung begrifflich faßt. Im Sinne dieser drei Möglichkeiten also wäre Alex zu zügeln.

Ist es aber so selbstverständlich, daß er gezügelt werden muß? Man kann der rechtlosen Brutalität auch die andere Wange hinhalten, und das kann als die edlere Haltung betrachtet werden und sogar als die zielführendere – Grillparzer:

»Ich sinne nur, ob, was wir tun, gerecht.
Denn tun wir recht, wer könnte dann uns schaden?«

Diese Haltung wird übrigens nicht nur von Österreichern, Christen, Juden und Masochisten eingenommen. Carl Spitteler, der keiner dieser vier Gruppen angehörte, läßt das Orakel, an das sich die Götter in ähnlicher Not gewendet haben, mit der rhetorischen Frage antworten:

»Was von beiden
Ist schlimmer: Unrecht handeln oder Unrecht leiden?«

Befolgt wird das Orakel freilich nicht.

Wenn auch überhaupt die Idee eher schön als praktisch ist, so ist es doch zum Verwundern, daß Burgess ihr nicht einmal eine Pro-forma-Ehrenbezeigung erweist. Auf den ersten Blick kann es noch sonderbarer scheinen, daß er eine sogar zentralere christliche Idee völlig außer Betracht läßt: An eine echte Besserung, an die Möglichkeit, daß die Seele des Übeltäters gerettet werden könnte, wird überhaupt nicht gedacht. Das ist aber gar nicht merkwürdig, wenn wir erwägen, daß Alex eben kein wirklich menschlicher Charakter, sondern eine allegorische Gestalt ist. Daß er das ist, wird sogar dadurch bekräftigt. Er bleibt sich selber treu, und wie er nicht gebessert werden kann, so kann er auch nicht abgeschreckt werden. Sein Verhalten im Gefängnis zeigt das hinreichend. Als einzige Art der Zügelung bleibt die Sicherung.

In unserer Welt der Wirklichkeit wäre vielleicht die Absicherung gegen spätere Übeltaten nicht zu gewährleisten. In der Welt der Science Fiction, in die wir mit Ludovico's technique getreten sind, kann eine solche Garantie unverbrüchlich gegeben werden. Nicht weil sie nicht verläßlich wäre, sondern aus moralischen Skrupeln weist Burgess sie zurück, obwohl man sagen könnte, daß er dadurch, daß er den naheliegenden Einwand aus der christlichen Anweisung, die andere Wange hinzuhalten, nicht erhoben hat, sich des Rechts auf solche Einwände begeben habe. Aber wir wollen nicht so kleinlich sein, seinen Einwurf *a limine* abzuweisen. Was also ist seine Prämisse?

Schwerer als ein Eingriff in die Integrität des Körpers wiegt nach ihm ein Eingriff in die Integrität der Seele. Denn dieser macht den Menschen zu einer »Uhrwerk-Orange« – einem scheinbar organischen, in Wahrheit durch automatisches Triebwerk gesteuerten Gebilde. Die Freiheit des Willens – die Alex durch die neue Methode genommen würde – ist also höher zu bewerten als irgendeine andere Freiheit – etwa die Freiheit von Raub, Notzucht, Mißhandlung und Tötung, alles Gefahren, von denen die Opfer befreit wären, wenn Alex durch Ludovico's technique abgesichert wäre. Es folgt, daß alle Untaten, so scheußlich sie sein mögen, milder zu beurteilen sind als eine Tat, die die Freiheit einer menschlichen Seele, eben solche Untaten zu begehen, beeinträchtigt: »Wenn ein Mensch nicht mehr wählen kann, ist er kein Mensch mehr.«

Die Formulierung ist so bestechend, daß man sich nicht sofort vergegenwärtigt, wie grundlegend sie vom Hergebrachten abweicht. Im Roman *491* des jungen Schweden Lars Görling zum Beispiel, der starke, aber oberflächliche Ähnlichkeit mit ›A Clockwork Orange‹ aufweist, wird die Frage anders gestellt: »Bei welchem Grad der Freiheit vom Schmerz hört der Mensch auf, ein Mensch zu sein?« Das ist natürlich die Frage, die im Mittelpunkt aller Utopien von Aldous

Huxley steht (›Brave New World‹, ›Ape and Essence‹, ›Island‹). Für Ernst Jüngers Utopien gilt Ähnliches. Überall hier geht es um die Pein, die man selber erleidet, nicht um die, die man anderen zufügt.

Die Burgesssche Abwandlung der Fragestellung scheint also nach Überlegung befremdlich, aber seine Auffassung ist der englisch-katholischen Schule der Science Fiction entsprechend. C. S. Lewis hat in ›The Abolition of Man‹ – aber ohne es bis zur Verteidigung der Barbarei zu treiben – Ähnliches vertreten, wie man sich auch Ludovico's technique gut aus dem National Institute of Coordinated Experiments hervorgegangen vorstellen kann, dem er in ›That Hideous Strength‹ das abscheuliche Handwerk legt (der Witz des Namens liegt darin, daß seine Initialen sich zu dem Wort NICE fügen, das lieb und nett bedeutet).

Als Urteile über letzte Werte entziehen sich solche Auffassungen der Argumentation. Sie sind aber nicht dagegen immun, darauf geprüft zu werden, wohin sie führen. Wenn sie mit einer Folgerichtigkeit angewendet werden, die man allerdings einem Dichter kaum zumuten kann, führen sie zu dreißigjährigen Kriegen und zu den Scheiterhaufen, auf denen lebendige Menschen verbrannt werden, weil sie weniger schmerzen als das Feuer der Hölle.

Die letzte Konsequenz der Idee ist nie schärfer gestaltet worden als in C. F. Meyers Gedicht ›Die spanischen Brüder‹. Der eine Bruder ist im Begriffe, zum Luthertum überzutreten, der andere umarmt und erdolcht ihn – »Noch starbest als ein Christ du jetzt!« Der Unterschied ist der: Der engagierte Protestant Meyer berichtet mit entsetztem Erstaunen, wie ein Mensch so weit kommen kann, die klarsten Gebote der Natur und der Moral nicht mehr zu sehen. Der Katholik oder Exkatholik Burgess erblickt, so will es scheinen, in dem, was Meyer als äußerste Verblendung erscheint, das himmlische Licht.

Das ist seine Sache – die Musen sind niemandem verantwortlich, auch nicht den mächtigeren Göttern. In der Science-Fiction-Welt von ›A Clockwork Orange‹ hat das Burgesssche Axiom nicht die verheerenden Folgen, die es in der Wirklichkeit haben könnte, doch bleibt es nicht folgenlos. Es verhindert die Lösung des Problems. Alex kann *ex hypothesi* weder gebessert noch abgeschreckt werden, aber ihn zu zügeln ist vonnöten. Die *machina ex machina* wird zu Hilfe gerufen, so wie ein Mensch, der nicht mehr aus noch ein weiß, Magie herbeiruft; aber vergeblich: Der moralische Skrupel legt sein Veto ein und die von der Maschine herbeigeführte Lösung wird rückgängig gemacht. Das Buch endet damit, daß Alex nicht gebändigt wird. Alle denkbaren Antworten sind verworfen worden, das Problem bleibt ungelöst, der Autor weiß keine Antwort.

Der Filmregisseur Kubrick jedoch weiß eine. Was er vorführt, wird aber nur dadurch zu einer Antwort, daß er die Fragestellung von Grund auf ändert.

4. Vom Buch zum Film

In einem gewissen Entwicklungsstadium einer Wissenschaft lassen sich deskriptive Gesetze aufstellen: Man findet, daß unter bestimmten Bedingungen bestimmte Phänomene auftreten, aber man weiß noch nicht aus welchem Grund. Es scheint ein solches Gesetz zu sein, daß ein Film, der nach einem Buch gedreht wird, weniger taugt. Wie andere deskriptive Gesetze läßt auch dieses Ausnahmen zu. Manche Kritiker sehen eine solche Ausnahme in Kubricks Film *A Clockwork Orange,* denn an Virtuosität ist er seiner Vorlage weit voraus. Von ungleich größerem Interesse aber ist es, zu untersuchen, wie sehr und in welcher Richtung der Film vom Buch abweicht.

In seinem Artikel über Kubricks Werk, den er »Clockwork Marmelade« nennt (man glaubt geradezu das boshafte Lächeln zu sehen, mit dem der Titel gewählt wurde), sagt Burgess, daß er »imstande« ist, den Film »als eine radikale

Umarbeitung meines Romans zu betrachten, nicht als eine bloße Interpretation«. Ein großer Teil der Änderungen, die das Werk so transformiert haben, wurden zweifellos von den speziellen Erfordernissen der Kinematografie diktiert oder doch nahegelegt. Auf diese würden wir nur eingehen, wenn es hier unsere Absicht wäre, das Laokoon-Problem in bezug auf das Verhältnis Literatur/Film zu behandeln. Die durchgreifendsten dieser Änderungen ergeben sich daraus, daß Ereignisse im Buch erzählt, im Film jedoch in der Regel direkt gezeigt werden. In anderen Beziehungen aber, vor allem in der Gestaltung der Charaktere, ist der Regisseur so frei wie der Dichter; und die Änderungen, die Kubrick hier vorgenommen hat, sind es gerade, die seinen Film zu einem im wesentlichen neuen Werk machen.

Alex selber ist unverändert geblieben – mit einer Ausnahme, die nur zum Schein eine Bagatelle betrifft: Kubrick hat ihm als Haustier eine Schlange beigegeben, die er hätschelt und die auf seinem Bett schläft. Sie ist das einzige lebende Wesen, für das er Gefühl zeigt, und wenn es auch nur eine Schlange ist, so ist doch ihr Dasein von Bedeutung, denn im Buch gab es überhaupt kein Wesen, zu dem Alex hätte zärtlich sein können.

Von Grund auf umgestaltet aber sind im Film seine Opfer und damit das, was zwischen ihm und ihnen vorgeht. Diese Umformungen sind so zahlreich, daß wir hier nur die wichtigsten knapp herausarbeiten wollen.

1. Die Menschen, die Alex zum Opfer fallen, sind ihm zumeist zufällig in den Weg gekommen. Er hat persönlich nichts gegen sie – kann auch gar nichts gegen sie haben, weil er sie überhaupt nicht kennt. Da sie also gewissermaßen einen Durchschnitt der Bevölkerung darstellen und da Burgess ein viel zu guter Romancier ist, als daß er seine Charaktere idealisieren würde, sind also manche von ihnen bessere, manche schlechtere Menschen. Der erste, dem wir begegnen, ein alter Mineraloge, ist auch der sympathischste. Ihn läßt Kubrick ein-

fach weg. Die Ehre, das erste Opfer zu werden, gibt er dafür einem versoffenen Vagabunden.

2. Die ›Katzenmutter‹, die infolge erlittener Mißhandlungen stirbt, ist im Buch alt und vielleicht schon ein bißchen sonderlich im Kopf; sie hält sich zahlreiche Katzen, sonst erfahren wir über sie nichts. Der Film hat sie verjüngt, zu einem Mannweib gemacht, mit erotischen ›Kunstwerken‹ umgeben. Sie verteidigt sich so kräftig, daß Alex sich fast auf Notwehr ausreden kann, wenn er sie erschlägt.

3. Der Beamte der Jugendgerichtshilfe erlaubt sich gegenüber Alex, der ihm zur Beaufsichtigung zugewiesen ist, eine krasse homosexuelle Geste, was seinem Vorbild im Buch nicht im Schlaf eingefallen wäre.

4. Die Einlieferung ins Gefängnis wird im Buch so kurz abgetan, wie sie es verdient, im Film lange und liebevoll ausgeschmückt. Von der ärztlichen Untersuchung sehen wir aber nur ein Detail eindringlich und klar: wie man Alex in den After schaut.

5. Als Alex aus dem Kerker nach Hause kommt, empfangen ihn seine Eltern äußerst kühl. Man kann es ihnen kaum übelnehmen, aber Burgess hat es noch besonders damit motiviert, daß sie glauben, er sei aus der Haft entflohen. Kubrick nimmt ihnen diese Entschuldigung: Im Film haben sie schon in der Zeitung gelesen, daß er als ›geheilt‹ entlassen worden ist.

6. Joe, der Vermieter, fällt augenblicklich auf das Sofa zurück, als Alex eine drohende Haltung einzunehmen scheint. Der Film schildert ihn also als einen großsprecherischen Feigling.

7. Ludovico's technique hat die Nebenwirkung, daß Alex übel wird, wenn er klassische Musik hört. Nach Burgess benützen seine Retter diese Schwäche, um ihn zu zwingen, Beethoven zu hören, so daß er zu einem Selbstmordversuch getrieben wird, den sie als Wahlschlager ausschlachten wollen. Man mag finden, das sei unschön von ihnen, aber es ist

mindestens dadurch gerechtfertigt, daß sie auf diese Art die faschistische Regierungspartei stürzen wollen. Kubrick ersetzt das durch ein persönliches Rachemotiv.

8. Um es glaubhaft zu machen, läßt Kubrick den Schriftsteller Mr. Alexander verrückt werden, was er im Buch nicht wurde, obwohl er Grund dazu gehabt hätte. Er mußte gefesselt mit ansehen, wie seine Frau von Alex und seinen Kumpanen vergewaltigt wurde. Im Buch wird angedeutet, das habe ihren Tod herbeigeführt; im Film, sie sei an Lungenentzündung gestorben.

Gegen die Kritiker, denen diese und ähnliche Umarbeitungen nicht behagten, hat sich Kubrick temperamentvoll verteidigt. Er habe nichts weiter getan als seine persönliche Auffassung von der menschlichen Natur in den Gestalten seines Films zum Ausdruck gebracht, wozu man ihm das Recht gewiß nicht absprechen könne:

»Die Menschen sind nicht edle Wilde, sondern unedle Wilde ... Sie sind irrational, brutal, schwach, töricht, sie sind nicht zur Objektivität fähig, wo ihre eigenen Interessen auf dem Spiel stehen. Und das ist so ungefähr alles, was man über sie sagen kann.«

Natürlich mußte sich auch Kubrick bei ruhigerer Überlegung sagen, daß das nicht alles ist, was man über die Menschen sagen kann, und so ließ er den letzten Satz weg, als er vier Wochen später seine Erklärung wiederholte. So weit, so gut. Man fragt sich aber auch, ob die ganze Aufzählung hier überhaupt von Belang ist. Alex ist nicht töricht (man würde wünschen, er wäre es), nicht eigentlich irrational und bestimmt nicht schwach.

Es ist jetzt nur allzu klar, warum Burgess den Film eine ›radikale Umarbeitung‹ genannt hat. Die Änderungen, die Kubrick vornahm, gehen alle in eine Richtung: Er hat Alex weiß gefärbt (sogar im wörtlichen Sinn: wenn er auf seine abendlichen Raubzüge ausgeht, trägt er im Buch ein schwarzes Gewand, im Film ein weißes) und seine Opfer geschwärzt.

In diesen Farben, nicht in denen, die Burgess ihnen gegeben hat, dringen sie in das Bewußtsein des Publikums. Man glaubt es kaum, aber in einer Kurzrezension des Films fand ich Alex als einen ›sympathischen Halbstarken‹ beschrieben, der ›durch Rehabilitation entwürdigt wird‹. Kubrick selbst hat in einem anderen seiner Artikel auf die ›Tatsache‹ hingewiesen, daß »alle anderen Gestalten Menschen von geringerer Statur sind und in gewissem Sinn schlechtere Menschen« als Alex – so wie der sprichwörtliche Advokat, der für seine Klienten den Milderungsgrund findet, der arme junge Mann sei Vollwaise – er wird nämlich angeklagt, seine Eltern ermordet zu haben.

Kubrick nennt Alex auch »zweifellos eine der überraschendsten und erfreulichsten Schöpfungen der Dichtung«. Da ich persönlich weder Notzucht noch Mord erfahren habe, fehlt es mir vielleicht an Einfühlung. Ich kann mir gut vorstellen, daß Alex von seinen Opfern überraschend gefunden wurde. Aber erfreulich?

5. *Das Rätsel der Musik*

Die Aufgabe dieser psychologischen Betrachtung kann nicht sein, mit dem Schöpfer des Films zu rechten, sondern danach zu trachten, ihn zu verstehen. Einen Anhaltspunkt gibt uns vielleicht die höchst merkwürdige Rolle der Musik in ›A Clockwork Orange‹.

Im Buch wie im Film ist Alex von Musik geradezu besessen. Besonders schwärmt er für klassische Musik, speziell für Beethoven (den er ›Ludwig van‹ nennt – es ist sogar möglich, daß Ludovico's technique ihn auch deshalb so anzieht, weil ihr Name vom Vornamen seines Idols abgeleitet ist). Von Beethovens Werken wieder liebt er ganz besonders die *Neunte Symphonie* und insbesondere das *Lied an die Freude.* Die Wirkung, die diese Musik auf ihn hat, ist überraschend (so weit hat Kubrick recht). Findet man in der wirklichen Welt nicht oft einen jugendlichen Kriminellen, der so leidenschaftlich der klassischen Musik ergeben ist, so wird man noch viel seltener einem Musikliebhaber begegnen, dem solche Visionen zuteil werden wie Alex.

Die Jupiter-Symphonie zum Beispiel läßt ihn Gesichter sehen, die darauf warten, ›zerstampft und zerfleischt‹ zu werden. Bei einem Brandenburgischen Konzert denkt er an Mrs. Alexander, die er im Laufe des Abends geschändet hat, und an ihren Mann, den er blutig geschlagen und gefesselt hat: »Ich hätte sie fester verprügeln sollen. Ich hätte sie auf ihrem eigenen Fußboden in Fetzen zerreißen sollen.« Am Ende des Romans, von seiner Heilung geheilt, ist er überglücklich, daß er die Neunte Symphonie wieder ganz so genießen kann wie einst: »Das Scherzo kommt, und ich kann mich selber ganz klar sehen, wie ich auf leichtem Fuß über die ganze brüllende Welt lauf' und mit meinem blutigen Rasiermesser alle Gesichter in Stücke hack'.«

Originalität läßt sich dieser Schilderung nicht absprechen. Man wird in der ganzen unermeßlichen Literatur über die Wirkung der Musik auf den Menschen vergeblich nach Ähnlichem suchen. Es sind zwar Personen beschrieben worden, die auf klassische Musik anders reagieren, als man es sich gewöhnlich vorstellt. Schnitzlers *Leutnant Gustl* zum Beispiel wird vom Anhören eines Oratoriums so nervös, daß er sich zu jenem ungeduldigen Benehmen hinreißen läßt, durch dessen Folgen er fast um sein Leben und unwiederbringlich um seine Ehre kommt. Er ist aber in das Konzert nur gegangen, weil er den Kameraden, der ihm die Karte angeboten hatte, nicht durch eine Absage kränken wollte. Die Wirkung der Musik auf Menschen, die sie suchen, ist zu bekannt, als daß sie hier der Beschreibung bedürfte. Nur um keinen Zweifel zu lassen, seien zwei Beispiele angeführt – beide, da Burgess Engländer ist, aus Werken von Engländern.

George Leigh Mallory, der Führer der tragischen Mt.-Everest-Expedition von 1924 (er wurde 250 Meter unter dem Gipfel zum letzten Mal gesehen) hat im Jahr 1914 in einem Artikel im ›Climbers' Club Journal‹ Hochtouristik mit

Musik verglichen. Hier ist eine Übersetzung einiger bezeichnender Stellen:
»Berglandschaften nehmen in unserem Bewußtsein dieselbe Stelle ein wie erinnerte Melodien. Sie tauchen auf wie Motive aus einem großen Werk – sagen wir Mozart oder Beethoven. Nicht bloße Intensität des Gefühls bestimmt sie, sondern hauptsächlich ein anderes Prinzip. Wenn die Akkorde der Melodie sich spalten und unerfüllte Andeutungen von Harmonie unter den Instrumenten ausgestreut werden, wenn der strömende Rhythmus sich in Tümpeln und Wirbeln verläuft, dann wandert die Seele verloren umher. Sie empfindet Reue, ohne einen Grund zu wissen; Kummer ohne ein trauriges Erlebnis; Sehnsucht, aber ohne ihr Ziel zu kennen. Doch wenn dann der große Strom der Musik dem Ziel entgegenschwillt, dann ist das unbestimmte Verlangen gestillt, und eine göttliche Vollendung der Harmonie erfüllt alle Sinne, als ob Kosmos und Mensch in völligem Einklang wären. Ähnliche Gefühle gibt uns ein Tag in den Bergen. Man taucht gewissermaßen unter, aber nicht so, daß man seiner selbst weniger bewußt würde. Im Gegenteil, man erreicht eine höhere Erfüllung seiner selbst als je zuvor. So kann man den Ruf der Berge mit der Melodie einer wunderbaren Musik vergleichen, und der Vergleich ist nicht lächerlich.«

Unser zweites Beispiel ist natürlich aus Shakespeares ›Kaufmann von Venedig‹:

»Komm, Jessika! Sieh, wie die Himmelsflur
Ist eingelegt mit Scheiben lichten Goldes!
Auch nicht der kleinste Kreis, den du da siehst,
Der nicht im Schwunge wie ein Engel singt
Und einstimmt in den Chor der Cherubim.
So voller Harmonie sind unsre Seelen;
Nur weil das schlammige Kleid der Sterblichkeit
Sie grob umschließt, so können wir's nicht hören.
...
Nichts ist so stöckisch, hart und voll von Wut,

Das nicht Musik auf eine Zeit verwandelt.
Der Mann, der nicht Musik hat in ihm selbst,
Den nicht die Eintracht süßer Töne rührt,
Taugt zu Verrat, zu Räuberei und Tücken.
Die Regung seines Sinns ist stumpf wie Nacht,
Sein Trachten finster wie der Erebus.
Trau keinem solchen!«

Wir können also annehmen, daß es Menschen gibt, die für Musik unempfänglich sind und deren Trachten finster ist wie der Erebus, und daß es andere Menschen gibt, die, von Musik ergriffen, in die Harmonie der Berge und der Sphären einstimmen. Psychologisch ausgedrückt, folgt die Reaktion auf den Stimulus mit klarer Gesetzmäßigkeit. Daß dieses Gesetz sich plötzlich verkehrt, daß jemanden die Eintracht süßer Töne bewegt und daß er gerade deshalb zu Verrat, zu Räuberei und Tücken taugt, das gibt es nicht.

Man ist also versucht, hierin einen zusätzlichen Beweis dafür zu sehen, daß Alex kein realer Charakter, sondern eine abstrakte Konstruktion ist. Es steht uns aber noch eine traurige Überraschung bevor: Einen solchen Menschen gibt es anscheinend doch.

Wir lesen bei Burgess, wie Alex in dem Geschäft, wo er seine Platten kauft, zwei Mädchen bemerkt – »sie können nicht älter als zehn gewesen sein« – sie verleitet, mit ihm nach Hause zu kommen, sie betrunken macht, sich selbst eine stimulierende Injektion gibt, die Neunte Symphonie auflegt und zur Begleitung der freudenvolleren Töne auf sie ›springt‹, so daß sie sich den »wilden, unheimlichen und starken Begierden Alex' des Großen ergeben mußten.« Die Mädchen sind »so gründlich betrunken, daß sie kaum etwas fühlen können«, aber nachdem »der letzte Satz zum zweiten Mal abgespielt war, mit dem ganzen Getrommel und Gebrüll über Freude, Freude, Freude«, wachen sie sozusagen auf. »Abgeschürft und schmollend«, ziehen sie sich an und drohen im Weggehen mit der Polizei, während Alex, »schmutzig, nackt und ausgepumpt«, mit »Freude, schöner Götterfunken« im Ohr einschläft.

So etwas im Film zu zeigen, ist selbst im Zeitalter sehr gelockerter Zensur nicht leicht. Kubrick hat die Schwierigkeit brillant überwunden: mit einem Zeitraffer. Er berichtet, daß die Aufnahme der Szene 28 Minuten gedauert hat, aber im Film rast sie in 40 Sekunden vorüber, so daß das Publikum zwar erfährt, was vorgeht, es aber nicht im eigentlichen Sinn des Wortes sieht. Wie die Kritiker gesagt haben, wirkt die Szene wie ein heiteres Ballett von Marionetten.

Wie ist Kubrick auf diese glorreiche Lösung verfallen? »Ich hatte den Gedanken eines Abends, als ich *Eine kleine Nachtmusik* anhörte. Das Bild einer Orgie kam mir in den Sinn, im Tempo von zwei Aufnahmen per Sekunde ...« Kubrick ist nicht zu Unrecht für seine einfallsreichen Klangeffekte berühmt. Das dumpfe Poltern, das wir in seinem nächsten Film hören werden, das ist Mozart, wie er sich im Massengrab umdreht.

6. Lösungsversuche

Man hat Kubricks Film vorgeworfen, daß er Gewalttaten zu drastisch zeigt. Verteidiger des Werks können diesen Angriff relativ leicht zurückweisen. Will man sich mit dem Bösen auseinandersetzen, so kann man es nicht verstecken. Homer und Shakespeare haben Gewalt noch krasser gezeigt als Burgess und Kubrick. Daß sie im Film sichtbarer wird als im Buch, folgt unvermeidlich aus der Laokoon-Situation.

Es handelt sich aber um etwas ganz anderes. Kubrick setzt sich mit der Gewalt nicht auseinander, sondern zusammen: er ergreift für sie Partei. Indem er die Opfer der Übeltaten schlechter macht als den Übeltäter, wirbt er um Sympathie für diesen. Burgess hat sich dazu bekannt, er habe »besonders auf den Verfall der traditionellen Werte in einer Überflußgesellschaft« hingezielt. Zwar bezieht er sich mit dieser Bemerkung auf einen andern seiner Romane, aber sie gilt auch für ›A Clockwork Orange‹. Nirgends nimmt er auch nur im geringsten für Alex Partei. Er hat Untaten dargestellt; Kubrick unternimmt es, sie zu rechtfertigen. Er stellt sein großes Talent in den Dienst der denkbar schlechtesten Sache.

Wie kommt ein Mensch zu dieser Haltung? Wie hängt es zusammen, daß auf ihn anscheinend Musik eine ähnlich ungewöhnliche Wirkung hat wie auf Alex?

Zu einer Analyse der Persönlichkeit Kubricks fehlt uns aber jede persönliche Information, die dazu notwendig wäre. Darüber, was Kubrick treibt, mag man staunen. Viel wichtiger ist es, sich über das Rattenfänger-Phänomen zu verwundern. Wie ist es möglich, daß diese Verfilmung nicht nur ein gewisses Aufsehen erregt, sondern auch eine beachtliche Anziehung ausgeübt hat? Wie konnte es zugehen, daß kaum jemand sah, was da gespielt wurde? Als ich in dem Buch des amerikanischen Literaturkritikers Robert K. Morris las, daß Alex »die nackte Schönheit einer ungehemmten Psyche enthüllt«, ist mir erst so recht klargeworden, was es doch für einen Kulturfortschritt bedeutet, daß man Kleider erfand.

Der Geist, der den Film ›A Clockwork Orange‹ inspiriert, ist nicht nur eine Verirrung eines einzelnen, sondern auch ein Zeichen der Zeit. Vieles, das besteht, ist wert, daß es zugrunde geht. Die Freiheit, ihm zu diesem Ende zu helfen, weckt Wünsche, deren Motiv denen am wenigsten klar ist, die sie verspüren. Und so richten sie sich mitunter gerade gegen das, was am wenigsten wert ist, zugrunde zu gehen. Was fest schien, wankt. Der Himmel hängt voll von Zeichen. Wie sind sie zu deuten?

H. Bruce Franklin ist ein Maoist (also hat er gelernt, die Zeichen zu deuten) und sozusagen nebenbei einer der gescheitesten und gebildetsten unter den amerikanischen Forschern, die sich dem Studium der Science Fiction gewidmet haben. In einem kürzlich veröffentlichten Artikel untersucht er die Frage, woher es kommt, daß »die Kultur der sozialistischen Länder Vertrauen in eine leuchtende Zukunft ausstrahlt«, die westliche Science Fiction jedoch bis zur Verzweiflung pessimistisch ist, sich mit Phantasien abgibt wie der Gefahr der Übervölkerung, die nur in der bourgeoisen Einbildung existiere, und von der Idee des Weltuntergangs nicht loskommt. Die Erklärung findet Franklin in der Situation, in der die westlichen Schriftsteller arbeiten: »Die Völker der Erde zerstören die mächtigen Reiche, die sie unterdrücken. Daher unser Kult des Jüngsten Tages. Nicht die Welt geht unter, sondern nur die Weltreiche.« Untergehen müssen sie, weil die Produktionsverhältnisse sich umwälzen. Das einzige klare Beispiel allerdings, das Franklin von einer solchen Umwälzung gibt, ist der Übergang von einer Jagd- und Sammelwirtschaft zu Ackerbau und Viehzucht, was ja schon eine Weile her ist. Es muß schön und beruhigend sein, eine Theorie zu besitzen, die alles beantworten kann.

›A Clockwork Orange‹ findet in ihr bequem seinen Platz: Franklin spricht von der »Burgess-Kubrickschen Darstellung der Jugend der Arbeiterklasse«. Nun mag es überraschen, Alex als einen Vertreter der Arbeiterklasse vorgestellt zu bekommen, und es ist schwer zu übersehen (obwohl diesem Theoretiker das gelingt), daß Burgess und Kubrick zwei ganz verschiedene Auffassungen haben. Aber gerade diese Differenz gibt vielleicht einen Fingerzeig, daß an Franklins Erklärung doch mehr dran sein mag als man zunächst glaubt. Es ist nämlich auffällig, daß englische Schriftsteller, wenigstens in der Periode, als England ein Imperium besaß, fiktive Welten mit Vorliebe nach einem Kastensystem konstruiert haben: in den kühneren Werken der Utopie und Science Fiction sind die Kasten sogar noch schroffer von einander abgegrenzt, als sie es je im tiefsten Indien waren, und manchmal sogar physiologisch verankert. Die Eloi und Morlocken in der ›Zeitmaschine‹ von Wells und die insektenartigen Wesen in seinem ›First Men on the Moon‹ sind die krassesten Beispiele, die von Alpha bis Epsilon bezeichneten fünf Kategorien in Huxleys ›Brave New World‹ und die Dreiteilung der Bevölkerung in innere Partei, äußere Partei und Proles in Orwells ›1984‹ die bedeutendsten.

Die demokratischere amerikanische Literatur kennt solche Kasten nicht. Vielleicht könnte man sagen, daß englische Schriftsteller eher dazu geneigt sind, in gewissen Klassen von Menschen nur Schufte zu sehen, während die gleichmacherische amerikanische Kultur die Bereitschaft mit sich bringt, anzunehmen, daß alle Menschen Schufte sind. Die moralische Depravation, die Alex' Opfer auf dem Weg vom Roman zum Film erfahren haben, ist vielleicht zum Teil darauf zurückzuführen.

Künstler, die den Glaubenssatz, alle Menschen seien Schufte, wörtlich nehmen, schaffen entweder gar keine Werke oder Werke, von denen man nichts hört. Wer mit einem Kunstwerk vor die Öffentlichkeit tritt, obwohl er glaubt, die Menschen seien Schufte, weicht von dem allgemeinen Satz zumindest in der Richtung ab, daß er sich und sein Publikum stillschweigend ausnimmt. Die Menschen, die ins Kino strömen, um sich dort die bittere Lehre, daß man für das Böse Stellung nehmen soll, in dem Zuckerwasser einer beruhigenden Theorie einflößen zu lassen, sind bereit, das zu glauben, denn sie sind zu jung, um genug Menschen in kritischen Situationen gesehen zu haben, die gültige Schlüsse zulassen. Sie nehmen sich selber aus und finden es leicht, diese Ausnahme mit einer Theorie zu begründen: Ältere Leute sind Schufte, jüngere nicht. Alex ist ein junger Mensch und einer, dem mehr Unrecht zugefügt wird, als er anderen zufügt (Kubrick hat so viel Talent, das glaubhaft zu machen, so offenbar unsinnig es ist); seine Opfer sind durch die Bank Schufte. Die Rechnung geht auf.

Es fragt sich nun, ob die selbstgestellte Aufgabe der Psychologie, die Merkwürdigkeiten der Science Fiction verständlich zu machen, an diesem Punkt aufhört oder eigentlich erst beginnt. Wie es bei interessanteren Fragen üblich ist, läßt sich manches Argument für die eine wie für die andere Antwort anführen. Was die Psychologie für das Studium unserer Frage leisten kann, ist, die Unentbehrlichkeit der Science Fiction in der moralischen Dichtung klarzustellen; den Hauptcharakter von ›A Clockwork Orange‹ als das zu enthüllen, was er in Wahrheit ist; die Bedeutung der Metamorphose zu umreißen, die Gestalten und Handlung auf dem Weg vom Buch zum Film widerfahren ist.

Schön wäre es, wenn sich, nachdem nun die Sachlage klarer geworden ist, gültige Sätze darüber aufstellen ließen, was sie hervorgebracht hat und wie sie geändert werden kann. Wenn die Psychologie das schon jetzt könnte (ob sie es je können wird, kann dahingestellt bleiben), so sähe die Welt heute anders aus. Ein Schuft, der mehr gibt, als er hat – und alle Menschen mögen Schufte sein, aber die Wissenschaft ist kein solcher Schuft. Sie beugt sich eher der Dichtung. Einstweilen, bis wir mehr wissen, ist sie bereit, Shakespeares Warnung zu beherzigen: Trau keinem solchen!

Nachtrag

Seit der Niederschrift dieser Studie im Sommer 1972 hat sich in Amerika noch einiges auf ihrem Gebiet ereignet, was auch für deutsche Leser von Interesse ist. Zwar ist nicht mehr viel über den Film geschrieben worden, denn die Rezensionen sind naturgemäß erschienen, als er in die Kinos kam (wobei übrigens die Kritiker der angeseheneren Zeitschriften meist Abscheu zum Ausdruck brachten), und zu weiteren Rezensionen war kein Anlaß.

Anthony Burgess aber reist durch das Land und hält Vorträge, worin er über den Film – mit dessen Herstellung er nichts zu tun hatte – hohnvoll und mit bitterer Verachtung spricht – ein Beleg für das ›deskriptive Gesetz‹, das wir glaubten formulieren zu dürfen. Übrigens ist es ja Filmen wie ›Der Tod in Venedig‹ und ›Der Garten der Finzi-Contini‹ ähnlich ergangen.

Die Verleiher von Ehren und Medaillen stört das freilich kaum. In Venedig wurde ›A Clockwork Orange‹ zum besten ausländischen Film des Jahres ausgerufen, in den USA bekam er den Hugo Award für den besten Science-Fiction-Film von 1971, usw.

Die Zeitungen berichten, er sei für Warner Bros. der größte finanzielle Erfolg des Jahres geworden. Die Bruttoeinnahmen nach 8 Monaten Laufzeit betrugen in den USA 15 Millionen Dollar. Nicht genug: Es wird berichtet, Kubrick sei dabei, zwei Szenen von zusammen ca. 30 Sekunden Dauer auszuschneiden (Burgess beschreibt sie als ›frontal nudity‹ – Nacktheit von vorn), um eine Reklassifizierung von ›X‹ auf ›R‹ zu erzielen; das heißt: Jugendliche unter 18, die bisher ausgeschlossen waren, könnten dann in Zukunft den Film sehen (in Begleitung Erwachsener). Die jungen Menschen, die wenigstens bildlich Menschenblut lecken wollen, sollen dabei auf ihre Rechnung kommen: Der Sprecher der Firma Warner Bros. sagt ausdrücklich, daß die Kommission, die diese ›ratings‹ bestimmt, gegen die zahlreichen Darstellungen von Gewalttaten offenbar nichts einzuwenden hat.

Freud schrieb in ›Das Unbehagen in der Kultur‹: »Und nun ist zu erwarten, daß die andere der beiden ›himmlischen Mächte‹, der ewige Eros, eine Anstrengung machen wird, um sich im Kampf mit seinem ebenso unsterblichen Gegner zu behaupten.« Für eine spätere Ausgabe (1931) setzte er hinzu: »Aber wer kann den Erfolg und Ausgang voraussehen?« Diesen Zweifel hatten die Ereignisse von 1930 und 1931 reichlich gerechtfertigt. Aber die grundlegende Idee zu bezweifeln, daß es die Liebe ist, die gegen den Haß schützt – und zwar nicht gerade die himmlische Liebe! –, das ist ihm nie eingefallen.

Heute nehmen Gewalttaten und Verbrechen ständig zu; in Amerika in einem Ausmaß, das die Freude in diesem Land zu leben, ernsthaft beeinträchtigt. Was also tun? Man schirmt die Jugend gegen Sex ab (weil es wahrscheinlich so viele 16- und 17jährige gibt, die nicht wissen, wie Nacktheit von vorne aussieht, solange sie es nicht im Kino sehen), die Bluttaten

András Karakas

dafür läßt man auf sie los und wirbt noch um Sympathie für die Täter. Den Bundesgenossen Eros verschmäht man.

Sollten einmal die Vereinigten Staaten untergehen – und wenn es so weitergeht, kann das bald sein –, so werden die Geschichtsschreiber sich vergeblich den Kopf zerbrechen, wie das alles möglich war – oder können wir ihnen diese Arbeit ersparen, indem wir schon jetzt eine glaubhafte Theorie entwickeln und vielleicht sogar für Vernunft und Anständigkeit ein paar bescheidene Worte sprechen?

Copyright-Vermerke, Quellen und Übersetzungshinweise

Die Illustrationen des Bandes stammen von:

Hans Ulrich & Ute Osterwalder

Hans Ulrich Osterwalder, geb. 1936 in Zürich, lebt heute in Hamburg. Ute Osterwalder, geb. 1939 in Allenstein (Ostpreußen), ebenfalls. Das international bekannte Graphikerehepaar entwirft und zeichnet alle Arbeiten gemeinsam. Hans Ulrich Osterwalder war lange Jahre Werbegraphiker in Deutschland, Italien und der Schweiz, Ute Osterwalder an der Meisterschule für Mode in Hamburg.

Helmut Wenske

wurde 1940 in Hanau geboren, wo er noch heute lebt. Er war zuerst Porzellanmaler und arbeitet heute als Designer für Schallplattenhüllen und Buchumschläge.

Hans Joachim Piatkowski

wurde 1948 in Königsberg geboren. Er besucht die Hochschule für Kunst- und Werkerziehung in Mainz und hat einen Lehrauftrag an einem Gymnasium in Hanau, wo er lebt.

András Karakas

wurde 1948 in Budapest geboren. Er besuchte die Kunstakademie und arbeitete für Zeitschriften. Verschiedene Ausstellungen in Ungarn. András Karakas lebt seit 1971 in der Bundesrepublik. Er besucht die Städelschule in Frankfurt am Main, wo er heute lebt.

insel taschenbücher

Alphabetisches Verzeichnis

Laclos: Schlimme Liebschaften it 12
Das große Lalula it 91
Das Buch der Liebe it 82
Lorca: Die dramatischen Dichtungen it 3
Märchen deutscher Dichter it 13
Majakowski: Werke I it 16 Werke II it 53 Werke III it 79
Minnesinger it 88
Mirabeau: Der gelüftete Vorhang it 32
Mörike: Die Historie von der schönen Lau it 72
Mordillo: Das Giraffenbuch it 37
Mordillo: Das Giraffenbuch 2 it 71
Morgenstern: Alle Galgenlieder it 6
Musäus: Rübezahl it 73
Mutter Gans it 28
Die Nibelungen it 14
Orbeliani: Die Weisheit der Lüge it 81
Orbis Pictus it 9
Phaïcon 1 it 69
Polaris I it 30
Polaris 2 it 74
Rabelais: Gargantua und Pantagruel (2 Bände) it 77
Rilke: Das Buch der Bilder it 26
Rilke: Duineser Elegien / Die Sonette an Orpheus it 80
Rilke: Geschichten vom lieben Gott it 43
Rilke: Neue Gedichte it 49
Rilke: Das Stunden-Buch it 2
Rilke: Wladimir, der Wolkenmaler it 68
Rilke: Leben und Werk im Bild it 35
Lou Andreas-Salomé: Lebensrückblick it 54
Schlote: Das Elefantenbuch it 78
Schmögner: Das Drachenbuch it 10
Schmögner: Das unendliche Buch it 40
Sindbad der Seefahrer it 90
Sophokles: Antigone it 70
Sophokles: König Ödipus it 15
Stevenson: Die Schatzinsel it 65
Swift: Gullivers Reisen it 58
Tolstoj: Die großen Erzählungen it 18
Turgenjew: Väter und Söhne it 64
Voltaire: Candide it 11
Wagner: Ausgewählte Schriften it 66
Walser: Fritz Kochers Aufsätze it 63
Das Weihnachtsbuch it 46
Wilde: Die Erzählungen und Märchen it 5
Zimmer: Yoga und Buddhismus it 45